Annabelle Tilly

Celeste – Zwischen Himmel und Erde

amazon publishing

Das Buch

Ein großer Roman über eine dramatische Liebe in Paris, den Louvre, die Geheimnisse der Katakomben und die blutigen Schatten der Französischen Revolution!

Paris, 1804: In den Gassen feiern die Menschen die Krönung von Napoleon Bonaparte. Gaukler treten auf und die schöne Seiltänzerin Celeste begeistert mit einer atemberaubenden Darbietung! Vom Fleck weg engagiert sie der Ballettdirektor der Pariser Oper. Schon bald ist sie der Liebling der Stadt. Der deutsche Student Viktor von Löwenstein, der im Louvre arbeitet, will Celeste unbedingt für sich gewinnen. Romantisch umwirbt er sie, doch ihre beginnende Liebe erschüttern dramatische Ereignisse: Bei einem Einbruch im Louvre verschwinden Juwelen aus Napoleons Krone, es gibt einen Toten. Die Spur führt zu dem Mörder von Celestes Eltern …

Die Autorin

Annabelle Tilly war schon als Kind vom Zauber und der Magie der Vergangenheit fasziniert. Nach dem Studium der Pharmazie und der Geschichte entschied sie sich gegen alle Vernunft, historische Romane zu schreiben. Exakt recherchierte Fakten und spannende, fantasievolle Fiktionen miteinander zu verbinden, ist ihre große Leidenschaft.

ANNABELLE TILLY

CELESTE

ZWISCHEN HIMMEL UND ERDE

Historischer Roman

amazon publishing

Deutsche Erstveröffentlichung bei
Amazon Publishing, Amazon Media EU S.à r.l.
5 Rue Plaetis, L-2338 Luxembourg
Dezember 2016

Umschlaggestaltung: bürosüd^{0} München, www.buerosued.de
Umschlagmotiv: © Dave Shafer Vi/Getty; © IM_photo/Shutterstock;
© arigato/Shutterstock;
© Lukasz Szwaj/Shutterstock; © Pakhnyushchy/Shutterstock
Lektorat: Rainer Schöttle
Korrektorat: Manuela Tiller/DRSVS
Printed in Germany
By Amazon Distribution GmbH
Amazonstraße 1
04347 Leipzig, Germany

ISBN: 978-1-503-94305-6

www.amazon.de/amazonpublishing

Mein Buch widme ich allen Artisten und Straßenkünstlern

Prolog

Schloss de Lefèbre, Taverny, Mai 1794

»Ich nehm dich mit, Filou!« Celeste de Lefèbre vergrub ihre Hand im weichen Fell des kleinen Welpen, der in ihrem Schoß lag. »Egal, was Maman und Papa sagen! Ich werde dich niemals zurücklassen.«

»Mademoiselle, Ihr müsst jetzt endlich gehen. Eure Eltern warten sicher schon auf Euch. Ich glaube fest daran, dass sich die Lage hier bald wieder beruhigt hat und Ihr und Eure Familie in spätestens einem halben Jahr aus England zurückkommen könnt. Bis dahin kümmere ich mich um Filou.«

Der alte Stallknecht Pierre wollte dem Mädchen gerade den Hund vom Schoß nehmen, als sie das Getrappel von zahlreichen herannahenden Pferdehufen hörten.

»Erwarten Eure Eltern noch Besuch, Mademoiselle?«

»Nein. Wer mag das sein?«

Das Mädchen setzte den jungen Hund auf den Boden und trat neugierig neben Pierre. Gemeinsam sahen sie durch das kleine, staubige Fenster des Pferdestalls.

Mehr als zehn Reiter ritten im gestreckten Galopp durch die Eichenallee auf das Landschloss zu, hinter sich eine Staubwolke aufwirbelnd. Noch ehe sie absaßen, öffnete sich das große Eingangsportal und der Gutsverwalter eilte ihnen entgegen.

Celeste konnte nicht verstehen, was er zu den Reitern sagte, aber sie sah, wie er nach kurzer Zeit wild gestikulierte und abwehrende Handbewegungen machte, als wollte er ihnen den Zutritt zum Schloss verweigern. Zu ihrem blanken Entsetzen hob plötzlich einer der Männer seinen Säbel und spaltete mit einem einzigen gewaltigen Hieb den Schädel des Verwalters. Das Blut spritzte in alle Richtungen. Innerhalb von Sekunden färbte sich das weiße Hemd des Mörders rot.

Celeste wich erschüttert von der Luke zurück. Pierre hielt ihr mit seinen groben, schrundigen Händen die Augen zu.

»Celeste, sieh nicht hin. Um Himmels willen, was sind das für Barbaren?«

Das Mädchen schob die Finger des Knechts beiseite und sah, wie die Eindringlinge an dem Toten vorbeiliefen und in das Schloss stürmten. Ihr entfuhr ein panischer Schrei.

Sofort hielt ihr Pierre den Mund zu. »Pscht, pscht, Mademoiselle.«

Einer der Männer, der bei den Pferden geblieben war, hob aufmerksam den Kopf und lauschte. Zögernd ging er ein paar Schritte in Richtung des Stalls.

Plötzlich wieherte eines der Pferde hinter Celeste und Pierre.

Der Fremde zuckte mit den Schultern, drehte sich um und ging zurück.

»Maman und Papa sind im Schloss. Wir müssen ihnen helfen«, flüsterte Celeste angsterfüllt. Sie wollte schon losrennen, aber der alte Knecht zog sie zurück.

Draußen hörte man das Splittern von Glas und einen lauten Knall. Verzweifelte Schreie und Schüsse hallten zu ihnen herüber.

Am ganzen Leib zitternd trat das Mädchen wieder ans Fenster. Genau in dem Moment sah Celeste, wie ihr geliebtes Cembalo in hohem Bogen aus dem Musiksalon in der ersten Etage flog und krachend auf der Treppe vor dem Portal zerschellte.

Die Pferde der fremden Reiter scheuten und bäumten sich auf. Der Mann, der auf dem Vorplatz geblieben war, hatte sichtlich Mühe, sie wieder zu beruhigen.

Plötzlich öffnete sich die Tür und das Kind beobachtete entsetzt, wie ihr Vater von zwei der Männer herausgeschleift wurde.

Schluchzend klammerte sich Celeste an Pierre fest.

»Mon Dieu, oh mein Gott, oh mein Gott«, flüsterte der Stallknecht.

Das Eingangsportal öffnete sich erneut und Celestes Gouvernante wurde mit aufgelöstem Haar und halb nackt von einem grobschlächtigen Kerl die Eingangstreppe hinuntergestoßen. Verzweifelt versuchte die junge Frau, ihr aufgerissenes Mieder vor ihren entblößten Brüsten zusammenzuhalten.

Nach und nach wurde das gesamte Personal – Köchinnen, Mägde und Dienstburschen – mit Tritten und Stockhieben wie Vieh auf den Vorplatz getrieben.

Als Letztes führte der Mann in dem blutgetränkten Hemd, der offensichtlich das Sagen hatte, Celestes Mutter mit gespielter höfischer Etikette am Arm heraus. Fast schien es, als wollte er sie zum Ball geleiten.

Der Hüne war schlank und hatte ein auffallendes, großes rotes Feuermal auf seiner rechten Wange.

Celeste konnte sehen, dass das Gesicht ihrer Mutter tränenüberströmt war.

Eine gespenstische Stille senkte sich über den Platz. Nur vereinzelt hörte man ein Schluchzen oder Wimmern.

»Sind alle adligen Blutsauger und die, die diesen Abschaum hegen und pflegen, versammelt?«

Der Anführer sprach so laut und deutlich, dass Celeste jedes Wort verstehen konnte.

Hastig trat ihr Hauslehrer, Monsieur Royan, vor und sagte devot: »Bürger Lalique, alle sind da.« Er ließ seine Augen über die Unglücklichen schweifen, dann stockte er plötzlich. »Halt, das Kind fehlt!«

»Sucht es gefälligst. Meinetwegen stellt das ganze Schloss auf den Kopf. Das Balg kann nicht verschwunden sein. Bürger Royan, hier hast du deine wohlverdiente Belohnung.« Der Mann mit dem Feuermal warf dem Lehrer einen grünen Lederbeutel zu, den dieser linkisch mit beiden Händen auffing.

»Ohne dich wären die feinen Herrschaften mit allem, was nicht niet- und nagelfest ist, nach England abgehauen. Hört mir zu, Landsleute! Ihr habt diesen Schmarotzern jahrelang gedient. Schande über euch! Jetzt sind wir eine Republik und ihr seid frei! Nutzt diese Freiheit!« Er blickte einen seiner Männer eindringlich an. »Reite ins Nachbardorf und hole André Matthieu und seine Leute!« Plötzlich wandte er sich voller Hass an Celestes Vater. »Du wirst nicht ungeschoren davonkommen, Bürger Lefèbre! Jahrelang haben du und deine Familie dieses Land ausgepresst wie eine Zitrone. Mit unseren Steuern und Abgaben lebtest du mit deinesgleichen in Saus und Braus, während in den Hütten die Kinder der Bauern vor deinen Augen verhungert sind!«

»Das ist nicht wahr, Monsieur Lalique, das wisst Ihr ganz genau!«, schrie Celestes Vater außer sich.

Ein brutaler Hieb von Laliques Reitgerte traf ihn mitten ins Gesicht.

Celeste beobachtete entsetzt, wie ihr Vater vor Schmerz zusammenzuckte. Er versuchte die klaffende Wunde, die nun seine Stirn verunstaltete, mit der Hand zu bedecken.

»Halt dein Maul! Noch ein Widerwort und du …«

»Ich lass mir doch nicht das Wort verbieten!«

Die Gesichtszüge des Fremden mit dem roten Mal erstarrten zu einer hasserfüllten Maske. In aller Seelenruhe zog er seinen Revolver und richtete ihn auf Comte de Lefèbres Herz.

»Nein«, hörte Celeste ihre Mutter schreien, bevor sie sich zwischen die Mündung des Revolvers und ihren Mann warf.

Im selben Moment löste sich der Schuss und das Mädchen musste mit ansehen, wie ihre Mutter getroffen zu Boden sank.

Pierre riss Celeste vom Fenster weg. »Kind, du musst dich sofort verstecken! Du bist in größter Gefahr!«

Erneut fiel ein Schuss.

»Ich will zu Maman!«

Der Stallknecht blickte hinaus. »Mein Gott, der Graf …« Panisch packte er Celeste an den Schultern, beugte sich zu ihr herunter und redete eindringlich auf sie ein. »Du bist das Wichtigste für deine Eltern! Du musst dich in Sicherheit bringen. Versteck dich im Heu.« Hektisch sah er sich um. »Nein! Da werden sie als Erstes suchen. Celeste, du bist doch ein mutiges Mädchen! Nimm Filou und renn so schnell du kannst zur Höhle im Steinbruch. Dort wartest du auf mich. Ich komm nach, sobald ich kann.«

Wie in Trance tat Celeste, was Pierre ihr gesagt hatte. Sie schloss den kleinen Hund fest in ihre Arme.

Beunruhigt blickte der Knecht aus dem Stallfenster und sah, wie drei Männer sich der Scheune näherten.

»Mach schnell, sie sind gleich da.«

Celeste rannte ohne nachzudenken oder sich noch einmal umzublicken durch die Hintertür des Stalls nach draußen auf die angrenzende Pferdekoppel. Sie rannte und rannte.

Erst als Filou in ihren Armen leise zu winseln begann, merkte das Mädchen, dass sie ihn zu fest gepackt hielt, und verlangsamte ihren Schritt.

Als Celeste den kleinen Wald beim Steinbruch endlich erreicht hatte, traute sie sich zum ersten Mal, kurz anzuhalten und zu verschnaufen. Sie drehte sich um. Leuchtend rote Flammen schlugen aus dem Dachstuhl des Schlosses in den dunklen Abendhimmel.

1. Kapitel

ZEHN JAHRE SPÄTER

Paris, 14. November 1804

Seit die Kutsche das Städtchen La Ferté sous Jouarre passiert hatte, säumten hohe Ulmenalleen die Straße, die nach Paris führte. Es dauerte noch über eine Stunde, bis man endlich die hohen Türme und die vielen Windmühlen von Montmartre durch das staubige Wagenfenster erkennen konnte. Der Morgen war kalt und klar. Ungeduld machte sich unter den Reisenden breit. Jeder wollte einen Blick auf die Hauptstadt ergattern, aber erst von der Höhe von Pantin aus konnte man die stumpfen Türme von Notre-Dame und den Invalidendom links unter sich erblicken.

Neunmal schlugen die Glocken von Notre-Dame, als Viktor von Löwenstein aus der Postkutsche stieg. Er knöpfte seinen dunkelblauen Reiseumhang aus feinster englischer Schurwolle zu. In Paris war es noch kälter als bei seiner Abfahrt in München. Aber wenigstens lag hier kein Schnee. Der Kutscher gab ihm seine kalbslederne Reisetasche, und Viktor nickte den beiden Geschäftsleuten zu, mit denen er einen großen Teil der Strecke zurückgelegt hatte.

»Au revoir, messieurs, et bon voyage«, sagte er freundlich. Die Strapazen der Reise steckten ihm in den Knochen.

Sieben ganze Tage hatte er seine langen Beine nicht ausstrecken können. Jetzt genoss er es, sich endlich wieder zu seiner vollen Größe aufrichten und ein paar Schritte gehen zu können.

Viktor strich seine schwarzen Locken aus der Stirn und sah sich interessiert um. Das war also Paris! Hier würde er die nächsten Monate verbringen. Die Ausmaße der Stadt übertrafen seine kühnsten Vorstellungen. Es hatte ungewöhnlich lange gedauert, bis die Kutsche von der Peripherie bis ins Zentrum gekommen war, so groß war die Metropole.

Begeistert sah er die Umrisse von Notre-Dame zu seiner Linken.

Im Grunde genommen war es ein Segen, dass sein Vater beschlossen hatte, ihn aus dem provinziellen Herzogtum Bayern in die französische Hauptstadt zu verbannen. Nicht zuletzt auch wegen seiner aussichtslosen Liebe zu Friederike.

Viktor sog die kalte, klare Luft ein und nahm seine Handschuhe aus der Manteltasche. Dann gab er sich einen Ruck und lief in Richtung Pont Neuf. Als er die Mitte der steinernen Brücke erreicht hatte, setzte er die Reisetasche ab, lehnte sich über die Brüstung und ließ die ersten Eindrücke von Paris auf sich wirken. Es war ein berauschendes Gefühl. Wie viel Menschen hatten wohl schon vor ihm genau hier an dieser Stelle gestanden?

Er sah abwechselnd nach links und nach rechts. Was für eine imposante Silhouette hatte die große Stadt zu bieten! Sicher würde ihm genügend Zeit zur Verfügung stehen, Paris richtig kennenzulernen. Seine Augen folgten den braunen, aufgewühlten Wassermassen der Seine unter ihm. Gedankenverloren schaute er in den Fluss. Jetzt, wo er hier stand, freute er sich fast über seinen vermeintlichen Fauxpas. Er verdankte es einer simplen Zeichnung, dass er nun auf dieser altehrwürdigen Brücke stand, weit weg von seiner Heimat.

Sein Vater hatte aus einer Fliege einen Elefanten gemacht.

Viktor spuckte in die Seine. Was hatte er denn so Schlimmes verbrochen? Er hatte eine kleine Karikatur angefertigt und den Herzog von Bayern als Made im Speck porträtiert. Na und? Seine Kommilitonen hatten ihn gedrängt, die Zeichnung an die Zeitung zu schicken. Dass die Karikatur die Zensur passiert hatte und tatsächlich veröffentlicht worden war, glich einem kleinen Wunder.

Viktors Vater war außer sich vor Zorn gewesen, als er sie bei der Lektüre der Zeitung entdeckt hatte. Viktor war jetzt noch darüber verblüfft, wie schnell sein Vater kombiniert hatte, dass sein Sohn der Urheber dieser Karikatur gewesen war. Vor dem Personal hatte er ihn angeschrien wie einen kleinen Schuljungen: »Ganz Bayern spricht über die despektierliche Zeichnung, die deinem naiven Hirn entsprungen ist. Wenn bekannt wird, dass du der Schöpfer dieser Schmiererei bist, dann gnade uns Gott. Willst du uns ins Unglück stürzen? Willst du hier etwa auch so verheerende Zustände wie in Frankreich? Willst du am Ende, dass die Politik mit der Guillotine gemacht wird und im Chaos endet wie bei unseren französischen Nachbarn?«

»Was ist so schlimm an Freiheit, Gleichheit und Brüderlichkeit?«, hatte Viktor trotzig erwidert. Die Antwort war eine schallende Ohrfeige gewesen.

Sein Vater war dunkelrot angelaufen und hatte seinem Zorn mit sich überschlagender Stimme weiter Luft gemacht: »Deine Dummheit schreit zum Himmel! Deine Vorfahren würden sich im Grab umdrehen, wenn sie dich hören müssten. Du wirst unsere Familie nicht in den Dreck ziehen. Was erlaubst du dir, den Herzog so darzustellen? Als eine fette Made! Fass dir zuerst einmal an die eigene Nase, bevor du dich über andere lustig machst. Du hast in deinem ganzen Leben noch keinen einzigen Heller selbst verdient! Du lebst ganz und gar auf unsere Kosten! Doch damit ist nun Schluss. Du wirst dein Studium der

Jurisprudenz unterbrechen. Ich kann deinen Anblick an meinem Tisch nicht mehr ertragen. Ich schicke dich nach Paris.« Wutschnaubend war sein Vater vor ihm auf und ab geschritten. »Meinem alten Freund Vivant Denon, deinem Patenonkel, ist letztes Jahr die Ehre zuteilgeworden, Direktor des größten Museums der Welt zu werden. Ihm wirst du zur Hand gehen. Ich weiß, dass er ständig Zeichner sucht, die ihn dabei unterstützen, die Kunstschätze des Louvre zu katalogisieren. Dort ist dein vermeintliches Talent gut aufgehoben! Du wirst schon sehen, wie schwer es ist, mit seiner Hände Arbeit sein täglich Brot zu verdienen. Das wird dir die Augen öffnen!«

Plötzlich zupfte jemand Viktor an seiner Pelerine und riss ihn aus seinen Gedanken. Er drehte sich erstaunt um. Fünf kleine ausgemergelte Straßenjungen sahen ihn erwartungsvoll an.

»Guten Morgen, Monsieur. Sind Sie gerade erst in Paris angekommen? Wir haben seit Tagen nichts mehr gegessen. Haben Sie ein paar Münzen für uns, damit wir uns ein Brot kaufen können? Gott wird es Ihnen vergelten.«

Unschlüssig stand Viktor vor der hungrigen Meute. Er dachte sich, dass es vielleicht ein gutes Omen wäre, seinen ersten Tag in Paris mit einer guten Tat zu beginnen. Er zückte seine Geldbörse und suchte nach etwas Kleingeld. Dabei blickte er in die großen dunklen, hungrigen Augen des Jungen, der ihn angesprochen hatte.

»Wie heißt du denn?«, wollte Viktor wissen.

»Gilles«, war die knappe Antwort.

Viktor gefiel der Junge und er beschloss, sich nicht lumpen zu lassen.

»Und wie alt bist du?«

»Elf!«, rief der Bursche. In dem Moment griff Gilles Hand blitzschnell zu und entriss ihm sein ganzes Portemonnaie.

Geistesgegenwärtig versuchte Viktor ihn zu packen und festzuhalten, aber der Kerl biss ihn augenblicklich in die Hand und entwand sich gekonnt. In Windeseile rannten die Kinder laut lachend über die Brücke davon.

Fassungslos starrte Viktor ihnen nach. Sie waren so schnell wie vom Erdboden verschluckt, dass er gar nicht den Versuch unternahm, hinter ihnen herzujagen.

Na bravo, dachte er sich, ich bin noch keine halbe Stunde hier und schon ausgeraubt! Dieser Gilles mit seiner Räuberbande hat heute Abend wahrlich allen Grund zum Feiern! Wenn er sieht, wie viel er erbeutet hat, wird er sich eine ganze Bäckerei kaufen können.

Wütend über seine Dummheit nahm Viktor sein Gepäck auf. Wenigsten war seine Reisetasche nicht auch noch gestohlen worden. Die mahnenden Worte seines Vaters hallten ihm noch im Ohr: »Jeder wird merken, dass du kein Franzose bist, auch wenn du fließend ihre Sprache sprichst. Du wirst ein leichtes Opfer für Gauner sein. So verträumt und arglos wie du bist, werden die Ganoven von Paris leichtes Spiel mit dir haben. Nimm dich bloß in Acht.«

Mit gesenktem Kopf lief Viktor in Richtung Notre-Dame. Beim Anblick des belebten, weitläufigen Platzes vor der Kirche ging ihm langsam wieder das Herz auf. Er beschloss, sich seine gute Laune nicht durch den ärgerlichen Zwischenfall verderben zu lassen. Bis zu dem verabredeten Treffen mit seinem Patenonkel blieben ihm noch zwei Stunden Zeit. Sein Magen knurrte. An einem kleinen Stand mit Gebäck kaufte er sich von den letzten Centimes, die er in seiner Hosentasche fand, einen herrlich duftenden Sesamkringel. Er setzte sich auf eine niedrige Steinmauer und aß genüsslich. Fasziniert beobachtete er das Treiben um sich herum.

Gläubige strömten in die Kirche, Mägde kauften an den Gemüseständen schwere Kohlköpfe und anderes Wintergemüse, Händler priesen lautstark ihre Waren an und Fuhrwerke rangierten umständlich hin und her. Auf dem imposanten Platz herrschte ein großes Gedränge. Was für ein wohltuender Unterschied zu dem verschlafenen München!

Plötzlich blieb Viktors Blick an einem riesigen grauen Wolfshund hängen. Das Tier fiel ihm jetzt erst auf, weil es vollkommen reglos keine zwei Meter von ihm entfernt dalag. Wie eine Sphinx hielt es den Kopf majestätisch erhoben und ließ sich von der herrschenden Hektik nicht beeindrucken. Das Grau seines Fells verschmolz fast gänzlich mit der Farbe der Steinplatten.

Mein Gott, was für ein schönes Tier!, schoss es Viktor durch den Kopf. Hastig griff er nach seiner Reisetasche und nahm Skizzenbuch und Stift heraus.

Der Hund folgte wachsam jeder seiner Bewegungen.

Mit schnellen, sicheren Strichen bannte er den Vierbeiner aufs Papier. Er musste schmunzeln. Jetzt bin ich zum ersten Mal in meinem Leben in Paris und zeichne ausgerechnet einen Hund.

Als wenn der Wolfshund seine Gedanken gelesen hätte, setzte er sich in eine andere Position, sodass ein wunderschönes Brunnenrelief hinter dem Tier sichtbar wurde, das bisher verdeckt gewesen war.

Viktor lächelte. Als er gerade die nächste Skizze begann, wurde seine Aufmerksamkeit von aufgeregten Stimmen am Brotstand neben ihm abgelenkt.

»Mon Dieu, was für ein tollkühner Kerl! Wenn er aus der Höhe vom Dach fällt, ist er mausetot.« Fassungslos starrte die Bäckersfrau, bei der Viktor eben erst sein Frühstück gekauft hatte, zum gegenüberliegenden Dach hinauf.

Viktor folgte ihrem Blick.

»Ich bewundere diese mutigen, jungen Schornsteinfeger! Ihnen ist vor keiner Höhe bang. So etwas wie Schwindel kennen die gar nicht.«

»Madame, das ist nie und nimmer ein Schornsteinfeger. Schauen Sie doch nur, um Gottes willen, was hält er denn da in der Hand?«, rief nun eine der Mägde aufgeregt.

»Das ist ja eine Armbrust. Der Kerl zielt auf uns!«

Panisch gingen zwei ältere Frauen in Deckung.

Die Bäckersfrau ließ sich von der aufkommenden Hysterie nicht anstecken. »Wo ist die Wache? Wenn man sie braucht, ist sie nie da. Die soll den Lump vom Dach holen.«

In dem Moment sah Viktor, wie der junge, auffallend schmächtige Bursche den Schaulustigen dreist zuwinkte, bevor er die Armbrust theatralisch spannte. Dann schoss er den Pfeil im hohen Bogen auf das gegenüberliegende Hausdach. Jetzt konnte man sehen, dass an dem Pfeil eine dünne Schnur befestigt war.

Ein Raunen ging durch die Menge.

Ungläubig beobachtete Viktor, wie ein zweiter Jüngling auf dem anderen Dach den abgeschossenen Pfeil samt Schnur in Empfang nahm. Er zog und zog. Man sah, dass die dünne Schnur am Ende mit einem dicken Strick verknotet war, der sich nun langsam über den Platz spannte. Dann wickelte der Helfer das Tau so lange um einen Kamin, bis es straff gespannt war.

Der Schütze gab seinem Compagnon ein Zeichen, dann rückte er seine graue Mütze zurecht und zog trotz der Kälte seine Jacke aus. Er schwang sich elegant auf das Seil und begann vorsichtig, darauf ein paar prüfende Schritte zu balancieren.

»Messieurs dames, seien Sie unbesorgt! Das sind nur Gaukler«, rief die Bäckersfrau erleichtert.

Gebannt beobachtete die Menschenmenge auf dem Platz vor Notre-Dame, wie der ganz in Schwarz gekleidete Jüngling übermütig und mit sichtlicher Freude kleine Sprünge auf dem Seil machte, das unter ihm bedrohlich hin und her schwang. In der Mitte des Seils kniete er sich hin und streckte beide Arme in die Höhe. Applaus brandete auf.

Plötzlich wurden dem Seiltänzer von seinem Compagnon nacheinander drei rote Bälle zugeworfen, die er geschickt auffing.

Mit offenem Mund beobachteten die Zuschauer, wie er die Bälle rasant durch die Luft wirbeln ließ. Dann warf er einen nach dem anderen seinem Assistenten zurück. Der Helfer verstaute die Bälle und kündigte nun mit einem Trommelwirbel die nächste Attraktion an.

Der Seiltänzer zog eine merkwürdig aussehende Haube aus seiner Jackentasche und befestigte diese geschickt über seiner Kappe. Dann kniete er sich vorsichtig nieder, positionierte seinen Kopf auf dem Seil und machte einen Kopfstand. Dabei hielt er seinen schmalen Körper mit den ausgestreckten Armen im Gleichgewicht.

»Sensationell, so etwas hab ich noch nie gesehen!«

»Das ist ja ein Teufelskerl!«

»Meine Güte, das krieg ich nicht einmal auf dem Boden hin, geschweige denn in dieser Höhe!«

Laut applaudierend standen die Frauen und Männer unten auf der Straße, während sich der Gaukler über ihnen wieder aufrecht hinstellte, um sich elegant zu verbeugen.

Viktor war hingerissen von der Darbietung. Es war ihm gelungen, die Bewegungen des Seiltänzers mit wenigen Strichen einzufangen. Das ist recht gut, dachte er sich, als er sein Werk betrachtete.

Auf einmal pfiff der Akrobat gellend durch die Finger und der riesige, graue Wolfshund erhob sich.

Gemächlich trottete das Tier an Viktor vorbei in die Mitte der Zuschauer. Der Hund trug nun in seiner Schnauze einen alten, schäbigen Hut. Dann setzte er sich auf seine Hinterpfoten und streckte seine Vorderläufe in die Höhe.

Die Bäckersfrau begann laut zu lachen. »Das ist aber mal eine charmante Art, seinen Obolus einzufordern. Wer kann da Nein sagen?« Sie nahm ein süßes Gebäck von der Ablage und sagte zu dem Hund: »Ich hoffe, du teilst mit deinem Herrchen?!« Sie streichelte dem Tier furchtlos über seinen großen

Kopf. Daraufhin trottete dieser von einem Zuschauer zum anderen. Einige Münzen landeten in dem Hut. Schließlich blieb der Vierbeiner vor Viktor stehen.

»Es tut mir leid, alter Junge. Ich habe selbst nichts mehr. Sei froh, wenn ich kein Geld aus dem Hut rausnehme, um meine desolate Haushaltskasse wieder aufzubessern.«

Der Hund blieb stehen, ließ Viktor nicht aus den Augen und fixierte ihn stur mit erwartungsvollem Blick.

Viktor lächelte über seine Hartnäckigkeit. »Du lässt nicht locker, was?« Plötzlich kam ihm eine Idee. Er riss eine der Zeichnungen aus seiner Kladde und schrieb ein paar Zeilen darunter. Dann faltete er das Blatt und legte es in den Hut.

»Merci beaucoup«, rief in dem Moment der Jüngling fröhlich aus schwindelnder Höhe. »Ich danke vielmals.« Mit traumwandlerischer Sicherheit vollführte der Seiltänzer zehn Schritte vorwärts, ehe er sich mit einem gewagten Sprung zurück aufs Dach katapultierte und hinter einem hohen Kamin verschwand.

Wie auf ein geheimes Zeichen hin drehte sich der große Hund abrupt um und lief davon.

Viktor schnürte seine Zeichenkladde zu, stand auf und klopfte seinen Mantel aus. Er hatte lang genug herumgetrödelt. Es war höchste Zeit, sich auf die Suche nach dem Louvre zu machen, wo er mit seinem Onkel verabredet war.

2. Kapitel

Paris, 14. November 1804

Celeste kraulte ihren Hund hinter den Ohren. »Zeig mal, was du eingesammelt hast, mein Guter.« Sanft nahm sie Filou den Hut ab. »Das sieht ja gar nicht schlecht aus!« Die junge Frau nahm als Erstes das süße Gebäck zwischen ihre schmalen Hände und roch an der Köstlichkeit. Gierig biss sie hinein. Sie schloss die Augen und genoss den ungewohnten süßen Geschmack. Als der Hund sie mit seiner feuchten Schnauze bettelnd anstieß, schob sie ihn freundlich beiseite. »Erst bekommt François seinen Anteil.«

In dem Moment bog ein drahtiger, muskulöser Junge mit einem aufgewickelten Hanfseil um die Ecke. »Da seid ihr ja«, rief er außer Atem.

Wortlos reichte Celeste den halb aufgegessenen Kringel an François weiter. Sie konnte gar nicht so schnell schauen, wie der Junge hungrig den Rest in sich hineinstopfte.

»Auf dich ist Verlass, François. Bei dir weiß ich immer, dass das Seil richtig festgemacht ist!« Sie klopfte ihm auf die Schulter. Dann beugten sich beide gemeinsam über den Hut und zählten die Einnahmen.

Während Celeste die Münzen in ihrer schwarzen Jacke verstaute, sah sie erstaunt, dass noch etwas im Hut lag. Ein weißer Zettel. Neugierig faltete sie das steife Papier auseinander. Was sie sah, überraschte und faszinierte sie zugleich.

Irgendjemand hatte Filou mit wenigen Strichen gezeichnet.

Dem Künstler war es gelungen, dabei alle Eigenschaften ihres Hundes einzufangen. Celeste war sprachlos. Es war, als ob Filous Seele aufs Papier gebannt worden wäre.

François beugte sich über ihre Schulter. »Das ist ja Filou. Derjenige, der das gemalt hat, hat ein außergewöhnlich gutes Auge!«

»Oder er kann sehr gut zeichnen. Auf jeden Fall ist es mal eine originelle Idee, sich für meine Luftsprünge erkenntlich zu zeigen!«

Celeste faltete behutsam das Papier zusammen, als sie plötzlich sah, dass in schwungvoller Schrift eine Notiz auf die Rückseite der Zeichnung gekritzelt war: »Viel Glück zwischen Himmel und Erde!«

Erschrocken merkte Celeste, wie lange sie brauchte, um die sechs Worte zu lesen. Sie konnte sich gar nicht daran erinnern, wann sie zuletzt überhaupt etwas gelesen hatte. Es musste Jahre her sein. Celeste spürte einen schmerzhaften Stich, als sie kurz daran dachte, wie sie als kleines Mädchen bei ihrer Mutter auf dem Schoß gesessen und mit ihr Tierfabeln gelesen hatte.

Schnell verdrängte sie den Gedanken an die Vergangenheit.

Sie hatte sich angewöhnt, ganz und gar im Hier und Jetzt zu leben.

Celeste begann zu frösteln. »Auf, François, es ist kalt. Lass uns zurück zu den anderen gehen. Sicher hat Nathalie ein Feuer gemacht.«

»Raoul hat mir aufgetragen, noch ein Fass Wein zu besorgen, ich komme nach.«

Celeste nickte.

Die kleine Artistentruppe, der François und sie angehörten, reiste schon seit einigen Jahren mit Sack und Pack durch die Lande. Sie hielten zusammen wie Pech und Schwefel. Die Gaukler waren nur zu fünft. Trotzdem konnte sich ihr Programm weiß Gott sehen lassen! Raoul warf seine Messer so haarscharf um die Silhouette seiner Frau Nathalie, dass das Publikum jedes Mal vor Entsetzen aufschrie. Dann gab es noch Marcuse, einen Bären von einem Mann. Er stemmte scheinbar mühelos die schwersten Gewichte in die Höhe. Außerdem konnten ihn die männlichen Zuschauer zu einem Ringkampf herausfordern, doch keinem war es jemals gelungen, Marcuse zu besiegen. Der junge François jonglierte mit Bällen, Tüchern und Keulen wie kein anderer.

»Hier hast du Geld für den Wein.«

François warf die Münzen in die Höhe und ließ sie so elegant in seiner Tasche verschwinden, dass Celeste lachen musste.

»Salut, bis später.« Celeste lief mit Filou schnell in Richtung Rue Mouffetard. Das war der kürzeste Weg zurück zu ihren Gauklerwagen.

In der Gasse stank es trotz der Kälte noch schlimmer als andernorts. In einem Rinnsal floss langsam eine Mischung aus fauligem Wasser und Exkrementen. Unrat und Müll lagen überall herum.

Während Celeste versuchte, einen Bogen um die großen Pfützen zu machen, hörte sie plötzlich den durchdringenden Todespfiff einer Ratte. Als sie sich angewidert umdrehte, sah sie ihren Hund, der schwanzwedelnd auf sie zukam und einen Nager quer im Maul trug, den er zu ihren Füßen ablegte. »Gut gemacht, Filou, behalt dein Frühstück. Keine Sorge, du musst nicht mit mir teilen. Ich hab dir ja auch nichts abgegeben.«

Plötzlich stellte Filou seine Ohren auf und knurrte.

»Was ist denn los?« Ehe Celeste sich's versah, wurde sie von einem vorbeirennenden Mann angerempelt. Sie verlor das

Gleichgewicht und schlug der Länge nach auf die kalten, glitschigen Pflastersteine.

Als sie sich wieder aufrappelte, beobachtete sie, dass zwei Uniformierte dem Flüchtenden dicht auf den Fersen waren. Plötzlich fuhr keine vierzig Meter von Celeste entfernt eine Kutsche rumpelnd aus einer Hofeinfahrt und versperrte die Straße.

Aufgeschreckt durch den Tumult und das Geschrei öffneten sich immer mehr Fenster in der Gasse, aus denen sich Schaulustige herauslehnten. Die vereinzelten Passanten, die sich gerade in der Rue Mouffetard aufhielten, blieben erschrocken stehen.

Celeste wollte auf dem Absatz kehrtmachen und sich in Sicherheit bringen, aber die Straße hinter ihr war plötzlich von berittenen Soldaten versperrt. Sie saß in der Falle. Instinktiv drückte sie sich dicht an eine Hauswand. Celestes Herz raste. Sie spürte kaum die feuchte Kälte ihrer verdreckten Kleidung. Erleichtert bemerkte sie, wie Filou sich schützend an sie drängte.

Laute Schreie hallten aus der Richtung, in der die schwarze Kutsche die Straße blockierte.

Celeste sah, dass der Flüchtende von seinen Verfolgern inzwischen eingeholt und gestellt worden war. Der Mann war in heller Panik.

Einer der Polizisten schlug mit seinem Knüppel brutal zu. »So schnell wirst du nicht mehr davonlaufen!«

Der Getroffene brüllte vor Schmerz. Er versuchte, sich an der Kutsche abzustützen, um nicht zu Boden zu fallen.

»Nimm deine dreckigen Pfoten von der Kutsche!«, schrie der zweite Peiniger und schlug ihm mit einer solchen Wucht seinen Stock ins Kreuz, dass das Holz zerbarst.

Der Mann sank schreiend zu Boden. Sein wehrloser Körper wurde mit Tritten malträtiert. Verzweifelt schützte er seinen Kopf mit den Händen. Doch die Schläge prasselten gnadenlos auf ihn nieder, wie Hagelkörner bei einem Gewitter.

Celeste schluchzte entsetzt auf. Egal, was dieser Mensch verbrochen haben mochte, niemand hatte das Recht, so mit ihm umzugehen. Wie oft waren schon Unschuldige in die Hände der Justiz geraten? Oder waren wegen Nichtigkeiten zu Tode geprügelt worden? Es schien ihr, dass die Grausamkeiten, die sich zeit ihres Lebens vor ihren Augen abspielten, nicht enden wollten. Nervös biss sie sich auf die Unterlippe. Sie fühlte sich ohnmächtig und außer Stande, irgendwie zu reagieren. Um sich zu beruhigen, vergrub sie die linke Hand im struppigen Fell ihres Hundes.

Gerade als einer der Häscher den Kopf des am Boden liegenden Mannes an den Haaren hochriss, um ihn auf die Pflastersteine zu schmettern, wurde der dunkle Vorhang der Kutsche von innen beiseitegeschoben.

Eine behandschuhte Hand klopfte gegen das Fenster.

Die Männer ließen augenblicklich von ihrem Opfer ab. Das grausame Treiben schien beendet zu sein.

Der Schlag der Kutsche wurde von innen geöffnet.

Eine tiefe, autoritäre Stimme rief: »Dreht ihn um. Ich will sein Gesicht sehen!«

Die Gendarmen taten, wie ihnen befohlen. »Ihr Idioten, ihr habt den Falschen erwischt. Wir haben den ganzen Aufwand umsonst getrieben. Schafft ihn fort und treibt die Gaffer auseinander!«

Wütend wurde der Kutschenschlag wieder zugeknallt.

Eilig nahmen die Gendarmen Arme und Beine des in seinem Blut liegenden Opfers hoch. Ein berittener Soldat kam heran. Grob und achtlos schmissen sie den Verletzten auf den Pferderücken.

Celeste konnte hören, wie der Soldat einem seiner Kameraden zuraunte: »Warum müssen wir das blutige Schwein denn überhaupt mitnehmen? Der ist doch sowieso hinüber, noch ehe wir das Gefängnis erreicht haben!«

Celeste stützte sich mit weichen Knien an der Hauswand ab.

Einer der Polizisten kam direkt auf sie zu und schrie: »Was hältst du hier Maulaffen feil? Scher dich zum Teufel!«

Filou knurrte und fletschte die Zähne.

»Und dir räudigem Mistvieh werde ich es gleich zeigen!«

Entsetzt sah Celeste, wie der Gendarm seinen Knüppel hob, an dem noch Haare und Blut des Verprügelten klebten.

Celeste reagierte blitzschnell. Sie hatte ein untrügliches Gefühl für Gefahr. Sie spürte, dass der Gendarm die Wut über seine Maßregelung nun an ihr und ihrem Hund auslassen wollte.

»Komm«, schrie sie panisch und rannte so schnell sie konnte die Straße hinauf, obwohl die Kutsche dort immer noch quer stand. Im Wegrennen sah sie, dass Filou zum Glück folgte.

Ohne nach links oder nach rechts zu schauen, stürmte Celeste auf die Karosse zu. Wie sollte sie nur entkommen? Es gab nur eine Chance: Sie musste irgendwie unter der Kutsche durch. Sie konnte nur hoffen, dass der Mann in der Karosse nicht gerade jetzt ausstieg. Blitzschnell ließ sie sich auf die Knie fallen und robbte unter dem Wagen durch.

Plötzlich wurde sie an der Fessel ihres linken Fußes gepackt. Panisch trat sie um sich. Dabei spürte sie, wie ihr linker Stiefel vom Bein glitt. Das war ihre Rettung. Sie war wieder frei.

Schnell rappelte sich Celeste auf der anderen Seite auf, drehte sich um und starrte für eine Sekunde in das Innere der Kutsche. Nur durch die Glasscheibe getrennt, blickte sie direkt in die Augen des Kommandeurs. Ihr stockte der Atem. Entsetzt wich sie zurück. Die rechte Gesichtshälfte des Mannes war von einem großen Feuermal entstellt.

3. Kapitel

Paris, 14. November 1804

»Melden Sie mich bitte. Monsieur Denon erwartet mich!« Viktor bemerkte irritiert, dass der Sekretär, der an einem ausladenden Schreibtisch vor einem Bündel Akten saß, nicht einmal von seinen Papieren aufblickte, sondern unbeeindruckt weiterlas.

Hatte er sich undeutlich ausgedrückt? Hatte er sich etwa in den endlosen Gängen des Museums verlaufen und war im falschen Zimmer gelandet? Gerade setzte Viktor an, um seine Bitte noch einmal vorzubringen, als sein Gegenüber das Brillengestell abnahm und ihn in scharfem Ton anfuhr: »Sie meinen wohl Monsieur *le Directeur Baron* Vivant Denon?«

Die grünen Augen des Mannes fixierten Viktor durchdringend. Er trug ein hochgeschlossenes blaues Jackett mit silbernen Knöpfen, das seinem Aussehen einige Autorität verlieh.

»Ich werde erwartet! Mein Name ist Baron Viktor von Löwenstein«, insistierte Viktor.

Wieder entstand eine unnatürlich lange Pause. Viktor senkte den Blick und sah seine verdreckten schwarzen Schuhe an, die auf dem blitzblanken Parkett Spuren hinterlassen hatten.

»Pardon, aber Sie stehen nicht auf der Besucherliste von Monsieur le Directeur. Versuchen Sie morgen noch einmal Ihr Glück.«

»Bitte fragen Sie nach! Ich werde ganz sicher erwartet.«

»Psst! Monsieur Le Directeur arbeitet. Er hat sich jede Störung verbeten.«

Viktor spürte, wie allmählich Wut in ihm aufstieg. Ihm platzte fast der Kragen. Diese eingebildete Hofschranze! Er hatte die strapaziöse Reise aus Bayern hierher an die Seine nicht unternommen, um sich wie einen einfachen Bediensteten abweisen zu lassen. Mit Mühe hielt er seine Stimme im Zaum. »Verständigen Sie auf der Stelle meinen Onkel!«

Ein unruhiges Flackern in den Augen seines Gegenübers wurde sichtbar. Linkisch erhob sich der Sekretär und bedeutete Viktor, sich nicht aufzuregen.

»Nehmen Sie bitte Platz, Monsieur von Löwenstein. Alles wird sich aufklären. Ich werde sehen, was ich für Sie tun kann.«

Viktor setzte sich auf einen der beiden Sessel, die vor dem Schreibtisch standen. Erst jetzt fiel ihm auf, wie außerordentlich erlesen das alte Stück war. Völlig fehl an diesem Ort, dem Büro eines einfachen Verwaltungsangestellten. Vermutlich war es während der Revolution gestohlen und hierhergeschafft worden.

Mit seinen Augen folgte Viktor dem Sekretär, der hastig zu einer Tür auf der rechten Seite eilte. Dann klopfte er diskret und hielt einen Augenblick inne, ehe er die Türklinke niederdrückte, die sich fast auf seiner Kopfhöhe befand. Katzbuckelnd trat er ein.

Viktor sah sich neugierig um. Was war das für ein imposanter Raum. Was war das überhaupt für ein einzigartiges Museum! Er war durch so viele lange Gänge, Hallen und Galerien gelaufen, bis er endlich hier gelandet war. Die Ausmaße des Louvre übertrafen jede Vorstellungskraft!

Dabei hatte Viktor noch nicht einmal einen Blick auf die unvorstellbaren Schätze geworfen, die dieses Museum beheimatete. Keine Epoche der Menschheitsgeschichte, die nicht in außergewöhnlichen Zeugnissen zu bestaunen war. Es schien ihm, als wenn das gesamte kulturelle Erbe der Menschheit an diesem Ort zusammengetragen worden war.

Sein Onkel war nun der Hüter dieses Grals.

Nervös wippte Viktor mit dem Fuß. Er hatte seinen Patenonkel jahrelang nicht mehr gesehen und konnte sich kaum an ihn erinnern.

Plötzlich flog die Tür auf und Vivant Denon stürmte auf ihn zu.

Viktor war im Sitzen fast genauso groß wie sein vor ihm stehender Onkel. Erschrocken wusste er kurz nicht, was er tun sollte. Wenn er jetzt aufstand und sich zu seiner vollen Größe aufrichtete, wäre er fast doppelt so groß wie Vivant. Sitzen zu bleiben wäre ebenfalls ungehörig. Kurz entschlossen erhob er sich doch.

»Mein Gott, was für eine Überraschung! Viktor, bist du groß geworden, Junge! Du bist ja nicht wiederzuerkennen. Ich dachte, ich hätte meinen Sekretär nicht richtig verstanden, als er sagte, dass du da bist. Wo ist dein Vater? Habt ihr geschäftlich in Paris zu tun? Warum habt ihr euch nicht früher angekündigt? Jetzt ist es leider so, dass meine Zeit sehr knapp bemessen ist. Doch komm erst einmal herein!«

Sprachlos lauschte Viktor dem Monolog seines Patenonkels.

Denon hatte sich bereits auf dem Absatz umgedreht und war schnurstracks, mit leicht hüpfendem Gang, in das riesige Arbeitszimmer vorausgegangen.

Der Anblick verschlug Viktor den Atem. Was für ein prunkvolles und pompöses Interieur! Der noble Raum war luxuriös und geschmackvoll ausgestattet. Viktors Blick blieb an einem gewaltigen Gobelin hängen, auf dem eine Szene mit der Jagdgöttin Diana im Wald an einer Quelle dargestellt war. Noch nie hatte er so einen schönen Wandteppich gesehen! Sein Onkel hatte weiß Gott Geschmack.

»Wenn ich gewusst hätte, dass ihr kommt, hätte ich euch persönlich die neuesten Schätze gezeigt, die gerade aus Rom eingetroffen sind. Noch habe ich das Chaos, das ich bei meinem Amtsantritt hier vorgefunden habe, nicht beseitigen können. Unter uns: Es ist gelinde gesagt eine Katastrophe! Die ägyptischen Hieroglyphentafeln und Papyrusrollen, die ich unter größtem Aufwand und Strapazen unbeschädigt aus Kairo habe herbringen lassen, liegen jetzt im ersten Stock im Magazin neben römischen Vasen und Meißner Porzellan. Allein das Sortieren und Katalogisieren ist wahrlich eine Herkulesaufgabe. Das Schlimmste aber ist, dass in ganz Paris kein vernünftiges Personal aufzutreiben ist. Wer etwas konnte, ist inzwischen einen Kopf kürzer oder hat es vorgezogen, ins Ausland zu fliehen. Die, die übrig sind, sind entweder faul oder bessern sich ihren zugegebenermaßen spärlichen Lohn mit allem auf, was nicht niet- und nagelfest ist. Ich könnte dir Geschichten erzählen!« Denon hatte sich inzwischen hinter einem gewaltigen Schreibtisch auf einen ungewöhnlich hohen Drehstuhl gesetzt. Viktor nahm auf einem kurzbeinigen Fauteuil Platz. Schmunzelnd stellte er fest, dass es nun an ihm war, zu seinem Patenonkel aufzublicken.

»Wo bleiben denn dein Vater und deine charmante Maman? Darf ich dir eine Erfrischung bringen lassen? So viel Zeit muss sein!«

Viktor räusperte sich verlegen. »Gerne. Haben Sie denn Vaters Brief nicht erhalten? Ich bin heute Morgen mit der Kutsche angekommen und …«

In dem Moment klopfte es.

Der Sekretär steckte den Kopf durch die Tür herein. »Entschuldigen Sie die erneute Störung, Monsieur le Directeur. Die

Lieferung, auf die Sie schon so lange gewartet haben, ist soeben eingetroffen.«

»Was für eine Lieferung, zum Teufel?«, fuhr Denon den Sekretär an.

»Die byzantinischen Vasen.«

»Meine Güte, warum sagen Sie das nicht gleich? Viktor, begleite mich, du wirst staunen!« Enthusiastisch sprang der Museumsdirektor von seinem hohen Thron und rieb sich die Hände. »So kommst du doch noch in den Genuss einer kleinen Führung.« Im Hinausgehen redete er weiter wie ein Wasserfall.

»Junge, ich bin der glücklichste Mensch der Welt. Meine Aufgabe hier fordert mich mit jeder Faser meines Körpers. Ich wache morgens auf und mein Herz jubelt vor Freude. Dem größten Museum der Welt dienen zu dürfen, ist eine Gnade Gottes. Napoleon Bonaparte hat mit mir die beste Wahl getroffen. Mich lenken keine Familie, keine Mätresse und keine Kinder von meiner großen Aufgabe ab. Nach nur einem Jahr in dieser Position kann ich mit Fug und Recht behaupten: Ich bin mit dem Louvre verheiratet. Glücklich verheiratet. Welcher Mann kann das schon von sich sagen?«

Viktor passte seine Schritte dem schnellen Gang seines Onkels an.

»Schau, hier zu deiner Linken diese wunderschönen italienischen Meister! Der Botticelli da wurde im Zuge der Revolution in mein Museum gebracht. Früher hat sich nur eine alte, halb blinde Contessa daran erfreut. Jetzt kann sich endlich ganz Paris daran ergötzen! So ändern sich die Zeiten. Man kann darüber denken, was man will, aber die Revolution hat bei allen negativen Auswüchsen auch ihr Gutes gehabt.«

Viktor schaute den abgebildeten Engel fasziniert an. Doch sein Onkel packte ihn ungeduldig am Arm und zog ihn weiter.

»Mach ja nicht den Fehler und verweile zu lange vor einem der Kunstwerke. Mein Haus beherbergt grob geschätzt zweieinhalb Millionen Exponate. Wenn du dir für jedes einzelne Stück auch nur drei Minuten Zeit nehmen würdest – und jedes Kunstwerk würde es weiß Gott verdienen, dass man sich ihm länger widmet –, dann bräuchtest du Tage, Wochen, Monate oder Jahre, um dir auch nur einen ersten flüchtigen Eindruck zu verschaffen. Und wenn du bei dem letzten Kleinod angekommen bist, kannst du wieder von vorne anfangen, weil du nun alles mit völlig neuen Augen sehen wirst.« Denon machte vor Begeisterung einen kleinen Luftsprung und fuhr dann atemlos fort: »Auch auf die Gefahr hin, dass ich mich wiederhole: Der Louvre ist das größte Museum der Welt. Hier muss man im Laufschritt durcheilen, sonst kommt man nirgendwo an. Herrje, herrje, ich rede in einem fort. Ich langweile dich doch nicht? Erzähl du doch auch mal was! Du bist ja stumm wie ein Fisch! Wie geht es dir überhaupt? Wie lang bleibt ihr in Paris?« Noch ehe Viktor antworten konnte, redete Denon weiter: »Wann sind wir uns eigentlich das letzte Mal begegnet? Es muss mindestens zehn Jahre her sein. Ich erinnere mich, dass es dein zwölfter Geburtstag war. Habe ich dir damals nicht diese wundervolle Tonscherbe aus Venedig mitgebracht?«

Viktor nickte stumm. Er konnte sich noch genau daran erinnern, wie enttäuscht er gewesen war, als er das Präsent ausgepackt hatte.

»Lass dir doch nicht jedes Wort aus der Nase ziehen. Wie viele Tage kannst du denn nun bleiben?«

Viktor holte tief Luft, sah zu seinem Onkel hinunter und meinte knapp: »Ein ganzes Jahr!«

4. Kapitel

Paris, 14. November 1804

Erleichtert sah Celeste die kleine Böschung vor sich, die mit immergrünen Eiben und Buchsbäumen bewachsen war. Sie hatte es geschafft. Hastig warf sie noch einen Blick über die Schulter zurück und stellte fest, dass ihr niemand gefolgt war. »Wir sind gleich da«, murmelte sie mehr zu sich selbst als zu Filou, der neben ihr herlief.

Celeste schob die Zweige beiseite und drang immer tiefer in den kleinen Wald ein. Plötzlich lichtete sich das Dickicht und vor ihr standen drei Gauklerwagen nebeneinander in einem Halbkreis.

Celeste schossen Tränen in die Augen. Sie war so erleichtert, endlich in Sicherheit zu sein. Einen Moment lang blieb sie stehen und beobachtete die Szene, die sich vor ihr abspielte.

Nathalie, Raouls Frau, war gerade damit beschäftigt, eine frisch geschlachtete Ziege zu zerwirken.

»Wo sind meine Messer?«, schrie Raoul ungehalten hinter einem der Wagen hervor.

»Was glaubst du denn? Soll ich die Ziege mit meinen Zähnen zerlegen?!«, rief Nathalie zurück.

»Ich hab dir schon tausend Mal gesagt, du sollst deine Pfoten von meinen Wurfmessern lassen. Es ist in deinem eigenen Interesse, dass die Messer scharf sind und im Holz stecken bleiben, Weib. Sonst machst du mir wieder Vorwürfe, wenn du einen Kratzer abbekommst.«

Lächelnd beobachtete Celeste, wie Raoul mit gefletschten Zähnen hinter dem Gauklerwagen hervorsprang und seiner rothaarigen Frau spielerisch eines seiner Wurfmesser an die Gurgel hielt.

»Hör auf, Raoul. Mir ist jetzt nicht nach Scherzen zumute. Wenn du heute noch was essen willst, dann lass mich gefälligst in Ruhe.« Nathalie hob erbost den Blick, dann entdeckte sie Celeste. »Mon Dieu, Kind, wie siehst du denn aus? Du bist ja bleich wie ein Gespenst. Man könnte meinen, du wärst dem Teufel persönlich begegnet!«

Das trifft die Wahrheit ziemlich genau, dachte Celeste. Laut erwiderte sie jedoch: »François und ich sind heute Morgen schon ganz früh los.« Sie griff in ihre Jackentasche und holte die Münzen heraus. »Wir hatten Glück. Es hat sich gelohnt. Doch dann war ich zur falschen Zeit am falschen Ort. Auf dem Rückweg bin ich in eine Straßensperre geraten und wäre fast von zwei Gendarmen geschnappt worden. Ich konnte sie mit Müh und Not abhängen.«

Nathalie starrte Celeste an. »Du blutest ja. Hast du dich verletzt?«

»Nicht der Rede wert. Ich hab mir nur das Knie aufgeschlagen.«

»Hoffentlich ist es nichts Schlimmes. Lass mal sehen«, mischte sich Raoul ein. »Wenn du jetzt ausfällst, dann war der weite Weg nach Paris umsonst. Das fehlte uns grade noch!«

Celeste humpelte auf die beiden zu und ließ sich auf einen der großen Strohhaufen fallen. Vorsichtig rollte sie ihr zerrissenes linkes Hosenbein hoch.

»Das ist nicht so wild. Schaut, nur ein Kratzer!«

Nathalie und Raoul warfen sich einen beunruhigten Blick zu.

»Wo ist denn dein zweiter Stiefel?«

Celeste zuckte nur mit der Schulter.

»Jetzt bist du schon so lange bei uns, Kindchen, und warst noch nie verletzt. Dabei hätte es bestimmt ein paar Hundert Gelegenheiten gegeben, wo du dir hättest das Genick brechen können! Und ausgerechnet jetzt stolperst du auf der Straße?«

Mit dem Daumen drückte Nathalie vorsichtig auf Celestes geschwollenes, aufgeschürftes Knie. »Du hast Glück gehabt. Es sieht schlimmer aus, als es ist! Du musst dich ein bisschen schonen, dann bist du bald wieder auf dem Seil.«

Raoul nickte erleichtert. »Das ist halb so schlimm. Gott sei Dank sind es noch über zwei Wochen bis zu den Krönungsfeierlichkeiten. Bis dahin ist die Wunde längst verheilt. Vergiss nicht, du bist unser Zugpferd! Keine macht solche Sprünge wie du.«

Celeste nickte müde. Die Ereignisse des Vormittags hatten sie mehr mitgenommen, als sie sich eingestehen wollte.

»Die Gendarmen sind doch nie und nimmer einfach auf dich los! Ich kann mir schon vorstellen, was sich da während der Straßensperre abgespielt hat. Filou hat einen der Polizisten angefallen, nicht wahr?«

Als Celeste nicht antwortete, fuhr er wütend fort: »Wie oft hab ich dir schon gesagt, dass die Leute vor so einem Riesenhund Angst haben? Besonders hier in Paris. In den kleinen Dörfern sind die Menschen große Tiere gewohnt und scheren sich nicht weiter um Filou. Aber hier ist das anders. Das nächste Mal bleibt das Vieh hier, verstanden?«

»Jetzt lass das Kind doch in Ruhe! Dein Gezeter will niemand hören. Siehst du nicht, dass sie immer noch bleich wie der Tod ist? Komm in den Wagen, Celeste, und leg dich hin. Es gibt bald Essen.«

Celeste humpelte hinter Nathalie her, stieg in den Gauklerwagen und legte sich auf ihren dünnen Strohsack. Sie schloss die Augen.

Sofort sah sie das Gesicht des Mannes mit dem Feuermal vor sich. Mit keiner Menschenseele hatte sie jemals über den sie immer wieder heimsuchenden Albtraum ihrer Kindheit geredet. Nicht einmal mit Nathalie. Konnte es so einen Zufall geben? Konnte sie ausgerechnet hier in Paris dem Mörder, der ihre ganze Familie ausgelöscht hatte, wiederbegegnet sein?

Sie versuchte sich zu beruhigen. Es gab sicher etliche Menschen, deren Gesicht mit so einem Makel entstellt war. Besonders in einer so großen Stadt wie Paris.

Nathalies Stimme riss sie aus ihren Gedanken: »So, ma petite, bleib ruhig im Wagen. Hier ist es ein wenig wärmer als draußen. Ich bringe dir gleich ein bisschen heiße Suppe.«

Celeste lächelte Nathalie dankbar zu. Ohne die zupackende Fürsorge der Gauklerin wäre sie vor zehn Jahren verloren gewesen.

Aufgewühlt durch das Ereignis in der Rue Mouffetard tauchten Gefühle und Bilder ihrer Kindheit vor ihrem inneren Auge auf, die sie sonst zumindest tagsüber zu verdrängen verstand.

Sie sah sich wieder als Achtjährige in ihrem Versteck in der feuchten, dunklen Höhle. Unablässig tropfte Wasser von der Decke. Stundenlang hatte sie reglos ausgeharrt, in der Hoffnung, irgendein Mensch würde kommen und sie retten. Die ungewohnten Geräusche um sie herum steigerten ihre Angst ins Unermessliche. Sie hatte kaum gewagt zu atmen. Ohne Filou an ihrer Seite hätte sie das nicht überlebt.

Als der Welpe immer schwächer wurde und sie befürchtete, er würde sterben, hatte sie schließlich die Höhle verlassen. Sie wusste nicht, wohin. In ihrer hoffnungslosen Situation lief sie zurück zum Schloss. Doch niemand war mehr da. Wie lange sie inmitten ihres zerstörten Zuhauses geblieben war, wusste sie nicht mehr. Der Geruch des kalten Rauches verfolgte sie bis zum heutigen Tag. In den Trümmern suchte sie nach irgendetwas Essbarem. Sie fand ein paar Äpfel, ein Stück Käse und Reste eines Schinkens. Sie setzte sich auf einen frischen Erdhügel und verschlang zusammen mit Filou gierig, was sie gefunden hatte.

Dann waren sie aufgebrochen. Tagelang hatte sie mit ihrem Hund ziellos Wälder und Wiesen durchstreift. Ihr einstmals vornehmes Kleid starrte nach kurzer Zeit vor Dreck und hing ihr nur noch in Fetzen am Leibe. Ihre Haare waren inzwischen so verfilzt, dass sie sie nicht einmal mehr mit ihren Fingern entwirren konnte. Als ihre Vorräte aufgebraucht waren, hatte sie versucht, genügend süße Walderdbeeren zu finden, um ihren und Filous Hunger zu stillen. Schließlich waren sie zu ihrer beider Glück am Rand einer Landstraße Nathalie und Raoul in die Arme gelaufen.

»Wie siehst du denn aus? Was machst du hier so mutterseelenalleine? Hast du dich verlaufen, Kleines?«, hatte Nathalie sie besorgt gefragt.

Celeste wollte antworten, doch kein einziger Laut kam über ihre Lippen.

»Bist du von zu Hause weggelaufen?«

Sie konnte keine Antwort geben. Ihr Mund blieb stumm.

»Vielleicht ist das Mädchen taub und kann nicht sprechen. Vielleicht wollten ihre Eltern sie loswerden oder konnten nicht mehr für sie sorgen.«

»Wir können das Kind doch nicht sich selbst überlassen, Raoul. Wir nehmen sie mit.«

»Also gut, komm her, Kleine, setz dich auf den Wagen. Du bist ja ganz ausgehungert. Hier hast du ein Stück Brot für dich und deinen Hund. Iss erst mal was, dann sehen wir weiter.«

Anfangs fragten die beiden noch in jedem Dorf, durch das sie kamen, ob jemand ein Kind vermisste. Irgendwann wurde ihnen bewusst, dass niemand nach dem Mädchen suchte. Schließlich hatten die Gaukler sie endgültig unter ihre Fittiche genommen.

Wochenlang war Celeste lethargisch und apathisch gewesen, aber Nathalie und Raoul ließen ihr Zeit.

Eines Tages begegneten sie auf einem Jahrmarkt anderen Akrobaten. Einer der Männer war Seiltänzer. »Was ist mit eurer Tochter los? Warum sagt sie nichts? Warum lacht sie nie?« Er hatte Celeste einfach gepackt und auf sein Seil hochgehoben. Der fremde Mann hatte sich hinter ihr aufs Seil geschwungen und sie langsam von einer Seite zur anderen geführt.

Nathalie und Raoul hatten fassungslos beobachtet, wie Celeste völlig ohne Angst an der Hand des Mannes über die Leine balancierte.

Von da an begann Raoul, mit ihr zu üben. Wo immer sie ihr Lager aufschlugen, spannte er ein Seil. Anfänglich war es nur wenige Zentimeter über dem Boden, doch schon nach drei Monaten war Celeste so routiniert und sicher, dass sie in zwei Meter Höhe ihren ersten Sprung wagte. Sie liebte das Seiltanzen! Ehrgeizig und voller Freude übte sie in jeder freien Sekunde.

Raoul war ein strenger, aber guter Lehrer. Er wusste genau, was er ihr und ihrem außergewöhnlichen Gefühl für Balance zutrauen konnte.

Nach einem halben Jahr gelang ihr ein Spagat auf dem Hochseil. Als Raoul das sah, klopfte er ihr zufrieden auf die Schulter und meinte: »Celeste, ab jetzt kannst du vor Publikum auftreten!«

Sie erinnerte sich an den Abend ihres ersten Auftritts, als wenn es gestern gewesen wäre. Sie waren in einem kleinen Dorf in der Nähe von Montpellier gewesen.

Raoul hatte das Seil von einer Linde zum Dorfbrunnen gespannt. Nachdem Raoul und Nathalie ihre Attraktionen aufgeführt hatten, war Celeste an der Reihe.

Ihr Herz pochte wie wild.

Mit einem Trommelwirbel kündigte Raoul sie an.

Celeste schwang sich gekonnt auf das Seil. Als sie darauf stand, verflog all ihre Nervosität, die ihr noch vor einer Sekunde fast die Luft zum Atmen genommen hatte. Sie fühlte sich frei wie nie zuvor. Celeste straffte ihren Körper und setzte sicher einen Fuß vor den anderen. Sie hatte das Gefühl, über das Seil zu tanzen. Es war wie ein Rausch. Alles, was sie mühsam einstudiert hatte, gelang ihr perfekt. Mit einem gestreckten Salto vollendete sie ihren Auftritt. Als sie den Boden wieder unter den Füßen spürte, brachte sie der begeisterte Applaus der Zuschauer zurück ins Hier und Jetzt.

Celeste verbeugte sich. »Merci beaucoup«, flüsterte sie leise. An diesem Tag hatte sie ihre Sprache wiedergefunden.

5. Kapitel

Paris, 15. November 1804

»Viktor, ich hoffe, du hast gut geschlafen. Ich bin so froh, dass du da bist. Dich schickt der Himmel! Jede helfende Hand ist willkommen! Begreife deinen Aufenthalt hier nicht als eine Strafe, sondern als eine Chance für dein weiteres Leben. Wäre der Brief deines Vaters nicht verloren gegangen, hätte ich deine Ankunft selbstverständlich vorbereitet. Aber was geschehen ist, ist geschehen. Halten wir uns nicht länger mit Dingen auf, die nicht mehr zu ändern sind. So, und jetzt ist Schluss mit dem Müßiggang! Allons! Auf geht's, es gibt viel zu tun! Wir wollen keine Zeit vergeuden.«

Es war bereits später Vormittag, als Vivant Denon und Viktor sich zum Südflügel des Museums aufmachten.

»Ich habe mir kurz überlegt, ob du dich heute nicht zuerst ein wenig von den Strapazen deiner Reise erholen willst, aber ein junger Mann wie du steckt sicher voller Tatendrang. Hab ich nicht recht?« Ohne eine Antwort abzuwarten, fuhr Denon fort: »Ich habe mir heute Nacht den Kopf zerbrochen, wie ich deine Talente und Fähigkeiten am besten nutzen kann. Du sollst Paris nicht verlassen, ohne dass dein Auge durch die Auseinandersetzung mit der Kunst geschult wird. Paris hält unendlich viel bereit. Du wirst vor Begeisterung nicht mehr ein noch aus wissen, wenn du erst einmal anfängst, meine Heimatstadt zu erkunden. Mit den kleinen Gaunereien, die hier an der Tagesordnung sind, bist du ja schon vertraut. Übrigens, die Skizzen von dem räudigen Straßenköter sind dir gut gelungen. Hattest du in Bayern einen Zeichenlehrer?«

Viktor schüttelte verneinend den Kopf.

»Egal. Der Weg zu wahrer Meisterschaft ist steinig und lang. Ich habe die Erfahrung gemacht, dass der Künstler am meisten durch genaues Hinsehen lernt. Wenn du hier im Museum die eindrucksvollen Zeichnungen und Gemälde eingehend studierst, wird sich dir sehr vieles von selbst offenbaren. Wer sich auf ein Kunstwerk mit ganzer Hingabe einlässt, kann daraus lesen und lernen. Ich übertrage dir eine Aufgabe von großer Bedeutung. Du wirst die Werke der deutschen Künstler katalogisieren. Die Artefakte müssen von dir aufs Genaueste vermessen, skizziert und beschrieben werden, ehe du sie in einem Katalog verzeichnen darfst.«

Viktor schaute seinen Onkel ungläubig an. Wie sollte er das bewerkstelligen?

»Keine Angst, du bist nicht der Einzige, der sich hier im Museum damit beschäftigt. In jeder Etage, in jedem Flügel arbeiten begabte Archivare daran, alles zu dokumentieren und aufzunehmen. Alle haben sie sich dem einen Ziel verschrieben, aus diesem altehrwürdigen Pariser Schloss einen Palast der Künste zu machen. Du kannst mir glauben, das ist eine zeitraubende Aufgabe. Gott schenke mir ein langes Leben, damit ich möglichst viele meiner Pläne verwirklichen kann!«

Sie bogen nach rechts ab und kamen in einen schlauchartigen Saal, der über und über mit Gemälden in den unterschiedlichsten Formaten voll hing.

»Nicht nur du hast die Ehre, im Louvre zu wohnen, auch ein paar Künstler der Academie Française haben hier ein vorübergehendes Domizil gefunden. Schau nur, hier arbeitet gerade so ein Talent. Er kopiert die großen Meister, um von ihnen zu lernen.«

Ein kleines Grüppchen vornehm gekleideter Frauen umringte einen älteren, grauhaarigen Maler vor einer großen Leinwand, der gerade konzentriert mit seinem Pinsel an einem rosaroten Mädchenarm arbeitete.

Auf einmal trat er einen Schritt zurück, kniff sein rechtes Auge zu und überprüfte mit scharfem Blick seine Arbeit auf der Staffelei. Als er den Museumsdirektor in Begleitung von Viktor herankommen sah, zog er ehrfürchtig den Hut und verbeugte sich.

»Verehrter Monsieur Gustav, es freut mich sehr, Sie bei der Arbeit anzutreffen. Darf ich vorstellen, Viktor von Löwenstein, mein Neffe und ein junges deutsches Talent. Er wird für ein Jahr in Paris hier bei mir im Louvre wohnen.« Denon trat näher an die Staffelei und begutachtete eingehend das halb fertige Gemälde. »Sie machen Fortschritte, Gustav! Schau nur, Viktor, Monsieur Gustav kopiert den großen Rubens, der hier an der Wand hängt. Mein Kompliment! Sie haben die Farbe der Haut nahezu exakt getroffen.« Denon wandte sich den neugierig zuschauenden Frauen zu. »Finden Sie nicht auch, Mesdames?«

»Wir alle sind voller Bewunderung für die einfühlsame Arbeit! Ich werde meinem Gatten vorschlagen, die Kopie zu kaufen.«

Erfreut lächelte Gustav die Dame an.

»Wenn Rubens heute leben würde, sähen seine Bilder anders aus. Durch die Hungersnot während der Revolution ist keine Frau mehr so schön wohlgenährt wie seine Modelle damals.« Denon fasste Viktor am Arm. »Mesdames et Monsieur, zu gerne würden wir mit Ihnen weiterplaudern, aber die Pflicht ruft. Wir müssen weiter!«

Endlich erreichten Viktor und Denon die erste Etage des Südflügels. Sie betraten einen großen Raum, in dem die Luft abgestanden und muffig roch. Hinter langen Arbeitstischen fanden sich an den Wänden riesige Schränke und Regale.

»Wir bewahren hier zahlreiche bedeutende Drucke, Grafiken und Zeichnungen deiner Landsleute auf. Albrecht Dürer, Hans von Aachen, Lukas Cranach, Rolf Huber, Georg Flegel, um nur ein paar zu nennen. Wo sind nur die Mappen? Ich weiß genau, sie müssen hier irgendwo sein!« Der Museumsdirektor durchstöberte mehrere Schubladen. »Da haben wir ja zum Mindesten schon einmal den guten Dürer! Ach, und hier ist die Mappe mit den Zeichnungen von Georg Flegel! Viktor, schau dir die Arbeiten ganz genau an. Nummeriere und vermesse jedes einzelne Blatt und versehe es mit unserem Stempel. Hier auf dem Tisch findest du ein Metermaß. Und da liegt das Buch, in das du sie verzeichnen sollst. Ich überlasse es deiner Entscheidung, ob du das jeweils dargestellte Motiv flüchtig skizzierst oder nur kurz beschreibst. Ich bin gespannt, wie viel du heute schaffst! Die Zeit rast. Ich muss weiter. Bis heute Abend«, rief Denon schon im Hinausgehen seinem Neffen zu.

Viktor ließ sich auf einen der harten Holzstühle vor dem Arbeitstisch nieder. Ehrfürchtig schlug er die Mappe, die zuoberst lag, auf und nahm vorsichtig das erste Blatt heraus. Es war eine Studie für ein Stillleben. In der Mitte eines Tisches lag ein großes, rundes, kross gebackenes Brot. Rechts stand ein Weinkrug, links ein kostbares, halb gefülltes Glas. Auf einem weißen Teller mit schwarzem Rand befand sich ein geräucherter Fisch neben einem prächtigen Hummer, der von zwei Lauchzwiebeln eingerahmt war. Beim Anblick der Skizze begann sein Magen zu knurren. Er hatte heute noch nichts gegessen. Behutsam legte er das Blatt zur Seite. Das nächste Bild zeigte einen braunen Tisch, auf dem ein mit grünen und blauen Weintrauben gefüllter Korb stand. Davor lag ein großer Schinken. Das fängt ja gut an, dachte sich Viktor hungrig.

6. Kapitel

Paris, 1. Dezember 1804

Im fahlen Licht der Dezembersonne rumpelten die drei Ochsenwagen der Akrobatentruppe die Rue des Écoles hinauf, Notre-Dame entgegen. Das Gewimmel, das an dem Tag vor der Krönung Napoleons zum Kaiser von Frankreich in den Gassen und Straßen herrschte, war selbst für Pariser Verhältnisse ungewöhnlich.

So viele Kutschen, Reiter und Passanten hatten die Gaukler noch nie auf einmal gesehen. Schlimmer als in einem Ameisenhaufen stolperten und drängten sich die Menschen und Zugtiere aneinander vorbei. Es herrschte emsige Betriebsamkeit, und eine für jedermann spürbare Nervosität lag in der Luft.

Celeste saß mit Nathalie auf dem hinteren Kutschbock von Raouls Wagen.

»Ich wünschte, wir hätten unseren Lagerplatz nicht verlassen müssen. Die vielen Menschen hier um uns herum machen mir zu schaffen. Ich weiß nicht, wie Raoul in dem ganzen Gedränge einen Platz für unsere drei Wagen finden will. Am besten lagern wir am Ufer der Seine, dann haben wir wenigstens Wasser.«

Celeste nickte stumm. Sie hing ihren eigenen Gedanken nach. Durch ihre Verletzung hatte sie eine Weile nicht trainieren können, während die anderen Gaukler ihre Darbietungen vorgeführt hatten. Ihr Verdienst war gut gewesen, denn sie waren mit reichlich Essen und Wein zurückgekommen.

Celeste war nicht entgangen, dass dem Gewichtheber Marcuse etwas auf der Seele brannte. Sie war jetzt noch gerührt, als sie daran dachte, wie der sonst so schüchterne Koloss ihr aus heiterem Himmel seine Liebe gestanden hatte.

»Celeste, du bist die schönste Frau, der ich je begegnet bin. Ich liebe dich seit dem Tag, als ich dich zum ersten Mal gesehen habe. Ich bin groß und stark. Ich kann dich beschützen. Dann musst du dich auch nicht mehr als Jüngling verkleiden und deine wunderschönen langen Haare verstecken. Niemand wird dich belästigen, wenn ich an deiner Seite bin. Zum Glück hast du dich nicht schlimm verletzt, aber stell dir vor, du brichst dir wirklich mal ein Bein oder einen Arm. Du bist ganz allein. Du hast keine Familie, nur deinen Hund. Denk über meinen Vorschlag nach. Du würdest mich zum glücklichsten Mann der Welt machen!«

Celeste hatte sofort den Kopf geschüttelt und Marcuse verlegen angelächelt. Er war ein herzensguter Kerl und sie ahnte, wie viel Überwindung es ihn gekostet haben musste, ihr seine Gefühle zu offenbaren. Als er nach seinem Geständnis unvermittelt aus dem Wagen gestürmt war, hatte sie lange wach gelegen und gegrübelt.

Als wenn er ihre Gedanken gespürt hätte, hob Marcuse auf dem Ochsenwagen hinter ihnen zaghaft die Hand und winkte ihr zu.

Celeste erwiderte den Gruß. Gott sei Dank hatte er seitdem das heikle Thema ruhen lassen.

Plötzlich blieb ihr Wagen stehen.

»Was ist denn los?«, wollte Nathalie ungehalten von Raoul wissen.

»Da vorne versperrt irgendein Idiot mit seinem Fuhrwerk die ganze Straße. Es geht nicht mehr vor und nicht mehr zurück.

Verdammt noch mal! Wenn wir hier länger festsitzen, sind alle guten Plätze belegt. Ich habe gleich gesagt, wir hätten schon viel eher aufbrechen sollen. Dann wären wir jetzt nicht eingekeilt. Wenn wir über den Winter kommen wollen, ohne Hunger leiden zu müssen, sind wir darauf angewiesen, bei der Krönung einen guten Schnitt zu machen. Die Konkurrenz schläft nicht. Wer den besten Platz hat, verdient das meiste Geld. So einfach ist das! Ich hab gehört, dass Napoleon Bonaparte selbst ein paar Darbietungen anschauen will. Er soll uns Künstlern sehr wohlgesinnt sein. Je näher wir an Notre-Dame rankommen, umso größer ist die Wahrscheinlichkeit, dass wir jemandem aus dem Hofstaat auffallen! Dann können wir vielleicht bei einem der pompösen Gartenfeste in den Tuilerien oder gar im Jardin de Luxembourg auftreten. Merde, und jetzt geht's hier nicht weiter!«

»Ich schau mal nach.« Celeste sprang vom Wagen.

Fünf Fuhrwerke vor ihnen schlug ein Kutscher unerbittlich mit seiner Peitsche auf den Rücken seines Pferdes ein, das entkräftet stehen geblieben war.

Als Celeste die Stute sah, zog sich ihr Herz vor Schmerz zusammen.

Der Fuhrmann drosch weiter gnadenlos auf den armen Klepper ein.

Das Tier war trotz der Kälte nass geschwitzt und Blut tropfte aus seinen Nüstern. Nie und nimmer würde das Pferd den mit Weinfässern völlig überladenen Wagen erneut anziehen können.

»Hör auf, das Pferd zu schlagen!«, schrie Celeste den Fuhrmann an. »Siehst du nicht, wie schwach das Tier ist? Komm lieber von deinem Bock herunter und hilf schieben.«

Laute Flüche und Schimpftiraden veranlassten den Mann schließlich, sich vom Wagen zu bequemen.

Als die Umstehenden sahen, dass die Kräfte des Gauls nicht ausreichten, fanden sich widerwillig ein paar Helfer, aber die Kutsche rührte sich nicht vom Fleck.

In dem Moment kam Marcuse. Für ihn war es ein Kinderspiel, den Wagen anzuschieben.

»Dem Mistkerl sollte man das Pferd wegnehmen«, schimpfte er vor sich hin, während er zu seinem Ochsenkarren zurückging. Dankbar sah Celeste hinter ihm her.

Vielleicht sollte sie sich sein Angebot doch noch einmal durch den Kopf gehen lassen. Er war wirklich ein guter Kerl.

Eine Weile kamen die Gaukler recht gut voran, dann musste Raoul seinen Ochsen wieder zum Stehen bringen.

Direkt vor ihnen marschierte plötzlich ein großes Musikkorps quer über die Straße. Mit Trommelwirbeln und Pfeifen liefen die Soldaten in ihren blau-weiß-roten Uniformen an ihnen vorbei. Fröhlich winkten etliche Pariser den Soldaten zu, und eine Schar Kinder rannte lachend neben ihnen her.

Celeste genoss die heitere Atmosphäre. Die ausgelassene, erwartungsvolle Stimmung bezauberte sie. Es ging nicht nur ihr so. Ganz Paris war voller Spannung, was der nächste Tag bringen würde.

Es begann bereits zu dämmern, als Raoul es mit seiner Hartnäckigkeit und Schlitzohrigkeit tatsächlich geschafft hatte, einen der begehrten Plätze nicht allzu weit von Notre-Dame entfernt zu ergattern.

Celeste machte sich auf den Weg, um eine Stelle zu suchen, an der sie morgen ihr Hanfseil befestigen konnte. Wie immer trug sie ihre unauffälligen schwarzen Hosen, eine kurze Jacke und hatte ihren dicken blonden Zopf unter der Mütze versteckt. Es hatte weiß Gott Vorteile, nicht sofort als Frau erkannt zu werden. In einer engen Seitengasse wurde sie fündig.

Die Häuser waren nicht allzu hoch. Dort konnte sie problemlos das Seil von Kamin zu Kamin spannen. Perfekt für ihren Auftritt.

Sie würde morgen alle überraschen. Celeste hatte niemandem erzählt, dass sie zum ersten Mal einen völlig neuen Sprung wagen würde. Stundenlang hatte sie sich den Kopf zermartert, wie ihre Nummer für die Kaiserkrönung noch waghalsiger und aufsehenerregender werden könnte. Morgen wollte sie unbedingt etwas Einzigartiges zeigen. Etwas, das noch kein anderer Seiltänzer gewagt hatte. Celeste träumte davon, einen Sprungspagat zu riskieren!

Schon der normale Spagat auf dem Seil, bei dem sie stehend langsam die Beine völlig durchgestreckt immer weiter auseinanderbog, bis sie schließlich mit dem Po das Seil berührte, war schwierig. Aber es war machbar. Sie hatte es sich im Laufe der Zeit angewöhnt, diese Übung aufreizend langsam zu machen, weil dadurch die Spannung unter den Zuschauern spürbar stieg. Meist wackelte sie dann noch absichtlich bedrohlich herum, damit es so aussah, als würde sie gleich herunterfallen. Celeste liebte es, wenn das Publikum entsetzt aufschrie, weil alle befürchteten, sie könnte in die Tiefe stürzen.

Der Sprungspagat würde die Zuschauer noch mehr fesseln. Celeste wollte vom Seil hochspringen, blitzartig die Knie anziehen, in den gestreckten Spagat spreizen und schließlich wieder sicher auf dem Seil landen. Das war äußerst riskant. Lange hatte sie gezweifelt, ob so ein Sprung überhaupt möglich wäre. Nach endlosen Versuchen war es ihr ein einziges Mal geglückt. Wenn sie in dieser Höhe nicht exakt landete, den Halt verlor oder womöglich danebensprang, wäre sie auf der Stelle tot. Den Gedanken verdrängte sie sofort. Es würde ihr schon gelingen, aber sie musste sich höllisch konzentrieren.

Celeste sah noch einmal nach oben. Der Platz war perfekt!

Sie war eine hervorragende Fassadenkletterin. Sie konnte sich in Windeseile an Balkonen und Fensterläden hochziehen. Oft gelangte sie so auf die Dächer der Häuser, ohne dass die Besitzer überhaupt etwas merkten. Die Hausbewohner waren meist begeistert von ihrer Darbietung. Nur selten schimpften ein paar von ihnen darüber, dass Celeste auf ihr Dach geklettert war.

Heute wollte sie sicherheitshalber um Erlaubnis bitten. Nicht, dass es morgen früh Schwierigkeiten geben würde. Noch war genügend Zeit, um eine Alternative zu suchen.

In dem Moment kam eine ältere Frau aus der Tür des linken Hauses. »Ach, ist das nicht herrlich, wie sich heute Abend alle freuen und feiern! Jetzt schneit es sogar. Sieh nur, da vorne machen sie ein Feuer.«

Fasziniert sah Celeste, dass gerade ein bengalisches Feuer mitten in der Gasse entzündet wurde. Darum herum fiedelten ein paar Musikanten, deren riesige Schatten verzerrt an die Hauswand hinter ihnen geworfen wurden. »Excusez-moi, Madame, ich bin Seiltänzer. Darf ich morgen auf Ihr Dach und mein Seil von Ihrem Haus zu dem da drüben spannen?«

»Ja, von mir aus. Aber ist mein Haus nicht zu hoch? Ich will hier keine Toten.«

»Keine Sorge, Madame. Ich mach das schon seit Jahren.«

»Na, lohnen wird es sich auf jeden Fall für dich! Ganz Paris ist auf den Beinen.«

Plötzlich hörte man den dumpfen Donner von Kanonenkugeln in der Ferne.

»Das ist die Artillerie. Die schießt ihren Salut, um dem morgigen Tag die entsprechende Würde zu bekunden. Wie schön, wie schön. Endlich brechen gute Zeiten für uns an. Wenn wir morgen wieder einen Kaiser haben, wird das Elend der letzten Jahre endlich ein Ende haben! Hoffentlich gehen wir mit Napoleon Bonaparte als unserem Kaiser einer besseren, glücklicheren und vor allem ruhigeren Zukunft entgegen. Wir Pariser können wirklich stolz darauf sein, dass unsere Stadt der Schauplatz des morgigen Ereignisses sein wird! Sämtliche Theater sind die ganze Woche für jedermann geöffnet und aus allen Ecken hört man Musik. Das wird ein wunderschönes Fest. Au revoir, fall mir bloß nicht runter!«

7. Kapitel

Paris, 2. Dezember 1804

»Du lieber Gott, jetzt sitzen wir schon seit geschlagenen drei Stunden auf dieser harten Bank, und die Krönungszeremonie hat noch nicht einmal angefangen! Viktor, mir ist schon ganz blümerant zumute. Die Luft ist zum Schneiden! Ich habe nichts im Magen. Wie soll ich das nur durchstehen?« Dominique-Vivant Baron Denon saß mit seinem Patensohn in einer der hintersten Reihen der zum Bersten vollen Kathedrale.

Wer Rang und Namen hatte, war an diesem sonnigen, frostklaren Sonntag aufgebrochen, um der Krönungsfeierlichkeit von Napoleon Bonaparte beizuwohnen.

Es war noch stockfinster gewesen, als die beiden Männer in aller Herrgottsfrühe vom Musée de Louvre zur Île de la Cité aufgebrochen waren.

Vivant Denon hatte Viktor, während sie nebeneinander hergingen, minutiös von dem Schicksal der altehrwürdigen Kirche erzählt. »Du wirst staunen, mein Junge. Nichts erinnert heute daran, dass die Revolutionäre Notre-Dame vor zehn Jahren um ein Haar dem Erdboden gleichgemacht hätten. Der Pöbel war damals außer Rand und Band. Doch die starken Mauern der Kathedrale haben wie durch ein Wunder der blinden Zerstörungswut widerstehen können. Die Wunden, die das aufgewiegelte Volk der Kirche zugefügt hat, waren immens. Früher gab es hier wunderschöne bunte Fenster, durch die das Licht in den herrlichsten Regenbogenfarben ins Innere des Kirchenschiffs gefallen ist. Es war einfach zauberhaft. Die schönsten Geschichten aus der Bibel waren in jahrelanger mühsamster Arbeit auf Bleiglasscheiben dargestellt worden. Heute noch sehe ich die heilige Mutter Maria im blauen Mantel auf ihrem Esel reitend vor meinem inneren Auge.« Denon schwieg andächtig, ehe er entrüstet fortfuhr: »Und dann kamen diese Vandalen! Sie haben sämtliche Scheiben kurz und klein geschlagen. Die Kirchenstürmer hatten keinerlei Ehrfurcht. Nichts war vor ihnen sicher. Nichts war ihnen heilig! Inzwischen schützen schlichte Glasfenster wieder das Innere des Gotteshauses. Stell dir nur vor, Viktor, auch die kunstvoll geschmiedeten Kreuze und Kerzenständer sind in den Jahren des Terrors im Hôtel des Monnaies zu Münzen eingeschmolzen worden! Darunter befanden sich Schmiedearbeiten, die von den jetzigen Handwerkern gar nicht mehr gefertigt werden können. Zum Glück konnte ich für den heutigen Festtag einige exquisite Stücke zum Schmuck der Kathedrale beisteuern. Sie waren im Louvre versteckt und haben so die Schreckenszeit unbeschadet überstanden.«

Viktor sah die Betroffenheit in den Augen seines Onkels, als der ihm berichtete, welche Kunstschätze mutwillig und unwiederbringlich verloren gegangen waren.

Der Museumsdirektor redete sich immer mehr in Rage: »Notre-Dame, eine der bedeutendsten Kathedralen der Welt, war jahrelang ein Viehstall und ein Weindepot! In der Kirche wurde gehurt und gesoffen! Es gibt dafür keine anderen Worte! Bis vor Kurzem haben sich Schweine in der Apsis gesuhlt, Hühner sind in der Kirche herumspaziert und haben die Bänke vollgeschissen, gerade wie es ihnen gefallen hat! Gott sei Dank kam

Napoleon Bonaparte wie der Phönix aus der Asche! Er hat dem ganzen Spuk ein Ende bereitet!«

Immer mehr Menschen drängten sich in den Gassen und Straßen, die zur Kathedrale führten. Es hatte sich herumgesprochen, dass wegen des zu erwartenden Ansturms der Platz vor Notre-Dame für alle Karossen gesperrt war, die nicht zum Gefolge des Papstes, des zukünftigen Kaisers oder des Erzkanzlers des Heiligen Römischen Reiches gehörten.

Punkt sechs Uhr morgens erreichten Denon und Viktor die Kathedrale. Sie hatten gehofft, zu den ersten Zuschauern dieses wahrlich historischen Moments zu zählen, doch das war weit gefehlt. Eine große Menschentraube stand bereits auf dem Kirchenvorplatz.

»Meine Güte, was für ein Ansturm! Ich hatte kein Verständnis dafür, dass auf Napoleons Geheiß hin Häuser abgerissen wurden, die völlig intakt waren. Nur um Platz für diesen einen Tag zu schaffen. Aber wenn ich jetzt hier mitten in diesem Gedränge stehe, muss ich sagen, ist die Entscheidung wohl doch richtig gewesen«, erklärte Denon seinem Schützling.

»Solch ein Spektakel, wie es hier veranstaltet wird, hab ich mein Lebtag noch nie gesehen«, erwiderte Viktor beeindruckt.

»Warte erst mal, bis es hell wird. Jetzt kann man ja kaum etwas erkennen. Bei Tageslicht können wir sehen, wie prunkvoll die Kathedrale und der Platz hergerichtet wurden. Ich bin selbst gespannt!«

Plötzlich erklang eine Fanfare und langsam wurden die mächtigen Pforten der Seitenportale von Notre-Dame geöffnet.

Uniformierte Kontrolleure traten aus den Türen. Sie trugen Lanzen, die mit bunten Bändern geschmückt waren. Die Wachen hatten ein strenges Auge darauf, dass die neugierigen Pariser geordnet und ohne allzu sehr zu drängen in die Kirche einzogen. Wer kein Billet vorzeigen konnte, musste erst neun

Francs berappen, um an diesem einzigartigen Ereignis teilnehmen zu dürfen.

Inzwischen waren Stunden vergangen, ohne dass die Zeremonie angefangen hätte. Einzig der Einzug des Orchesters, bestehend aus über vierhundert Musikern, deutete darauf hin, dass die Feierlichkeiten in absehbarer Zeit beginnen würden.

Mittlerweile war es beinahe zehn Uhr.

Denon und Viktor saßen dicht beieinander in ihrer Bankreihe. Leider hatte Denon aufgrund seiner geringen Körpergröße keine freie Sicht in den Altarraum. Im Gegensatz zu Viktor. Trotz ihres frühzeitigen Erscheinens hatten sie nur Platz in der vorletzten Bank gefunden. Die Reihen vor ihnen waren samt und sonders reserviert für die Spitzen der Hof- und Zivilverwaltung. Auch die Vertreter der Militärverwaltung, kenntlich an ihren federgeschmückten Hüten, saßen in großer Zahl im vorderen Kirchenschiff. Ebenso wie eine beträchtliche Abordnung von hohen Würdenträgern der Kurie.

Zu allem Unglück hatte sich direkt vor den Museumsdirektor ein grau melierter Herr mit Hut gesetzt, der von einer auffallend großen Dame begleitet wurde. Alle Versuche, einen attraktiveren Sitzplatz zu ergattern, waren gescheitert.

»Viktor, darf ich dich um einen Gefallen bitten?«

»Selbstverständlich. Sollen wir die Plätze tauschen?«

»Nein, nein, darum geht es nicht. Könntest du noch einmal rausgehen und uns einen kleinen Imbiss besorgen? Ich sterbe vor Hunger! Ich weiß nicht, wie ich die nächsten Stunden sonst durchstehen soll.«

»Nach was gelüstet es dich?«

»Besorg uns eine Flasche Wein. Vielleicht gelingt es dir, bei einem der fliegenden Händler ein gebratenes Huhn oder noch besser gleich einen Kapaun zu besorgen. Das wird noch dauern, bis es hier richtig losgeht.«

»Gut, ich schau, was ich auftreiben kann.« Er stand auf und zwängte sich mühsam an den Herrschaften zu seiner Rechten vorbei. Es war die reinste Qual, an den dicht an dicht sitzenden Zuschauern vorbeizukommen.

Kurz bevor er den Mittelgang erreicht hatte, versperrte ihm eine korpulente Dame den Weg. Umständlich verstaute sie die übrig gebliebenen Reste ihrer Mahlzeit in dem am Boden stehenden Picknickkorb. Dann erst suchte sie ihren Gehstock und erhob sich schwerfällig, um Viktor vorbeizulassen.

Der sah in diesem Augenblick, wie der Dirigent aus dem Seitenschiff eilte, sein Pult betrat und mit einer entschiedenen Geste den Musikanten ihren Einsatz gab.

Die ersten Takte des »Tu es Petrus« erfüllten den Raum. Feierlich klangen die Trompeten, und die hellen, lieblichen Stimmen eines Knabenchors setzten ein. Die Kathedrale war mit einem Mal durchflutet von der schönsten Musik. Es war ein ergreifender Moment.

Plötzlich läuteten alle Glocken von Notre-Dame auf einmal. Die Fülle des Glockenklangs steigerte den erhebenden Eindruck der Musik noch einmal.

In diesem erbaulichen Augenblick öffnete sich die Apsis und Papst Pius VII. betrat das Kirchenschiff.

Ein Raunen ging durch die Menge.

Viktor erkannte, dass es zu spät war, um die Kathedrale noch zu verlassen. Schnell machte er sich auf den Rückweg und zwängte sich wieder neben seinen Onkel.

Er konnte von seinem Platz aus alles genau sehen.

Der Papst war von einer vielköpfigen Ehrengarde umgeben. Beschirmt von einem purpurroten Baldachin, der von vier Klerikern getragen wurde, schritt Pius VII. würdevoll durch eine Doppelreihe von Bischöfen, Erzbischöfen und Kardinälen den Mittelgang entlang. Die Schleppe des prunkvollen Papstgewandes wurde von zwei Kardinälen gehalten.

Sechs Bischöfe schwenkten kostbare Weihrauchgefäße.

Der Heilige Vater segnete die Anwesenden zur Rechten und zur Linken. Als der Papst endlich den Altar erreicht hatte, verstummte die Musik.

Helfende Hände geleiteten Seine Heiligkeit zu einem bereitstehenden Thron, der mit dem päpstlichen Wappen geschmückt war. Pius VII. nahm darauf Platz und versank in ein langes, stilles Gebet.

Es war mucksmäuschenstill in der Kathedrale.

Als der Papst sein Gebet beendet hatte, sagte er mit lauter Stimme: »Amen.«

Inzwischen war es bereits halb zwölf. Seit endlosen Stunden saßen sie schon hier. Viktor hörte seinen Onkel leise neben sich schnarchen. Dieser Bonaparte schien es nicht eilig zu haben, Kaiser von Frankreich zu werden. Er ließ immer noch auf sich warten!

Viktor hatte noch nie so lange in einer Kirche aushalten müssen. Alles tat ihm weh. Sein Rücken schmerzte und seine Beine waren eingeschlafen.

Plötzlich fuhr sein Onkel aus dem Schlaf hoch. Es dauerte einen Moment, bis Vivant Denon wieder wusste, wo er war. »So, jetzt reicht's. Ich kann nicht mehr. Ich muss hier raus!«

Ohne Rücksicht auf die anderen Zuschauer zu nehmen, sprang der Museumsdirektor auf und zwängte sich durch die schmale Bankreihe dem Ausgang zu.

Viktor hatte Mühe, ihm zu folgen.

Zwei Türdiener mit langen, geschmückten Hellebarden in der Hand öffneten ihnen ein unscheinbares Seitenportal. Viktor und Denon traten hinaus. Was sie dort erblickten, verschlug ihnen den Atem.

8. Kapitel

Paris, 2. Dezember 1804

Raouls Gauklertruppe hatte am frühen Morgen ihre Requisiten auf einen kleinen Leiterwagen gepackt.

Es war zwar noch empfindlich kalt gewesen, doch man hatte schon erkennen können, dass es ein klarer Wintersonnentag werden würde. Das war ein Segen für die Musiker, Dompteure, Pantomimen, Akrobaten und Sänger, denn bei schlechtem Wetter blieben die Zuschauer nicht stehen und zeigten sich nie sehr spendabel.

Noch nie hatte Celeste so viele Straßenkünstler auf einmal gesehen. Sie wusste gar nicht, wo sie zuerst hinschauen sollte.

Direkt vor den Gauklern hielt ein Tierbändiger einen riesigen Braunbären an einem kurzen Lederriemen fest.

»Hoffentlich hält die Leine. Wenn sich das Tier losreißt, ist hier die Hölle los!«, rief François lachend.

Mit einem Eisenhaken stieß der Dompteur den Bären so an, dass er im Wechsel die Tatzen hob. Es wirkte, als würden der Bär und der Dompteur zusammen tanzen.

Celeste kam aus dem Staunen nicht heraus.

Direkt neben dem Tierbändiger stand eine schöne, fremdartig aussehende Frau mit langen schwarzen Haaren. Trotz der Kälte zeigte sie sich mit nackten Schultern, auf denen reglos eine monströse, braune Schlange lag.

Filou begann zu knurren.

»Der Hund hat recht. Los, haltet hier nicht Maulaffen feil!« Raoul trieb seine Leute zum Weitergehen an.

Nach einer Weile hatten sie den Platz erreicht, der von Celeste am Abend zuvor ausgekundschaftet worden war.

Marcuse, der vor den anderen in aller Frühe aufgebrochen war, um den Platz zu verteidigen, empfing die Gruppe grinsend. »Seht mal da rüber. Unsere Nachbarn!«

Keine zehn Meter von ihnen entfernt hatte eine andere Artistentruppe ihr kleines rotes Zelt aufgeschlagen.

Ein in Blau und Weiß gekleideter Mann, der auf zwei Meter hohen Stelzen stand, lief mit riesigen Schritten vor und zurück.

»So groß, wie der ist, haut er sich an deinem Seil den Schädel an. Hoffentlich kommt ihr euch nicht in die Quere, Celeste!« Marcuse blickte besorgt zum Dach hoch.

»Ich geh rüber und mach die Grenze klar. Baut ihr so lange alles auf.«

Als Raoul zurückkam, schwor er seine Truppe noch einmal auf den vor ihnen liegenden Tag ein: »Also, Leute, strengt euch an und gebt alles. Die Gassen und Plätze sind voll mit Zuschauern. Es ist mir zu Ohren gekommen, dass sogar Silbermünzen mit dem Porträt von diesem Napoleon an die besten Akrobaten verteilt werden sollen. So ein Spektakel erlebt man nur einmal im Leben! Wir können stolz auf uns sein, dass wir es geschafft haben, mit dabei zu sein. Noch ein Wort zu dir, Celeste.« Raoul fasste die junge Frau am Arm. »Heute wirst du deine Schönheit nicht verstecken, mein Kind. Zieh ein Kleid an und lass dein

Haar offen. Glaub mir, wenn die Zuschauer dich so sehen, wie du anmutig über das Seil tanzt, wird es doppelt so viel Geld geben wie sonst.«

Celeste nickte. Sie wusste, dass Raoul recht hatte. Sie streifte ihre aufgerauten Schühchen über und begann sich warm zu machen. In einer halben Stunde würden sie mit der ersten Vorstellung beginnen.

Celeste spürte wieder das Seil unter ihren Füßen und federte leicht den Sprung ab. Sie hatte es geschafft! Das Publikum applaudierte enthusiastisch.

»Bravo, bravo!«

»Exzellent!«

»Sensationell! Zugabe!«, schrien die Zuschauer unter ihr.

Celeste verbeugte sich. Ihr Herz pochte immer noch heftig vor Anstrengung. Sie strahlte glücklich über das ganze Gesicht.

Seit dem frühen Morgen war sie immer wieder auf das Seil gegangen, um ihr Können zu präsentieren.

Als sich gerade besonders viele Menschen in der Gasse aufhielten, hatte sie beschlossen, ihren gefährlichen Sprung zu wagen. Und er war tatsächlich geglückt!

Erfreut sah sie, dass Raoul, François und Nathalie anerkennend zu ihr hoch winkten und ebenfalls applaudierten, während Marcuse ihr eine Kusshand zuwarf.

Sie balancierte zurück aufs Dach. Von oben konnte Celeste erkennen, dass sich Nathalie unterdessen in ihrem feuerroten weiten Rüschenkleid vor die mit schwarzem Samt bezogene Bretterwand stellte.

Raoul trug seinen Gürtel mit den zwölf Wurfmessern. Blitzschnell zog er das erste Messer heraus und warf es aus vier Metern Entfernung direkt neben Nathalies Hals.

Ein Aufschrei ging durchs Publikum. Die Zuschauer ergötzen sich bereits an dem neuen Nervenkitzel.

Geschickt kletterte Celeste die Fassade hinunter.

Als sie sich im Fensterkreuz des ersten Stockwerks festhielt, blickte sie direkt in die Augen der Hausbesitzerin.

»Grandios, mein Kind, so einen Sprung sieht man nicht alle Tage! Alle Achtung! Erst habe ich dich nicht wiedererkannt. Gestern Abend hielt ich dich für einen Jungen. Heute bist du eine mutige, junge Frau und dazu noch so eine schöne!«

»Danke für das Kompliment, Madame. Merci.«

Celeste kletterte das letzte Stück behände hinunter und ging dann zu Filou, der während der Vorstellung ihren Mantel bewacht hatte. Sie schob den Hund weg und zog sich an.

Plötzlich klopfte ihr jemand auf die Schulter.

Erstaunt drehte sich Celeste um und sah einen älteren, auffallend gut gekleideten, schlanken Bürger, der auf einen silbernen Gehstock gestützt vor ihr stand. Er zog seinen Hut: »Excusez-moi, Mademoiselle. Kann ich Sie kurz sprechen?«

Celeste nickte verwirrt.

»Sie sind außerordentlich talentiert, mein Fräulein. Pardon, ich habe mich noch gar nicht vorgestellt. Mein Name ist Pierre Gardel. Ich bin Ballettmeister an der Pariser Oper, und wenn ich sage, dass Sie hochbegabt sind, dann können Sie mir glauben, dass ich weiß, wovon ich rede. Den Sprung, den Sie soeben in luftiger Höhe gezeigt haben, würden viele Tänzerinnen meines Ensembles niemals wagen.«

Celeste errötete. Sie war es nicht gewohnt, mit Komplimenten umzugehen oder für das, was sie tat, gelobt zu werden.

Als sie stumm blieb, fuhr ihr Gegenüber fort: »Ich gehe davon aus, dass Sie noch nie in Ihrem jungen Leben in der Oper waren, geschweige denn ein Ballett gesehen haben. Ich falle mit der Tür gleich ins Haus. Ich suche dringend jemanden, der Mut hat und über Ihr artistisches Können verfügt. Ich möchte unseren neuen Kaiser, der ein Liebhaber der schönen Künste ist, in Bälde mit einer außergewöhnlichen, noch nie dagewesenen

Aufführung überraschen. Mehr kann ich im Moment nicht verraten. Es ist ein großes Geheimnis! Kann ich mit Ihnen rechnen?« Er warf kurz einen Blick hinüber zu Raoul und Nathalie. »Glauben Sie, Ihre Eltern würden es gestatten, dass Sie mich in der Oper aufsuchen?«

Noch ehe Celeste antworten konnte, brandete tosender Applaus auf. Nun drehte sich auch Celeste um und sah, dass Raouls letztes Messer direkt über Nathalies Scheitel vibrierend im Holz stecken geblieben war.

»Voilà!«, rief Raoul laut und verbeugte sich stolz. Dann nickte er Celeste zu.

»Monsieur, es tut mir leid. Ich muss jetzt mit dem Hut die Runde machen.« Sie wollte gehen, doch der Fremde hielt sie am Arm zurück.

»Mademoiselle, begreifen Sie doch: Ich biete Ihnen eine einmalige Chance. Es mag in Ihren Ohren verrückt klingen, aber ich garantiere Ihnen, wenn Sie mein Angebot annehmen, werden Ihnen ganz Paris und sogar unser Kaiser Napoleon Bonaparte zu Füßen liegen.«

Celeste sah den Mann misstrauisch an. Als der Fremde ihr Unbehagen spürte, fuhr er fort: »Vertrauen Sie mir. Normalerweise ist der Weg umgekehrt. Unzählige junge Damen klopfen an meine Tür und betteln um eine Anstellung. Wer an der Pariser Oper engagiert wird, kann sich großen Ruhm und Ehre erwerben. Zudem wird jedem ein sicheres Auskommen garantiert. Meine Tänzerinnen sind landesweit berühmt. Sie ahnen gar nicht, wie viele junge Damen davon träumen, vortanzen zu dürfen! Nur die wenigsten schaffen es, einen bleibenden Eindruck bei mir zu hinterlassen.«

Celeste begann unruhig auf ihren Füßen zu wippen. Der merkwürdige Mann hörte nicht auf zu reden.

Plötzlich stand Raoul neben ihr. »Was ist los, Mädchen? Warum sammelst du nicht die Münzen ein? Wenn du dich nicht beeilst, laufen sie weiter und dein grandioser Sprung war für die Katz!«

Celeste deutete mit dem Kinn in Richtung des Unbekannten.

»Was wollen Sie? Belästigt er dich, Celeste?«, fragte Raoul zornig.

»Monsieur, mein Name ist Pierre Gardel. Ich bin der Ballettmeister der Pariser Oper. Eigentlich wollte ich heute den Krönungsfeierlichkeiten von Napoleon Bonaparte in Notre-Dame beiwohnen, aber ich war leider zu spät und fand keinen Einlass mehr. Durch Zufall bin ich in diese Gasse geschlendert und habe so Ihre Tochter auf dem Seil bewundern können. Sie ist sensationell! Einzigartig! Seit Wochen suche ich verzweifelt jemanden mit ihrem Talent. Und jetzt hat mich der Himmel hierhergeführt! Bitte sorgen Sie dafür, dass sich Ihre Tochter in den nächsten Tagen bei mir in der Oper einfindet. Das könnte der Anfang einer großen Karriere sein!«

9. Kapitel

Paris, 3. Dezember 1804

Der Gefangene Jean-Luc spannte die Muskeln an und fixierte sein Ziel. Seine Hände schnellten nach oben, sodass er das kalte Eisen der Gitterstäbe zu fassen bekam. Langsam zog er sich daran hoch, bis sein Kinn über den Sims ragte. Nicht umsonst nannten ihn seine Kameraden die Katze. Gierig sog er die kalte Dezemberluft ein, die durch den morschen Fensterrahmen hereinströmte.

Ein lauter Pistolenschuss zerriss die Stille.

Krächzend erhob sich ein Schwarm Krähen von einem der kahlen Bäume jenseits der Gefängnismauer.

Jean-Lucs Muskeln begannen vor Anstrengung zu zittern. Er ließ sich langsam herunter, ohne die Gitterstäbe loszulassen.

Augenblicklich stach ihm der bestialische Gestank der Zelle in die Nase. Mit zwanzig Mitgefangenen teilte er sich das Loch.

Jean-Luc bündelte all seine Kraft und stemmte sich wieder hoch. Wie lange würde er hier wohl noch ausharren müssen?

Er war ganz und gar der Willkür der Justiz ausgesetzt.

Der Gefangene verfluchte zum tausendsten Mal den Tag, an dem er erwischt worden war. Irgendjemand hatte ihn verpfiffen, als er Goldmünzen aus der Stadtkasse stehlen wollte.

Wie hatte er nur so leichtsinnig werden können? Jetzt musste er den Preis dafür zahlen!

Seit zwei Jahren saß er nun in diesem Kerker.

Nur einmal hatte ihm ein neuer Mitgefangener erzählt, dass sein ältester Sohn Gilles inzwischen in seine Fußstapfen getreten und ein geschickter Taschendieb geworden war.

»Die Wache kommt!«, zischte in dem Moment der Zellenälteste.

Alle hörten auf sein Kommando.

Die Fußfesseln der Gefangenen schleiften über den Boden, während sich die Männer mechanisch in einer Reihe aufstellten. Schweigend warteten sie darauf, dass sich die Zellentür öffnete.

Morgen für Morgen wurde das Fass mit ihren Exkrementen abgeholt und gegen ein leeres getauscht. Zu essen gab es einen Eimer dünne Suppe.

Jean-Luc wollte sich gerade seinen Essensanteil sichern, als plötzlich eine der Wachen mit gestrecktem Finger auf ihn zeigte.

»Du da, komm mit.«

Er erstarrte vor Schreck. Angstschweiß trat ihm auf die Stirn.

Was hatten sie mit ihm vor?

Einer der Wächter band Jean-Luc mit einem Strick die Handgelenke zusammen. Dann trieb er ihn mit seinem Gewehrkolben grob vor sich her.

Das ist mein Ende, dachte der Sträfling panisch.

»Geh da rechts die Treppe hoch«, fuhr ihn der grobschlächtige Gefängniswärter an.

Erstaunt hob Jean-Luc den Kopf.

Ein Gerücht hatte in den letzten Tagen die Runde gemacht. Es hieß, dass Napoleon Bonaparte anlässlich seiner Krönung eine Amnestie für eintausend Gefangene erlassen hatte. Aus all den überfüllten Gefängnissen der Hauptstadt sollten ein paar Glückliche das Licht der Freiheit erblicken. Gehörte er womöglich zu den Auserwählten? Er traute sich nicht, den Gedanken zu Ende zu denken. Mühsam erklomm er mit den schweren Fußfesseln Stufe um Stufe. Schließlich erreichte er mit den Gefängniswärtern eine dunkle Eichentür im zweiten Stockwerk.

Devot klopfte einer der Männer an die Tür.

»Entrez!«

Der Wärter riss die Tür auf und Jean-Luc wurde grob ins Zimmer gestoßen. Stolpernd stürzte er zu Boden. Er versuchte sich wieder zu erheben, doch die Fesseln an Händen und Füßen machten es ihm unmöglich.

Das Erste, was Jean-Luc auf dem edlen Parkett liegend wahrnahm, waren schmale, schwarze, blank polierte Schnallenschuhe, die einen Meter von ihm entfernt auf und ab gingen. Plötzlich hielten die Schritte inne.

Langsam ließ Jean-Luc seinen Blick nach oben gleiten. Er sah einen großen, schlanken Mann in einem schwarzen Gehrock, der mit dem Rücken zu ihm vor einem Sprossenfenster stand.

»Wartet vor der Tür. Ich rufe euch, wenn ich euch brauche.«

Jean-Luc lief ein Schauer über den Rücken, als er die eisige, tiefe Stimme des Fremden vernahm.

»Weißt du, wer ich bin?«

Jean-Luc schüttelte den Kopf.

»Man nennt mich das Fallbeil von Paris. Bicêtre ist mein Gefängnis.«

Jean-Luc hatte das Gefühl, sein Blut würde in seinen Adern gefrieren. Jetzt wusste er, wen er vor sich hatte. Er lag zu Füßen des berüchtigten Gefängnisdirektors Bertrand Lalique.

Die furchtbarsten Geschichten kursierten über diese Bestie. Seine Willkür und Grausamkeit waren legendär. Sein Ruf löste weit über die Gefängnismauern hinaus Angst und Schrecken aus. Unerbittlich verfolgte er jeden, der sich eines Vergehens schuldig gemacht hatte, egal, wie nichtig es sein mochte. Dieser Mann kannte keine Gnade.

»Ich entscheide hier über Leben und Tod!«

Wie hatte Jean-Luc nur glauben können, dass er womöglich in den Genuss einer Amnestie kommen würde?

Unvermittelt drehte sich der Gefängnisdirektor um und fixierte den am Boden liegenden Häftling.

Langsam wanderte Jean-Lucs Blick erneut nach oben. Ohne dass er es hätte verhindern können, blieben seine Augen an dem entstellenden Feuermal seines Gegenübers hängen. Es schien, als wäre der verunstaltende Makel in dem bleichen, fahlen Gesicht des Gefängnisdirektors lebendig und würde pulsieren.

Jean-Luc konnte dem eindringlichen Blick Laliques nicht standhalten und senkte verängstigt die Augen.

»Ich habe einen Auftrag! Du erhältst die Gunst, mir einen kleinen Gefallen zu tun. Du weißt, was es für dich bedeutet, wenn du versagst oder fliehst. Dann werde ich dich stellen wie der Jäger seine Beute. Glaub mir, ich werde dich finden! Bei lebendigem Leib werde ich dir die Beine abhacken lassen. Man nennt mich nicht umsonst das Fallbeil.«

Jean-Luc sah den Gefängnisdirektor entsetzt und verwirrt an.

»Wenn du hingegen alles zu meiner Zufriedenheit erledigst, schenke ich dir vielleicht die Freiheit!«

10. Kapitel

Paris, 4. Dezember 1804

Viktor konnte nicht schlafen. Unruhig wälzte er sich hin und her. Das fahle Mondlicht warf lange Schatten auf sein Bett.

Kurz entschlossen schlug er seine Decke zurück, stand auf und entzündete eine Kerze.

Es drängte ihn danach, noch einmal den Brief von Friederike zu lesen, den er vor wenigen Stunden erhalten hatte.

Langsam entfaltete er das Papier und strich es liebevoll glatt. Um wie viel lieber würde er jetzt über ihre warme, samtweiche Haut streichen als über das spröde, kalte Briefpapier! Sein Herz zog sich vor Sehnsucht zusammen, doch er verbot sich, seiner Fantasie weiter nachzugeben.

Vor zwei Jahren waren sie sich zum ersten Mal beim Sommerfest im Park des Freiherrn Rudolf von Bullrich begegnet. Friederike war so erfrischend anders gewesen als all die sonstigen weiblichen Gäste. Vom ersten Moment an war er von der schönen, reifen, lebenserfahrenen Frau fasziniert gewesen.

Sie übersah geflissentlich, wie sie von allen Seiten abschätzig taxiert wurde. Sie ignorierte das Getuschel, das ihr freizügig geschnittenes Kleid hervorrief. Friederike ließ sich nicht im

Geringsten von der steifen Etikette einengen. Ihr offenes, lautes Lachen war eine Wohltat im Vergleich zu dem unsicheren, schüchternen Gekicher der jungen Debütantinnen.

Friederike, die Gattin des hochbetagten Rittmeisters Konrad von Hohenheim, zog die Aufmerksamkeit aller Männer auf sich. Ihre Ehe war eine Entscheidung der Vernunft gewesen und nicht der Liebe. Zum Erstaunen der blaublütigen Gesellschaft tolerierte ihr Gatte ein ums andere Mal ihre Eskapaden.

Für Viktor grenzte es bis zum heutigen Tag an ein Wunder, dass diese Frau ausgerechnet ihn an jenem unvergesslichen Tag als ihren neuen Kavalier und Liebhaber auserwählt hatte.

Körperlich unerfahren, wie er damals noch gewesen war, hatte sie ihn mit aller Hingabe nach und nach in die Wonnen der Liebeskunst eingeführt. Friederike hatte Viktor eine Welt eröffnet, von der er nicht einmal ansatzweise geahnt hatte, dass sie existierte. Was waren das für himmlische, erotische Sommernachmittage in ihrem Park gewesen. Der kleine, efeuumrankte Pavillon hätte als heimliches Versteck nicht schöner sein können. Hemmungslos hatten sie sich geliebt und ihre Lust hinausschreien können, ohne Angst haben zu müssen, entdeckt zu werden.

Viktor vermutete zu Recht, dass der Grund seiner Verbannung nach Paris nicht nur die Karikatur gewesen war.

Seinen Eltern war Friederike von Hohenheim von Anfang an ein Dorn im Auge gewesen. Sie mutmaßten bereits nach kurzer Zeit, dass ihren Sohn mehr als eine flüchtige Bekanntschaft mit der verheirateten Frau verband.

Obwohl Viktor und Friederike bei ihren Tête-à-Tête immer äußerst vorsichtig gewesen waren, kursierten in München schon bald Gerüchte über sie.

Er wusste, sein Vater hoffte darauf, dass Viktor die Ehebrecherin, wie er sie nannte, in der französischen Hauptstadt schnell vergessen haben würde.

Viktor wandte sich erneut dem Brief zu. Er amüsierte sich über die energische, runde Schrift seiner Geliebten.

Mein Liebster,
wie trist es hier ist, seit Du verbannt worden bist. Wie einsam ich bin. Deine Abwesenheit hat mich fast umgebracht, so sehr verzehre ich mich nach Dir!
Noch sehe ich jede Nacht Deine wunderschönen blauen Augen, Deinen muskulösen Körper vor mir und meine, Deine leidenschaftlichen Berührungen spüren zu können. Doch diese Erinnerungen an unsere glücklichen Stunden können mich nicht wirklich befriedigen. Ein Jahr ist lang – zu lang! Ich werde versuchen, zu Dir nach Paris in die Stadt der Liebe zu reisen.

Für immer die Deine, mon beau!
Ich übersäe Deinen Körper mit tausend Küssen
Friederike

Er faltete den Brief zusammen und verstaute ihn sorgsam in der obersten Schublade seines Sekretärs. Die erste Woche in Paris war so schnell und ereignisreich verflogen, dass er noch nicht dazugekommen war, Friederike zu schreiben.

Viktor erhob sich und lief unruhig im Zimmer auf und ab. Die dicken Holzdielen knarrten laut bei jedem Schritt, doch er wusste, dass er hier niemanden störte, denn unter ihm befand sich lediglich eine Sammlung von Totenmasken.

In der letzten Woche hatte er, dank seines Onkels, hier in Paris an einem Ereignis teilnehmen dürfen, das in die Geschichtsbücher zukünftiger Generationen eingehen würde.

Um auf andere Gedanken zu kommen, ließ Viktor das grandiose Spektakel rund um die Kaiserkrönung Napoleon Bonapartes noch einmal Revue passieren.

Viktor und sein Onkel waren erschöpft durch den Seitenausgang von Notre-Dame ins Freie gegangen. Als sie in aller Herrgottsfrühe die Kathedrale betreten hatten, war es noch finstere Nacht gewesen.

Was sie nun am helllichten Tag sahen, verschlug ihnen die Sprache: Ein großer Teil der Kirchenfassade war mit einem riesigen Triumphbogen verkleidet worden. In der Mitte dieses Ehrenbogens prangte Napoleons Wappen mit dem gewaltigen Adler, um den herum Tausende von Bienen abgebildet waren.

»Der Adler leuchtet mir als Symbol der Macht durchaus ein. Aber was sollen die ganzen Bienen? Ich dachte, die Lilien, die Fleurs-de-Lys, wären das Kennzeichen der französischen Monarchie.«

»Ich bin immer wieder begeistert, wie genau du beobachtest, Viktor! Keiner der hier Anwesenden wird bemerkt haben, dass Napoleon mit dem alten Wappen gebrochen hat. Es ist dem neuen Kaiser wichtig, mit den alten Traditionen zu brechen. Du hast recht, die Lilie prägte über Jahrhunderte das Wappen der Bourbonen. Napoleon wollte mit seiner Regentschaft einen Neuanfang, der auch in seinem Emblem zum Ausdruck kommen sollte. Unser zukünftiger Kaiser beriet sich mit einem Kreis von Gelehrten und Vertrauten. Auch ich hatte die Ehre dazuzugehören. Der gallische Hahn und der Elefant wurden rasch für ungeeignet befunden. Trotz aller Bedenken, dass dem Bienenvolk eine Königin vorsteht, entschied Napoleon sich für dieses kleine, fleißige Insekt. Denn die Bienen lieben ihre Monarchin so sehr und mit solcher Treue, dass sie sogar bereit sind, für sie zu sterben, um sie zu schützen und zu verteidigen.«

»Es entbehrt ja nicht einer gewissen Ironie, dass die Biene wie die auf den Kopf gestellte Lilie aussieht«, hatte Viktor spöttisch angemerkt, doch sein Onkel hörte ihm überhaupt nicht zu, sondern hatte schon das nächste Glanzstück entdeckt. Zwei der vier Säulen des Triumphbogens waren mit aufwendig gemalten Bildern geschmückt.

»Sieh nur, Viktor, die Porträts zeigen Chlodwig und Karl den Großen. Diese beiden waren die Begründer unserer stolzen Nation.«

Viktors ganze Aufmerksamkeit richtete sich nun aber schlagartig auf den Anblick, der sich zu seiner Rechten bot. Aus der Pforte des erzbischöflichen Palais schräg gegenüber von Notre-Dame traten plötzlich der Kaiser und die Kaiserin in großem Krönungsornat hervor.

Napoleon und Josephine schritten würdevoll und erhobenen Hauptes durch eine extra für diesen Zweck erbaute Galerie direkt auf Viktor und Denon zu! In gebührendem Abstand folgte ihnen ein ganzer Tross von über siebzig Edelleuten.

Großwürdenträger trugen die Reichsinsignien. Auf roten Kissen, verziert mit goldenen Posamenten, ruhten die Krone, der Reichsapfel, das Zepter, das Schwert und die übrigen Insignien der kaiserlichen Macht. Unaufhaltsam kamen sie immer näher.

Jetzt noch lief Viktor ein Schauer über den Rücken, wenn er an diesen erhebenden Moment dachte.

Der Kaiser war nun so nah gewesen, dass Viktor jede einzelne Biene auf dem purpurroten Krönungsmantel mit dem prachtvollen Hermelinpelz erkennen konnte.

Plötzlich sah Napoleon Viktor direkt in die Augen. Der stechende Blick traf ihn in seinem Innersten. Eine einmalige Aura von Wille und Macht umgab den kleinen Mann.

Viktor spürte, wie seine Knie weich wurden.

Erstaunt sah er, wie Napoleon seinem Onkel kurz zunickte.

Als der zukünftige Herrscher Frankreichs an ihnen vorbeigeschritten war, flüsterte Denon Viktor aufgelöst zu: »Wie peinlich, wie peinlich! Wie konnte so etwas nur passieren? Napoleon muss ja denken, wir hätten kein Sitzfleisch! Wir müssen sofort wieder zurück, Viktor!«

Unter den Klängen des Orchesters hatten sich die beiden Männer ihre Plätze zurückerobert. Aller Hunger war vergessen, so aufregend und fesselnd war das, was nun folgte.

Dreieinhalb Stunden sollte die Krönungsfeierlichkeit jetzt noch dauern.

Napoleon hatte nicht die eigens für ihn entworfene Krone getragen, sondern sich zum Erstaunen aller in letzter Minute für einen schlichten, goldenen Lorbeerkranz entschieden.

Als die Musik verklungen war, standen alle Anwesenden auf, während sich Napoleon niederkniete und ein kurzes Gebet verrichtete. Dann schritt er auf die beiden Throne zu, die im Altarraum aufgestellt worden waren.

Krone, Zepter, Schwert und Mantel legte er auf dem Altar nieder, ehe er die Bibel in die rechte Hand nahm und mit lauter Stimme gelobte: »Ich schwöre, die Unversehrtheit des Staatsgebietes der Republik zu erhalten, die Gesetze des Konkordats und die Glaubensfreiheit, die Gleichheit vor dem Gesetz, die politische und bürgerliche Freiheit, die Unwiderrufbarkeit des Verkaufs der Nationalgüter selbst zu respektieren und dafür zu sorgen, dass dies alles respektiert wird; Steuern und Abgaben nur kraft Gesetzes zu erheben, die Institution der Ehrenlegion beizubehalten und nur unter dem Gesichtspunkt des Interesses, des Glücks und des Ruhmes des französischen Volkes zu herrschen.«

Nachdem er die jahrhundertealte Eidesformel gesprochen hatte, trat der Papst zu ihm heran und salbte Napoleon und anschließend Josephine die Stirn. Dann drehte er sich zum Altar und segnete auch die Insignien der kaiserlichen Macht.

Was dann geschah, verbreitete sich in den nächsten Stunden wie ein Lauffeuer in Paris und dann weit über die Grenzen Frankreichs hinaus.

Napoleon ging zum Altar und nahm dem Papst die Kaiserkrone aus der Hand!

Fassungslos beobachteten alle Anwesenden, wie er sie sich mit einer entschiedenen Geste selbst aufsetzte. Man hätte in Notre-Dame eine Stecknadel fallen hören können, so gebannt verfolgte das Publikum diese Ungeheuerlichkeit.

Unbeirrt von alledem wandte sich Napoleon der vor ihm knienden Josephine zu, nahm deren Krone und setzte sie ihr ebenfalls aufs Haupt. Die neue Kaiserin zerfloss in Tränen.

Ein Raunen ging durch das Kirchenschiff.

Viktor bekam eine Gänsehaut.

Nun rief der Anführer der Waffenherolde mit lauter Stimme: »Der glorreichste und erhabenste Kaiser Napoleon, Kaiser der Franzosen, ist gekrönt und eingethront; es lebe der Kaiser!«

Unter der tausendfachen Wiederholung dieses Rufs hallten die Gewölbe der Kathedrale.

Als daraufhin draußen die Geschütze donnerten, wusste ganz Paris, dass Napoleon jetzt der neue Kaiser war.

Sein Onkel hatte sich zu Viktor herübergebeugt und ihm leise ins Ohr geflüstert: »Man darf gespannt sein, ob sich die Heilige Römische Kirche diesen ungeheuerlichen Affront gefallen lassen wird!«

Viktor fröstelte. Er beschloss, wieder unter seine dicken Federbetten zu kriechen. Lächelnd überlegte er sich, dass Friederike die unkonventionelle Selbstkrönung des Kaisers sicherlich gefallen hätte.

Kurz bevor er einschlief, dachte er trotz aller Vorfreude an die Komplikationen, die ihr Besuch in Paris mit sich bringen könnte. Viktor mochte sich den Eklat nicht ausmalen, der über ihn hereinbrechen würde, wenn sein Vater erführe, dass seine Geliebte sich ebenfalls in Paris aufhielt. Schlimmstenfalls würden ihn seine Eltern nach München zurückzitieren. Das wäre wahrlich ein herber Schlag! Mit einem Mal wurde er sich bewusst, wie sehr er seine Freiheit und Unabhängigkeit hier in Paris genoss. Sein origineller Onkel und die Tatsache, im größten Museum der Welt leben zu dürfen, waren unschätzbare Privilegien, die er nur äußerst ungern wieder aufgegeben hätte.

11. Kapitel

Paris, 5. Dezember 1804

»Reiß dich zusammen!« Raoul sah Celeste eindringlich an. »Ma petite, ich versteh deine Angst. Trotzdem gehst du jetzt durch diese Tür und hörst dir an, was Monsieur Gardel von dir will.«

Wenn Raoul Celeste nicht in die Rue de Richelieu begleitet hätte, würde sie jetzt auf dem Absatz kehrtmachen und Reißaus nehmen.

»Soll ich dich hineinbringen?«

Celeste schüttelte den Kopf.

»Ich warte da drüben auf dich.« Mit der linken Hand zeigte er bereits im Gehen auf eine Schenke direkt gegenüber dem Opernhaus.

Celeste blickte Raoul nach. Schneeflocken tanzten um ihn herum. Im Gegensatz zu ihr schien er die Kälte gar nicht wahrzunehmen. Dann straffte sie ihre Schultern, hob ihr Kinn und fixierte den prachtvollen Eingang des Gebäudes vor ihr.

Während sie langsam die drei Treppen hinaufstieg, strich sie nervös über den groben braunen Wollstoff ihres Kleides.

Dann öffnete sie die schwere Tür.

La Salle Montansier war das erste Theater von Paris.

Celeste hatte zwar erwartet, dass sie hier auf eine unbekannte Welt treffen würde. Aber was sie sah, verschlug ihr den Atem.

Riesige in Gold gerahmte Spiegel reichten vom Fußboden bis unter die Decke und verwandelten das Foyer in eine pompöse Halle. Ein über und über mit geschliffenem Glas verzierter Kronleuchter hing prunkvoll in der Mitte der reich verzierten Stuckdecke.

Sie wusste nicht, wo sie zuerst hinschauen sollte, so geblendet war sie von dem ungewohnten Glanz und Luxus.

Zögernd trat sie vor den wunderschönen Spiegel zu ihrer Linken.

Celeste erschrak über den Anblick der jungen Frau, die ihr entgegenblickte. Wie bleich sie aussah! Ihre grünen Augen wirkten unnatürlich groß in ihrem schmalen Gesicht. Ihre langen blonden Haare hatte sie mangels einer Haube notdürftig unter einem Kopftuch versteckt, doch jetzt hatten sich bereits einzelne Strähnen gelöst.

Seit Jahren hatte sie sich nicht mehr in einem so großen Spiegel von oben bis unten betrachten können.

Plötzlich fiel ihr der Ballsaal in ihrem elterlichen Schloss in Taverny ein. Sie sah sich als kleines Mädchen in ihrem schönsten weißen Spitzenkleid. Wie ein Kreisel hatte sie sich vor dem blitzblank geputzten Spiegel gedreht und gedreht, bis ihre Röcke flogen. Jetzt noch hatte sie das glückliche Lachen ihrer Mutter im Ohr.

In diesem Moment war Celeste wirklich froh, dass ihre Eltern sie nicht in diesem erbärmlichen Aufzug sehen mussten. Was war nur aus ihr geworden?

Raoul und Nathalie hatten alles Menschenmögliche für sie getan. Es war an der Zeit, ihnen etwas zurückzugeben. Sie durfte sie jetzt nicht enttäuschen. Sie musste sich anstrengen, um auf der Bühne zu überzeugen.

Vielleicht hatte Nathalie recht und das Angebot von Monsieur Gardel war wirklich die große Chance ihres Lebens. Möglicherweise war es eine Fügung der Schicksalsgöttin Fortuna. Vielleicht hatte diese ja den Ballettmeister in die Seitengasse geführt.

Wie aus dem Nichts stürzte ihr auf einmal ein livrierter, hochgeschossener Diener entgegen. »Raus hier, was fällt dir ein? Bürgerin, du hast hier nichts verloren. Hau ab! Und zwar sofort!«

Erschrocken zuckte Celeste zusammen. »Monsieur Gardel hat mich herbestellt.«

»Moment, Moment. Dies ist das Foyer. Hier ist kein Eintritt für das Personal!«

Celeste blickte den Diener fragend an.

Herablassend deutete er auf das Eingangsportal. »Du gehst durch die Tür wieder hinaus, um die Oper herum und dann die steile Treppe rechter Hand hinunter. Da ist der Künstlereingang, dort findest du Monsieur Gardel.«

Entmutigt verließ Celeste den Vorraum. Mit hängenden Schultern bog sie hastig um die Ecke und ging unter den Arkaden zur Rückseite des Theaters.

Plötzlich überholte sie eine edle Kutsche, die so nah an ihr vorbeifuhr, dass sie sie fast streifte. Ein Schwall kalten, schmutzigen Eiswassers spritzte den Saum ihres Kleides und ihre Schuhe nass.

Hastig sprang sie zurück.

Die Kutsche hielt und der Schlag wurde geöffnete.

Nacheinander, laut lachend und in ein angeregtes Gespräch vertieft, entstiegen der Kutsche drei auffallend schöne Frauen. Sie bewegten sich so anmutig in ihren eleganten Roben, als hätten sie nie etwas anderes getragen. Zielstrebig eilten die Grazien zum Hintereingang der Oper und verschwanden.

Fassungslos sah Celeste den Tänzerinnen nach. Ein Anflug von Neid beschlich sie. Wie elegant und selbstsicher die jungen Frauen im Vergleich zu ihr waren. Mit welcher Selbstverständlichkeit sie miteinander umgingen und scherzten. Mit was für einer Leichtigkeit und Unbekümmertheit die drei das Leben zu genießen schienen.

Bedrückt schaute Celeste an sich hinunter. Ihre ehemals blank polierten schwarzen Schuhe waren nun nass und verdreckt. Vom Saum ihres Wollkleides tropfte es.

Sie hatte sich so viel Mühe gegeben, um einen guten Eindruck zu machen, und jetzt sah sie schlimmer aus denn je. Ihr ganzer Mut verließ sie. Celeste raffte ihre nassen Röcke und wollte gerade die Straße überqueren, um Raoul zu suchen, als sie unerwartet am Arm zurückgehalten wurde.

»Wie schön, Sie zu sehen, Celeste! Ich war mir nicht sicher, ob Sie sich wirklich hierhertrauen würden. Kommen Sie, mein Kind, ich zeige Ihnen jetzt mein Reich.«

Pierre Gardel begrüßte Celeste so freundlich, als würden sie sich schon seit Jahren kennen. Er schien tatsächlich darüber erleichtert zu sein, dass sie seinem Wunsch Folge geleistet hatte.

Der Ballettmeister nahm Celeste sacht am Arm und führte sie galant zu der Treppe, die die drei jungen Frauen vor wenigen Minuten hinabgestiegen waren.

Celeste konnte die Kraft spüren, die in seinem Arm steckte, obwohl er sie nur leicht berührte. Verstohlen warf sie Monsieur Gardel einen Seitenblick zu. Wie alt mochte er wohl sein? Ehe sie weiter darüber nachdenken konnte, begann ihr Begleiter zu erzählen: »Seit nun bald fünfundzwanzig Jahren ist die Opéra de Paris meine Heimat. Ehe ich Maître de Ballet wurde, habe ich viele Jahre selbst auf der Bühne gestanden und getanzt. Meine ganze Familie hat, seit ich mich erinnern kann, immer nur getanzt. Schon mein Vater und meine Mutter waren berühmte Tänzer. Sie standen im Dienste des polnischen Königs. Mein Bruder und ich kamen in jungen Jahren nach Frankreich. Wir waren damals ungefähr in deinem Alter. Stell dir vor, wir konnten nicht einmal richtig Französisch sprechen. Unsere Eltern legten den größten Wert auf die allerbeste Ausbildung, und so gingen wir hier in Paris auf die École de danse de l'Académie royale de musique.«

Während die Worte auf Celeste niederprasselten, führte sie der Ballettdirektor durch die Gänge.

Neugierig sah sie sich um. Als sie einen schmalen Raum hinter der Bühne betraten, drang aus einer der zahlreichen Künstlergarderoben schrilles Lachen.

Plötzlich flog eine der Türen auf und ein Bild von einem Mann stieß fasst mit ihnen zusammen.

»Nicht so stürmisch, Maurice. Wie gut, dass wir uns sehen; da kann ich dir gleich ein neues Ensemblemitglied vorstellen. Voilà, Mademoiselle Celeste.«

Mit einer gekünstelten Verbeugung begrüßte sie der Primoballerino.

Noch nie hatte Celeste einen so schönen, muskulösen, durchtrainierten Mann gesehen.

»Enchanté de faire votre connaissance! Herzlich willkommen! Wer war dein Lehrer? Aus welcher Schule kommst du? Ich habe dich hier in Paris noch nirgends tanzen sehen.« Maurice musterte Celeste neugierig.

Celeste spürte, wie ihr das Blut in den Kopf stieg. Gott sei Dank befreite sie der Ballettdirektor aus der peinlichen Situation.

»Sie ist meine Entdeckung. Eins kann ich dir jetzt schon versprechen: Selbst du wirst erstaunt sein!«

Maurice drehte sich zu Gardel und raunte ihm zu: »Sie ist zwar ein bisschen groß, aber immerhin dünn genug. Ich glaube, mit ihr könnte es funktionieren.«

Sprachlos starrte Celeste die beiden Männer an, die sich über ihren Kopf hinweg unterhielten, als wenn sie gar nicht da wäre.

»Kommen Sie, Celeste, wir dürfen Maurice nicht länger aufhalten, seine Probe beginnt gleich. Ich erkläre Ihnen später ganz genau, worum es geht. Ach, übrigens, Mademoiselle: Ich duze alle Ensemblemitglieder. Ich hoffe, das stört dich nicht?«

Celeste nickte verwirrt.

Als Gardel die Spiegeltür zum Zuschauerraum öffnete, war Celeste vom ersten Augenblick an verzaubert. Noch nie hatte sie so einen großzügigen, exquisiten Raum gesehen. Selbst das prachtvolle Foyer wirkte dagegen klein und bescheiden.

Sofort war sie gefangen von der feierlichen Atmosphäre des grandiosen Zuschauerraums.

Der Ballettmeister fragte sie unvermittelt, ob sie Lust hätte, sich eine Probe für das Stück anzuschauen, das am Abend aufgeführt werden sollte. Er wartete ihre Antwort gar nicht ab, sondern zog sie einfach auf einen der mit Blattgold überzogenen Stühle neben sich.

Celestes Herz pochte vor Aufregung.

Gradel drehte sich um und zeigte mit einer ausladenden Armbewegung hinter sich: »Nun, mein Kind, hier im Salle Montasier haben über zweitausenddreihundert Zuschauer Platz. Wenn alle Gäste klatschen, bebt der Saal. Das ist für mich der schönste Klang der Welt. Früher schon, als ich noch selbst auf der Bühne stand, aber genauso jetzt, wo ich eher im Hintergrund tätig bin. Paris hat das beste Ballettensemble der ganzen Welt. Und wir haben ein Publikum, um das man uns nur beneiden kann. Wir haben nicht nur Pariser und Franzosen unter unseren Zuschauern. Aus England, Spanien, Portugal und den deutschen Königreichen reisen sie an. Selbst Amerikaner finden sich unter unseren Gästen. Hier sind die Logen der Adligen und der reichen Bürger. In der Königsloge, dort in der Mitte, werden ab jetzt unser neuer Kaiser und seine bezaubernde Gattin Josephine unseren Vorstellungen beiwohnen. Von dort hat man natürlich die beste Sicht. Napoleon Bonaparte ist ein großer Freund der Oper und auch des Balletts. Bei der nächsten Premiere in drei Wochen wird er anwesend sein! Das ganze Ensemble ist schon aufgeregt.« Gardel drehte sich wieder nach vorne, dann fuhr er mit einem Seufzer fort: »Ich hoffe, unser Land kommt unter seiner Herrschaft endlich wieder zur Ruhe. Während der Revolution war das Ballett oft geschlossen. Wir haben nur einmal von dem Deutschen Friedrich Schiller den Wilhelm Tell aufgeführt. Er entsprach dem Zeitgeist noch am ehesten. Ich habe mit den Grundgedanken der Revolution durchaus sympathisiert, aber die Revolutionäre haben leider ihre Möglichkeit, eine wahre Wendung der Zustände zu bewirken, ungenutzt verstreichen lassen.« Der Ballettmeister sah gedankenverloren zur Bühne. »Nun, ich will dich nicht mit meinen politischen Ansichten langweilen. Seit der Jahrhundertwende wird unser Theater jedenfalls wieder besser besucht, und in den letzten beiden Jahren hatten wir bei jeder Aufführung volles Haus. Natürlich war Napoleon schon öfters bei uns zu Gast, aber bis dato nicht als neuer Kaiser von Frankreich. Das ist ein großer Unterschied, auch wenn er immer noch derselbe Mann ist. Heute Abend wird das Haus auch ohne ihn voll sein, da bin ich mir sicher. Wir wiederholen ein Stück, das wir schon oft gespielt haben. Es ist ein Märchen. Ich werde dir nichts darüber verraten, denn es wird sich alles erklären, nur durch die Sprache des Tanzes. Ich möchte dir eine neue Welt offenbaren, von der du bisher nichts gewusst hast. Ich zeige dir, wie man Geschichten nur durch den Ausdruck des Körpers und etwas begleitende Musik erzählen kann. Du musst nichts von der Handlung wissen und wirst doch alles verstehen!« Der Ballettmeister lehnte sich in seinem Stuhl zurück und nickte einem jungen Mann zu, der neben dem schweren roten Bühnenvorhang stand. »Du wirst als Erstes Philomena sehen, unsere begnadete Primaballerina. Maurice kennst du ja schon. Also, schau einfach zu und lass dich verzaubern.«

In dem Moment hob sich der Vorhang, und Celeste vergaß die Welt um sich herum.

Wie gebannt verfolgte sie das Spektakel auf der Bühne. Natürlich hatte Celeste immer mal wieder Menschen miteinander tanzen sehen. Meist bei Dorffesten, wenn die Dorfbewohner in ihrer Tracht bäuerliche Tanzreigen und Polonaisen aufgeführt hatten. Einmal waren sie bei einem großen Jahrmarkt auf eine Gruppe Pantomimen getroffen, die irgendein Stück aus der Antike dargestellt hatten. Aber nichts, gar nichts von dem ließ sich mit der Darbietung vergleichen, die sie nun sah!

Ein märchenhaftes Bühnenbild ließ direkt vor ihren Augen eine zauberhafte Welt entstehen. Bäume standen an den Seiten, Moos und Hunderte Seidenblumen waren so arrangiert worden, dass man glaubte, in der Natur zu sein und nicht in einem Opernhaus.

Ein großer, blauer Wasserfall blitzte so täuschend echt hinter der Waldlichtung hervor, dass Celeste zweimal hinsehen musste, um sicher zu sein, dass er nur gemalt war.

Zwischen den Bäumen stand ein lebensgroßer brauner Hirsch mit imposantem Geweih. Irgendjemand zog ihn hinter der Bühne an einem Strick vor und zurück, sodass es aussah, als ob er auf der Lichtung graste. Das sanfte Kerzenlicht verstärkte die zauberhafte Atmosphäre noch.

Plötzlich sprangen mehrere Tänzerinnen und Tänzer von rechts und links auf die Bühne. Die Männer trugen eng anliegende Beinkleider und die Frauen geradezu skandalös kurze Röcke, sodass Celeste jede Bewegung und jeden Muskel deutlich sehen konnte. Was für aufreizende Kostüme, dachte sie sich. Die Kleider waren weiß und fast durchsichtig, genau auf die Körpermaße zugeschneidert, die Haare kunstvoll geflochten oder hochgesteckt.

Die Frauen sahen wunderschön aus, waren dezent geschminkt und bewegten sich mit einer Anmut, dass Celeste fast das Herz wehtat.

Wie elegante Schwäne schwebten sie über die Bühne. Ihr Anblick war eine Mischung aus Kraft und eingeübter Eleganz.

Celeste wusste von ihrem eigenen harten Training, wie anstrengend die Sprünge waren, die die Frauen und Männer mit vermeintlicher Leichtigkeit absolvierten. Trotzdem lächelten alle strahlend. Wenn eines der jungen Mädchen ein zu ernstes Gesicht machte, klopfte der Ballettmeister gleich mit dem Stock laut auf den Boden und wies es zurecht.

Celeste hatte ihr Leben lang bei jedem ihrer Auftritte allein auf dem Seil gestanden. Jetzt sah sie fasziniert zu, wie diese zwanzig Balletttänzer gemeinsam eine Geschichte erzählten.

Jeder Einzelne von ihnen wusste genau, wohin er gehen musste, niemand kam einem anderen in die Quere, keiner rempelte jemanden an. Sie schienen alle einem unsichtbaren Marionettenspieler zu folgen.

Immer wieder ließ Pierre Gardel die Musik unterbrechen und korrigierte mit lauter, ungehaltener Stimme winzige Nuancen. Mal sollte ein Bein höher gehoben werden, ein anderes Mal sprang einer der Tänzer nicht weit genug.

Wie ungehobelt und grobschlächtig dagegen Rauls Gauklertruppe wirkte!

Celeste fiel auf, dass alle Tänzer immer wieder zum Ballettmeister schauten. Wieder musste sie an einen Marionettenspieler denken; Gardel hielt offenbar alle Fäden in der Hand.

Plötzlich beugte sich der Maître zu Celeste hinüber. »Das, was du hier siehst, ist meine erfolgreichste Choreografie in den letzten Jahren. Aber mich langweilt das Stück schon wieder. Wie ich dir bereits gesagt habe, ist in drei Wochen die Premiere von meinem neuesten Werk, das ich zu Ehren unseres Kaisers inszeniert habe. Nun, Celeste, ich spüre, dass dich das Ballett fasziniert und dass es dich auf die Bühne zieht. Ich will dir die Wahrheit sagen: Nicht nur dein einzigartiges Talent hat mich auf dich aufmerksam gemacht. Es gibt leider noch einen Grund, warum du heute neben mir sitzt! Hier hat sich bedauerlicherweise vor wenigen Wochen eine schreckliche Tragödie ereignet. Ich brauche dich, weil sich alle meine Tänzerinnen weigern, für ein Ensemblemitglied einzuspringen, das bei einer Darbietung in luftiger Höhe tödlich verunglückt ist.«

12. Kapitel

Paris, 5. Dezember 1804

War es eine bloße Laune seines Onkels oder wurde er von ihm auf die Probe gestellt?

Viktor biss ein Stück von seinem Brot ab. Er war sprachlos angesichts der Unstetigkeit, mit der im bedeutendsten und größten Museum der Welt Entscheidungen von einem Tag auf den anderen über den Haufen geworfen wurden.

Gerade erst hatte Viktor sich mit den Aufgaben als Kopist und Archivar vertraut gemacht. Und jetzt diese Kehrtwende!

Sein Onkel hatte ihm soeben beim Frühstück aus heiterem Himmel verkündet, dass er ab sofort in der Werkstatt der Goldschmiede, die sich hier im Louvre befand, dringend gebraucht würde.

Viktor war weiß Gott von Natur aus für vieles aufgeschlossen. Aber eine Werkstatt mit gewöhnlichen Handwerkern aufsuchen zu müssen, um dort mitten unter ihnen zu arbeiten, kam ihm mehr als befremdlich vor. Dass die Standesgrenzen in Frankreich nicht mehr viel galten, war ihm bekannt. Aber was zu weit ging, ging zu weit!

»Ist das Ihr Ernst, Onkel?«

»Ja. Du wirst begeistert sein.«

Skeptisch sah Viktor seinen Patenonkel an. Seit einer ganzen Woche war er ausschließlich damit beschäftigt, den kostbaren Schatz an Zeichnungen seiner deutschen Landsleute zu sichten, die das Museum verwahrte. Fasziniert hatte er jedes einzelne Blatt genauestens studiert. Er hatte geplant, die Bilder chronologisch zu sortieren und den einzelnen Künstlern zuzuordnen. Ursprünglich wollte er Kupferstiche, farbige und schwarz-weiße Bilder trennen und in unterschiedliche Sammlungen einordnen. Aber die Durchführung schien ihm letztendlich zu umständlich und zu zeitaufwendig, obwohl manches dafürsprach.

Viktor hatte es sich auch nicht leicht gemacht mit seiner Entscheidung, welche Werke er kopieren und welche er nur beschreiben würde. Gerade waren alle seine Vorüberlegungen abgeschlossen, da hieß der neue Marschbefehl: Ab in die Goldschmiede!

Die Gründlichkeit, mit der man in seiner Heimat zu Werke ging, war hier in Paris offensichtlich nicht gefragt, ebenso wenig wie eine schickliche, wohltuende Distanz zwischen den Ständen. So viel begriff er inzwischen.

»Viktor, die Bilder können noch warten.«

»Aber verehrter Onkel, Sie selbst meinten doch, dass diese Arbeit mein Auge am besten schulen würde!«

»Gewiss, gewiss. ›Aufgehoben ist nicht aufgeschoben‹ – heißt nicht so das Sprichwort in deiner Heimat?«

»Sie meinen: Aufgeschoben ist nicht aufgehoben?«

»Sag ich doch!«, erwiderte Denon leicht verärgert.

»Onkel, ist es denn wirklich erforderlich, dass ich in eine Werkstatt mit gewöhnlichen Handwerkern muss? Was versprechen Sie sich davon?«

»Du wirst die einzigartige Gelegenheit haben, die Kaiserkronen Napoleon Bonapartes leibhaftig in Händen zu halten und zu zeichnen! Was sagst du jetzt?«

Viktor traute seinen Ohren nicht. »Das ist natürlich ein besonderer Glücksfall und eine Ehre.«

Denon wippte leicht auf seinen Sohlen vor und zurück und legte die Stirn in Falten. »Die kostbaren Kaiserkronen Napoleons haben während der Krönungszeremonie leider arg gelitten. Du wirst verstehen, dass es die vornehmste Pflicht eines jeden Franzosen ist, alles stehen und liegen zu lassen, damit die Insignien der Macht so bald als möglich in altem Glanz erstrahlen. Aus diesem Grund beginnen heute in der Goldschmiedewerkstatt alle notwendigen Reparaturen.«

»Onkel, Sie sprechen von zwei Kronen?«

»Der goldene Lorbeer und die ›Krone Karls des Großen‹, wie sie von Napoleon genannt wird. Beide Schmuckstücke sind nach seinen Wünschen angefertigt worden. Der schlichte, einfache Lorbeer ist ein Symbol für den Feldherrn, der Seite an Seite mit seinen Soldaten in die Schlacht zieht. Vielleicht hat er sich auch ein bisschen von Julius Cäsar inspirieren lassen, wer weiß? Und dann haben die Hofjuweliere *Nitot et Fils* noch die Krone Karls des Großen gefertigt. Sie zeigt die alte Tradition und die Verehrung für den ersten deutschen Kaiser, den großen Europäer. Als dessen Nachfolger sieht sich Napoleon.«

Viktor spürte, wie eine unbeschreibliche Neugier in ihm aufstieg. Sein eigenes Leben geriet immer mehr in die unmittelbare Nähe eines der mächtigsten und fähigsten Männer Europas! Vielleicht würde er die Kaiserkronen Napoleons selbst in Händen halten dürfen? Für dieses ehrenvolle Privileg war er mit Freude bereit, in die Goldschmiedewerkstatt zu gehen.

»Entrez! Sie müssen Monsieur von Löwenstein sein?!« Ein hellblonder Hüne stürmte auf Viktor zu, der etwas unschlüssig an der Tür innegehalten hatte.

»Jawohl.«

»Der Herr Direktor hat mir Ihr Kommen bereits avisiert. Ich bin im Bilde. Sie erlauben, dass ich mich vorstelle: Mein Name ist André Brunelle. Ich habe die Ehre und das Vergnügen, der Schmuckabteilung dieses edlen Museums vorstehen zu dürfen. Wir sind glücklich, Sie in unserer Mitte zu begrüßen!« Mit einer weit ausholenden Geste und einer kleinen Verbeugung deutete der Werkstattleiter in den Raum und hieß Viktor willkommen. »Ihr Onkel hat Sie nur schweren Herzens von Ihrer bisherigen Aufgabe entbunden, aber uns wächst hier die Arbeit einfach über den Kopf. Wir wissen nicht mehr aus noch ein. Sie schickt der Himmel. Bitte folgen Sie mir, ich werde Ihnen Ihre neue Wirkungsstätte zeigen.«

Während Viktor hinter André Brunelle herging, den er sofort sehr sympathisch fand, sah er sich flüchtig um. Die Werkstatt war erstaunlich groß und lichtdurchflutet.

Durch die Fenster zu seiner Linken fiel die Morgensonne in den Raum. Diese peinlich saubere Arbeitsstätte hatte gar nichts Düsteres oder Bedrückendes an sich.

Ein junger Bursche öffnete gerade die Tür eines mächtigen weißen Kachelofens zur Rechten und legte Holz nach. Viktor war seit seiner Ankunft im ganzen Museum noch in keinem einzigen Raum gewesen, in dem es so angenehm warm war wie hier.

Sie passierten zwei große Tische, um die herum jeweils vier Goldschmiede saßen. Die Arbeitsfläche der Männer war halbkreisförmig eingeschnitten, sodass es beinahe aussah, als ob die Handwerker *im* Tisch säßen.

Auf den Tischen lagen ordentlich aufgereiht unzählige kleine Feilen, Zangen in allen nur erdenklichen Größen ebenso wie glänzende Hämmerchen und sonstiges Arbeitsmaterial.

»Attention! Attention!«

Hätte Brunelle Viktor nicht gewarnt, wäre er vor lauter Umherschauen gegen ein Monstrum gelaufen, das zwischen den beiden Goldschmiedetischen mitten im Raum stand.

»Unsere Walze«, meinte der Werkstattleiter lächelnd.

Viktor blieb stehen und begutachtete die Gerätschaft.

»Eugène, zeig unserem deutschen Gast, wie dieses ganz neu konstruierte Mirakel funktioniert.«

Der Angesprochene erhob sich.

»Ach, vielleicht ist jetzt doch nicht der richtige Moment. Lieber später! Verzeihen Sie, Monsieur von Löwenstein, ich werde Ihnen natürlich erst Ihren Arbeitsplatz zeigen, ehe ich Sie mit sämtlichen Finessen unserer Profession bekannt mache.« Brunelle hielt vor einem kleinen Tischchen, das im hinteren Teil des Raumes stand. »Voilà. Ich hoffe, es entspricht Ihren Bedürfnissen.«

Auf der Arbeitsfläche befanden sich eine Lupe, verschiedene Zeichenstifte und ein Stapel Papier. Was jedoch direkt ins Auge stach, war ein Ring, der etwas erhöht auf einem mit schwarzem Samt überschlagenen Podest lag.

»Und, beliebt Ihnen dieser Platz?« Fragend schaute Monsieur Brunelle Viktor an.

»Selbstverständlich. Wie ich sehe, wartet hier schon das erste Ringlein darauf, von mir gezeichnet zu werden.« Viktor nahm das schöne Stück vorsichtig von seiner Unterlage und hielt es mit Daumen und Zeigefinger direkt vor seine Augen.

»Monsieur von Löwenstein, das ist nicht irgendein Ringlein! Diesen Ring hat Napoleon Bonaparte der Witwe Joséphine de Beauharnais im Jahr 1796 zur Verlobung geschenkt. Heute sind die beiden Kaiser und Kaiserin und bewohnen von Zeit zu Zeit ihre Suiten unter diesem Dach!« Ehrfurchtsvoll dämpfte der Werkstattleiter seine Stimme, als wenn er sonst das Paar beim Morgenkaffee stören würde.

Das Schmuckstück war eher schlicht. Alles andere als mondän. Ein klarer Diamant und ein hellblauer Saphir schmiegten sich innig aneinander. Viktor fiel sofort auf, dass es sich nicht um besonders kostspielige Steine handelte. Der eigentliche Reiz des Rings lag in der eigentümlichen Birnenform und darin, wie die beiden Juwelen zueinanderpassten. Das Schmuckstück war ein fast kindlicher Ausdruck für Liebe und Harmonie.

»Die Kaiserin hat darum gebeten, das Verlobungsgeschenk aufs Genaueste zu kontrollieren. Es wäre ein fatales Omen, wenn dieses Zeichen der Zuneigung Schaden nehmen würde. Ihre Hoheit möchte unter keinen Umständen das Risiko eingehen, einen der unersetzlichen Steine zu verlieren. Wir haben unser Bestes gegeben. Die Steine sitzen wieder felsenfest in ihrer Zargenfassung. Ihnen wird nun die Ehre zuteil, den Ring zu zeichnen, damit er für alle Zeiten von der glücklichen Verbindung des Kaiserpaares kündet. Die Ankunft der Kronen erwarten wir jeden Augenblick. Ehe Sie sie zeichnen können, müssen wir sie allerdings erst reparieren. Noch einmal herzlich willkommen in unserer Mitte!« Mit diesen Worten entfernte sich der Werkstattleiter.

Viktor nahm auf seinem Hocker Platz.

Die Goldschmiede, die ihn stumm von oben bis unten gemustert hatten, begannen sich wieder ihren Aufgaben zuzuwenden.

Viktor hielt immer noch ungläubig den Verlobungsring der Kaiserin in seiner Hand. Er wusste, dass Napoleon und Joséphine de Beauharnais bereits seit acht Jahren verheiratet waren. Viktor meinte, eine Woge von Liebe und Zärtlichkeit, die den Ring umgab, spüren zu können. Dann legte er ihn behutsam auf das Samtkissen zurück.

Er hatte Napoleon bisher nur als strengen Monarchen mit schier grenzenloser Macht und Autorität wahrgenommen; jetzt wurde ihm zum ersten Mal bewusst, dass der Kaiser von Frankreich auch ein verliebter Mann war.

13. Kapitel

Paris, 6. Dezember 1804

Als sich das Gefängnistor hinter Jean-Luc schloss, war es noch finstere Nacht. Ein eiskalter Wind schlug ihm zur Begrüßung entgegen und drang durch seine dünne, löchrige Joppe. Nur weg von hier, fuhr es ihm durch den Kopf. Nichts wie weg!

Die zwei Jahre, die er im Bicêtre eingesperrt gewesen war, hatten ihre Spuren hinterlassen. Früher war er ein Kerl von einem Mann gewesen. Es gab keine Rauferei, der er aus dem Wege gegangen wäre! Vor niemandem hatte er sich gefürchtet. Jedem gab er eins aufs Maul, wenn er nur schief angeschaut worden war. Seine unbändigen Kräfte waren im ganzen Arrondissement legendär gewesen.

Jetzt stand er fröstelnd und zitternd in der Kälte der frühen Morgenstunde und vermochte dem scharfen Wind nur wenig entgegenzusetzen. Er sog die frische Luft in seine Lungen ein. Ein schmerzender Stich durchfuhr ihn. Gott sei Dank war er endlich dem entsetzlichen Gestank der engen Zelle entkommen!

Durch den Schweinefraß, den er und die anderen Häftlinge vorgesetzt bekommen hatten, war er bis auf die Knochen abgemagert. In seinem hohlwangigen Gesicht lagen seine schwarzen

Augen tief und matt in ihren Höhlen. Nur noch zwei wackelige Zähne steckten in seinem Oberkiefer. Jean-Lucs schwarze, verwegene Lockenpracht, die manche Frau in seine Arme getrieben hatte, war ein Opfer der Krätze geworden und einer narbigen Glatze gewichen. Einzig seine Bizepse waren durch die Klimmzüge, die er tagtäglich am Gitterkreuz seines Zellenlochs gemacht hatte, noch recht ansehnlich.

Jean-Luc trat unschlüssig von einem Bein aufs andere. Dann überquerte er die Straße und ließ, ohne sich noch einmal umzublicken, das verhasste Zuchthaus hinter sich.

Am liebsten hätte er sofort einen Krug Wein getrunken und einen Teller Rindfleisch mit frischem Brot gegessen. Er war ausgehungert. Doch alle Schänken, an denen er vorbeikam, waren um diese frühe Stunde noch verschlossen.

Was würde geschehen, wenn er einfach immer so weiterginge? Wenn er sich still und heimlich aus dem Staub machen würde? Was, wenn er sich nicht um seinen Auftrag kümmerte, sondern versuchte, im Häusermeer von Paris abzutauchen? Was konnte ihm schlimmstenfalls drohen, wenn er nicht zurück ins Bicêtre zu Monsieur Lalique käme?

Resigniert wischte Jean-Luc den Gedanken zur Seite. Er wusste ganz genau, dass dieser Gefängnisdirektor ihn im hintersten Winkel von Paris, wenn nicht gar von ganz Frankreich aufspüren würde. Laliques Häscher waren überall, sie würden ihn selbst aus der Hölle zurückholen.

Jean-Luc hatte im Gefängnis Männer gesehen, oder vielmehr das, was von ihnen übrig geblieben war, die versucht hatten zu fliehen. Diese Unglücklichen waren allesamt über kurz oder lang aufgegriffen worden. Die Ausbrecher wurden in Zellen gesperrt, in denen sie nie das Sonnenlicht zu sehen bekamen. Wie Tiere angekettet, mussten sie dahinvegetieren, ohne einen Funken Hoffnung. Der Gefängnisdirektor gönnte den Erbarmungswürdigen nicht einmal die Guillotine.

Unter keinen Umständen wollte Jean-Luc so enden.

Der Auftrag, den Lalique ihm erteilt hatte, war so abwegig, dass er es immer noch nicht fassen konnte. Keine Menschenseele würde ihm glauben, was sein Auftraggeber von ihm forderte.

Jean-Luc hatte die Wahl zwischen Pest und Cholera. Er befürchtete, dass sein Leben bereits verwirkt war. Selbst wenn es ihm gelänge, den Auftrag des Gefängnisdirektors zu erfüllen, wäre sein Leben kein Pfifferling mehr wert.

Bertrand Lalique, das Fallbeil, würde ihn als Mitwisser dieses Diebstahls nie und nimmer am Leben lassen! Nur ein Wunder konnte Jean-Luc jetzt noch retten.

Er drehte sich vorsichtig um. Womöglich hatte ihm der Gefängnisdirektor einen Spitzel auf die Fersen gesetzt. Jean-Luc schlug Haken wie ein Hase durch sein vertrautes Quartier, um sicherzugehen, dass ihm niemand folgte.

Als er so außer Atem war, dass er nicht mehr weiterlaufen konnte, bog er in ein kleines Gässchen ein, verharrte dort und lauschte minutenlang. Schließlich war er sich gewiss, dass er, falls ihm jemand gefolgt war, denjenigen abgeschüttelt hatte.

Allmählich begann es Tag zu werden.

In einem Hinterhof wartete Jean-Luc vor der Schmiede seines Freundes Roger, bis sich dessen Tor endlich öffnete.

Durchgefroren, wie er war, trat er grußlos ein und ging direkt zum bereits brennenden Feuer an der Esse.

Er streckte seine dünnen Hände aus, um seine kalten Finger zu wärmen.

»Jean-Luc, bist du's wirklich? Wenn ich dir auf der Straße begegnet wäre, hätte ich dich nicht erkannt. Du siehst ja jämmerlich aus!«

»Die Häftlinge im Bicêtre werden nicht gemästet.« Jean-Luc schaute an sich herunter, dann setzte er sich auf das kalte Eisen des Ambosses, der nahe am lodernden Feuer stand. »Ich bin gekommen, weil ich meine Tasche brauche mit dem Werkzeug.«

Roger nickte. Er drehte sich auf dem Absatz um und verschwand. Kurze Zeit später kehrte er mit einer verstaubten, ledernen Umhängetasche zurück. »Schau nach, ob alles drin ist. Ich habe deine Tasche nicht geöffnet, seitdem du sie bei mir untergestellt hast.«

»D'accord, ich trau dir. Weißt du jemanden, der mir bei einem Einbruch behilflich sein könnte?«

Roger schwieg eine Weile. »Jean-Luc, du warst zwei Jahre wie vom Erdboden verschwunden. Jetzt tauchst du plötzlich wieder aus dem Nichts auf und suchst jemanden, der für dich arbeitet? Es tut mir leid, aber niemand wird mit dir zu tun haben wollen.«

Resigniert griff Jean-Luc nach seiner Tasche und erhob sich. »Dann mach ich's halt allein.«

»Warum nimmst du nicht deinen Sohn mit? Gilles! Er schaut hin und wieder mal bei mir vorbei. Soviel ich gehört habe, stellt er sich ganz geschickt an. Er macht dir mit seinen jungen Jahren bereits alle Ehre. Gilles kann sicher noch was von dir lernen!«

Jean-Luc überlegte einen Augenblick. »Es ist einen Versuch wert. Wo find ich ihn?«

»Wahrscheinlich bei seiner Mutter.«

Ein Schüttelfrost durchfuhr Jean-Luc, obwohl er direkt an der Feuerstelle saß.

Sein Freund sah ihn mitfühlend an. »Du frierst ja wie ein Schneider. Komm mit nach hinten, iss und trink was. Du kannst es brauchen.«

Eine halbe Stunde vor Mitternacht machten sich Vater und Sohn auf den Weg. Sie wussten, dass sie gut und gerne zwei

Stunden brauchten, bis sie den ehemaligen Königspalast, den Louvre, erreichen würden.

Sie redeten so gut wie nichts miteinander. Was hätten sie sich auch zu erzählen gehabt? Alles Notwendige für den Einbruch war besprochen. Jetzt hing jeder seinen eigenen Gedanken nach.

Die Zeit bis zu ihrem Aufbruch hatten Jean-Luc und Gilles im Hinterzimmer der Schänke *Roter Hahn* verbracht.

Jean-Luc hatte in den frühen Abendstunden sein Handwerkszeug genau kontrolliert und wo es nötig war in Ordnung gebracht. Jedes Stück wurde von ihm einzeln aus der Tasche genommen und auf dem Tisch fein säuberlich der Größe nach aufgereiht. Gilles hatte seinen Vater genau beobachtet, wie er im Schein der Kerze umständlich einen Stofflappen hervorgekramt und ihn mit Öl getränkt hatte. Dann machte sich Jean-Luc daran, die Gerätschaften zu säubern und einzuölen. Der Bund mit den Diebesschlüsseln, Hammer, Säge, Stechbeutel und Brecheisen hatten Staub angesetzt.

Es war viel Zeit vergangen, seit die Werkzeuge das letzte Mal in Gebrauch gewesen waren.

Gilles war es genauso ergangen wie dem Schmied Roger. Auch er hatte seinen Vater kaum wiedererkannt. Er war längst nicht mehr so angsteinflößend wie in seiner Erinnerung.

Als Gilles ihn das letzte Mal gesehen hatte, war er von ihm wegen einer Lappalie verprügelt worden. Die Striemen, die die Haselnussrute auf seinem Körper hinterließ, waren wochenlang nicht verheilt. Neben dem Schmerz hatte er auch die Demütigung nie vergessen.

Jetzt musterte Gilles seinen Vater unauffällig von der Seite, während er versuchte, mit ihm Schritt zu halten.

Als der Alte von heute auf morgen verschwunden war, hatte er ihm keine einzige Träne nachgeweint. Im Gegenteil.

Solange sein Vater im Bicêtre einsaß, war Gilles derjenige gewesen, der für die schwindsüchtige Mutter und die Geschwister hatte sorgen müssen. Niemand zwang ihn dazu. Er hätte sich auch aus dem Staub machen können. Einfach auf und davon nach Süden, nur weg aus Paris. Doch irgendetwas hielt ihn zurück. Und so teilte er tagein, tagaus seine Diebesbeute mit den hungrigen Mäulern seiner Sippe. Vor bald einem Monat erst war ihm ein besonderer Coup gelungen. Er hatte zielsicher einen jungen Ausländer an der Pont Neuf erspäht, dem man an der Nasenspitze ansah, dass er noch nie in Paris gewesen war. Es war für Gilles und seine Freunde ein Kinderspiel gewesen, ihm sein Portemonnaie abzuluchsen. Die Beute war so groß, dass die letzten Wochen die besten seines bisherigen Lebens gewesen waren.

Endlich hatte er sich wieder richtig satt essen können. Seine Mutter hatte Fleisch, Fisch und Wein auf dem Markt gekauft. Sie aßen so viel, dass ihnen fast die Bäuche platzten.

Mit dem Auftauchen seines Vaters hatte niemand gerechnet. Gilles am wenigsten. Seine kleinen Geschwister hatten ihren Erzeuger gar nicht erkannt und laut geschrien, als der fremde Mann plötzlich in ihrem winzigen Zimmer gestanden war.

»Wer von euch ist Gilles?«, hatte sein Vater gefragt.

»Ich.«

»Du kommst mit. Ich brauche dich.«

Gilles hatte sich noch von seiner tief schlafenden Mutter verabschieden wollen, doch sein Vater schob ihn einfach an der Schulter zur Tür hinaus.

Es war bereits zwei Uhr in der Nacht, als sie endlich ihr Ziel erreichten: den Louvre. Das riesige Gebäude mit seinen unzähligen Seitenflügeln und Innenhöfen wirkte im Dunkeln noch unübersichtlicher als am Tag.

Jean-Luc stellte seine Tasche ab und gab Gilles ein Zeichen, das lange Seil, das dieser über der Schulter trug, ebenfalls abzulegen.

Aus sicherer Entfernung beobachteten sie die Szenerie, die sich ihnen darbot.

Eine Wachmannschaft, vierzig bis fünfzig Mann stark, befand sich auf dem Platz vor dem Haupteingang. Mehrere Feuer loderten hell, Gardesoldaten hatten sich um sie herum versammelt und wärmten sich.

Die Pferde der Männer waren in einem offenen Stall angebunden. Einige Rösser scharrten unruhig mit ihren Hufen im Streu. Das klirrende Geräusch der Hufeisen hallte gespenstisch über den großen Platz.

Weder Vater noch Sohn hatte damit gerechnet, auf so viele Soldaten zu stoßen. Jeder verbarg gegenüber dem anderen seinen Schreck über die große Zahl der Wachen.

»Kaiser Napoleon verbringt die Nacht wohl im Louvre«, flüsterte Jean-Luc.

»Sonst ist hier um diese Stunde kaum eine Wache zu sehen. Heute ist eine halbe Kompagnie postiert«, wisperte Gilles beunruhigt.

»Wenn du Angst hast, verzieh dich lieber gleich.« Jean-Lucs Ton war verächtlich.

Gilles schüttelte den Kopf.

Plötzlich unterbrach sie die laute, schnarrende Anweisung eines Offiziers: »Antreten!«

Aus einem Unterstand, der sich etwas abseits befand und den höheren Dienstgraden vorbehalten zu sein schien, war ein Hauptmann herausgetreten.

Eine kleine Gruppe von zehn bis zwölf Soldaten nahm vor ihm Aufstellung. Auf seinen Befehl hin setzten sie sich mit Getöse in Bewegung.

Teils mit Gewehren, teils mit Säbeln und Fackeln versehen, marschierten die Männer in Zweierreihen los.

Erst als die Wachmannschaft in eine Toreinfahrt rechts von Jean-Luc und Gilles abbog, verhallten ihre Schritte auf dem Kopfsteinpflaster.

»Die Soldaten patrouillieren«, sagte Jean-Luc nachdenklich.

»Die bewachen den Louvre, als wenn sie Angst hätten, über Nacht würde das ganze Gebäude weggetragen werden.«

»Los, das ist unsere Chance. Wenn wir dem Wachtrupp jetzt folgen, gehen sie vor uns her. Wir müssen nicht fürchten, dass sie plötzlich in unserem Rücken auftauchen, verstehst du? Das ist unsere Chance!«

Hastig ergriffen Vater und Sohn Tasche und Seil und rannten, ohne sich um die übrigen Soldaten auf dem Platz zu scheren, im Schutz der Dunkelheit in die Toreinfahrt. Als sie um die Ecke bogen, sahen sie keine fünfzig Schritte vor sich die Wachmänner im Schein ihrer Fackeln, wie sie penibel die Eingänge kontrollierten und überprüften, ob alle Fensterflügel geschlossen waren.

Jean-Luc und Gilles kauerten sich eng an die Hauswand und warteten, bis sich der Abstand zwischen ihnen und der Patrouille langsam wieder vergrößerte.

Es war eisig kalt.

»Wir brechen gleich hier ein Fenster auf und suchen uns unseren Weg im Inneren des Gebäudes. Kapiert?«

»Meinetwegen. Aber wie finden wir in diesen tausend Zimmern, Etagen, Sälen, Räumen und Gängen unser Ziel? Wo ist die Beute?«

»Ich hab einen Plan.« Jean-Luc zog ein Pergament aus seiner Jacke und breitete es auf seinem Schoß aus. Es war zu dunkel, um irgendetwas erkennen zu können.

»Ohne Licht ist das Papier wertlos«, murmelte Gilles.

»Ich habe dich nicht mitgenommen, damit du mir Vorträge hältst. Los, du kletterst zuerst hinein. Ich helf dir hoch.«

Jean-Luc schob Gilles auf den Sims der ersten Etage, während dieser sich mit aller Kraft an den Sandsteinvorsprüngen der Mauer hochzog. Endlich fand er Halt auf einem schmalen Vorsprung.

»Das Brecheisen, schnell!«, raunte er seinem Vater zu.

Während Jean-Luc seinem Sohn vorsichtig die Brechstange hochschob, dachte er sich, dass Roger recht gehabt hatte. Der Junge war begabt und mutig.

Fast ohne ein Geräusch zu machen, hebelte Gilles das Fenster auf und verschwand in dem dahinterliegenden Raum wie eine Katze.

»Jetzt das Seil!«

Ächzend zog sich Jean-Luc hoch und sprang behände in das Innere des Gebäudes. Geräuschlos schloss er das Fenster. Dann suchten seine Augen in der Finsternis seinen Sohn.

»Wir haben von jetzt an nur noch drei Stunden Zeit bis zur nächsten Wachablösung. Gott steh uns bei!«

14. Kapitel

Paris, 6. Dezember 1804

Celeste saß mit den anderen Gauklern am Lagerfeuer und wärmte ihre klammen Hände. Zu ihren Füßen lag zusammengerollt ihr Wolfshund. Niemand sagte etwas. Alle starrten schweigend in die züngelnden, orangegelben Flammen und lauschten dem Knistern der verbrennenden Zweige.

»Wir müssen reden!«, unterbrach Raoul plötzlich die Stille. Unruhig sprang er von dem Weinfass auf, auf dem er die ganze Zeit über vor sich hin gebrütet hatte. »Du musst eine Entscheidung treffen, ma petite. Und zwar jetzt!«

»Ich habe mich schon entschieden!«, erwiderte Celeste mit fester Stimme und vergrub ihre Hand in Filous Fell. Sie machte eine kurze Pause, ehe sie fortfuhr: »Ich bleibe bei euch! Warum musste dieser Ballettmeister nur ausgerechnet in unsere Gasse kommen? Wäre er eine Straße früher abgebogen, hätte er mich nie gesehen und alles wäre wie immer. Ihr seid meine Familie, die einzigen Menschen, die ich liebe.«

Marcuse sprang auf und begann nervös auf und ab zu laufen. »Da hörst du's, Raoul. Was gibt es noch groß zu besprechen? Wir haben hier in Paris während der Krönungsfeierlichkeiten so viel verdient wie noch nie. Eigentlich müssten wir ausgelassen feiern und nicht herumsitzen und Trübsal blasen. Celeste hat ganz recht. Am besten wir tun so, als ob sie nie in dieser Oper gewesen wäre. Denk doch mal nach! Wir brauchen sie! Das solltest du eigentlich am besten wissen. Ohne Celeste sind wir nur eine Truppe wie alle anderen auch. Wir können gleich morgen unsere Sachen packen und abhauen. Ich hab genug von dieser Riesenstadt. Ich will wieder ans Meer, von Dorf zu Dorf ziehen. Es kommt gar nicht infrage, dass Celeste uns verlässt!«

Celeste lächelte Marcuse an, dann ließ sie ihren Blick über die kleine Runde schweifen. An Nathalies sorgenvollen Augen blieb sie hängen.

»Celeste, du weißt, dass du für mich wie mein eigen Fleisch und Blut bist. Ich will, bei Gott, nur das Allerbeste für dich! Und gerade deshalb glaube ich, dass es falsch wäre, das großzügige Angebot des Monsieur Gardel nicht anzunehmen. Du tust grad so, als ob du dich für die nächsten dreißig Jahre verpflichten müsstest. Wenn ich dich richtig verstanden habe, will der Ballettmeister dich doch erst mal nur für die Premiere in drei Wochen engagieren! Du bist ein Ersatz für eine waghalsige Seilakrobatik und nicht die neue Primaballerina! Eine Weile länger in Paris zu bleiben, schadet uns allen nicht. Das hält sogar Marcuse noch aus. Also mach es um Himmels willen nicht so kompliziert! Du hast mir selbst erzählt, dass dich schon die Probe bis ins Innerste berührt hat. Du hast sogar gesagt, dass du noch nie so etwas Schönes und Ergreifendes gesehen hast. Vertrau mir: Wenn du diese Chance verstreichen lässt, wirst du es eines Tages unendlich bereuen. Und dann ist es zu spät.«

Celeste hatte nur Nathalie alles von dem gestrigen Vormittag in der Oper erzählt. Jetzt noch stellten sich ihr die Nackenhaare auf, als sie an die Worte von Pierre Gardel über die Tote dachte.

Der berühmte Ballettmeister hatte ihr eindringlich in die Augen gesehen: »Celeste, ich erzähle dir lieber gleich die ganze unglückselige Geschichte, denn du wirst den Klatsch und Tratsch früher oder später sowieso hören, und da ist es mir doch wesentlich lieber, du erfährst direkt von mir, wie sich das Unglück zugetragen hat. Damit du verstehst, was es mit dem tragischen Unfall auf sich hat, muss ich dir erst ein Geheimnis anvertrauen: Meine neue Choreografie *Achille à Scyros* ist ein gewagtes Experiment. Es wird eine noch nie da gewesene Darbietung werden, die sogar unseren Kaiser überraschen wird! Ich habe nämlich eigens eine einzigartige Flugmaschine konstruiert, die ich dir nachher zeigen werde. Es war schon immer mein Traum, eine Tänzerin über die Bühne schweben zu lassen. Nun, um ehrlich zu sein, so neu ist die Idee nicht. Vor zweihundert Jahren hat man bereits Tänzer in Körben in die Höhe gezogen, aber das sah natürlich nicht besonders elegant aus. Ich habe nun einen Apparat bauen lassen, der so konstruiert ist, dass man vom Zuschauerraum aus glaubt, die Tänzerin würde wirklich fliegen. Die Seile sind derart dünn, dass man sie kaum sehen kann. Sie stammen aus der Schifffahrt und können schwerste Lasten tragen. Ich kann über zwei Winden und ein großes Holzrad eine Tänzerin von der Bühne in die Höhe heben oder umgekehrt zum Boden schweben lassen. Sie wird in ein eigens entworfenes Flugkorsett gesteckt, das über ein zweites Seil befestigt ist, sodass eine zusätzliche Absicherung besteht, falls wider Erwarten eines der Seile reißt. Das Korsett ist aufwendig genäht. Fünf Ösen befinden sich am Rückenteil. An ihnen werden die kaum sichtbaren, dünnen Seile befestigt. Allein durch ihre Körperkraft kann die Tänzerin waagerecht oder senkrecht fliegen. Das klingt komplizierter, als es ist. Wir haben die Flugmaschine tausendmal getestet. Eigentlich kann nichts, aber auch gar nichts passieren. Deine Vorgängerin, ein junges, begabtes Mädchen namens Claire, hat sich leider nicht an meine Anweisungen gehalten. Sie hatte gehofft, mit der spektakulären Darbietung einem unserer besonders wohlhabenden Mäzene aufzufallen. Vielleicht wollte sie bei der Premiere sogar den Kaiser auf sich aufmerksam machen. Ich weiß es nicht! Aber ihr Ehrgeiz und ihre Eitelkeit waren stark ausgeprägt. Du musst wissen, dass fast alle unsere Tänzerinnen eine große Anzahl von Verehrern haben. Tja, Claires Plan ging nicht auf. Sie hatte auf die Absicherung durch das zweite Seil verzichtet, weil sie sich einbildete, dass ihr Flug dann noch eleganter aussähe.«

Celeste hielt entsetzt den Atem an, während Gardel einen Augenblick schwieg, ehe er leise fortfuhr: »Ich saß im Zuschauerraum, genau hier. Es war ein ergreifender Anblick. Sie schwebte wie ein Engel in sieben Metern Höhe. Ihr zarter Körper schien schwerelos. Die Bühnenarbeiter, die Musiker, das ganze Ensemble – alle applaudierten. Jeder von uns war hingerissen. Claire drehte sich von der Waagerechten in die Senkrechte, so wie es meine Choreografie vorsieht. Dann verhedderte sie sich mit dem rechten Fuß in ihrem goldenen Mantel. Claire kippte nach vorne und versuchte sich durch einen heftigen Ruck mit dem Bein aus ihrer Sicherung zu befreien. Dabei muss das Hauptseil gerissen sein. Vor unseren Augen fiel sie herunter und krachte auf den Bühnenboden. Sie war sofort tot. Claires Genick war glatt durchgebrochen.« Wieder machte Gardel eine Pause. Mit einem weißen Leinentuch tupfte er sich die Stirn ab.

Celeste konnte ihm ansehen, wie sehr ihn die Erinnerung an das Unglück mitnahm. »Wir waren alle entsetzt. In den vielen Jahren, die ich nun schon als Tänzer und später als Ballettmeister arbeite, ist so etwas Fürchterliches noch nie passiert! Es gab natürlich immer mal wieder Fälle, wo sich Tänzerinnen oder Tänzer nach einem hohen Sprung die Knochen gebrochen haben und ihre Karriere beenden mussten. Ich erinnere mich an eine besonders begabte Ballerina aus Mailand, die sich nach einem Beinbruch das Leben nahm, weil die Ärzte ihr eröffnet hatten, sie würde nie wieder tanzen können. Aber einen Todesfall auf der Bühne, so etwas hat es noch nie gegeben!« Gardel hatte sich erhoben. »Nun, du kannst dir vorstellen, dass ich größte Mühe hatte, nach dieser Tragödie die Proben weiter fortzuführen. Gott sei Dank konnte ich allen beweisen, dass der tödliche Sturz nicht durch die Flugmaschine, sondern durch Mademoiselle Claires fehlerhaftes Verhalten verursacht worden war. Wir mussten die Proben ein paar Tage aussetzen, damit sich das Ensemble von dem schrecklichen Ereignis erholen konnte. Jetzt üben zwar alle wieder, aber niemand wollte Claires Rolle übernehmen. Und dann hab ich dich gesehen, Celeste! Dich hat wirklich der Himmel geschickt! Du bist die Höhe gewohnt und dein Mut hat mich zutiefst beeindruckt. Im Vergleich zu dem, was du in der Gasse unter freiem Himmel und ohne irgendeine Vorsichtsmaßnahme aufgeführt hast, ist das, was du hier in der Oper machen sollst, ein Kinderspiel. Du bist sicher nicht leichtsinnig, weil du weißt, dass immer Lebensgefahr besteht. Hätte ich dich früher entdeckt, hätte Claire nicht sterben müssen. Nun, das Schicksal wollte es anders.« Gardel bedeutete Celeste mit einer Geste, ihm zu folgen. »Nun kennst du die ganze Geschichte. Und ich hoffe inständig, du bist von dem schrecklichen Unglück nicht so sehr entsetzt, dass du die Flugmaschine erst gar nicht sehen willst.«

Celeste hatte den Ballettmeister kurz angesehen und langsam mit dem Kopf geschüttelt. »Nein, Monsieur Gardel. Der tragische Tod des Mädchens schreckt mich nicht ab! Und ja – ich würde Ihre Flugmaschine gerne ausprobieren.«

»Gut! Das hatte ich gehofft. Komm mit, am besten, du ziehst dich schnell um, dann können wir gleich einen Versuch starten. Wie gesagt, die Premiere ist bereits in drei Wochen. Wir haben nicht mehr allzu viel Zeit, aber du wirst es schon schaffen, da bin ich mir sicher.« Gardel hatte Celeste zurück ins Untergeschoss geleitet. Dann drückte er ihr ein Bündel Tanzkleider in die Hände. »Dies ist eines von Claires Kostümen. Ihr habt die gleiche zarte, aber muskulöse Figur. Du bist zwar etwas größer als sie, aber ich bin mir sicher, dir wird alles passen. Wenn du dich umgezogen hast, komm bitte rauf zur Bühne.«

Während Celeste ihr verschmutztes Wollkleid ordentlich zusammenlegte, wunderte sie sich über sich selbst. Sie empfand keinerlei Angst. Im Gegenteil. Die Beschreibung der Flugmaschine hatte sie sogar neugierig gemacht.

Natürlich war es tragisch, dass das junge Mädchen den Tod gefunden hatte. Aber so war das Leben nun mal. Sie hatte auf dem Jahrmarkt schon ein paar Mal erlebt, dass Menschen während ihres Auftritts tödlich verunglückt waren.

Einmal war ein Feuerschlucker nur wenige Meter von ihr entfernt verbrannt, ein anderes Mal hatte ein Messerwerfer, der betrunken war, direkt ins Herz seiner Tochter getroffen, und erst vor wenigen Wochen war in Marseille ein Dompteur von seinem Bären angefallen worden und vor ihrer aller Augen verblutet.

Celeste hatte keine Angst vor dem Tod. Er stand jedes Mal mit ihr auf dem Seil. An manchen Tagen, wenn es regnete und das Seil glitschig war, sie aber trotzdem auftreten mussten, hatte Celeste das Gefühl, sie tanzte mit dem für die anderen unsichtbaren Sensenmann Hand in Hand.

Es war merkwürdig, die eng anliegenden Kleider der verstorbenen Tänzerin anzuziehen.

Pierre Gardel hatte recht gehabt. Sie saßen tatsächlich wie angegossen. Der mit Goldfäden durchwirkte türkisblaue, leichte Stoff war atemberaubend. Das enge Mieder und der flatternde Rockteil machten eine elegante Figur.

Celeste drehte sich vor einem der großen Garderobenspiegel. Sie war selbst erstaunt, wie schön sie auf einmal aussah. Noch nie hatte sie ein so wertvolles Kleid getragen.

In dem Moment flog die Tür auf und eine Gruppe schwatzender Tänzerinnen kam herein. Als sie Celeste in den Ballettkleidern erblickten, verstummten sie schlagartig.

Befangen sah Celeste die Gruppe an. »Bonjour!«, murmelte sie mit gesenktem Blick.

Keine der Tänzerinnen antwortete. Alle starrten sie feindselig an. »Du bist also die Neue, die unser Ballettmeister aus der Gosse aufgegabelt hat? Auf die er so viel Hoffnung setzt? Wenn du glaubst, du kannst hier einfach hereinschneien und Claire ersetzen, dann hast du dich gewaltig getäuscht!«, zischte ihr eine große, wunderschöne, braunhaarige Frau hasserfüllt zu.

Celeste war entsetzt zurückgewichen. Sie hatte sich wie ein Kaninchen gefühlt, das von einer Meute Jagdhunde gestellt worden war.

Jetzt am Lagerfeuer dachte sie sich zum wiederholten Mal, dass das der richtige Zeitpunkt gewesen wäre, einfach zu gehen. Sie hätte das schöne Kleid ablegen und die Oper so schnell wie möglich verlassen sollen.

Als wenn Nathalie ihre Gedanken lesen könnte, sagte diese in dem Moment: »Celeste, natürlich wird es etwas dauern, bis dich die anderen Ensemblemitglieder akzeptieren. Niemand nimmt nach einem Todesfall denjenigen, der einen Toten ersetzen soll, mit offenen Armen auf. Glaub mir, wenn du erst einmal täglich mit den Tänzerinnen übst, wirst du schon deinen Platz finden. Sei kein Feigling! Stell dich der Herausforderung! Ich hab schon immer das Gefühl gehabt, dass du zu etwas Höherem geboren bist. Deine Art, dich zu bewegen, ist so anmutig, irgendwie aristokratisch. Du bist anders als wir. Nicht so derb und grobschlächtig. Du gehörst auf eine große Bühne. Selbst Raoul findet, dass du das Angebot annehmen musst.«

Celeste sah zu Raoul hinüber, der erst zögerte, dann aber bestätigend nickte. »Ma petite, wenn ich nur an mich denken würde, dann wäre es die dümmste Sache der Welt, dich ins Ballett zu schicken. Ich denke aber an *dich* und deine Zukunft. Probier es wenigstens. Aufgehört ist schnell. Du wirst dir schon nicht den Hals brechen. Sag Monsieur Gardel zu. Dann sehen wir weiter. Einverstanden?«

Celeste erhob sich. »Danke, dass ihr euch so viele Gedanken macht. Ich bin jetzt müde. Ich sage euch morgen, wie ich mich entscheide. Gute Nacht!« Ohne sich noch einmal umzudrehen, lief Celeste zu ihrem Wagen, dicht gefolgt von Filou.

Die anderen Gaukler blickten hinter ihr her.

François nahm einen Schluck aus seiner Weinflasche. »Schade, dass die verführerische hübsche Zigeunerin, die zwei Wagen weiter aus der Hand liest, eine Betrügerin ist. Es wäre gut, wenn Celeste einen Blick in die Zukunft werfen könnte, um zu wissen, welche Entscheidung die richtige ist!«

15. Kapitel

Paris, 7. Dezember 1804

Mitten in der Nacht wurde Viktor plötzlich aus dem Schlaf gerissen.

Er setzte sich auf und lauschte angestrengt.

In dem Moment fielen Schüsse. Türen schlugen. Viktor vernahm Stimmen, laute Schreie und das Trampeln von Stiefeln im Treppenhaus.

Was war da los?

Er musste auf der Stelle nachschauen, was vor sich ging: Vielleicht brauchte sein Onkel oder sonst jemand Hilfe!

Viktor zog im Dunkeln hastig seinen Morgenmantel über sein langes, weißes Nachthemd. Dann entzündete er eine Laterne und verließ eilig sein Zimmer.

Vor seiner Tür hielt er inne und lauschte erneut.

Jetzt hörte er genau, woher die Stimmen kamen. Der Lärm schallte aus einer der unteren Etagen zu ihm herauf.

Vorsichtig schlich Viktor den ersten Treppenabsatz hinunter.

Noch ehe er die zweite Etage erreicht hatte, stürmten ihm drei Soldaten entgegen und warfen ihn brutal zu Boden.

Ein Knie wurde Viktor mit solcher Wucht in den Rücken gerammt, dass er keine Luft mehr bekam.

»Da ist noch einer!«, schrie einer der Uniformierten aufgebracht.

»Erlauben Sie! Ich bin hier Gast«, versuchte sich Viktor zu wehren, aber niemand schenkte ihm Beachtung.

»Fesselt ihn und bringt ihn zum Hauptmann.«

Viktor bekam einen weiteren Tritt in den Hintern und wurde grob hochgerissen.

Die Männer schleiften ihn die Treppe hinunter.

Plötzlich hörte Viktor die empörte, schrille Stimme seines Onkels.

»Was zum Teufel macht ihr da? Seid ihr von allen guten Geistern verlassen? Bindet den Mann sofort los. Das ist mein Neffe. Meint ihr etwa, ein Attentäter würde hier im Nachthemd und mit Laterne herumlaufen?«

Betreten sahen sich die Soldaten an. »Pardon, Monsieur! Sie müssen entschuldigen.«

Denon funkelte die Soldaten wütend an, dann nahm er Viktor beiseite. »Ist alles in Ordnung? Geht's dir gut? Hier herrscht der reinste Ausnahmezustand. So etwas hat es im Louvre noch nie gegeben. Ich bin außer mir! Komm mit, es hat einen Toten gegeben. Das musst du dir aus der Nähe anschauen. Der Kerl liegt da wie ein auf der Flucht niedergestrecktes Reh.« Der Museumsdirektor rannte vor Viktor den nächsten Treppenabsatz hinunter.

Als die beiden den großen Saal mit den wertvollen Gobelins erreichten, trafen sie auf einen Pulk von Soldaten. Alle Anwesenden umringten einen am Boden liegenden Leichnam. Ihre leisen Gespräche verstummten, als Viktor und Denon näher kamen.

»Platz da!« Energisch drängte sich der Museumsdirektor zu dem Toten vor.

Viktor schauderte bei dem Anblick, der sich ihm bot. Es fröstelte ihn und er musste tief Luft holen, um nicht die Kontenance zu verlieren.

Am Rand eines großen Perserteppichs lag der gekrümmte Körper eines erschossenen Menschen. Sein Rumpf lag auf den Holzdielen, die seltsam verdrehten Beine auf dem Teppich. Der Mann musste von mehreren Kugeln getroffen worden sein. Seine schäbige Kleidung war von schwarzen Löchern zerfetzt, aus denen Blut auf den Teppich und den Boden floss.

»Schau dir das Subjekt genau an! Hast du ihn hier im Museum schon einmal gesehen? Kommt er dir irgendwie bekannt vor?«

Viktor schüttelte den Kopf. Nur mit einiger Überwindung konnte er sich dem Leichnam nähern. Er beugte sich vorsichtig über ihn.

Noch nie in seinem Leben hatte Viktor einen Toten gesehen.

Auf Schlachtengemälden oder Zeichnungen hatte er das dargestellte heroische Sterben oft bewundert. Aber der reale Anblick erschreckte ihn mehr als gedacht.

»Onkel, was um Himmels willen ist geschehen?«

»Mitten in der Nacht ist ein Einbrecher in mein Museum eingedrungen! Was für eine Impertinenz! Zum Glück waren die Wachen aufmerksam und haben das kriminelle Subjekt sofort bemerkt, gestellt und erschossen.« Denon sah seinen Neffen aufgebracht an. »Aber Viktor, du bist ja kreideweiß! Ist dir nicht wohl? Ich glaube, es ist besser, du gehst zurück in dein Zimmer.«

Viktor nickte schwach. Von den Schlägen der Soldaten spürte er noch immer Schmerzen am ganzen Körper. Es war ihm mehr als recht, den Ort so schnell wie möglich verlassen zu können. Erleichtert machte er kehrt, verließ den Saal und ging zurück ins Treppenhaus. Viktor nahm langsam eine Stufe nach der anderen und stützte sich am steinernen Geländer ab.

Das Bild des Toten schwirrte ihm durch den Kopf. Das viele Blut und der gekrümmte Körper waren Eindrücke, die er sein Leben lang nicht mehr vergessen würde.

Plötzlich hielt Viktor inne. Vor ihm auf dem Steinboden waren ganz deutlich einige Blutstropfen zu sehen. Hatte er jetzt schon Halluzinationen? War einer der Soldaten oder sein Onkel in die Blutlache des Leichnams getreten und hatte versehentlich diese Fährte gelegt?

Nein, das war unmöglich, das hätte anders ausgesehen.

Viktor erschrak. Kurz überlegte er, ob er einen der Soldaten auf seinen Fund aufmerksam machen sollte, doch er entschied sich dagegen. Zu groß war das Jagdfieber, das ihn jetzt packte. Außerdem galt es keine Zeit zu verlieren.

Er hielt seine Lampe höher, sodass er besser sehen konnte, wohin die Blutspur führte. Nach oben!

Viktor erreichte den Absatz der zweiten Etage. Er hielt kurz inne, um zu lauschen. Nichts war zu hören.

Die Spur der Blutstropfen führte direkt in einen Raum, in dem mittelalterliche Ritterrüstungen ausgestellt wurden.

Langsam öffnete Viktor die schwere Tür. Der Saal lag im Dunklen. Er benötigte einen Augenblick, bis sich seine Augen an die Finsternis gewöhnt hatten.

Ich bin völlig unbewaffnet, schoss es ihm durch den Kopf. Was ist, wenn mich jemand angreift?

Er schaute sich um und erblickte eine kunstvoll geschmiedete Lanze, die an der Wand vor ihm befestigt war. Viktor riss das alte Kriegshandwerkszeug aus seiner Halterung. Entschlossen klemmte er sich den Spieß unter seinen rechten Arm und nahm die Lampe in die Linke.

Langsam und äußerst konzentriert schritt er voran, während seine Augen nach weiteren Spuren auf dem Boden suchten.

Plötzlich hielt Viktor inne. Neben einer furchteinflößenden Rüstung erkannte er eine große, bemalte florentinische Ebenholztruhe.

Direkt vor der Truhe endete die Blutspur.

Viktor spürte, wie sein Puls zu rasen begann. Er stellte die Lampe auf den Boden und hielt die Lanze, zum Angriff bereit, fest in seiner Faust. Dann nahm er all seinen Mut zusammen und riss mit seiner freien Hand blitzschnell den Deckel der Truhe auf.

Was seine Augen erblickten, verschlug ihm die Sprache.

In der Truhe lag zusammengerollt wie eine Katze ein Junge, der mit beiden Händen seinen linken Unterschenkel umklammert hielt.

Viktor hob die Lampe vom Boden hoch und sah, dass er von weit aufgerissenen Kinderaugen angestarrt wurde. Panik lag in seinem Blick.

»Dich kenn ich doch, du Lump!«, schrie Viktor. »Du hast mir mein ganzes Geld gestohlen!« Unbeherrscht packte er den Halbwüchsigen am Kragen und zog ihn grob aus seinem Versteck.

Als der Junge auf seinem verletzten Fuß auftrat, entfuhr ihm ein Schmerzensschrei und er hatte Mühe, aufrecht zu stehen.

Viktor sah erschrocken, dass sich zu Füßen des Knaben bereits eine kleine Blutlache gebildet hatte. Er kniete sich nieder und schob das zerfetzte rechte Hosenbein hoch. »Lass mal sehen.« Alarmiert erkannte er, dass die Wade durch einen Streifschuss verletzt worden war. »Ich muss die Wunde sofort abbinden.« Viktor zögerte einen Augenblick. Dann zog er seinen Morgenmantel aus und riss sich kurz entschlossen den linken Ärmel seines Nachthemds ab.

Danach breitete er den Morgenmantel auf dem Boden aus und half dem Jungen, sich daraufzulegen. Während er das verletzte Bein geübt und vorsichtig verband, redete er beruhigend auf den Knaben ein. »Hast du mich damals auf der Pont Neuf angelogen, oder heißt du wirklich Gilles?«

Als der Junge nickte, fuhr Viktor fort: »Wie du siehst, hab ich mir gemerkt, wer meine Börse gestohlen und mich in die Hand gebissen hat!«

»Monsieur, es tut mir leid«, flüsterte der Knabe schluchzend. »Bitte verraten Sie mich nicht. Wenn die Soldaten mich in die Hände bekommen, schlagen sie mich auf der Stelle tot.«

»Du glaubst doch nicht im Ernst, dass ich dich laufen lasse«, erwiderte Viktor unwirsch.

»Monsieur, mein Vater hat mich gezwungen, ihm bei seinem Einbruch zu helfen«, flüsterte Gilles verzweifelt. »Ich bin nur mitgekommen, um nicht als Feigling dazustehen. Mein Vater wurde von Kugeln tödlich getroffen. Wenn ich nicht mehr nach Hause komme, weint sich meine Mutter die Augen aus dem Kopf.«

»Das hättest du dir früher überlegen müssen.« Als Viktor die Enden seines Ärmels um das Bein herum verknotet hatte, half er dem Jungen, sich aufzusetzen, sodass er sich an die Truhe anlehnen konnte.

»Was hatte dein Vater mitten in der Nacht hier im Museum zu schaffen?«

»Glauben Sie mir, ich schwöre, ich weiß es nicht. Das Einzige, was er zu mir gesagt hat, war, dass ein Wunder passieren müsste, wenn wir hier mit heiler Haut davonkämen.« Gilles Körper wurde von einem leisen Schluchzen durchgeschüttelt.

Viktor rang mit sich. Jetzt war der richtige Zeitpunkt, um die Wachen zu rufen. Eigentlich gab es keinen Grund, den bissigen Gassenjungen laufen zu lassen. Und doch wusste er in seinem Innersten: Er musste dem Kind helfen! Auch wenn es unangenehme Konsequenzen für ihn haben würde und gegen den gesunden Menschenverstand verstieß. »Meinst du, du kannst alleine gehen?«

Gilles' Augen hellten sich auf. Ein Schimmer von Hoffnung zeigte sich auf seinem Gesicht. »Sie werden mich nicht verraten?«

Viktor zögerte einen Moment. »Sind deine Hosentaschen leer?«

Gilles schaute Viktor mit großen Augen an. Dann stülpte er wortlos das Innenfutter nach außen. Ein kurzer Bindfaden und ein verrosteter Nagel kamen zum Vorschein.

Viktor nickte stumm. »Also gut. Steh auf. Ich zeige dir einen Weg, wie dir die Flucht gelingen könnte. Komm mit!« Viktor schob Gilles vor sich her in den dunklen Flur. Insgeheim bewunderte er den tapferen Burschen, wie er die Zähne zusammenbiss und trotz größter Schmerzen hinter ihm herhumpelte.

Vor einer unauffälligen Tapetentür blieben sie stehen. Viktor öffnete sie blitzschnell und lauschte in das schmale Treppenhaus hinein.

Plötzlich hörten sie hinter sich im Gang Männerstimmen näher kommen.

Hastig schob Viktor den Jungen durch die Tür. »Diese Treppe wird nur von den Dienstboten benutzt. Es ist die einzige Chance für dich, hier lebend herauszukommen. Mehr kann ich nicht für dich tun. Viel Glück!«

Im Hinuntergehen warf Gilles noch einen Blick zurück: »Monsieur, das werde ich Ihnen nie vergessen!« Dann hob er ungelenk die Hand zum Gruß und verschwand in der Dunkelheit.

16. Kapitel

Paris, 8. Dezember 1804

Celeste stand in neun Metern Höhe auf einem schmalen Holzbrett und wartete auf ihren Einsatz.

Heute war die erste Hauptprobe, und soweit sie das von hier oben sehen konnte, tanzte das Ensemble fehlerlos. Jeder war hochkonzentriert und gab sein Bestes.

Es waren nur noch wenige Augenblicke bis zu ihrem Auftritt. Ihr Herz raste vor Aufregung, vor Glück und vor Freude.

Nie hätte sie gedacht, dass sie das Ballett so lieben würde.

Celeste war inzwischen gottfroh, dass Nathalie sie am Lagerfeuer überredet hatte, es mit dem Ballett doch wenigstens einmal zu versuchen. Sie spürte, dass ihre mütterliche Freundin recht hatte. So eine Chance wie diese gab es nur einmal im Leben.

Der eine Vormittag im *Salle Montansier* hatte etwas in ihr wachgerufen. Celeste merkte, dass sie auf eine geradezu magische Art und Weise von der Schönheit, der Atmosphäre und dem Flair des Balletts angezogen wurde. Die großzügigen Säle, die goldenen Spiegel, die schönen Frauen und Männer, einfach alles hatte ihr sofort gefallen.

An jenem Abend und in der darauffolgenden Nacht, in der sie erst sehr spät einschlief, tauchten immer mehr Bilder aus ihrer Kindheit auf, die sie für immer verloren geglaubt hatte.

Sie konnte sich plötzlich ganz deutlich an ein großes Fest erinnern, das ihre Eltern an einem herrlichen Sommerabend ausgerichtet hatten.

Celeste war ihrer Gouvernante entwischt und hatte sich hinter einem Vorhang versteckt. Die Verwandten, Freunde und Gäste waren prächtig gekleidet gewesen und hatten sich lachend und tanzend amüsiert. Damals dachte Celeste, dass es doch nichts Schöneres geben konnte, als erwachsen zu werden und an solch fröhlichen Bällen teilnehmen zu dürfen.

Was Celeste in jener Nacht im Gauklerwagen geträumt hatte, war der eigentliche Grund gewesen, warum sie Monsieur Gardel tatsächlich zugesagt hatte.

Sie träumte, dass sie auf dem Ast eines großen blühenden Apfelbaumes saß. Der Baum ließ plötzlich den Ast vorsichtig auf den Boden der Ballettbühne sinken und Celeste sah sich selbst, wie sie elegant herunterstieg. In dem Moment brandete tosender Applaus auf. Sie hatte verwundert den Kopf gehoben und in die Menge der Zuschauer gewinkt. Langsam war ihr Blick die erste Reihe entlanggeglitten. Ganz rechts saßen ein Mann und eine Frau, die vor lauter Begeisterung von ihren Stühlen aufgesprungen waren. Die beiden strahlten über das ganze Gesicht. Es waren ihre Eltern!

Celeste war schweißgebadet aufgewacht. Seit Jahren hatte sie nicht mehr von ihnen geträumt.

Nach diesem beglückenden Traum hatte sie das Gefühl gehabt, dies könnte ein Zeichen gewesen sein. Sie musste den

Schritt wagen und ihre Chance ergreifen, Mitglied des Ballettensembles zu werden. Sie hatte den Segen ihrer Eltern.

Celeste hatte ihre Entscheidung nicht bereut. Im Gegenteil!

Jetzt ließ sie ihre Schultern rollen und legte ihren Kopf erst nach links, dann nach rechts. Sie atmete tief ein und aus.

Die Musik war nur noch wenige Takte von ihrem Einsatz entfernt.

Ihr Auftritt war spektakulär. Mit nichts zu vergleichen, was sie bisher auf den Jahrmärkten gezeigt hatte.

Obwohl sie nur zehn Minuten im ganzen Stück auftrat, wusste sie doch, dass die Zuschauer sich an diesen vergleichsweise kurzen Moment ganz besonders erinnern würden.

Celeste fuhr sich mit einer Hand über den Hinterkopf und prüfte kurz, ob ihr Dutt noch richtig saß.

Die Garderobiere Madame Loulou gab sich alle Mühe, die Tänzerinnen perfekt zu kleiden, zu schminken und ihre Haare zu richten.

Katherine, eine der Tänzerinnen, hatte Celeste vorhin sogar ein Kompliment gemacht. »Meine Güte, Celeste, ich muss schon sagen! Als ich dich das erste Mal gesehen habe, zweifelte ich doch sehr an Monsieur Gardel. Ich habe mich gefragt, warum der Maestro dich angeschleppt hat. Du hast ausgesehen wie eine schwindsüchtige Vogelscheuche. Und jetzt das! Was für eine Verwandlung! Aus der hässlichen Raupe ist ein wunderschöner Schmetterling geworden. Was doch ein bisschen Schminke, eine neue Frisur und neue Kleider alles bewirken können!«

»Nun übertreib mal nicht, Katherine. Von einem schönen Schmetterling kann ja wohl keine Rede sein! Sie sieht inzwischen ganz passabel aus, das geb ich zu. Madame Loulou hat sich über Gebühr angestrengt. Aber das war auch dringend nötig. Unser Publikum kommt aus den besten Kreisen. Die

Gäste haben zu Recht höchste ästhetische Ansprüche. Man hätte Celeste in ihrem ursprünglichen Zustand wohl kaum auf die Bühne lassen können, sonst hätten wir am Ende wochenlang vor leerem Haus gespielt«, hatte Philomena geantwortet, während sie sich hingebungsvoll ihre langen Beine massierte.

Der Ton, der im Ballettensemble herrschte, war rau, aber herzlich. Das hatte Celeste in der kurzen Zeit, seitdem sie dabei war, schnell herausgefunden. Trotz allem spürte sie, dass ihre Kolleginnen sie inzwischen respektierten und alle zusammenhielten wie Pech und Schwefel.

In dem Moment hörte Celeste einen lauten Paukenschlag unter sich. Die Geigen im Orchester flirrten nervös.

Das war ihr Einsatz.

Sie straffte ihren Körper, stellte sich auf die Zehenspitzen und sprang in die Tiefe.

17. Kapitel

Paris, 10. Dezember 1804

Viktor überprüfte im Spiegel seinen dunkelgrünen, samtenen Gehrock vom Bayerischen Gewandhaus Gruber in München. Dann trat er vor die Tür auf den langen Flur hinaus.

Seit der Begegnung mit Gilles quälte ihn die Frage, ob sein Handeln richtig gewesen war. Er hatte sich zum Mittäter gemacht. Nicht nur, dass er den Jungen laufen ließ, er hatte auch noch dessen Blutspuren beseitigt. Um ein Haar wäre er dabei von den Wachen erwischt worden. Ihm wurde angst und bange bei der Vorstellung, wenn man ihn überführen würde und er sich gegenüber seinem Onkel erklären müsste.

Dem Jungen war die Flucht offensichtlich geglückt, denn Viktor hatte nichts von einer weiteren Festnahme gehört.

»Den Passierschein, Monsieur.« Ein Sergeant der kaiserlichen Garde versperrte Viktor den Weg, während ein zweiter Soldat mit ausdruckslosem Blick sein aufgepflanztes Bajonett auf ihn richtete.

»Messieurs, seit Tagen kontrollieren Sie nun ständig meine Papiere. Allmählich müsste ich Ihnen bekannt sein!« Viktor erschienen die Kontrollen wie eine einzige Schikane.

»Befehl ist Befehl! Niemandem ist es gestattet, hier durchzugehen, ohne sich ordentlich zu legitimieren.«

Viktor holte leicht verstimmt das Papier aus seiner Brusttasche und reichte es dem Sergeanten.

Am Morgen nach dem Einbruch hatte Vivant Denon alle Angestellten in seinem Büro antreten lassen. Jeder Einzelne erhielt einen Ausweis mit Stempel und der Unterschrift des Museumsdirektors, der ihn berechtigte, sich im Museum aufzuhalten und frei zu bewegen.

Sein Onkel hatte die Bediensteten strengstens ermahnt, der Polizei in jeder Hinsicht behilflich zu sein und sie nach Kräften bei ihren Untersuchungen zu unterstützen.

»Selbst der kleinste Hinweis, die noch so harmlos erscheinende Spur kann von großer Bedeutung sein. Meine Herren, es ist ihre vaterländische Pflicht, jeden Anhaltspunkt und jeden Verdächtigen umgehend zu melden«, ermahnte der Museumsdirektor, während er jedem der Anwesenden eindringlich in die Augen blickte.

Anschließend berichtete Denon kurz, was die polizeilichen Ermittlungen bisher ergeben hatten: »Ein stadtbekannter Schwerverbrecher ist aus dem am besten bewachten Gefängnis von Paris, dem Bicêtre, entkommen. Keine vierundzwanzig Stunden nach seinem Ausbruch wurde der Mann im Kugelhagel der kaiserlichen Garde hier im Museum niedergestreckt. Leider hat das Blut des Opfers einen unserer schönsten und wertvollsten Gobelins bespritzt. Ob wir das gute Stück jemals wieder werden reinigen können, weiß nur der Himmel. Es ist eine Katastrophe! Abgesehen davon stehen die Ermittlungen erst am Anfang. Womöglich handelte es sich nicht nur um einen gewöhnlichen Diebstahl, sondern vielleicht trachtete der Einbrecher unserem geliebten Kaiser nach dem Leben!«

Seit dem Einbruch wimmelte es im ganzen Museum von Soldaten. An ein normales Arbeiten war nicht mehr zu denken. Überall stand kampfbereites Militär. Sie waren hinter Säulen postiert, kontrollierten, wer durch welche Tür wollte, und schoben in den großen Sälen Tag und Nacht Wache.

Alle Mann waren bis an die Zähne bewaffnet und äußerst nervös.

Ein besonderes Spektakel wurde von der kaiserlichen Leibgarde veranstaltet, wenn Napoleon in den frühen Morgenstunden seine Räume im Louvre verließ.

Während alle Welt den Kaiser bei den Krönungsfeierlichkeiten noch dafür bewundert hatte, wie er auf sein Volk zuging, wurde er nun von seinen treusten Männern so abgeschirmt, als würde hinter jedem Vorsprung ein Attentäter lauern.

Denon hatte Viktor erzählt, dass Napoleon vor vier Jahren nur knapp einem Anschlag entgangen war: »Unser Herrscher ist auf der Fahrt ins Theater in der Rue St. Nicaise nur durch Zufall mit dem Leben davongekommen. Gott sei Dank war seine Kutsche so schnell unterwegs, dass sie lediglich von ein paar Splittern getroffen wurde. Acht Menschen hatten weniger Glück. Sie wurden bei der Explosion in Fetzen gerissen.«

»Gehörten sie zu Napoleons Begleitern?«, hatte Viktor schockiert nachgefragt.

»Nein, es waren unbeteiligte Passanten. Sie waren einfach zur falschen Zeit am falschen Ort. Der Attentäter hatte ein Weinfass auf eine Karre geschnallt, gefüllt mit einem Gemisch aus Schwarzpulver, Eisenkugeln und Feuerwerk. Die Detonation war verheerend!«

»Konnte man denn den Schurken zur Rechenschaft ziehen?«

»Mais non! Der Gefängnisdirektor Bertrand Lalique hatte einige Verdächtige einem strengen Verhör unterzogen. Zwei

Jakobiner sind im Bicêtre verstorben, drei Royalisten wurden auf die Seychellen verbannt.«

Viktor war es nicht entgangen, dass sich Napoleon von seiner Garde durch Flure, Gänge und Treppenhäuser des Louvre bis zu seiner Kutsche geleiten ließ. Jeder seiner Schritte wurde aufs Schärfste bewacht. Jetzt kampierten noch mehr Soldaten als sonst auf dem Hof.

Fast wäre Viktor zu spät zu seiner Arbeit bei André Brunelle in der Goldschmiedewerkstatt erschienen, weil er sich noch drei weitere Male legitimieren musste.

Nun stand zu seinem Erstaunen auf seinem Arbeitstisch die Kaiserkrone.

Viktor betrachtete das Stück fasziniert.

Die Bügelkrone, die er zu zeichnen hatte, bestand aus vergoldetem Silber und Kupfer und war mit Gemmen und Kameen reich und kunstvoll verziert. Der schmale Kronreif trug acht blattförmige, gezackte Zinken, in deren Zwischenräumen kleinere Zinken mit winzigen Kügelchen ruhten. Aus den großen Zinken stiegen die Bügel steil auf und trugen auf ihrem Scheitel einen zierlichen Globus mit Kreuz. Gemmen, Kameen und Edelsteine saßen in schlüsselförmigen Fassungen auf Reif und Bügel. Im Inneren der Krone befand sich eine samtene Haube, die hinter jedem Bügel einen Stickereistreifen hatte, damit das edle Schmuckstück weich auf dem Haupt seines Trägers ruhte und keine unangenehmen Druckstellen hervorrief.

Viktor nahm ein Maßband und notierte Umfang und Höhe der Krone in eine Kladde. Er war so konzentriert bei der Arbeit, dass er gar nicht bemerkte, wie der Werkstattleiter von hinten zu ihm herantrat.

»Nun, Monsieur von Löwenstein, wie gefällt Ihnen die Krone?«

»Was für ein unglaublich schönes Kunstwerk! Mit diesem Juwel knüpft Napoleon wahrlich an eine große europäische Tradition an.«

Brunelle nickte stolz und zustimmend.

»Meine Zeichnung ist noch nicht ganz fertig, weil zwei Edelsteine fehlen.«

Der Werkstattleiter wurde bleich. Viktor schien es, als ob die Finger des Goldschmiedemeisters leicht zu zittern begännen.

Monsieur Brunelle beugte sich über die Krone, um sie genauer in Augenschein nehmen zu können. »Monsieur von Löwenstein, ich dachte, die losen Steine wären längst wieder neu gefasst?«

»Aber nein, davon weiß ich nichts. Ich habe die Krone, so wie sie ist, auf meinem Platz vorgefunden.«

»Das verstehe ich nicht. Ich nehme die *Charlemagne* in meine Obhut. Doch wo, um Himmels willen, sind die Steine? Sie sind unersetzbar. Für meine Goldschmiede lege ich die Hand ins Feuer. Ich weiß, dass bei dem Einbrecher nichts gefunden wurde. Möge Gott verhüten, dass der Ganove sie irgendwo versteckt hat. Hier im unüberschaubaren, riesigen Louvre nach so kleinen Edelsteinen suchen zu müssen, ist als wenn man eine Nadel im Heuhaufen finden will. Ich kümmere mich darum. Doch Sie müssen zu Ihrem Onkel, er hat nach Ihnen geschickt. Sie sollen sofort in sein Büro kommen.«

Viktor ließ alles stehen und liegen und machte sich auf den Weg zum Direktionszimmer. Er wusste, wenn sein Onkel etwas nicht vertrug, dann war es warten zu müssen.

Warum um alles in der Welt wollte Denon ihn so plötzlich sehen? Sie hatten doch erst vor wenigen Stunden zusammen ihren Morgenmokka zu sich genommen. Alles schien in bester

Ordnung gewesen zu sein. Was konnte es so Dringendes geben, das nicht warten durfte?

Hatte es womöglich irgendetwas mit diesem Gilles zu tun? Ja, das musste es sein. Der Junge war geschnappt worden und hatte unter der Folter preisgegeben, wer ihm zur Flucht verholfen hatte. Jetzt war die Katze aus dem Sack!

Viktor spürte eine große Unruhe in sich aufsteigen. Auf dem Weg zu seinem Onkel passierte er den Saal, in dem die mittelalterlichen Rüstungen präsentiert wurden.

Obwohl er in Eile war, überkam ihn das zwanghafte Verlangen, den Raum erneut zu betreten. Er musste noch einmal an den Ort zurückkehren, an dem er Gilles gestellt hatte.

Langsam drückte Viktor die Klinke hinunter, öffnete die Tür einen Spalt und trat ein.

Keine Menschenseele war weit und breit zu sehen. Nachdem er die Tür wieder hinter sich geschlossen hatte, blickte er sich lange um.

Der Saal war riesengroß. Bei Nacht im Schein seiner Lampe hatte er die tatsächlichen Ausmaße des Raumes gar nicht erfassen können!

Eine Rüstung reihte sich an die andere. Kettenhemden, Brustpanzer und Helme, ja selbst ein Panzer für ein ausgewachsenes Ross waren wie ein ganzes Bataillon nebeneinander aufgestellt. Pistolen, Kanonen, Hellebarden und Schwerter, alles, was für das Kriegshandwerk jemals gebraucht worden war, befand sich hier beisammen.

Viktors Blick ging sofort auf die rechte Seite. Die Lanze, die er zu seinem Schutz in jener Nacht von der Wand gerissen hatte, hing wieder an ihrem angestammten Platz.

Er erinnerte sich genau daran, dass er die Waffe in seiner Aufregung neben der Truhe hatte liegen lassen. Ein Saaldiener musste sie zurückgehängt haben.

Viktor untersuchte genau den Fußboden bis zur Truhe, in der er Gilles entdeckt hatte. Das Parkett glänzte frisch gebohnert, als wenn seit Jahren niemand einen Fuß darauf gesetzt hätte. Der Boden war blitzsauber, kein einziger Blutstropfen war mehr zu sehen. Offensichtlich hatte niemand Verdacht geschöpft.

Hatte sich am Ende eine dritte Person, außer Gilles und ihm, in dem Saal befunden? Hatte jemand den Worten gelauscht, die er mit dem Knaben gewechselt hatte?

Es wäre ein Leichtes gewesen, sich hier zu verstecken!

Viktor versuchte sich genau zu erinnern, was er und der Junge miteinander gesprochen hatten.

Würde man ihm womöglich daraus einen Strick drehen? Viktor konnte es wenden, wie er wollte: Er hatte sich absolut unkorrekt verhalten. Das war Fakt.

Viktors mulmiges Gefühl wurde immer stärker. Um sich ein wenig zu beruhigen, versuchte er sich einzureden, dass der Saal mit den Rüstungen und dem Kriegshandwerkszeug gewiss routinemäßig sauber und in Ordnung gebracht worden war.

Hastig verließ Viktor den Rittersaal. Es gab keinen Zweifel. Sein Onkel würde ihn jetzt wegen seines Verhaltens zur Rede stellen. Er hatte einem Verbrecher, auch wenn der noch ein halbes Kind gewesen war, zur Flucht verholfen. Das würde Vivant Denon ihm nie verzeihen!

18. Kapitel

Paris, 10. Dezember 1804

Nach der Generalprobe hatte der Ballettdirektor Pierre Gardel alle Tänzer und Tänzerinnen, die Musiker, den Dirigenten des Orchesters, die Bühnenarbeiter, Beleuchter und Garderobieren um sich geschart: »Hervorragend. Ganz hervorragend. Im Großen und Ganzen bin ich mit der letzten Probe sehr zufrieden. Doch ein paar Kleinigkeiten müssen wir noch ändern. Das Licht am Ende der zweiten Szene ist leider nicht ausreichend. Wir brauchen mehr Kerzen im Kronleuchter, vielleicht auch noch ein paar Laternen. Madame Loulou, Sie müssen Philomenas Haare besser fixieren. Vielleicht sollten Sie sie um eine Handbreit kürzen, dann wird der Dutt nicht so schwer. Jedenfalls dürfen sich ihre Locken unter keinen Umständen lösen.«

Das ganze Ensemble begann zu lachen, als die Primaballerina daraufhin laut protestierte: »Maestro, das können Sie mir nicht antun. Mein Mäzen, der Chevalier de Bayard, liebt meine Lockenpracht. Er kann es nicht ausstehen, wenn ich meine Haare schneiden lasse.«

Gardel beachtete die Tänzerin nicht weiter, er wandte sich bereits dem Solotänzer zu. »Maurice, du musst dich morgen besser konzentrieren. Du hast bei deiner Pirouette gewackelt. Bei der Premiere darf das nicht passieren. Ansonsten bin ich mehr als zufrieden mit dir. Bravo, bravo!« Dann suchten seine Augen Celeste. »Ma chère, ich möchte, dass du noch mehr blauen Stoff in deinem Kleid eingenäht bekommst. Madame Loulou, ich verlasse mich auf Sie! Celeste soll aussehen wie ein Geschöpf des Himmels. Nicht umsonst heißt sie Celeste! Ansonsten ist alles perfekt. Ich wünschte, du könntest deine Darbietung selbst sehen. Du hast eine Ausstrahlung, als wenn du dein ganzes Leben lang auf den Bühnen der größten Theater Europas gestanden hättest. Das ist einfach hinreißend. Das Pariser Publikum wird dir zu Füßen liegen, das weiß ich jetzt schon.«

Celeste errötete und sah zu Boden.

»Ich hab nichts dagegen, wenn ihr das Publikum zu Füßen liegt. Hauptsache, sie schnappt uns nicht die lukrativen Verehrer weg!«, zischte es hinter ihr.

Als Celeste sah, dass sich der Ballettmeister nun dem Bühnendekorateur zuwandte und diesem einen Hinweis gab, dass ihm der Wald im zweiten Akt zu licht erschien, wandte sie sich um.

Hinter ihr stand Philomena und sah ihr direkt in die Augen.

»Was soll das bedeuten? Wie kommst du darauf, dass ich jemandem den Verehrer wegschnappen wollte, Philomena?«

»Ich bin immer wieder erstaunt, wie naiv und blauäugig du bist. Du glaubst doch nicht, dass wir hier alle von dem Hungerlohn leben, den wir durchs Ballett verdienen? Das reicht ja kaum zum nackten Überleben.«

Celeste sah Philomena erstaunt an. Sie hatte vor zwei Tagen ihre erste Gage von Pierre Gardels Zahlmeister bekommen und war jetzt noch sprachlos, wie viel es im Vergleich zu dem war, was sie mit ihren Jahrmarktsdarbietungen erzielen konnte. Und das sollte nicht reichen?

Die schöne Philomena hob ihre Lockenpracht hoch und schlang ein Band aus kostbarster Brüsseler Spitze darum, sodass ihre vollen braunen Haare elegant über die rechte Schulter flossen. »Wir Tänzerinnen wissen alle, dass wir nur ein paar wenige Jahre haben, in denen wir so gesunde, geschmeidige Körper besitzen, mit denen wir auffallen können. Du musst wissen: Das oberste Ziel einer Pariser Tänzerin ist es, einen reichen Liebhaber zu ergattern! Die Adligen und gut betuchten Bürger lieben uns. Wir stehen alle im Ruf, nicht nur auf der Bühne, sondern auch im Bett sehr geschmeidig zu sein. Viele halten sich eine von uns als Geliebte. Die Zahl der ballettinteressierten männlichen Besucher dürfte in Wahrheit nicht allzu groß sein. Die meisten der Zuschauer sind schlicht und ergreifend auf der Suche nach Frischfleisch. Die Männer wollen alle nur das eine! Und wir geben es ihnen.«

Celeste sah Philomena entsetzt an, doch diese fuhr anzüglich lächelnd fort: »Wir sind natürlich keine gewöhnlichen Huren. Nicht, dass du mich falsch verstehst. Wir sind etwas Besonderes! Es ist für die Beteiligten eine einfache und erfreuliche Rechnung. Alle Seiten gewinnen. Wie, glaubst du, könnte ich mir sonst meine exklusive Wohnung, die teuren Kleider und meinen hinreißenden Schmuck leisten?« Philomena klimperte mit einem rubinbesetzten Armband an ihrem Handgelenk.

»Das ist das eigentlich Reizvolle an unserem Beruf, Celeste. Man muss nur aufpassen, dass man nicht aus Versehen an den Falschen gerät. Deiner Vorgängerin Claire ist das leider passiert. Sie ist an einen perversen Sadisten geraten. Deshalb hat sie sich auch dementsprechend angestrengt und ist so ein waghalsiges Risiko eingegangen. Sie wollte einem neuen Liebhaber auffallen! Gott sei Dank sind das nicht meine Sorgen. Meinen Chevalier beglücke ich schon seit drei Jahren. Und er begehrt mich noch wie in der ersten Nacht. Ich rate dir, schau dich beizeiten nach einem Kavalier um, dann musst du dir ums Alter keine

Sorgen machen. Aber hüte dich davor, einer Tänzerin aus dem Ensemble den Mäzen auszuspannen. Das wird sich rächen, dessen kannst du dir sicher sein! Such dir einen eigenen Liebhaber, einen der noch nicht vergeben ist. Erst dann gehörst du wirklich zu uns und wirst voll und ganz akzeptiert.«

Celeste war entsetzt. Nie würde sie sich an einen Mann verkaufen. Hatten die anderen Frauen hier keine Ehre im Leib?

Eins wusste sie mit Sicherheit: Unter keinen Umständen wollte sie die Geliebte von irgendeinem Mäzen werden und sich wie Madame Pompadour aushalten lassen. Dazu war ihr ihre Freiheit viel zu wertvoll!

In dem Moment hob Gardel noch einmal die Stimme und rief allen gut gelaunt zu: »So, meine Lieben. Ihr seid entlassen. Ruht euch aus. Morgen ist unser großer Tag!« Das Ensemble applaudierte und die Tänzer und Tänzerinnen verschwanden in ihre Garderoben.

Celeste war eine der Letzten im Umkleideraum, da die Näherin ihr Kostüm ändern musste. Sie war immer noch verstört und fassungslos von dem Gespräch mit Philomena. Wie dumm sie doch war! Sie hatte sich nie darüber Gedanken gemacht, dass die anderen Tänzerinnen oft nach der Probe von prunkvollen Kutschen abgeholt wurden. Genauso wenig hatte sie sich gewundert, dass manche Balletteusen tagtäglich mit riesigen Blumenbouquets beglückt wurden.

An ihrem Garderobenspiegel hing nur die Zeichnung von Filou mit der Widmung: Viel Glück zwischen Himmel und Erde.

Bei den anderen weiblichen Ensemblemitgliedern waren die Spiegelrahmen gespickt mit Billets.

Auch der teure Schmuck, den sich die jungen Frauen untereinander zeigten, hatte sie nicht stutzig gemacht. Während sie ihren Gedanken nachhing, flog plötzlich die Tür auf und Philomena stürmte herein.

»Ich habe meine Handschuhe vergessen«, rief sie und eilte zu ihrem Platz. »Aus dir werde ich einfach nicht schlau, Celeste. Vorhin lässt du mich im Glauben, dass man dich über die Möglichkeiten eines Nebenverdienstes aufklären müsste. Ich war schon kurz davor anzunehmen, dass du die einzige Jungfrau im ganzen Ensemble bist. Ich bin auf dein Gehabe als Unschuldslamm hereingefallen. Du bist ja mit allen Wassern gewaschen.« Philomena zog sich aufreizend langsam ihre roten Seidenhandschuhe bis zum Ellbogen hoch. Dann fuhr sie echauffiert fort: »Gerade eben bin ich deinem Liebhaber begegnet. Chapeau! Was für ein Prachtexemplar. Wo hast du den aufgegabelt? Der muss neu in der Stadt sein. Wenn er schon einmal eine Vorstellung von uns besucht hätte, wäre er mir sofort aufgefallen. Dein widerlicher Riesenhund, der jeden Abend vor der Oper auf dich wartet, hat ihn schwanzwedelnd begrüßt. Ich muss schon sagen, Celeste: Dass du in so kurzer Zeit solch einen blendend aussehenden, jungen Mäzen an Land gezogen hast, macht mich neidisch. Dagegen ist mein Chevalier ein altes Schlachtross. Aber … ach, was soll's.« Philomena zuckte mit den Schultern und verschwand wieder.

Celeste sah der Tänzerin entgeistert nach. Was hatte sie da für wirres Zeug geredet? Welcher Mann war bei Filou?

Hastig band sie sich ihre Schuhe zu.

Der treue Filou wartete tatsächlich geduldig Tag für Tag am Hintereingang der Oper auf sie.

Vielleicht war François oder Marcuse mitgekommen? Aber die würde Philomena wohl kaum als attraktive Erscheinungen bezeichnen.

Eilig schlüpfte sie in ihren Wollumhang und band ihre Haare zusammen. Celeste rannte die steile Hintertreppe hinauf und sah sich draußen auf dem Platz nach Filou um.

Tatsächlich!

Ein wildfremder, auffallend großer Mann beugte sich neben einer Bank über ihren Hund und streichelte ihn.

Celeste traute ihren Augen nicht. Filou ließ sich nie von Fremden streicheln! Was wollte der Monsieur?

Wütend lief sie auf den Mann zu. In dem Moment hob dieser den Kopf.

Celeste hielt inne. Sie starrte den Kerl an. Mon Dieu, was für ein attraktives Gesicht er hat, schoss es ihr durch den Kopf. Sie hatte ihn noch nie in ihrem Leben gesehen. Einen Moment lang schienen ihrer beider Blicke miteinander zu verschmelzen. Celestes Herz begann zu rasen.

»Filou«, entfuhr es ihr. Schwanzwedelnd kam der Wolfshund auf sie zu.

»Pardon, Mademoiselle, erlauben Sie, dass ich mich Ihnen vorstelle. Mein Name ist Viktor von Löwenstein. Darf ich Sie etwas fragen?«

Seine tiefe, melodiöse Stimme mit charmantem Akzent jagte ihr einen angenehmen Schauer über den Rücken. Plötzlich fühlte sie sich wie ein Insekt, das drauf und dran war, einer Spinne in ihr Netz zu fliegen. Unwirsch sah Celeste ihr Gegenüber an. Offenbar würde der Adlige sie jetzt fragen, ob sie seine Geliebte werden wollte.

Celeste packte Filou im Nacken. Im Weggehen drehte sie sich um und rief zornig: »Nein! Sie widern mich an. Ich habe keinerlei Interesse daran, das Bett mit Ihnen zu teilen!«

19. Kapitel

Paris, 10. Dezember 1804

Als er sich im Büro des Museumsdirektors eingefunden hatte, stand sein Onkel mit dem Rücken zu ihm vor der breiten Fensterfront, durch die die Strahlen der Wintersonne fielen. Der Museumsdirektor hielt zwei kleine Papiere zwischen Daumen und Zeigefinger und wedelte damit durch die Luft.

»Was denkst du, was ich hier habe?«

Viktor hatte keinen Zweifel: Sein Onkel hielt den Beweis seiner Schuld in Händen.

»Ich weiß es nicht!«, murmelte er verlegen.

»Dann rate gefälligst. Du hast drei Versuche. So schwierig kann das doch nicht sein.«

Viktor spürte, wie sein Kopf rot wurde. »Onkel, spannen Sie mich nicht auf die Folter. Ich weiß, ich habe Sie enttäuscht!«

Denon drehte sich zu ihm um. »Meine Güte, wo ist dein Humor geblieben? Warum bereitest du mir nicht das Vergnügen zu raten? Und warum sollte ich von dir enttäuscht sein? Was ist nur mit dir los?«

Viktor zuckte mit den Schultern.

»Du scheinst mir etwas überspannt zu sein. Wie gut, dass dich meine Überraschung auf andere Gedanken bringen wird. Das hier sind zwei Billets für die Ballettpremiere in der *Opéra Salle Montansier.*« Triumphierend hielt Denon Viktor die Karten vor die Nase. »Vor einer halben Stunde hat sie ein Bote von Monsieur Pierre Gardel, dem Ballettmeister höchstpersönlich, vorbeigebracht. Na, was sagst du dazu?«

Viktor war sprachlos. Ihm fiel ein Stein vom Herzen. Gott sei Dank schien immer noch niemand bemerkt zu haben, dass er dem Jungen die Flucht ermöglicht hatte.

»Mein lieber Neffe, dein Onkel weiß genau, was zu tun ist. Geh zum Schneider, damit er Maß nimmt und dir einen vorzeigbaren Anzug verpasst, in dem du eine gute Figur machst, wenn du mich zur Premiere begleitest.«

Viktor nickte.

Sein Onkel bestand darauf, dass er sich bei dieser Gelegenheit nicht nur einen neuen Frack, sondern auch zwei helle sowie zwei dunkle Anzüge, zwölf Hemden und vier Hosen schneidern ließ. »Geh in die Rue de Richelieu, im ersten Arrondissement. Gleich neben dem Theater findest du die Schneiderei von Lumier und Söhne. Grüße den Meister von mir. Bei ihm bist du in den besten Händen. Lumier hat die schönsten Stoffe in ganz Paris und versteht wie kein anderer sein Handwerk.«

Viktor klangen die Worte noch im Ohr: »Was du aus den Tiefen deines Koffers hervorgeholt hast, wirst du hier in Paris nicht anziehen können. Ich liebe die Seen, die Berge und das Bier in deiner bayerischen Heimat. Aber was eure Schneider zustande bringen, ist wahrlich kein Ruhmesblatt. Du kannst unmöglich mit diesen Fetzen eine Ballettpremiere mit anschließendem Empfang besuchen, bei der auch unser neuer Kaiser anwesend sein wird.«

»Ich könnte doch den dunklen Anzug und die Pelerine noch einmal anziehen, die ich bei Napoleons Krönung getragen habe«, hatte Viktor zaghaft eingeworfen.

»Das kommt überhaupt nicht infrage! Ein zweites Mal kannst du mich unmöglich in diesem Aufzug begleiten. Ich bin dein Onkel. Wenn du mich zu einem gesellschaftlichen Ereignis begleitest, repräsentieren wir immer auch den Louvre. Und das ist bei Gott nicht irgendein x-beliebiges Museum.«

Viktor hatte sich gefügt. Die ganze Zeit sitze ich an meiner Arbeit und habe noch so gut wie nichts vom richtigen Leben in Paris mitbekommen. Höchste Zeit, dass ich hier mal rauskomme! Er dachte zwar mit Grausen an die letzte Ballettaufführung, die er zusammen mit seinen Eltern in München hatte besuchen müssen. Es war eine einzige Enttäuschung gewesen. Die Vorstellung wollte und wollte nicht enden. Um ein Haar wäre er eingeschlafen. Nicht nur die Handlung war gähnend langweilig, sondern auch die Tänzerinnen und Tänzer absolvierten erschreckend lustlos ihre Sprünge und Pirouetten. Sein Onkel hatte ihm freilich von der Qualität des Pariser Ballettensembles vorgeschwärmt. Aber Viktor war skeptisch. Vivant Denon war nicht mehr der Jüngste. Egal, wie die Aufführung sein würde, Viktors Neugier galt der anschließenden Premierenfeier. Nach den Erzählungen seines Onkels waren diese ausgelassenen Feste legendär. Er merkte, wie seine Vorfreude auf das gesellschaftliche Ereignis immer größer wurde.

Gut gelaunt hatte er sich auf den Weg gemacht.

Nachdem die Tortur bei Lumier und Söhne nach sage und schreibe vier Stunden endlich überstanden gewesen war, hatte Viktor erschöpft das Schneider-Atelier verlassen.

Er blickte sich um: Das also war die berühmte Rue de Richelieu. Auf der anderen Straßenseite entdeckte Viktor eine Bank, auf die er zusteuerte.

Als er sich gerade niedersetzen wollte, bemerkte er plötzlich, dass unter der Bank ein grauer Wolfshund lag.

»Nanu? Kennen wir uns nicht? Erinnerst du dich an mich? Du warst mein Modell!«

Der riesige Hund erhob sich schwerfällig und stieß Viktor zutraulich mit seiner Schnauze gegen das Knie.

»Na also. Wir sind doch gute Bekannte. Was machst du hier? Wo ist dein Herrchen? Trifft er etwa seine Vorbereitungen für einen Auftritt?«

Viktor schaute sich nach einem Seil um, das über die Straße gespannt war. Doch es war nichts zu sehen.

»Bist du alleine? Bist du ausgerissen?« Freundlich kraulte er den Hund hinter den Ohren. »Ich hoffe, du hast keine Flöhe, mein Alter.«

»Filou!«

Ein schriller Schrei ließ Viktor zusammenzucken.

Augenblicklich wandte sich der Hund von ihm ab und trabte gehorsam einer bildhübschen Frau entgegen, die in einen Wollumhang gehüllt war. Sie hatte ihr blondes Haar schlicht mit einem Band nach hinten zusammengebunden und stürzte auf ihn zu. Als sie näher kam, sah er ihre tiefgrünen Augen, die ihn vor Wut anblitzten.

Trotz des sichtbaren Zorns, mit dem die junge Frau auf ihn zustürmte, war Viktor wie verzaubert. Sie glich einem wunderschönen Racheengel, der direkt aus dem Olymp nach Paris herabgestiegen war. Ihre hohen Wangenknochen und ihre aristokratischen Gesichtszüge standen im krassen Widerspruch zu ihrer ärmlichen Kleidung.

Viktor fürchtete, wenn sie jetzt erneut ihre schönen Lippen öffnete, würde sie Feuer speien.

Was hatte er ihr getan? War er Opfer einer Verwechslung?

Viktor brauchte einen Augenblick, um sich zu sammeln. Dann stellte er sich vor. Er wollte sie fragen, ob sie die Schwester oder eine Freundin des Seiltänzers war, den er auf dem Platz vor Notre-Dame am Tag seiner Ankunft bewundert hatte.

Doch plötzlich machte die Schönheit auf dem Absatz kehrt und fauchte ihn an: »Sie widern mich an. Ich habe keinerlei Interesse daran, das Bett mit Ihnen zu teilen!«

Dann war sie erhobenen Hauptes davongeschritten.

Viktor hatte ihr sprachlos hinterhergestarrt. Was um Himmels willen war das für ein Auftritt?! Noch nie in seinem Leben war er von einer Frau so unverschämt behandelt worden! Viktor rang nach Fassung. Er hatte schon einiges von den französischen Frauen gehört. Ihr Charme und Esprit wurden über alle Maßen gerühmt. Aber diese Frau musste verrückt sein. Was für ein impertinentes Verhalten!

20. Kapitel

Paris, 11. Dezember 1804

Gilles stand am Brunnen und drehte sich verstohlen um. Als er sich ganz sicher war, nicht beobachtet zu werden, griff er in seine Hosentasche und zog das dreckige Leinentuch heraus, in das er seinen Schatz gewickelt hatte.

Er tauchte die beiden Steine ins kalte Wasser und wusch sie ausgiebig. Heute Morgen, als er seine Notdurft verrichtet hatte, waren die kostbaren Juwelen endlich ans Tageslicht gekommen.

Zwei ganze Tage lang hatten ihn schreckliche Bauchschmerzen geplagt. Als wenn es nicht gereicht hätte, dass die Wunde an seinem Unterschenkel pochte und eiterte. Heimlich hatte er den Schnaps seiner Mutter genommen und damit seine Wunde gereinigt.

»Der Alte kommt nicht mehr zurück. Sie haben ihn erschossen.« Das war das Einzige, was er über die verhängnisvolle Nacht zu Hause erzählt hatte.

Niemand vergoss eine Träne.

»Hat sich der Diebeszug wenigstens gelohnt?«, fragte seine Mutter.

Gilles hatte den Kopf geschüttelt, und von dem Moment an ließ sie ihn in Ruhe.

Während er auf seinem feuchten Strohbett lag, meinte er zu spüren, wie die beiden Edelsteine langsam durch ihn hindurchrutschten.

Er war jetzt noch über sich erstaunt, dass er so schnell reagiert hatte.

Als sein Vater und er in den Louvre eingedrungen waren, hatte ihm der Alte befohlen, Wache zu stehen.

»Was suchen wir eigentlich?«

»Wir gar nichts«, hatte sein Vater ruppig geantwortet. »Je weniger du weißt, desto besser für dich, mein Junge.«

Gilles hatte beobachtet, wie sein Vater eine Tür nach der anderen öffnete, die von dem langen Flur abgingen.

Als sein Erzeuger für längere Zeit hinter einer der Türen verschwunden war, begann Gilles sich zu langweilen. Keiner Menschenseele würde es auffallen, wenn er sich auf eigene Faust etwas umsah.

Vorsichtig und leise öffnete er die Flügeltür, vor der er stand. Er musste in einer Goldschmiedewerkstatt gelandet sein, so viel sah er dank des fahlen Mondlichts, das durch das Fenster hereinfiel.

Auf dem Tisch direkt vor ihm stand etwas, das aussah wie eine Krone. Fasziniert ließ er seine Finger darübergleiten. Wie kalt sich das Metall anfühlte. Kurz entschlossen setzte er sich die Krone auf. Wenn mich so meine Freunde sehen könnten!

Gilles war sich sicher, dass dieses Schmuckstück sehr wertvoll war. Gerade wollte er seine Jacke ausziehen, um die Krone darin einzupacken, als er von lauten Schritten draußen auf dem Kies aufgeschreckt wurde.

Verflucht, dachte er. Wie konnte ich nur meinen Posten verlassen? Gilles musste so schnell wie möglich seinen Vater suchen und ihn warnen.

Enttäuscht legte er die Krone wieder zurück, als er plötzlich zwei glitzernde Steine auf dem Tisch bemerkte. Wenigstens die nehm ich mit. Er steckte sie in seine Hosentasche.

Dann öffnete er vorsichtig die Tür und spähte hinaus. Der lange Gang war leer.

Gilles schlich an der Wand entlang in den Raum, in dem sein Vater verschwunden war. Es war stockdunkel.

»Was willst du, du nichtsnutziger Idiot?«, fauchte Jean-Luc Gilles an.

Am Boden stand eine kleine Laterne. Sein Vater war gerade dabei, mit einem Stemmeisen einen großen Schrank zu öffnen. Neben ihm lag ein zusammengerollter Teppich.

»Ich habe Schritte gehört, da draußen ist jemand«, flüsterte Gilles aufgeregt.

»Geh wieder raus, ich kann dich hier nicht gebrauchen.«

Als Gilles bereits in der Tür stand, flog plötzlich die Flügeltür zum Nachbarsaal auf.

Drei Soldaten stürmten herein.

»Halt!«

»Ein Einbrecher!«

Ohne Vorwarnung eröffneten die Wachen das Feuer.

Gilles sah fassungslos, wie sein Vater getroffen zu Boden sank.

Vor Entsetzten war er wie gelähmt. Erst als ein heißer, stechender Schmerz seinen Unterschenkel durchfuhr, wachte er aus seiner Starre auf. Er musste von einem Querschläger getroffen worden sein.

Warmes Blut lief ihm das Bein hinunter. Nix wie raus hier, fuhr es Gilles durch den Kopf.

Als er sah, dass die Wachen ihn noch gar nicht bemerkt hatten und sich auf seinen Vater stürzten, ergriff er die Flucht. Humpelnd und orientierungslos rannte er den dunklen Flur entlang.

Gilles hörte, wie immer mehr Soldaten durch die Schüsse alarmiert in das Gebäude eindrangen.

Er hatte nur eine minimale Chance. Wenn er jetzt versuchen würde, durch den Ausgang oder das aufgebrochene Fenster zu entkommen, liefe er der Miliz direkt in die Arme.

Als er das Treppenhaus erreichte, dachte er kurz nach und verschnaufte. Er schleppte sich zwei Treppen hoch. Als ihn seine Kräfte verließen, betrat er den nächstbesten Saal und entdeckte eine Truhe an der Wand. Sie war nicht verschlossen. Mit letzter Kraft hob er den schweren Deckel und ließ sich hineinfallen.

Gilles wusste nicht, wie viel Zeit vergangen war, als er plötzlich hörte, dass jemand den Saal betrat.

Vor Angst blieb ihm fast das Herz stehen. Wenn man die Juwelen bei ihm finden würde, wäre sein Leben keinen Sou mehr wert. Geistesgegenwärtig nahm er die Steine aus seiner Hosentasche und schluckte sie hinunter.

In dem Moment wurde der Deckel der Truhe geöffnet. Kerzenlicht blendete ihn.

Als er in das Gesicht des Mannes blickte, der sich über ihn beugte, wusste er sofort, wen er vor sich hatte.

Es war für Gilles immer noch ein Wunder, dass der Fremde ihn hatte laufen lassen. Ausgerechnet ihn, der ihn erst vor Kurzem bestohlen hatte.

Gilles hielt die gesäuberten Klunker gegen die schwache Wintersonne. Wie schön sie funkelten! Hoffentlich war es nicht nur Glas, sondern echte Edelsteine.

Er würde einen Hehler aufsuchen und versuchen, einen guten Preis für seine Beute zu bekommen.

Aus Dankbarkeit beschloss Gilles, dass er seinem Retter wenigstens das Geld zurückzahlen würde, das er ihm auf der Brücke Pont Neuf gestohlen hatte. Wenn noch etwas für ihn selbst übrig blieb, umso besser.

21. Kapitel

Paris, 14. Dezember 1804

»Ich hoffe für dich, dass du einen triftigen Grund dafür hast, dass ich mich hierherbemühen sollte.« Abschätzig musterte Bertrand Lalique das Hinterzimmer der Kaschemme.

»Nehmt Platz, Monsieur. Ich verspreche Ihnen, Ihr Besuch wird nicht umsonst sein. Glauben Sie mir, ich hätte nicht gewagt, Sie hierherzubitten, wenn es sich nicht für Sie lohnen würde. Aber ich weiß, dass Sie ein Faible für Juwelen haben!«

Der Gefängnisdirektor beäugte den rissigen und abgewetzten Stoff des kleinen Sessels, den ihm sein Gegenüber anbot. »Hier muss man ja fürchten, sich die Krätze oder Flöhe zu holen. Kennst du keinen anderen Ort, an dem wir uns hätten treffen können? Diese Schankkneipe ist das letzte Loch!«

»Ich bitte Sie um Pardon, Monsieur Lalique, aber hier sind wir völlig ungestört.«

»Dein Wort in Gottes Ohr.« Lalique öffnete seinen Mantel und nahm widerwillig Platz. Dann zog er eine Rohrpfeife und Tabak aus seiner Tasche und legte beides auf den Tisch.

»Sie werden verstehen, dass ich Sie unmöglich im Gefängnis aufsuchen kann. Wenn man mich dort sehen würde, wäre mein Geschäft ein für alle Mal in Verruf. Jeder Ihrer Gefangenen müsste glauben, ich wäre ein gemeiner Spitzel. Wer würde mich dann noch für einen ehrenwerten Hehler halten? Die Zeiten sind schlecht, verehrter Monsieur Lalique. Ich verdiene kaum mehr genug, um zu überleben. Das schwöre ich. So angenehme und vornehme Geschäftspartner wie Sie hat man nicht alle Tage, die die kostbaren, edlen Dinge lieben und bereit sind, einen angemessenen Preis dafür zu zahlen. Sie sind einer der wenigen, die exquisite Exponate schätzen und sammeln.«

»Dafür hast du immer noch einen erstaunlich fetten Ranzen. Schmier mir keinen Honig ums Maul und halt mich nicht länger auf mit deinem unerträglichen Gejammer. Zeig schon, was du hast.« Betrand Lalique stopfte ungeduldig seine Elfenbeinpfeife und zündete sie an.

Umständlich öffnete der Hehler mit seinen von Gicht gezeichneten Fingern den ledernen Riemen eines schwarzen Säckchens.

In dem Moment ging die Tür des Nebenzimmers auf und eine dralle Serviererin trat ein.

»Was darf ich den Herren bringen? Wir haben einen guten Cognac.«

»Mach, dass du verschwindest, und zwar sofort«, herrschte sie der Gefängnisdirektor an. An den Hehler gewandt fuhr er mit eisiger Stimme fort: »Du strapazierst meine Geduld. Mit dir Geschäfte zu machen ist weiß Gott kein Vergnügen. Los, zeig endlich, worum es geht!«

Der Hehler ließ die beiden Steine vor seinem Gegenüber auf den Holztisch kullern. »Ein Saphir und ein Brillant. Beide erster Güte!«

Laliques Körper straffte sich. Er beugte sich über die Juwelen, legte die Pfeife ab und griff nach dem Saphir. Gleichzeitig suchte er in seiner Manteltasche nach einer Edelsteinlupe. Er klemmte sich die Linse in sein rechtes Auge und untersuchte den Stein. »Hm.« Der Gefängnisdirektor legte den Saphir auf dem Tisch ab und nahm den Brillanten zwischen Daumen und Zeigefinger. »Die Edelsteine sind ohne Zweifel echt.«

»Monsieur, ich würde mir nie und nimmer erlauben, Ihnen minderwertige Steine zu offerieren. Wie ich sehe, hat Ihr scharfes Auge die Qualität sofort erkannt.«

»Woher hast du die Juwelen? Sie sind tatsächlich außergewöhnlich.«

Der Hehler lehnte sich genüsslich zurück. »Sie werden verstehen, dass ich zur Verschwiegenheit gezwungen bin. Berufsgeheimnis!«

»Ich kaufe nicht die Katze im Sack! Du wirst mir sagen, wer sie wo gestohlen hat.«

Der Hehler rutschte auf seinem Stuhl unruhig hin und her. »Ich kann nur so viel verraten, dass sie aus einem Museum stammen.«

Lalique erbleichte.

»Sie wurden im Louvre gestohlen.«

»Entweder du sagst jetzt sofort den Namen des Diebes oder ich rufe meine Begleiter und wir nehmen dich auf der Stelle mit ins Bicêtre. Haben wir uns verstanden?« Die Stimme des Gefängnisdirektors hatte einen eisigen Ton angenommen. »Los, red schon!«

Schweißperlen bildeten sich auf der Stirn des Schiebers. »Ich weiß selbst so gut wie nichts. Glauben Sie mir! Ich hab die Steine von einem Jungen gekauft. Er war bei dem Einbruch dabei.«

»Schluss mit der Märchenstunde. Seit wann verhandeln Halbwüchsige mit einem Hehler?«

»Aber genau so war es. Dem Jungen stand der Schreck noch ins Gesicht geschrieben. Er wollte Geld und die Juwelen so schnell wie möglich an den Mann bringen.«

»Wo find ich den Hurensohn?«

»Ich weiß es nicht. Er stand gestern bei mir vor der Tür. Keine Ahnung, woher er wusste, dass ich ein Hehler bin.«

Plötzlich platzte die Serviererin erneut herein. »Der Wirt besteht darauf, dass ihr etwas verzehrt. Ich soll euch sagen, wir sind hier keine Wärmstube.«

»Raus!«, schrien die beiden Männer wie aus einem Mund.

Lalique war aufgesprungen und knallte die Tür hinter der erschrockenen Bedienung zu. »Also abgemacht. Ich nehme die Steine. Hier, das ist mehr als genug.« Der Gefängnisdirektor warf ein paar Goldmünzen auf den Tisch. »Du machst den Jungen für mich ausfindig, ich verlass mich auf dich. Dann bekommst du eine angemessene Summe. Haben wir uns verstanden?«

»Monsieur, Sie können doch nicht einfach meine Steine an sich nehmen. Das geht nicht!«

»Wer will mich daran hindern? Du etwa?«

»Ich habe noch andere Interessenten.« Der Schieber war aufgestanden und um den Tisch herum auf den Gefängnisdirektor zugegangen.

Bertrand Lalique ließ die Juwelen in seiner offenen Handfläche kreisen. Mit einem überlegenen, verächtlichen Lächeln fixierte er den Hehler. »Es ist zu deiner eigenen Sicherheit. Wenn man dich mit einem Saphir und einem Brillanten aus dem Louvre erwischt, wirst du deines Lebens nicht mehr froh. Dafür sorge ich, versprochen.«

22. Kapitel

Paris, 18. Dezember 1804

Celeste stand mit den anderen Tänzerinnen und Tänzern auf der Bühne und genoss den donnernden Applaus. Von allen Seiten flogen Blumen durch die Luft. Ein ums andere Mal hob sich der Vorhang und sie mussten sich erneut verbeugen.

Philomena, die direkt neben ihr stand, raunte ihr über das ganze Gesicht strahlend zu: »Für so einen Applaus lohnt sich doch die ganze Schinderei!«

Celeste nickte glücklich. Auch sie war vollkommen überwältigt. Das war kein Vergleich zu dem, was ihr draußen auf der Straße an Anerkennung geboten wurde.

»Ach, schau nur. Selbst unser Kaiser hat sich von seinem Stuhl erhoben und applaudiert im Stehen.«

Celeste folgte ihrem Blick. Sie hatte Napoleon Bonaparte noch nie gesehen. Auf die Entfernung konnte sie ihn kaum erkennen, aber sie bemerkte, dass viele der Zuschauer neugierig in seine Richtung schauten.

»Frankreichs neuer Kaiser hat in den letzten Jahren immer wieder Affären mit unseren Tänzerinnen unterhalten. Die Zeiten sind jetzt wohl erst einmal vorbei, nachdem seine Gemahlin

Josephine Kaiserin geworden ist und mit Argusaugen über ihn wacht.«

Celeste hörte Philomena nicht mehr richtig zu. Sie wollte einfach nur das beglückende Gefühl der Premiere auskosten. Ihr war vor so unglaublich vielen Zuschauern ein fehlerloser Auftritt geglückt. In ihrem Inneren jubelte sie vor Freude. Wie schade, dass Nathalie und Raoul nicht hatten zusehen können.

Alles ist wie in meinem Traum, dachte sie zufrieden.

Instinktiv glitten ihre Augen über die erste Reihe im Zuschauerraum hinweg zu den Plätzen, auf denen sie in ihrem Traum ihre Eltern gesehen hatte.

Plötzlich erstarrte sie zur Salzsäule.

Genau auf dem Platz ihres Vaters saß ein Mann mit einem großen, roten Feuermal im Gesicht. Es musste der schreckliche Mensch sein, den sie kurz in der Kutsche erblickt hatte, als sie mit Filou durch die Gasse geflohen war. Er war in ein angeregtes Gespräch mit einem kleinen Mann vertieft, der rechts von ihm saß.

Neben ihm, auf dem Platz, wo im Traum ihre Mutter gesessen hatte, saß der gut aussehende Fremde, der gestern Filou gestreichelt und versucht hatte, ihr ein unverschämtes Angebot zu machen. Er sah ihr direkt in die Augen.

Celeste wurde schwindelig. Alles begann sich um sie herum zu drehen. Sie musste sich an Philomenas Arm festhalten, um nicht zu stürzen.

»Was ist los mit dir, Celeste?« Die Primaballerina, die ihr im Laufe der Probenwochen zur Freundin geworden war, sah sie verwirrt an. »Gerade eben schaust du noch aus wie das blühende Leben. Jetzt bist mit einem Mal bleich wie ein Leichentuch. Bist du etwa schwanger? Hast du im Zuschauerraum deinen Liebhaber entdeckt und er hat seine Frau dabei? Oder was bringt dich sonst so aus der Fassung?«

Celeste konnte nicht antworten. Mit aller Kraft versuchte sie, sich zusammenzureißen. Sie musste hier weg!

Doch in dem Moment trat der Ballettmeister, ebenfalls applaudierend, auf die Bühne. Er hob die Arme und bat um Ruhe.

Mit lauter, sonorer Stimme rief er in den Saal: »Hochverehrter Kaiser, hochverehrte Kaiserin! Wir sind zutiefst beglückt, dass Sie heute unter uns weilen.« Stürmischer Applaus brandete auf. Napoleon Bonaparte und Josephine grüßten huldvoll in die Menge. Der Ballettmeister fuhr fort: »Sehr verehrtes Publikum. Wie immer nach einer Premiere in unserem wunderschönen Theater haben wir für die Gönner und spendablen Förderer der schönen Künste eine kleine Feier im Anschluss geplant. Lassen Sie sich überraschen. Mein Ensemble hat sich wieder originelle Vergnügungen einfallen lassen.«

Celeste erschrak. Sie hatte völlig vergessen, dass der Abend für sie und die restlichen Tänzerinnen und Tänzer noch nicht beendet war.

Pierre Gardel hatte alle vor der Premiere instruiert, was zu tun war. Sie waren vom Ballettmeister in Gruppen eingeteilt worden und mussten den Zuschauern für verschiedene Gesellschaftsspiele zur Verfügung stehen. Einige Tänzerinnen sollten die Gäste mit „Blinde Kuh“ unterhalten, die anderen Gruppen luden an langen Tischen zu Brett-, Karten- oder Bänderspielen ein. Katherine, Philomena und sie selbst waren für das Korbspiel eingeteilt worden.

Der Ballettmeister hatte die laut murrenden Ensemblemitglieder beruhigt: »Keine Sorge, es wird nicht allzu lange dauern. Ich bin mir sicher, dass ihr nach spätestens zwei Stunden gehen könnt. Ihr wisst, dass das Theater immer Geld braucht. Es gehört nun mal zu unseren leidigen Pflichten, die Gunst der Stunde nah einer gelungenen Premiere auszunutzen. So viele Mäzene sind bei normalen Vorstellungen nie zugegen. Die Geldspender konkurrieren untereinander, sie wollen sich in ihrer Großzügigkeit gegenseitig überbieten. Denkt bitte an die letzte Premiere zurück: Wir haben so viel Geld eingenommen wie in den letzten drei Jahren zusammen nicht!«

In einem Nebensaal war die kleine Bühne mit weißen Vorhängen abgehängt worden. Die Tänzerinnen sollten in ihren Ballettkostümen in großen Weidenkörben stehen. Die Gäste bekamen für ein Los aus der Tombola weiche Stoffbälle. Wenn es einem Gast gelang, die Tänzerinnen dreimal hintereinander zu treffen, tanzte die Ballerina einen Walzer mit dem Gewinner.

Auch das berühmte Pariser Orchester, das während der Ballettpremiere musiziert hatte, wurde zu den Vergnügungen herangezogen. Zu den Tänzerinnen gesellten sich einige Geiger und Cellisten, die den Walzer spielen sollten.

Celeste hatte laut aufgelacht, als Philomena ihr das Prinzip der Premierenfeier erklärt hatte. »Das ist das Albernste, was ich je gehört habe. So ein Blödsinn wird nicht einmal auf den Jahrmärkten veranstaltet – und glaubt mir, ich weiß, wovon ich rede! Warum sollten wir nicht einfach direkt mit den Geldgebern tanzen?«

»Tja, die Herren der Schöpfung sind anscheinend nach den trostlosen Jahren der Revolution aufs Spielen erpicht. Diese Art Gesellschaftsspiel ist gerade in allen großen Salons in Frankreich en vogue. Ich finde es auch entsetzlich, aber was bleibt uns anderes übrig? Wenn selbst ein grandioser Künstler wie unser Maestro bei so etwas mitmacht, scheint es wohl wichtig zu sein. Wenn man sich erst einmal daran gewöhnt hat, ist es irgendwann tatsächlich ganz lustig. Bei der letzten Premierenfeier hatten alle Gäste, die ihre Bälle nach mir warfen, zu viel Champagner getrunken. Ich glaube, die meisten sahen mich doppelt. Jedenfalls musste ich nur einen einzigen Walzer tanzen.«

Katherine und Philomena nahmen Celeste in ihre Mitte und machten sich auf den Weg zum Nebensaal.

»Sieh es doch einmal von der Seite, Celeste: Was immer dich auch eben so sehr aus der Fassung gebracht hat, das Spiel wird dich in jedem Fall ablenken!«

Celeste antwortete nicht. Wenigstens konnte sie auf diese Weise dem penetranten Blick des unbekannten Schönlings entfliehen.

Die Bühne des Nebensaales war mit weißen Lilien und rosa Rosen geschmückt worden. Am Boden standen bereits die drei großen Weidenkörbe.

»Los geht's. Ich bin gespannt, wann die ersten Zuschauer eintreffen.« Philomena sprang elegant in den mittleren Korb. »Mein Chevalier ist heute Abend auch da. Wenn der zu viel getrunken hat und mich nicht trifft, ist die Hölle los. Dann muss ich aus dem Korb springen und die Bälle mit der Hand auffangen. Also wundert euch bitte nicht.«

Celeste verdrehte die Augen. Sie war hundemüde nach der anstrengenden Vorstellung und wollte nur zurück zu den anderen Gauklern. Jetzt musste sie hier stattdessen reiche Menschen unterhalten.

Der kleine Nebensaal füllte sich zusehends mit Zuschauern. Laut lachend und schwatzend warteten die Gäste, die sich bei der Tombola für eine horrende Summe Lose gekauft hatten, geduldig in einer Schlange.

Livrierte Diener eilten umher und reichten in langstieligen, kunstvoll geschliffenen Gläsern gekühlten Champagner. Auch Eier mit Kaviar und Lachshäppchen wurden serviert.

Celestes Magen knurrte. Sie hatte seit Stunden nichts mehr gegessen. Jetzt musste sie, ebenso wie die anderen Tänzerinnen, mit ansehen, wie sich die gut betuchten Zuschauer die Bäuche vollschlugen.

Ein kleiner, rundlicher Herr hob gerade seinen Arm, um auf sie zu zielen.

Celeste stand reglos in ihrem Weidenkorb. Sie wusste, dass der Mann nicht einmal in ihre Nähe werfen würde. Der

Abstand von der Wurflinie bis zu den Körben war so weit, dass bisher nur ein einziger Monsieur sie getroffen hatte.

Der Walzer, den sie mit ihm hatte tanzen müssen, war entsetzlich gewesen.

Philomena und der Primoballerino Maurice hatten ihr in den letzten Tagen das Walzertanzen beigebracht. Es war die reine Lust und Freude gewesen, in den starken Armen von Maurice sicher über das Parkett zu schweben.

Celeste fühlte sich fast schwerelos.

Konnte es etwas Schöneres geben, als ein Leben lang zu tanzen?

Dagegen war der Walzer mit dem glücklichen Gewinner eine einzige Katastrophe. Dem Mann fehlte es nicht nur an Gefühl für Rhythmus. Er hatte dreist seine Beine zwischen ihre geschoben und den geziemenden Abstand nicht eingehalten. Ständig versuchte er, sie am Busen zu tätscheln. Celeste war kurz davor gewesen, ihm eine Ohrfeige zu verabreichen. Sie zählte die Minuten, bis die Musiker den Walzer endlich beendet hatten.

Gott sei Dank war die Treffsicherheit der anderen männlichen Gäste so miserabel, dass ihr bisher ein weiterer Tanz erspart geblieben war.

Eine Glocke klingelte.

Celeste wusste, dass dieses Possenspiel nur noch eine halbe Stunde dauerte. Sie hatte es fast überstanden.

Ein paar der Zuschauer verließen bereits den Raum.

Celeste atmete auf.

Die Männer, die noch da waren, wirkten alle nicht besonders athletisch. Sie sah kurz zu Philomena rüber, die ihr verschwörerisch zublinzelte.

Als die Tänzerinnen gerade ihre Körbe verlassen wollten, öffnete sich noch einmal die Tür und drei Männer traten ein. Celeste traute ihren Augen nicht.

23. Kapitel

Paris, 18. Dezember 1804

»Monsieur Denon, dem Ältesten gebührt der Vortritt. Ich bin mir sicher, Sie werden treffen.« Ironisch reichte Bertrand Lalique dem Museumsdirektor drei Stoffbälle.

»Man soll sein Glück nicht über alle Maßen strapazieren. Ich habe bereits am Kartentisch mehrmals gewonnen. Es wäre natürlich ein Kinderspiel für mich, auf diese geringe Distanz eine der schönen Jungfrauen zu treffen, aber meine rechte Schulter plagt mich schon seit Wochen. Mein Neffe nimmt sicher gerne Ihre Einladung an. Doch Sie machen natürlich den Anfang, Monsieur Lalique.«

Viktor beobachtete, wie der Gefängnisdirektor, flink wie ein Wiesel, hinter die Linie zurücktrat.

Blitzschnell warf dieser zielgenau seine drei Bälle hintereinander auf die wunderschöne blonde Tänzerin, die mit schreckgeweiteten Augen im rechten Korb stand.

Die junge Frau wich geschickt jedem von Laliques Bällen aus.

»Zum Teufel! Was für eine Unverschämtheit. Duckt sich doch das freche Ding mir nichts, dir nichts einfach weg. Verdammtes Miststück.«

Viktor spürte, dass der Gefängnisdirektor kurz vor einem Wutanfall stand. Er kannte ihn zwar erst seit wenigen Stunden, aber die Stimmungen dieses Monsieur Lalique wechselten von einer Sekunde auf die nächste. Beruhigend klopfte Viktor ihm auf die Schulter.

Der Gefängnisdirektor war ihm suspekt. Er wurde aus dem Mann nicht schlau. Er war nicht Fisch, nicht Fleisch.

Sein Onkel hatte ihm Bertrand Lalique überschwänglich vorgestellt, und sie tranken belanglos plaudernd in der Pause ein Glas Champagner zusammen. Nur ein einziges Mal wurde ihr Gespräch kurz lebendig. Das war, als alle drei Männer in ihrer Begeisterung übereinstimmten, was für eine grandiose Ballettpremiere Pierre Gardel und seinem Ensemble gelungen war.

»Jetzt versuch ich mein Glück«, sagte Viktor und nahm ebenfalls drei Bälle.

Bereits vorhin hatte er die Tänzerin wiedererkannt, die ihn vor dem Theater so respektlos behandelt hatte. Während ihres kurzen Auftritts war es im Publikum mucksmäuschenstill geworden und die Zuschauer hatten den Atem angehalten. Nie hätte Viktor gedacht, dass sie die Hauptattraktion des Abends sein würde. Von der ersten Sekunde an war er von ihr so begeistert gewesen, dass er sie förmlich mit seinen Augen verschlang. Er fühlte sich wie vom Blitz getroffen. Ihre formvollendeten Bewegungen und ihr graziler Körper hatten eine überirdische Ausstrahlung. Das eng anliegende blaue Kostüm war an Erotik nicht zu überbieten. Scheinbar mühelos schwebte die Schöne im gestreckten Spagat über den Köpfen der Zuschauer und lächelte dabei bezaubernd und voller Glück. Als sie wieder Boden unter den Füßen gehabt hatte, war frenetischer Szenenapplaus losgebrochen, den sie mit einer schüchternen Verbeugung goutierte. Sie war spektakulär!

Jetzt bot sich ihm die einmalige Gelegenheit, die Ballerina in seinen Armen zu halten und mit ihr zu tanzen. Kurz schoss ihm durch den Kopf: Womöglich waren der junge Seiltänzer, den er bei seiner Ankunft auf dem Platz vor Notre-Dame gesehen hatte, und diese bezaubernde Ballerina ein und dieselbe Person. Er würde sie sobald wie möglich darauf ansprechen.

Viktor nahm die drei Bälle in die Hand und tat so, als wenn er auf die braunhaarige Tänzerin im mittleren Korb zielen würde.

Zur Überraschung aller warf er seine Bälle aber blitzschnell auf die Tänzerin im rechten Korb. Er traf die schöne blonde Akrobatin dreimal. Sie war so perplex gewesen, dass sie diesmal gar nicht erst versucht hatte, auszuweichen.

»Darf ich bitten, mein Fräulein? Oder beleidigen Sie mich jetzt erneut?« Viktor grinste über das ganze Gesicht.

Das kleine Orchester stimmte bereits einen Walzer an.

Galant reichte er ihr mit einer Verbeugung seinen linken Arm.

Er wisperte ihr leise ins Ohr: »Ich hoffe, Sie nehmen mir meine kleine Attacke nicht übel, aber ich wollte unbedingt mit Ihnen tanzen.«

»Warum?«

»Ich bin von Ihnen hingerissen!«, erwiderte er.

Die junge Frau errötete. Viktor blieb nichts anderes übrig, als sich ganz und gar auf den Tanz zu konzentrieren, als sie nicht weitersprach.

Zu seiner Überraschung spürte er, wie sie in völliger Harmonie über das Parkett schwebten. Die Ballerina in seinen Armen tanzte mit ihm wie keine Frau zuvor.

Während sich ihre Handflächen berührten, meinte Viktor, er könnte ihren schnellen Herzschlag spüren.

Jedem seiner Richtungswechsel folgte sie blind. Sie war wie Wachs in seinen Händen.

Er fragte sich gerade, ob das berauschende Gefühl des Tanzes, das ihn immer mehr ergriff, darauf zurückzuführen war, dass er mit einer Ballerina tanzte. Noch bevor er den Gedanken richtig zu Ende denken konnte, verstummte die Musik abrupt.

Viktor hätte ewig weitertanzen können.

Seiner Partnerin ging es offensichtlich nicht so. Sie machte einen einstudierten Knicks, drehte sich auf dem Absatz um und verschwand ohne ein weiteres Wort in den Kulissen.

24. Kapitel

Paris, 19. Dezember 1804

Celeste rannte den ganzen Weg zum Lager der Gaukler zurück. Sie war außer sich. Wie hatte der schöne Premierenabend nur so eine schlimme Wendung nehmen können?

Noch nie hatte sie in so kalte, hasserfüllte Augen geblickt wie in die des Mannes mit dem roten Feuermal.

Instinktiv war Celeste jedem Ball ausgewichen, während sie in dem großen Korb hilflos gefangen gewesen war. Sie war sich mit einem Mal sicher gewesen, dass sie den Mörder ihrer Eltern vor sich hatte.

Zehn Jahre waren seit dem Tag vergangen, der ihr Leben für immer verändert hatte.

Während Celeste die Rue Faubourg hochlief, war sie froh, dass sie den Mann nicht zur Rede gestellt hatte. Wenn er wirklich der Mörder ihrer Eltern war, hätte er sofort Verdacht geschöpft. Dann war ihr Leben womöglich in Gefahr.

Sie musste anders vorgehen. Weniger offensichtlich.

Vielleicht gab es ja eine andere Möglichkeit, Antworten auf ihre Fragen zum Tod ihrer Eltern zu bekommen. Was war damals in Taverny wirklich passiert? Vielleicht sollte sie sich an einen seiner Begleiter wenden? Die drei Männer waren befreundet, das hatte sie gesehen.

Der Jüngste des Trios hatte dem Mann mit dem Feuermal beruhigend auf die Schulter geklopft, als dieser sich über sie ärgerte. Sie waren also vertraut miteinander. So etwas tat man nur, wenn man sich gut kannte.

Ihr kam wieder der schöne Walzer mit ihm in den Sinn. Jetzt noch grübelte sie, wie er es geschafft hatte, auf Philomena zu zielen und sie zu treffen.

Mit ihm zu tanzen war die reine Wonne gewesen. Doch die Tatsache, dass er mit dem Mörder ihrer Eltern bekannt war, ließ Celeste hoffen, dass sie dem Mann nie wieder begegnen musste.

Zum ersten Mal in ihrem Leben war sie richtig wütend auf ihren Hund. Sie hatte immer geglaubt, dass Filou ein hervorragendes Gespür für Menschen besaß. Wie konnte es da sein, dass er diesen Mann so freundlich begrüßt hatte? Filou wurde wirklich alt.

Celeste bog in die Rue de Montgelas ein. Sie war schon so nah an der Seine, dass sie das Wasser riechen konnte.

Gleich würden sich Raoul, Nathalie, Marcuse und François auf sie stürzen und fragen, wie die Premiere gewesen war.

Celeste war so müde, dass sie im Stehen hätte einschlafen können. Sie musste ihre Eindrücke und Erlebnisse erst verarbeiten. Sie wollte nur noch ins Bett. Morgen würde sie alles erzählen.

Von Weitem sah sie schon die Gaukler. Sie hatten ihr Lager inzwischen weiter flussabwärts aufgeschlagen.

Je näher sie kam, umso mehr wunderte sich Celeste, dass niemand nach ihr Ausschau hielt. Nicht einmal Filou lief ihr wie sonst entgegen. Sie hatte ihn heute extra in Raouls Obhut gelassen. Enttäuscht verlangsamte Celeste ihre Schritte.

Ihre Freunde standen eng zusammen und redeten leise miteinander.

Irgendetwas musste passiert sein. Hatte sich einer von ihnen verletzt?

Sie wusste, dass heute alle eine Vorstellung auf dem Place de la Concorde gegeben hatten.

In dem Moment hob Marcuse den Kopf und winkte ihr lächelnd. »Celeste, da bist du ja endlich«, rief er ihr zu. »Komm her. Wir müssen mit dir reden!«

Nun drehte sich auch Nathalie zu ihr um. »Ma petite, schön, dass du da bist. Du musst uns gleich erzählen, wie die Premiere war. Aber vorher möchten wir dir jemanden vorstellen.«

Erstaunt zog Celeste die Augenbrauen hoch.

Raoul hatte in den letzten Jahren immer abgelehnt, wenn Akrobaten ihn fragten, ob sie die Gruppe begleiten durften. Hatten die Gaukler etwa schon beschlossen, sie zu ersetzen?

Hatten sie eine neue Seiltänzerin engagiert?

Celeste spürte, wie ihr allein der Gedanke einen Stich ins Herz versetzte. Sie hatte sich zwar mit dem Ballettensemble inzwischen mehr oder weniger angefreundet, aber trotzdem war das kein Vergleich zu ihren Gauklern. Raoul, Nathalie, Marcuse und François waren doch ihre Familie. Die wichtigsten Menschen in ihrem Leben. Durch niemanden zu ersetzen.

Und sie wollte auch nicht ersetzt werden!

Raoul umarmte Celeste zur Begrüßung. Dann flüsterte er leise: »François war am frühen Abend am Fluss fischen. Plötzlich sah er ein altes Fass auf sich zutreiben, an dem sich ein Junge krampfhaft festklammerte. Ich weiß nicht, wie François es geschafft hat. Er hat sich in die eisigen Fluten gestürzt und den Burschen an Land gezogen. Keine Sekunde zu früh, wenn du mich fragst. Der Bengel war schon ganz blau gefroren und kaum noch bei Bewusstsein. François hat ihn hergeschleppt, und Nathalie ist es zu verdanken, dass er noch am Leben ist. Sie hat ihn in warme Decken gehüllt. Er liegt in deinem Wagen.«

»Das ist aber noch nicht alles, Raoul«, entgegnete Marcuse vorsichtig. »Der Kerl hat Dreck am Stecken, wenn du mich fragst. Nathalie hat gesehen, dass er eine frische Schusswunde am Bein hat. Außerdem haben wir in seiner zerfetzten Hose eine mehr als stattliche Summe Münzen gefunden. Er sieht zwar harmlos aus, scheint aber für seine jungen Jahre schon einiges auf dem Kerbholz zu haben. Drum reden wir auch so leise miteinander. François glaubt, dass er vor der Polizei auf der Flucht war. Bis jetzt ist zwar noch keiner von der Miliz hier aufgetaucht, aber das heißt ja bekanntlich nichts.«

»Wir mussten dem Jungen helfen, da sind wir uns alle einig. Heute Nacht soll er bei dir im Wagen bleiben, Celeste. Morgen früh muss er uns Rede und Antwort stehen. Dann werden wir entscheiden, was wir mit ihm machen. Du kannst bei mir schlafen. Raoul soll bei dem Burschen Wache halten.« Nathalie nahm Celeste liebevoll am Arm.

Celeste schüttelte den Kopf. »Lass mich den Jungen erst mal sehen, Nathalie. Ich habe in meinem Wagen ein paar Sachen, an denen wirklich mein Herz hängt. Nicht, dass der kleine Gauner heute Nacht aufwacht und mit allem abhaut. Du weißt doch am besten, wie tief Raoul schläft. Der würde nicht einmal mitbekommen, wenn man neben seinem Ohr eine Kanone abfeuert.«

Nathalie lachte. »Da ist was dran, Celeste.« Sie holte eine Laterne. »Komm, ich zeig ihn dir. Irgendwie erinnert er mich ein bisschen an dich, als wir dich damals auf der Lichtung fanden. Er hat auch kein Wort gesagt, obwohl ich ihn immer wieder nach seinem Namen gefragt habe. Der Junge ist genauso verstört wie du damals. Ich fürchte, dass er etwas Entsetzliches erlebt hat.«

Celeste lief hinter Nathalie her zu ihrem Karren. So müde sie vorhin noch gewesen war, so hellwach war sie jetzt.

Wer mochte der Bursche sein? War es klug von den Gauklern, dass sie ihn in ihrer Hilfsbereitschaft aufgenommen hatten?

Wenn die Polizei käme und man den Kerl bei ihnen fand!

Wie sollten sie beweisen, dass der Junge gar nicht zu ihnen gehörte?

Celeste wurde immer unruhiger. Trotzdem zog sich ihr Herz vor Liebe zusammen. Nathalie und Raoul, aber auch Marcuse und François waren einfach von Grund auf gute Menschen. Egal, wer in Not geriet, sie taten, was sie konnten. Bedingungslos! Selbst wenn ihr eigenes Leben dadurch in Gefahr geriet.

Drinnen im Gauklerwagen hob Nathalie vorsichtig die Laterne.

Im Kerzenlicht konnte Celeste das kalkweiße Gesicht eines Jungen sehen. Er lag mit weit geöffneten Augen und heftig zitternd auf ihrer Strohmatratze.

»Du schläfst ja gar nicht. Warum zitterst du denn so? Ich habe extra den kleinen Holzofen angemacht. Hast du etwa Fieber?« Besorgt kniete sich Nathalie neben den Burschen und legte ihre Hand auf seine Stirn. »Du bist ja heiß wie ein Stück glühende Kohle. Das ist nicht gut. Celeste, bleib bei ihm. Ich werde ein paar nasse Tücher holen, damit wir sein Fieber senken können.«

Celeste setzte sich neben dem Jungen auf den Boden und streichelte ihm beruhigend über den Arm.

»Salut, ich bin Celeste. Ich gehöre auch zu den Artisten, die dich gefunden haben. Wie heißt du denn?«

»Gilles«, antwortete der Junge, während seine Zähne laut klappernd aufeinanderschlugen.

25. Kapitel

Paris, 19. Dezember 1804

Vivant Denon, André Brunelle und Viktor saßen im Arbeitszimmer des Museumsdirektors. Keiner der drei Herren hatte es sich in seinem Sessel richtig bequem gemacht.

Plötzlich sprang Denon auf und begann nervös auf und ab zu laufen. »Monsieur Brunelle, ich sehe nur eine Möglichkeit. Es müssen neue Steine her. Oder wie stellen Sie sich das vor? Soll ich zu Napoleon Bonaparte gehen und ihm beichten, dass aus seiner Kaiserkrone ein Saphir und ein Diamant gestohlen wurden? Wie steh ich denn dann da?«

»Monsieur le Directeur, es tut mir unendlich leid. Ich versteh es bis zum heutigen Tag nicht, wie uns die Juwelen abhandenkommen konnten. Der erschossene Einbrecher muss einen Komplizen gehabt haben! Jeden meiner Mitarbeiter habe ich einzeln ins Gebet genommen. Wenn einer von ihnen ein Dieb wäre, hätte ich es sicher gemerkt. Ich kenne meine Männer seit Jahren. Wir hatten schon viel wertvollere Stücke bei uns zur Reparatur, bei denen es sich weiß Gott um einiges mehr gelohnt hätte, sie zu stehlen.«

»Soll mich das trösten?«

»Sie verstehen schon, wie ich es meine, Monsieur Denon.«

»Nun ja, Monsieur Brunelle, es geht ja schließlich auch um den symbolischen Wert der beiden Exponate!«

Viktor sah betreten auf seine blank geputzten Lederstiefel. Das Gespräch war ihm mehr als unangenehm. Er fragte sich zum wiederholten Mal, warum ihn sein Onkel zu dem Disput dazugebeten hatte.

Als ob dieser seine Gedanken soeben gelesen hätte, wandte sich Denon nun an Viktor: »Dass du mit der ganzen unangenehmen Malaise nichts zu tun hast, weiß ich. Falls du dich fragen solltest, warum ich dich herzitiert habe, dann kann ich nur sagen: Du sollst sehen, dass die ehrenvolle Position als Museumsdirektor wahrhaftig nicht nur das reine Zuckerschlecken ist. Ständig gilt es, die richtigen Entscheidungen zu treffen. In Anbetracht der Tatsache, dass unser Kaiser wahrlich mit wichtigeren Dingen beschäftigt ist, werden wir ihn mit dieser Lappalie nicht behelligen. Monsieur Brunelle, wir wissen beide, dass die fehlenden Steine zwar unglaublich wertvoll, aber nicht unersetzlich sind. Die Revolution hat uns eine große Auswahl an wunderschönen, kostbarsten Juwelen ins Haus gespült. Veranlassen Sie, dass ein geeigneter Saphir und ein Diamant aus einem der zahlreichen Colliers gegen Glas ausgetauscht werden. Dann müssen die Edelsteine so in die Kaiserkrone eingesetzt werden, dass niemand auf den Gedanken kommt, sie hätten dort jemals gefehlt. Meine Herren, es ist selbstverständlich, dass die Angelegenheit mit äußerster Diskretion behandelt wird. Wir verpflichten uns zu absoluter Verschwiegenheit. D'accord?«

Viktor und der Goldschmiedemeister nickten beide zustimmend.

»Es wird immer unwahrscheinlicher, dass der Eindringling ein Attentat auf den Kaiser verüben wollte. Offensichtlich hatte der Ganove geplant, einen der unvorstellbar teuren Gobelins zu entwenden, wie man an dem zusammengerollten Teppich am

Boden sehen konnte. Dies ist dank der Miliz und ihrer Treffsicherheit vereitelt worden. Was mir viel mehr Kopfzerbrechen bereitet, ist die Tatsache, dass der Dieb in dem Gobelinsaal anscheinend gezielt einen Schrank aufgebrochen hat, in dem sich die Pläne der Steinbrüche und Katakomben unserer Stadt befinden.«

Viktor sah seinen Onkel erstaunt an. »Das höre ich zum ersten Mal!«

»Was? Dass der Schrank mit den Plänen gewaltsam geöffnet wurde oder dass wir hier in der Stadt ein riesiges Netz von Katakomben haben?«

»Beides!«

»Nach der Revolution hatten wir in Paris Seuchen und eine katastrophale Hungersnot. Die Menschen starben wie die Fliegen und die Friedhöfe waren schnell hoffnungslos überfüllt. Irgendjemand kam auf die glorreiche Idee, die Ruhefristen für die Toten radikal zu verkürzen. Das Ergebnis war ein Desaster! Halb verweste Leichen wurden reihenweise exhumiert, weil man dringend Platz für neue Tote brauchte. Ich erspare dir die Schilderung, zu welch desolaten hygienischen Zuständen das geführt hat. Kurz und gut: Vor fünfundzwanzig Jahren erstickten in der Rue de la Lingerie über dreißig Bewohner qualvoll an dem bestialischen Gestank, der von dem benachbarten Cimetière des Innocents herüberwehte. Die Stadtverwaltung ließ daraufhin einen Friedhof nach dem anderen schließen. Kurz danach verfiel man auf die exzellente Idee, die exhumierten Gebeine in die Katakomben zu überführen. Durch einen Schacht in der Avenue René-Coty wurden sie versenkt. Irgendeiner der Totengräber hatte nach einer Weile das Chaos satt und begann die Schädel und Knochen kunstvoll und fein säuberlich aufzuschichten. Ich war vor nicht allzu langer Zeit in diesem Hades und war beeindruckt, wie schön und würdig diese Grabstätten nun sind.«

»Mir ist nur von Rom bekannt, dass die Christen dort in den Katakomben vor ihren Verfolgern Schutz gesucht haben. Seit wann existieren die unterirdischen Gräber in Paris?«

»Seit fast zweitausend Jahren! Was glaubst du, aus welchem Material die ganzen Brücken, Straßen und Gebäude hier gebaut wurden? Steine, Gips und Ton wurden dort unten abgebaut. Im Laufe der Zeit ist unter der Stadt ein gigantisches Stollennetz entstanden. Keiner weiß genau, wie lang die Schächte sind. Ein paar Pläne wurden erstellt, doch ob sie wirklich der Orientierung dienen können, weiß nur der Himmel. Es sollen an die dreihundert Kilometer unterirdische Gänge sein! Eigentlich unvorstellbar. Wir haben in Paris eine Stadt unter der Stadt. Vor rund einem Vierteljahrhundert wurden die Steinbrüche endlich geschlossen, weil ganze Häuserzüge im Erdboden versanken und sich immer mehr Einwohner beschwerten. An der Zollmauer, die die Schmuggler von Paris fernhalten soll, befindet sich der Haupteinstieg zu den Katakomben. Wir Pariser nennen ihn scherzhaft Schranke zur Hölle, Barrière d'enfer.«

»Unvorstellbar. Das heißt, direkt unter uns ruhen die Gebeine von Tausenden von Toten?« Viktor war ganz begeistert von dem historischen Exkurs seines Onkels. »Wussten Sie das, Monsieur Brunelle?«

»Selbstverständlich. Aber es sind nicht die Gebeine von Tausenden, die in den Katakomben ihre letzte Ruhe gefunden haben. Es sollen über sechs Millionen sein! Immer wieder kommt im Alltag das Gespräch darauf. Aber als Pariser wächst man mit den zahlreichen Geschichten über die unterirdischen Gräber auf. Für uns ist es nichts Besonderes.«

»Und warum befinden sich die Pläne hier bei uns im Louvre?«

»Wir sammeln alles, was mit der französischen Kultur und Geschichte zu tun hat. Das ist mein Auftrag und dem komme ich mit Leib und Seele nach.« Denon blieb vor dem großen

Flügelfenster stehen und blickte auf die Stadt. Nach einer Weile drehte er sich um und schaute Viktor und Brunelle besorgt an: »Beunruhigend und ärgerlich ist an der ganzen Sache, dass ich nicht weiß, ob Pläne gestohlen wurden und, wenn ja, welche. Es existiert kein vollständiges Verzeichnis.«

»Aber was sollte jemand mit den Dokumenten anfangen wollen, Onkel?« Viktor sah den Museumsdirektor fragend an. »Wofür sollte man sie brauchen? Das Einzige, was mir einfällt, ist, dass die Katakomben ein ideales Versteck sind. Für was auch immer. Ich nehme an, dass kein Bürger dort freiwillig hinuntergeht!«

»Wenn die übereifrigen Soldaten nicht sofort geschossen, sondern den Dieb lebendig gefangen hätten, wüssten wir jetzt mehr. So stehe ich vor einem Rätsel. Der Einbrecher muss im Auftrag gehandelt haben. Vielleicht mache ich mir wieder einmal zu viele Sorgen, denn eigentlich kann keiner der Pläne den Louvre verlassen haben. Aber was, wenn der Erschossene einen Komplizen hatte?«

26. Kapitel

Paris, 20. Dezember 1804

Als Gilles am anderen Morgen erwachte, dröhnte sein Kopf vor Schmerzen. Schweißgebadet warf er die dünne Decke beiseite und wollte aufstehen. Sofort wurde ihm schwarz vor Augen und alles begann sich um ihn herum zu drehen.

Ermattet sank er auf das Lager zurück. Seine Augen waren so zugeschwollen, dass er kaum etwas sehen konnte. Wo war er?

Man hatte ihn gefangen genommen, so viel stand fest. Er war in einen Holzverschlag eingesperrt worden.

Schluchzend drehte er sich zur Seite. Alles war umsonst gewesen. Sein Leben war zu Ende, noch bevor es richtig begonnen hatte.

Gilles wurde übel vor Angst. Was würden sie jetzt mit ihm machen? Würde man ihn foltern?

Er hatte von einem Jungen gehört, dem war die Hand abgehackt worden. Er hatte sich erwischen lassen, als er einer alten Witwe ihren Schmuck stahl.

Die anderen Jungen in Gilles Bande behaupteten zwar, dass der Kerl die Geschichte nur erfunden hatte. In Wahrheit sollte sein großer Bruder beim Holzhacken mit der Axt abgerutscht sein. Aber Gilles hatte den Burschen getroffen und den Armstumpf mit eigenen Augen gesehen. Er hatte keinen Zweifel daran, dass die Hand vom Scharfrichter abgehackt worden war!

Und jetzt würde ihn das gleiche Schicksal ereilen. Menschen wie er hatten einfach nie Glück. Sein Vater war tot, seine kranke Mutter und seine beiden Geschwister würden früher oder später genauso enden wie er. Wütend trat Gilles gegen die Holzwand.

Wie war er überhaupt in diesen Verschlag gekommen?

Er versuchte, sich trotz seiner Kopfschmerzen und der Hitze in seinem Körper an den gestrigen Tag zu erinnern.

Gilles wusste noch, dass er am Morgen Wein und Brot gekauft hatte. Bestens gelaunt und pfeifend war er nach Hause gelaufen. Er war glücklich und mit sich und der Welt im Reinen. Einzig seine Wade bereitete ihm Probleme.

Der Hehler, bei dem er die zwei Klunker verscherbelt hatte, war viel großzügiger gewesen als erwartet. Selbst wenn er so schnell wie möglich seinem Retter die Münzen, die er geklaut hatte, zurückzahlte, blieb doch noch ein großer Batzen Geld für ihn übrig. Davon würden er, seine Mutter und seine kleinen Brüder eine Weile sorgenfrei leben können.

Gilles bog frohgemut in die dunkle Gasse ein, in der sie wohnten. Er war weiß Gott stolz auf sich. Die Steine im Louvre zu stehlen und einfach herunterzuschlucken war die beste Idee, die er jemals gehabt hatte.

Nur wenige Meter vor ihm sah er plötzlich seine Mutter mit seinen beiden Brüdern stehen. Sie redeten mit zwei uniformierten Männern.

Gilles Herz begann zu rasen. Das waren sicher Polizisten!

Der Hehler musste ihn verpfiffen haben.

Panisch drückte sich Gilles an die Hauswand. Sie dürfen mich nicht entdecken, dachte er in heller Aufregung. Dann hielt er inne. Vielleicht fragen sie nur nach Vater. Vielleicht suchen sie gar nicht mich!

Gilles Neugier war größer als das Bedürfnis, seine Haut zu retten. Er ließ sich auf die Knie nieder und hoffte, dass der Schatten der Häuserwand ihn unsichtbar machte.

Langsam robbte er immer näher. Jetzt konnte er die schrille Stimme seiner Mutter verstehen: »Lassen Sie mich gefälligst in Ruhe. Wir haben nichts Unrechtes getan. Ich habe meinen Mann schon seit Jahren nicht mehr gesehen. Wenn Sie ihn erschossen haben, umso besser. Ich bin froh, wenn er hier nicht mehr aufkreuzt!«

»Wie viele Kinder hast du?«, fragte einer der Polizisten.

»Die zwei hier, und nun scheren Sie sich zum Teufel!«

Der Polizist holte aus und Gilles sah entsetzt, wie er seiner Mutter ins Gesicht schlug. Ihre Oberlippe platzte auf.

Sein kleiner Bruder klammerte sich schreiend an ihr Bein und nässte sich in die Hose. »Gilles, Gilles, wo bist du? Du musst uns helfen!«, schrie er wie am Spieß.

Gilles wollte sich gerade auf die beiden Polizisten stürzen, als ihn der Blick seiner Mutter traf. Sie musste ihn im Schatten der Hauswand erkannt haben. Fast unmerklich schüttelte sie den Kopf.

Zwei Nachbarn traten in die Gasse. »Was soll das Geschrei?«

Jetzt war der beste Moment, um zu fliehen. Gilles sprang auf und rannte los.

Hinter sich hörte er seinen Bruder rufen: »Gilles, Gilles!«

Er hielt einen Moment inne und schaute kurz zurück. Als er sah, dass die Häscher die Verfolgung aufnahmen, rannte er so schnell ihn seine Beine trugen. Die Wunde schmerzte höllisch.

Doch er musste weg. Weit weg. Am besten raus aus Paris! Gilles spürte, dass er nirgends mehr sicher war. Die Polizisten wussten, woher auch immer, dass er die Klunker gestohlen hatte. Und jetzt auch noch, wo er wohnte.

Es gab nur eine Möglichkeit. Er musste zum Fluss. Wenn es ihm gelänge, ein Boot zu finden, würde ihn die Seine raus aus Paris bringen.

Gilles rannte und rannte, trotz des brennenden Schmerzes in seinem Bein. Er sah, dass die Polizisten nicht mit ihm Schritt halten konnten. Sie fielen zurück.

Er sprang über einen Zaun, flitzte über einen Acker und kletterte über ein Tor. Er hatte es geschafft. Vor ihm war der Fluss.

Gilles sah sich um. Ein altes Fass war ans Ufer gespült worden. Der Boden war durchgebrochen. So schnell er konnte, rollte er das Fass ins Wasser.

Der Fluss war eiskalt. Gilles konnte nicht schwimmen. Er musste sich mit aller Kraft an den Fassgauben festklammern.

Hinter sich hörte er schon seine Verfolger. Sie hatten die Uferböschung erreicht.

Mit dem Oberkörper legte er sich ins Fass und stieß sich mit den Füßen ab. Seinen Geldschatz verstaute er in aller Eile in der Innentasche seiner Joppe. Er durfte die Münzen nicht verlieren!

Sofort trieb er in die Mitte der Seine. Die Strömung ergriff ihn. In rasantem Tempo entfernte er sich immer weiter von der Stelle, von der er gestartet war.

Stöhnend drehte sich Gilles auf seiner Strohmatratze um.

Was dann passiert war, brachte er nicht mehr so richtig zusammen.

Er wusste noch, dass er in dem Fass fast ohnmächtig geworden war. Die Kälte des Wassers hatte seine Beine absterben lassen, sodass er sie kaum noch bewegen konnte. Plötzlich wurde er gepackt und aus der Seine gerissen.

Irgendjemand hatte ihm die nassen Kleider ausgezogen und Feuer gemacht. Er hörte Frauenstimmen. Da war ein blonder Engel gewesen, der sich über ihn gebeugt und ihm liebevoll den Arm gestreichelt hatte.

Frauenstimmen? Das konnte nicht sein! Er hatte hohes Fieber. Vielleicht träumte er alles nur. Gilles wurde immer müder. Seine Augen fielen ihm zu.

Plötzlich schreckte er hoch. Um Himmels willen! Wo war seine Jacke mit dem vielen Geld?

27. Kapitel

Paris, 26. Dezember 1804

Celeste mochte Gilles von Tag zu Tag lieber. Der Junge hatte mehr Charakter als die meisten Erwachsenen, und er war wirklich mutig! Als sie bemerkte, dass der Bursche die Zähne zusammenbeißen musste, um mit ihr Schritt halten zu können, verlangsamte sie das Tempo.

Gilles humpelte noch immer, obwohl Nathalie die Wunde täglich mit Salbe versorgte. Mehr als eine ganze Woche hatte es gedauert, bis sich der Junge endlich einigermaßen von den Folgen seiner Unterkühlung erholt hatte.

Celeste hörte ihm stundenlang zu. Er fasste immer mehr Vertrauen zu ihr und schüttete nach und nach sein ganzes Herz aus.

Sogar von den zwei Edelsteinen, die er gestohlen hatte, berichtete er ihr.

Celeste war schockiert, was der Bengel in seinen jungen Jahren schon alles ausgefressen hatte. Die harten Umstände seines bisherigen Lebens musste sie als Entschuldigung für seine Missetaten gelten lassen. Es schien fast so, als wenn Gilles keine andere Wahl gehabt hätte.

Nathalie und Celeste hatten ihn ins Gebet genommen und eindringlich auf den Jungen eingeredet, dass nun der richtige Zeitpunkt war, sein Leben ein für alle Mal zu ändern!

Celeste musterte Gilles unauffällig. Der Bursche hatte seine nicht zu bändigenden braunen Locken mit einer Schiebermütze bedeckt, die ihm Raoul geschenkt hatte. Das feuerrote Tuch von ihr baumelte um seinen dünnen Hals. Es kleidete ihn und schützte ein wenig vor dem kalten Wind, der ihnen entgegenpfiff.

Seine Joppe und seine zerschlissene Hose waren von Nathalie gewaschen und geflickt worden und sahen beinahe wieder wie neu aus.

Sie passierten gerade die Conciergerie im Westen der Île de la Cité, die während der Revolution eines der berüchtigtsten Gefängnisse von Paris gewesen war. Noch immer war dieses hohe Gebäude ein Zuchthaus und wurde streng bewacht.

Die beiden gingen an dem Trupp von Soldaten vorbei, die in ihren dicken Wintermänteln und Stiefeln vor dem Eingang auf und ab patrouillierten.

Filou knurrte und fletschte die Zähne.

»Ruhig, mein Alter«, besänftigte ihn Celeste.

Gilles zog die Schultern ein. »Celeste, mich sucht die Polizei!«

Celeste wusste, dass seine Sorge berechtigt war. »Je selbstverständlicher wir hier entlanggehen, desto unauffälliger sind wir. Kein gewöhnlicher Straßendieb wäre so tollkühn, vor dem Gefängnis aufzutauchen.«

Gilles hinkte so schnell er konnte an dem finsteren Ort vorbei. »Ein Bettler hat mir erzählt, dass in der Conciergerie das Revolutionstribunal getagt hat. Dreitausend Menschen wurden dort zum Tod verurteilt. Er sagte, die Urteile wurden schneller unterschrieben, als die Angeklagten ihre Unschuld beteuern konnten. So gut wie keiner kam hier wieder lebend heraus.«

»Du brauchst keine Angst zu haben. Filou und ich sind doch bei dir.«

Celeste hakte sich bei Gilles unter und versuchte ihn auf andere Gedanken zu bringen. »Ich bin wirklich stolz auf dich. Du selbst bringst deinen Fehler wieder in Ordnung und schaffst ihn so ein für alle Mal aus der Welt. Du wirst sehen, in nicht einmal einer Stunde hast du alles hinter dir.«

»Ein Freund hat mir erzählt, dass die Revolutionäre die zum Tode Verurteilten auf ihrem Weg zum Schafott über die Pont Neuf gehen ließen. Sie wollten ihnen noch einen letzten Blick auf die Seine gönnen. Und genau diesen Weg nehmen wir jetzt, um zum Louvre zu gelangen. Wenn das kein Unglück bringt«, jammerte Gilles.

»Du wirst doch wohl nicht abergläubisch sein?« Celeste und Gilles überquerten die Brücke.

»Weißt du noch, was du ihm sagen willst, deinem Retter?«

»Natürlich!« Doch Gilles' Nervosität stieg sichtbar mit jedem Schritt, den sie dem Museum näher kamen.

Celeste und Gilles strebten dem Haupteingang des Louvre zu.

Filou war es längst gewöhnt, vor Gebäuden zu warten, bis Celeste wiederkam. Er setzte sich hinter einen Mauervorsprung, der vor dem eisigen Wind Schutz bot.

Als die beiden das Museum betraten, sahen sie in der Pförtnerloge einen Museumswärter sitzen.

»Komm, bring es hinter dich«, munterte Celeste Gilles auf.

»Habt ihr euch verirrt? Was sucht ihr?« Der Wächter war von seinem Stuhl aufgestanden, als sie sich seinem Kabuff näherten. Abschätzig musterte er sie.

»Ich habe dieses Portemonnaie gefunden. Am Ufer der Seine. Es lag im Matsch.« Gilles kramte ein dreckiges, ledernes Beutelchen aus seiner Joppe hervor. »Hier steht der Name des Besitzers.« Gilles entfaltete einen äußerst mitgenommenen Ausweis. Celeste hatte ihm vorgelesen, was auf dem Zettel stand. »Und da ist die Adresse des Louvre. Ich möchte dem Herrn von Löwenstein sein Eigentum zurückbringen.«

»Das soll ich glauben? Es wäre das erste Mal, dass ein Straßenjunge wie du ein ehrlicher Finder wäre.« Der Museumsaufseher war unschlüssig, was er von der Sache halten sollte.

»Monsieur, erlauben Sie! Auch wenn wir arm sind, sind wir doch ehrlich! Es hat sich genau so zugetragen, wie es der Junge gesagt hat. Er hat das Portemonnaie gefunden mit allem, was darin ist, und mich gebeten, es mit ihm zusammen dem rechtmäßigen Eigentümer zurückzugeben.«

Der Pförtner nahm den Geldbeutel und die Papiere in die Hand. Mühsam entzifferte er die aufgeweichten Schreiben. »Ein gewisser Viktor von Löwenstein ist tatsächlich hier bei uns im Haus. Er ist der Gast und Neffe des Museumsdirektors. Du kannst das Bündel dalassen. Ich gebe es ihm.«

Während Gilles froh zu sein schien, nicht mit weiteren Fragen behelligt zu werden, fixierte Celeste den Bediensteten streng.

»Wir werden das Portemonnaie nur an seinen rechtmäßigen Besitzer übergeben!«

»Ihr traut mir wohl nicht. Oder hofft ihr zwei auf einen üppigen Finderlohn? Also gut, ich lasse nach dem Herrn schicken. Wartet hier.«

Celeste und Gilles nahmen auf einer Bank Platz, von der aus sie die ganze prunkvolle Eingangshalle überblicken konnten.

»Hoffentlich geht das gut! Wir könnten längst über alle Berge sein. Und mein Retter hätte sowieso gewusst, dass ich es war, der ihm seine Brieftasche zurückgebracht hat. Schließlich habe ich sie ihm ja auch geklaut. Am Ende überlegt es sich der Herr von Löwenstein anders und lässt mich festnehmen. Der Concierge ist zu Recht misstrauisch. Kein normaler Junge würde einen so gut gefüllten Geldbeutel so mir nichts, dir nichts einfach wieder zurückbringen!«

»Psst, nicht so laut. Glaub mir, Gilles, so ist es am besten. Schau deinem Retter in die Augen und gib ihm die Hand, dann kannst du wieder ruhig schlafen.«

»Ich habe immer gut geschlafen.«

In dem Moment eilte ein großer schlanker Mann, zwei Stufen auf einmal nehmend, mit klackenden Schritten den rechten Treppenflügel herab. Er schaute nicht nach rechts oder links, sondern stürmte auf die Pförtnerloge zu.

Celeste konnte ihn nur von hinten sehen. Der Mann beugte sich zu dem Museumswärter, der in die Richtung der Bank deutete, auf der Gilles und sie warteten. Dann drehte er sich um.

Celeste traute ihren Augen nicht!

Niemand anderes als der Monsieur, mit dem sie während der Premierenfeier Walzer getanzt hatte, kam mit großen Schritten auf sie zugeeilt!

Jetzt erst dämmerte es ihr, dass sich der Kavalier vor der Oper mit diesem Namen vorgestellt hatte. In ihrer Entrüstung hatte sie dem fremd klingenden Namen keine Beachtung geschenkt.

Über eine halbe Million Menschen lebten in Paris und ausgerechnet er musste ihr jetzt wiederbegegnen. Was für ein unbeschreiblicher Zufall! War er es am Ende auch, der Gilles hatte laufen lassen?

Sie sah, wie Gilles aufsprang und auf den Mann zueilte. Er hielt die ruinierte Geldbörse in der Hand und überreichte sie seinem Gegenüber.

Celeste erhob sich. Sie beobachtete, wie Gilles auf seinen Retter einredete. Der junge Adlige sah unvorstellbar gut aus. Seine schwarzen Locken fielen charmant in seine Stirn und gaben ihm ein saloppes Aussehen, das sich wohltuend von seiner edlen Garderobe unterschied. Seine strahlend blauen Augen hatten etwas Freundliches, Entgegenkommendes.

Celeste hatte sich beim Walzer ganz dem Rhythmus der Musik hingegeben und sich nicht getraut, ihr Gegenüber genau zu mustern. Ja, sie hatte es bewusst vermieden, ihn direkt anzuschauen.

Jetzt legte er seine Hand auf Gilles' Schulter und steuerte auf sie zu. Celeste spürte, wie ihr Herz auf einmal schneller schlug. Sie hörte, wie er gerade zu Gilles sagte: »Es fehlt kein Sou. Merci! Trotzdem bist du wahnsinnig, hierherzukommen. Du bringst uns in größte Schwierigkeiten!«

Der Adlige sah Gilles mit einem durchbohrenden Blick an. »Hast du mir sonst noch etwas zu geben?«

Celeste sah, wie Gilles knallrot anlief und vehement den Kopf schüttelte. Sie holte tief Luft und deutet eine leichte Verbeugung an.

»Bonjour, Mademoiselle. Wie schön, dass wir uns so schnell wiedersehen!«

»Bonjour, Monsieur von Löwenstein.«

Viktor begann zu lachen. »Mein bayerischer Nachname scheint unaussprechlich für französische Zungen zu sein. Wenn es Ihnen zu schwerfällt, nennen Sie mich einfach Viktor!«

Celeste sah ihr Gegenüber irritiert an. Dann reichte sie ihm ihre Hand.

»Ich bin Celeste.«

»Welch unerwartete Freude! Ich wollte heute Abend in die Oper gehen, um Sie zu treffen. Wie nett, dass Sie mir zuvorgekommen sind.« Viktor lächelte entwaffnend, ehe er fortfuhr: »Meine Begeisterung für das Ballett hat sich bisher in Grenzen gehalten. Nachdem ich Sie gesehen habe, hat sich das ganz und gar geändert! Ich bin immer noch hingerissen. Nach Ihrem waghalsigen Auftritt und unserem Tanz sind Sie mir einfach nicht mehr aus dem Kopf gegangen. Sie verstehen wirklich zu überraschen! Sowohl als todesmutige Ballerina als auch als Beschützerin von Dieben.«

Celeste errötete. »Es ist alles ganz anders, als Sie denken. Gilles wollte Ihnen nur für Ihren Großmut danken und zurückgeben, was Ihnen gehört. Ich bin mitgekommen, damit er nicht alleine hierhermusste. Es ist viel zu kompliziert, um es Ihnen mit zwei, drei Sätzen zu erklären. Bitte dringen Sie nicht weiter in mich.«

»Mademoiselle, so leicht kommen Sie mir nicht davon. Ich habe ein Recht darauf zu erfahren, was hier eigentlich gespielt wird. Entweder Sie stimmen einem morgigen Treffen mit mir zu, um die Geschichte zu erklären, oder ich rufe die Wachen und lasse Sie und diesen kleinen Dieb verhaften!«

»Das ist Erpressung! Sie nutzen meine missliche Lage schamlos aus.« Celeste spürte, wie ein unglaublicher Zorn in ihr aufstieg. Was bildete sich dieser arrogante Schnösel eigentlich ein? Wenn es nur um sie gegangen wäre, hätte sie ganz genau gewusst, wie man mit so einem Angebot umzugehen hatte. Aber sie musste an Gilles denken. »Sie lassen mir wohl keine andere Wahl. Ich lasse mich unter Protest auf ein Treffen mit Ihnen ein, Monsieur von Löwenstein. Im Übrigen hätte ich auch ein paar Fragen an Sie!«

»Dann können wir uns ja beide auf eine angeregte Unterhaltung freuen«, entgegnete Viktor lächelnd.

28. Kapitel

Paris, 30. Dezember 1804

Betrand Lalique betrat hastig das Polizeirevier am Quai des Orfèvres. Im weitläufigen Foyer öffnete er seinen grauen Umhang, lockerte den bordeauxroten Schal und nahm seinen eleganten Biberpelzhut ab. Er klopfte sorgfältig die nassen Schneeflocken von seinem Kragen. »Ich hätte doch die Kutsche nehmen sollen«, murmelte er vor sich hin.

Ein Sekretär, der offensichtlich neu in der Dienststelle war, kam ihm katzbuckelnd entgegen. »Kann ich Ihnen behilflich sein, Monsieur?«

»Non, merci. Ich bin hier nicht zum ersten Mal. Ihr Vorgesetzter, Colonel Matthieu, erwartet mich. Ich finde den Weg allein.« Zwei Stufen auf einmal nehmend, lief er die breite Treppe nach oben.

André Matthieu war sein engster Freund. Gemeinsam waren sie schonungslos und voller Überzeugung für die Ziele der Revolution eingetreten. Sie hatten auf dem Land unter den Aristokraten Angst und Schrecken verbreitet. Es gab kaum ein Provinznest der Île-de-France und weiter nördlich, in dem sie nicht mithilfe der Guillotine die Forderungen und Appelle des

Aufstands durchgesetzt hätten. Die Bauern, Tagelöhner und gemeinen Handwerker hatten sie mit offenen Armen willkommen geheißen. Sie hofften, dass Mattieu und er mit ihren Leuten endlich die schreiende Ungerechtigkeit und bittere Armut beenden würden. Den großen revolutionären Geist, der damals das ganze Land ergriffen hatte, würde er nie vergessen.

Sie waren vom Sicherheitsausschuss, dem ›Comité de sûreté général‹, für ihren Einsatz sogar mit einem Orden dekoriert worden. Doch das war alles lange her. Jetzt, unter dem neuen Kaiser, war diese Auszeichnung keinen Sou mehr wert.

Nach dem Ende der Revolution hatten sie ganz unterschiedliche Lebenswege beschritten. Bertrand Lalique war vor zehn Jahren nach Paris zurückgekehrt. Er hatte sich den Umstand zunutze gemacht, dass in der Hauptstadt zu jenem Zeitpunkt keiner keinem traute. Als sich ihm unerwartet die Chance bot, Gefängnisdirektor von Bicêtre zu werden, griff er ohne zu zögern zu. Keinen einzigen Augenblick lang hatte er seinen Entschluss seither bereut. Sein Freund André Matthieu war nach dem Ende der Revolution vom Glück besonders verwöhnt worden. Er hatte es geschafft, sich innerhalb weniger Monate vom einfachen Spitzel bis zum Colonel der Pariser Polizei hochzuarbeiten. Schnell hatten sie sich ihre gesicherten Positionen zunutze gemacht und ihr Salär mit einem schwunghaften Handel mit Diebesgut aufgebessert. Sie machten sich die Hände nicht selbst schmutzig, sondern ließen Einbrecher für sich stehlen. Sie hatten die perfekte Arbeitsteilung: Lalique beauftragte ausgesuchte Einbrecher, während Matthieu über die nötigen Kontakte zu reichen Bürgern und Adligen verfügte.

Der Gefängnisdirektor klopfte an die Tür des Polizeichefs.

»Oui«, ertönte eine tiefe Stimme.

Als er den Raum betrat, sprang Matthieu erfreut von seinem Stuhl auf. »Bertrand, mein Freund. Gut, dass du da bist.« Die beiden umarmten sich flüchtig. Lalique musste sich zu seinem alten Kameraden herunterbeugen, da ihr Größenunterschied beträchtlich war. »Dein Ranzen wird immer dicker. Du bist der lebende Beweis, dass die Hungersnot endgültig vorbei ist.«

»Mach du nur Witze. Ich habe dich übrigens vor ein paar Tagen aus der Ferne gesehen.«

Lalique sah den Polizeicolonel erstaunt an. »Wo denn?«

»In der Ballettpremiere. Ich saß oben im ersten Rang, in der Loge neben unserem Kaiser. Ich habe beobachtet, wie du mit dem Museumsdirektor Denon ausgiebig geplaudert hast. Was wollte er von dir? Habt ihr noch mal über den Einbruch in den Louvre geredet?«

»Nein. Monsieur Denon war ganz entzückt von der Ballettaufführung und hatte nur Augen für die Tänzerinnen.«

»Apropos: Diese fliegende Ballerina war wirklich unglaublich. Hast du so etwas schon jemals gesehen? Dadurch, dass ich so weit oben saß, war ich fast auf Augenhöhe mit ihr. Es sah tatsächlich so aus, als wenn sie fliegen könnte. Ich wüsste zu gerne, wie dieser Trick funktioniert.«

»Der Ballettdirektor Gardel versteht es eben, die Fantasie anzuregen. Ich gebe gerne zu, ich war auch hingerissen. Solche Bühnenillusionen sind eine willkommene Abwechslung zum grauen Alltag hinter meinen Gefängnismauern. Diese trivialen, aber dramatischen Liebesgeschichten und Verwicklungen erfreuen mich zutiefst. Selbst als Mann hat man hin und wieder das Bedürfnis, sich in eine andere Welt entführen zu lassen.«

»Hört, hört. Diese Seite kenne ich ja gar nicht an dir. Wirst du auf deine alten Tage noch zum Romantiker? Du wirst dich doch nicht in eines der Mädchen verguckt haben? Nur damit wir uns nicht in die Quere kommen: Ich habe der fliegenden Akrobatin ein sündhaft teures Blumenbouquet zukommen lassen. Leider war ich nicht der Einzige. Man hat mir berichtet, dass sich die Blumensträuße und Geschenke vor ihrer Garderobentür getürmt haben. Sie hat bereits halb Paris um den Finger gewickelt. Aber ich kann warten! Meine Stunde schlägt noch.«

Lalique sah sein Gegenüber gelangweilt an und strich sich über sein glatt rasiertes Gesicht. »Genug von deinen Weibergeschichten! Ich bin nicht hierhergekommen, um mich mit dir über die Vorzüge der Balletttänzerinnen zu unterhalten. Im Gegensatz zu dir habe ich an den halbseidenen Mädchen kein sonderliches Interesse. Ich würde gerne wissen, wie weit die offiziellen Ermittlungen bezüglich des Einbruchs im Louvre gediehen sind.«

André Matthieu sah sein Gegenüber einen Moment lang verschwörerisch an. »Unser Einbrecher hat vollkommen versagt. Nur gut, dass er erschossen wurde, sonst hätte er am Ende noch geredet. Wir haben bisher mehr Glück als Verstand gehabt! Leider ist uns ein Batzen Goldmünzen durch die Lappen gegangen. Ich hatte den Gobelin so gut wie verkauft. Dass wir die Katakombenpläne nicht haben, ist allerdings mehr als ärgerlich.«

Der Polizeicolonel begann den Aktenberg auf seinem Schreibtisch zu durchstöbern. »Verflucht, wo ist die verdammte Akte? Bertrand, Napoleons Garde hat sich natürlich erkundigt, wie es passieren konnte, dass jetzt schon zum zweiten Mal ein Gefangener aus deinem Gefängnis entflohen ist. Die ermittelnden Kommissare spotten, du seist der Direktor eines Taubenschlags! Hast du dir schon überlegt, wie du mit dem Vorwurf umgehen wirst?«

Lalique schnappte hörbar nach Luft. »Nun, ich habe eine plausible Erklärung. Allerdings musste ich einen Unschuldigen über die Klinge springen lassen. Falls ich befragt werde, wird man folgende Geschichte von mir hören: Es hat sich herausgestellt, dass einer meiner leitenden Gefängniswärter die Taschen nicht voll genug bekommen konnte. Er hat zwei Gefangenen kurz nacheinander zur Flucht verholfen. Er wollte sie für sich arbeiten lassen. Aus dem vermeintlichen Verräter in meinem Gefängnis habe ich inzwischen Rattenfutter machen lassen.«

Colonel Matthieu nickte. »Zum Glück sind wir beide in unseren Positionen unantastbar. Trotzdem, eine Sache ist gründlich schiefgelaufen!« Er räusperte sich. Lalique beobachtete, wie der Colonel eine schweinslederne Mappe aufschlug und ein Papier nach dem anderen auf seinem Schreibtisch ausbreitete.

»Meine Männer haben der Frau des erschossenen Gefangenen auf den Zahn gefühlt. Hier ist das Protokoll. Sie mussten ziemlich grob werden, weil die Alte nichts sagen wollte. Aber wir haben das Weib doch zum Reden gebracht. Offensichtlich war der zwölfjährige Junge von diesem Jean-Luc – er heißt Gilles – bei dem Einbruch dabei und konnte aus dem Museum fliehen.«

Bertrand Lalique hatte Mühe, seine Wut zu verbergen. »Dann stimmt es also. Dieser hinterhältige Lump war nicht allein. Auf Verbrecher ist kein Verlass mehr. Ich habe von einem Hehler zwei kostbare Edelsteine gekauft, die laut seiner Aussage von einem Jungen aus dem Louvre gestohlen wurden. Ich wollte ihm nicht glauben. Der Junge ist der Einzige, der uns gefährlich werden könnte, wenn er von seinem Vater eingeweiht wurde. Deine Männer müssen alles daransetzten, ihn zu fangen.«

»Um ein Haar hätten wir ihn geschnappt, aber der Mistkerl ist in den Fluss gesprungen und seitdem verschwunden. Ich lasse aber mit Hochdruck nach ihm suchen.«

Lalique blickte mit gesenktem Kopf auf seine Stiefelspitzen. »Wir müssen die Sache erst einmal auf sich beruhen lassen. Und hoffen, dass Gras darüber wächst. Es sind inzwischen mehr als drei Wochen vergangen. Der Junge wird in der Seine ersoffen sein. Es ist bitterkalt und der Fluss führt Eis; diese Straßenjungen können alle nicht schwimmen. Der hat niemals überlebt.«

»Da hast du hoffentlich recht. Ich schicke dem Kaiser meinen Abschlussbericht. Es wird ein leichtes Spiel sein, Seiner

Majestät einzureden, dass es sich bei dem Einbruch in den Louvre um ein misslungenes Attentat gehandelt hat.«

Die beiden Freunde sahen einander zufrieden an.

André Matthieu schlug den Aktendeckel zu und warf ihn auf den großen Haufen, der sich auf seinem Schreibtisch türmte.

Lalique fuhr sich gedankenverloren mit der linken Handfläche über sein Feuermal.

»Jetzt müssen wir halt ohne die Katakombenpläne zurechtkommen, was mehr als ärgerlich ist. Mit ihnen hätten wir systematisch das unterirdische Stollensystem durchkämmen können. Ich bin mir sicher, dass es noch viele Seitenstollen geben muss, in denen ungeahnte Schätze versteckt sind. Ich weiß von etlichen adligen Familien, die alles, was nicht niet- und nagelfest war, während der Revolution in den Katakomben in Sicherheit gebracht haben. Die meisten Familien sind ausgelöscht worden und die Kostbarkeiten schlummern unentdeckt da unten. Apropos: Der Hauptgrund, weshalb ich dich heute aufgesucht habe, ist ein seltsamer Fund. Hinter einem Stapel übereinandergeschichteter Skelette nahe bei unserem Versteck habe ich eine morsche Tür entdeckt. Du glaubst nicht, was ich dort fand: Ballkleider, ein Cembalo, Kerzenständer, Bleikristalllüster, Likörgläser in allen Regenbogenfarben und dieses Medaillon. Ich habe alles in unser Lager geschafft.«

Interessiert beugte sich Matthieu über das Kleinod. »Das ist ja aus reinem Gold!« Ungeschickt öffnete er mit seinen dicken Fingern den feinen Verschluss. Er keuchte vor Aufregung. »Weißt du, wer das ist?«

Er hielt seinem Freund das kleine Porträt vor die Augen.

»Nein.«

»Das ist niemand anderes als Marie Antoinette, die letzte Königin. Dieses Mal bist du wirklich auf etwas Besonders gestoßen. Seit Jahren halten sich hartnäckige Gerüchte, dass es auch der Königsfamilie gelungen sei, ein paar ihrer wertvollen Schätze in Sicherheit zu bringen. Damals hat noch keiner geahnt, dass sie auf dem Schafott enden.«

Lalique sah den Polizeicolonel zweifelnd an. »Ich denke, du täuschst dich mit deinen Vermutungen. Die ganze Kammer war vollgestellt mit lauter Plunder. Unterwäsche, Porzellan, bestickte Taschentücher und ein Haufen alter Briefe.«

»Egal. Wenn nur ein Quäntchen Hoffnung besteht, dass es Dinge vom Versailler Hof sind, reißen uns die Royalisten jedes Stück aus der Hand. Du musst mir alles unbedingt zeigen, wenn wir das nächste Mal nach unten gehen.«

»Hier. Einen Brief hab ich dabei. Lies selbst – es ist nur ein langweiliger Liebesbrief, offensichtlich von einer Frau geschrieben. Vielleicht von einer Zofe.«

Matthieu entfaltete neugierig das Papier und nahm eine Lupe von seinem Schreibtisch. Eingehend studierte er den Inhalt. Plötzlich pfiff er laut. »Wer hätte das gedacht?«

Lalique sah seinen Freund verwundert an.

»Wenn der Brief keine Fälschung ist, ist er eine Bombe. Niemand anderer als Marie Antoinette hat die Zeilen geschrieben! An ihren Geliebten, den schwedischen Gesandten Graf Hans Axel von Fersen. Dann sind die damaligen Gerüchte also wahr!«

Ungläubig nahm Lalique das Papier an sich. »Bist du dir sicher?«

»Und ob. Lass mir den Brief da. Ich habe eine Idee. Ich lasse dem schwedischen Adligen das Schreiben zukommen und teile ihm mit, dass wir noch mehr Briefe der Königin besitzen. Wenn sie von Marie Antoinette sind, wird er sie sicher alle haben wollen. Aber dafür muss er zahlen, und zwar nicht zu knapp! Lass mich nur machen.«

In dem Moment klopfte es laut an der Tür.

»Was ist?«, rief Colonel Matthieu barsch.

Ein untersetzter Polizist streckte vorsichtig und devot seinen Kopf in die Amtsstube.

»Sie haben hoffentlich einen guten Grund, mich zu stören«, zischte Matthieu ungehalten.

»Monsieur le Colonel, Sie haben mir aufgetragen, unverzüglich Meldung zu machen, wenn es im Fall ›Louvre‹ Neuigkeiten gibt.«

»Und? Ich höre.«

»Einer unserer Spitzel hat einen Jungen aufgespürt, auf den die Beschreibung passen könnte.«

»Wo hat er sich versteckt?«, fragten Lalique und Matthieu wie aus einem Mund.

»Falls es sich um den Gesuchten handelt, ist er bei den Gauklern am linken Seineufer untergetaucht!«

29. Kapitel

Paris, 30. Dezember 1804

Müde verließ Celeste gegen Nachmittag das Theater. Während sie die steile Treppe des Künstlerausgangs hochstieg, spürte sie jeden Muskelstrang in ihren Oberschenkeln.

Heute hatte Pierre Gardel wirklich übertrieben. Immer und immer wieder korrigierte der Maestro die einstudierten Sprünge seiner Ballettkompanie. Er war nie zufrieden. »Es ist immer das Gleiche. Nach der Premiere werdet ihr wieder nachlässig. Ihr meint wohl, euch auf euren Lorbeeren ausruhen zu können. Die überschwänglichen Besprechungen im *Figaro* und in den anderen Journalen sind euch zu Kopf gestiegen. Doch nur der Selbstdisziplin und dem täglichen Bemühen, unser Bestes zu geben, haben wir es zu verdanken, dass unser Haus diese herausragende Position innehat. Vergesst das nicht! Wir sind die Elite der Ballettwelt! Jeder Gast, der ein Billett kauft, hat das Recht auf einen Abend mit Premierenniveau.«

Auch wenn die eine oder andere Tänzerin hinter dem Rücken des Ballettdirektors die Augen verdreht hatte, rissen sich die Ensemblemitglieder doch wieder mehr zusammen. Celeste war froh, als die Probe endlich vorbei war.

Als sie jetzt die letzte Stufe erklommen hatte, hielt sie inne. Sie konnte sich nicht erinnern, dass es um diese Jahreszeit jemals so kalt gewesen war. Die bittere Kälte nahm ihr fast die Luft zum Atmen.

Es dämmerte schon. Der Platz vor dem Opernhaus *Les Salles Montansier* war stark belebt. Die ersten Straßenlaternen wurden gerade entzündet und spendeten fahlgelbes Licht. Passanten eilten mit hochgeschlagenen Krägen und warmen Mänteln an ihr vorbei. Die Fensterscheiben der umliegenden Geschäfte waren größtenteils dick mit Eisblumen überzogen.

Eine Bauersfrau, die mindestens fünf Röcke übereinander trug und wie ein kleines Fass aussah, pries lautstark ihren heißen Punsch an, den sie in einem Kessel über einem Feuer auf dem Opernvorplatz warm hielt.

Der Duft von Zimt und Nelken stieg Celeste in die Nase. Kurz überlegte sie sich, ob sie einen Becher kaufen sollte, aber erst musste sie Filou in dem Gedränge finden, was bei der Größe des Hundes eigentlich nicht schwer sein sollte.

Während sie die Umgebung mit den Augen absuchte, dachte sie sich, was für ein Glück sie doch hatte, von dieser Stadt mit offenen Armen aufgenommen worden zu sein. Paris war einzigartig. Seinem Zauber konnte sie sich nicht entziehen. Sowohl die alten ehrwürdigen Häuser als auch die neu errichteten prachtvollen Boulevards und Bauwerke waren von außergewöhnlicher Schönheit.

Plötzlich hörte sie einen schrillen Pfiff.

Nicht nur Celeste, sondern auch etliche Passanten blieben stehen und blickten sich verwundert um.

Celeste traute ihren Augen nicht, als sie sah, woher der Pfiff kam.

Keine dreißig Meter von ihr entfernt standen wartende Kutschen in einer Reihe. Nur ein Gefährt war offen, ohne Verschlag.

Dort saß dieser Viktor von Löwenstein breit grinsend in einen dicken, schwarzen Pelzmantel gehüllt und neben ihm auf der Bank thronte ihr Hund Filou!

Zwei strahlend blaue und zwei treue braune Augen starrten sie erwartungsvoll an.

Celeste blieb der Mund offen stehen. Wie angewurzelt stand sie da.

Gilles' Retter pfiff erneut und winkte sie zu sich heran. Filou kläffte aufgeregt. Der Hund machte keinerlei Anstalten, seinen gepolsterten Sitzplatz zu verlassen. Notgedrungen ging sie auf den Wagen zu.

»Mademoiselle Celeste, wie schön, Sie wiederzusehen! Steigen Sie ein, wir haben hier noch ein Plätzchen zwischen uns frei.«

Was bildete sich dieser Kerl ein? Celeste war kurz davor, fuchsteufelswild zu werden. Sie sah Viktor von Löwenstein direkt in die Augen und zischte ihn mit bebender Stimme an: »Folgt auf Ihre Erpressung jetzt auch noch eine Entführung? Ihr Verhalten ist mehr als impertinent! Ich weiß nicht, was für eine Erziehung Sie genossen haben, aber man erregt die Aufmerksamkeit einer Frau nicht dadurch, dass man ihr wie ein Gassenflegel hinterherpfeift!«

»Bei unserer ersten Begegnung vor dem Opernhaus hatte ich allen Grund zur Annahme, dass *Ihre* Erziehung zu wünschen übrig lässt. Nun seien Sie nicht eingeschnappt. Sie sind immer so kapriziös! Steigen Sie schon ein.«

Statt dem Vorschlag Folge zu leisten, blieb Celeste demonstrativ vor dem Gespann stehen und befahl mit strenger Stimme: »Filou, komm sofort her!«

Ihr Hund erhob sich und machte Anstalten, zu ihr herunterzuspringen. In dem Moment beugte sich Viktor blitzschnell vor und nahm aus einem Picknickkorb zu seinen Füßen ein Stück gebratene Hühnerbrust. Ohne mit der Wimper zu zuckten, hielt er Filou die Köstlichkeit unter die Nase. Empört verfolgte Celeste, wie der Leckerbissen mit einem gierigen Schnapper im Maul ihres Hundes verschwand.

»Das darf doch nicht wahr sein! Verräter! Anscheinend hat sich mein Hund für Sie entschieden, Monsieur von Löwenstein. Sie können ihn behalten!« Celeste war außer sich und spürte, wie ihr die Tränen in die Augen schossen.

Ihr Gegenüber bemerkte, dass sie tief verletzt war. »Entschuldigen Sie, Mademoiselle Celeste, es tut mir leid, ich bin zu weit gegangen. Ich habe die Verfressenheit Ihres Hundes schamlos ausgenutzt. Nur deswegen sitzt er hier neben mir. Im Gegensatz zu Ihnen reagiert das Tier auf meine Aufmerksamkeiten. Ich wusste, dass es mehr als schwierig werden würde, Sie zu einer kleinen Ausfahrt zu überreden. Darum hab ich mir diesen hungrigen vierbeinigen Verbündeten gesucht.«

Celeste sah, wie Viktor von Löwenstein Filou hinterm Ohr kraulte.

»Das war berechnend und gemein. Pardon! Nehmen Sie diesen Vorfall bitte *mir* übel und nicht Ihrem Hund. Filou liebt nur Sie! Er würde mich zerfleischen, wenn ich auch nur versuchte, Ihnen eine Haarlocke abzuschneiden.«

»Das wird ja immer schöner!«

»Steigen Sie doch endlich ein. Bitte! Geben Sie sich einen Ruck und verzeihen Sie uns beiden.« Viktor öffnete auffordernd die halbhohe Tür des Gespanns und ignorierte Celestes abweisenden Blick. »Ich wünschte, wir könnten die Zeit zurückdrehen und würden uns noch einmal neu kennenlernen. Stellen Sie sich einfach vor, wir sehen uns heute zum ersten Mal.« Er zögerte einen Moment, dann erhob er sich, zog seinen schwarzen, eleganten Filzhut und beugte sich leicht nach vorne. »Mademoiselle! Welche Freude, Ihnen zu begegnen. Darf ich mich vorstellen: Mein Name ist Viktor von Löwenstein, ich stamme aus München, verglichen mit Paris einem kleinen, verschlafenen Städtchen im Herzogtum Bayern. Sie werden noch nie davon gehört haben. Eine von mir angefertigte ungehörige Zeichnung hat es nötig gemacht, dass ich für eine Weile hierher verbannt wurde. Ich gebe zu, ich bin kein Mann von Welt, darum der ungehörige Pfiff! Ich muss bei meinem Onkel, dem Museumsdirektor Dominique-Vivant Denon, im Louvre Frondienste leisten. Deshalb habe ich bisher in dieser großartigen Stadt noch keine Bekanntschaften machen können, bis auf die eines kleinen Gauners und eines in die Jahre gekommenen Hundes. Heute ist mein erster freier Tag. Es wäre mein sehnlichster Wunsch, Sie, Mademoiselle, näher kennenzulernen. Machen Sie mich zum glücklichsten Mann von ganz Paris und steigen Sie jetzt endlich zu mir in den Wagen, sonst erfrieren wir noch alle beide!«

Obwohl sie verzweifelt versuchte, es zu unterdrücken, musste Celeste lächeln. Dieser Viktor verstand es, seinen Charme einzusetzen. Außerdem fror sie wirklich. »Also gut, Sie haben gewonnen. Ich bin noch nie in meinem Leben in so einer herrschaftlichen Kutsche gefahren, vor allem nicht in einem offenen Cabriolet im Dezember.« Celeste raffte ihre Röcke, stieg in die Kutsche und setzte sich demonstrativ neben ihren Hund, sodass Filou zwischen Viktor und ihr saß.

»Endlich!«, stöhnte Viktor erleichtert. »Das war weiß Gott eine schwere Geburt! Kutscher, bevor es sich die junge Dame anders überlegt, fahren Sie sofort los!« Viktor breitete eine warme Wolldecke über Celestes Beine und reichte ihr einen Muff aus grünem Samt. »Ich will mich ja nicht selbst loben, aber wie Sie sehen, habe ich an alles gedacht. Ist Ihnen warm genug? Keine Sorge, wir fahren nur ein kurzes Stück. Mir wurde das Café de Foix empfohlen. Dort wird es sicher einen großen Kachelofen geben, an dem wir uns wärmen können. Es heißt, dass dort immer sehr viele Menschen verkehren. Wir können uns dort sicher ungestört unterhalten!«

Celeste schwieg eine Weile. Dann drehte sie sich zu dem jungen Mann und musterte ihn einen Moment lang. »Ich hätte nie vermutet, dass Sie kein Franzose sind. Ihr Akzent klang in meinen Ohren, als wenn Sie aus dem Elsass oder aus Lothringen stammen. Wie kommt es, dass Sie unsere Sprache so perfekt beherrschen?«

»Meine Mutter ist in Strasbourg geboren und aufgewachsen. Sie hat ausschließlich Französisch mit mir gesprochen.«

»Ich verstehe.«

Filou legte seine Schnauze auf ihre linke Schulter.

»Ist schon gut, mein Alter. Ich habe mich schon wieder beruhigt.« Celeste sah erneut zu Viktor. »Kann ich die Geschichte, mit der Sie mich gerade in Ihren Wagen gelockt haben, überhaupt glauben?«

»Mademoiselle Celeste, ich würde Sie niemals belügen. Und ich erwarte, dass auch Sie mich nicht hinters Licht führen. Lassen Sie uns wenigstens für den heutigen Tag einen bedingungslosen Wahrheitspakt schließen. Einverstanden?«

Celeste begann erneut zu lachen. »Gut, ich stimme Ihren Spielregeln zu und kann nur hoffen, dass ich es nicht bereuen werde. Dass ich mich darauf einlasse, liegt mehr an Filous offensichtlichem Vertrauen zu Ihnen als an Ihnen selbst. Dann stimmt also Ihr Bericht über die Umstände, die zu Ihrem Aufenthalt in Paris geführt haben?«

»Absolut!«

»Nun, dann danke ich Ihnen für Ihre Offenheit. Wir Franzosen haben im Verlauf der Revolution leider die Lektion lernen müssen, dass man sein Herz nicht auf der Zunge tragen darf. Die Zeit hat uns gelehrt, vorsichtig damit zu sein, wem wir was erzählen. Hätten Sie mich eigentlich in Ihre Kutsche gebeten, wenn Sie wüssten, dass ich bis vor Kurzem keine Tänzerin war, sondern eine einfache Gauklerin? Hand aufs Herz!«

»Es wird Sie erstaunen, aber ich weiß das schon. Am Tag meiner Ankunft hier in Paris waren Sie die Erste, die ich am Himmel erblickte. Ihr atemberaubender Auftritt vor Notre-Dame ließ mich den Schock über den Verlust meines Portemonnaies glatt vergessen. Allerdings muss ich zugeben, dass ich nur wegen Filou darauf kommen konnte, dass der waghalsige Seiltänzer von der Straße und die hinreißende Ballerina im Theater *Les Salles Montansier* ein und dieselbe Person sind.«

»Ich erinnere mich an den Tag noch ganz genau!« Celeste strahlte Viktor an. »Wenn Sie so gut zeichnen können, dann waren womöglich Sie es, der mir die Zeichnung von Filou in den Hut gelegt hat mit der Widmung ›Viel Glück zwischen Himmel und Erde‹?«, rief Celeste begeistert.

Viktor nickte.

»Noch nie hat jemand mit so wenigen Worten mein Leben auf den Punkt gebracht. Ich danke Ihnen. Sie haben außerordentliches Talent! Ich habe Ihre wunderschöne Skizze in meiner Garderobe an den Spiegel geheftet. Sie ist mein Talisman, mein Glücksbringer! Ich sage mir den Satz vor jedem Auftritt und habe das Gefühl, dass mich der Wunsch beschützt.«

»Das freut mich! Danke für das Kompliment, das ich nur zu gerne erwidere. Wissen Sie, mich hat das Ballett ehrlich gesagt bisher immer gelangweilt. Doch seitdem ich Sie sehen durfte, hat sich alles geändert. Ich sage es erneut: Ich bin von Ihnen und Ihrem Auftritt mehr als hingerissen!«

»Monsieur von Löwenstein, Sie sind ganz anders, als ich dachte«, murmelte Celeste plötzlich leise.

»Ich hoffe, Sie meinen das in einem guten Sinne«, sagte Viktor sichtlich erfreut.

In dem Moment kam die Kutsche vor dem Café de Foix zum Stehen.

Viktor erhob sich und öffnete galant den Verschlag. Lächelnd nahm er zur Kenntnis, dass Celeste die von ihm angebotene Hand geflissentlich übersah und ohne seine Hilfe auf den Boulevard trat. Zum Kutscher gewandt sagte er: »Warten Sie hier. Der Hund bleibt im Wagen.«

Als Viktor die schwere, wurmstichige Holztür geöffnet hatte, kam ihnen eine Woge warmer, stickiger Luft entgegen. Es roch nach Tabak, Alkohol und Kohlsuppe. Das Café war überfüllt. Lautes Lachen und Rufe von Tisch zu Tisch durchdrangen den getäfelten Raum. Die meisten Gäste waren Männer. Sie spielten Karten oder Domino.

Zielstrebig bahnte sich Viktor einen Weg zum einzigen noch freien Tisch im hinteren Teil des Cafés. Kaum hatten sie Platz genommen, eilte ein Kellner zu ihnen. »Was darf ich bringen?«

»Für mich ein Glas Rotwein, s'il vous plaît.«

Der Kellner wandte sich an Celeste: »Und für Sie, Mademoiselle?«

»Für mich bitte eine heiße Schokolade.«

Celeste sah sich unauffällig um, während sie auf die Getränke warteten. »Dass Sie ausgerechnet das Café de Foix ausgesucht haben, erstaunt mich. Man hat mir erzählt, dass es hier bis vor Kurzem von Spitzeln nur so gewimmelt hat. Hier sollen während der Revolution besonders aufrührerische Reden gehalten worden sein. Ist das Zufall oder Absicht, dass wir jetzt hier sitzen?«

»Ich habe Ihnen ja schon erzählt, dass ich mich in Paris noch nicht auskenne. Der Goldschmiedemeister des Louvre hat mir die Lokalität empfohlen.«

In dem Moment stellte der Kellner ein Tablett mit den Getränken zwischen sie auf den Tisch.

Celeste nahm vorsichtig einen Schluck heißen Kakao. »Mhm. Wie köstlich das schmeckt!«, entfuhr es ihr.

Viktor schoss durch den Kopf, dass er keine einzige Frau kannte, die sich so sehr an einer Tasse heißer Schokolade freuen konnte. Anscheinend hatte Celeste in ihrem bisherigen Leben schon Entbehrungen erlebt, die er sich gar nicht vorstellen konnte.

»Warum lächeln Sie?«

»Sie sind die erste Person, die ich mit geschlossenen Augen und so viel Genuss trinken sehe.«

»Worauf Sie alles achten!«, erwiderte Celeste und merkte, wie sie rot wurde.

»Mademoiselle Celeste, wie Sie wissen, gibt es ein paar unangenehme Dinge, über die wir reden müssen. Sind Sie jetzt bereit?«

Celeste nickte.

»Ich frage Sie ganz direkt: Hat Gilles bei seiner Flucht aus dem Louvre etwas mitgehen lassen?«

Celeste errötete erneut. »Fehlt etwas im Museum? Wie kommen Sie darauf, dass Gilles etwas damit zu tun haben könnte?«

»Immerhin ist sein Vater auf frischer Tat ertappt und erschossen worden. Zudem hat der Rotzlöffel meinen Geldbeutel gestohlen.«

»Und wieder zurückgegeben.«

»Das stimmt.«

»Waren Sie es nicht selbst, Herr von Löwenstein, der ihm die Flucht ermöglicht hat? Sie werden ihn doch sicher durchsucht haben, bevor Sie ihn laufen ließen?«

»Nun, ich weiß, dass seine Hosentaschen leer waren.« Viktor nahm einen großen Schluck Rotwein. »Verraten Sie mir, in welcher Beziehung Sie zu Gilles stehen.«

»Eigentlich geht es Sie ja überhaupt nichts an. Aber wegen unseres eigentümlichen Paktes – und da ich nun einmal in die ganze leidige Geschichte verwickelt bin – sollen Sie wissen, dass ich Gilles erst seit der Premierennacht kenne. Keinen Tag länger! Ein Freund hat ihn an jenem Abend aus der Seine gezogen.«

»Es erstaunt mich, dass Sie ihn erst so kurz kennen. Sie wirkten so vertraut miteinander, fast wie Bruder und Schwester.«

Celeste richtete sich auf ihrem Stuhl auf. »Monsieur von Löwenstein, ich habe ehrlich und offen geantwortet. Ich stehe hier ja nicht vor dem Revolutionstribunal. Jetzt möchte ich Sie auch etwas fragen.« Mit einer aufgesetzten Unschuldsmine imitierte sie ihn: »Sind Sie bereit?«

Viktor begann zu lachen. »Der Punkt geht an Sie! Ich dachte bei unserem Walzer, dass Sie eher zu den verschwiegenen Frauen gehören. Sie waren stumm wie ein Fisch. Wie ich jetzt merke, sind Sie ganz und gar nicht auf den Mund gefallen.«

»Meine Zurückhaltung bei der Premierenfeier hatte einen anderen Grund. Woher kennen Sie den Mann mit dem Feuermal, in dessen Begleitung Sie mein Debüt besucht haben?«

»Sie meinen Monsieur Lalique?« Erstaunt sah Viktor, wie Celeste bei dem Namen erbleichte. »Der Gefängnisdirektor Bertrand Lalique ist ein weitläufiger Bekannter meines Onkels. Ich habe den Mann im Theater zum ersten Mal und seither nicht mehr gesehen. Darüber bin ich auch gar nicht traurig, denn diese Person war mir äußerst unangenehm und unsympathisch.« Viktor meinte für einen Augenblick so etwas wie Erleichterung in Celestes Blick zu sehen. »Warum fragen Sie nach ihm?«

»Das möchte ich Ihnen nicht sagen.«

»Also gut. Dann bin wohl ich wieder an der Reihe. Antworten Sie mir klipp und klar: Hat Gilles irgendwelche wertvollen Pläne aus dem Louvre gestohlen?«

»Pläne?«, wiederholte Celeste verdutzt. »Wie kommen Sie denn darauf? Pläne hat er ganz sicher nicht mitgenommen, dafür lege ich meine Hand ins Feuer.«

»Sie sagen das so, als ob er zwar keine Pläne, dafür aber etwas anderes gestohlen hat.«

Celeste senkte den Blick und sah verlegen in ihre leere Tasse. »Nun, wenn Sie mich nach zwei Edelsteinen gefragt hätten, wäre die Sachlage eine andere.« Ein lautes Klirren ließ sie wieder aufblicken.

Viktor von Löwenstein war das Rotweinglas aus der Hand gefallen.

»Mein Gott! Sagen Sie bitte, dass das nicht wahr ist! Er hat mir doch seine leeren Hosentaschen gezeigt.«

»Gilles ist klüger, als Sie annehmen. Er hat die Edelsteine einfach hinuntergeschluckt!«

»Himmeldonnerwetter. Dieser raffinierte, vermaledeite, durchtriebene kleine Lump! Das waren unersetzliche Juwelen! Aus der Kaiserkrone Napoleon Bonapartes!«

Während Viktor Mühe hatte, seine Wut zu zügeln, sah Celeste ihn gelassen an. »Na, die Klunker hat Gilles inzwischen zu Geld gemacht. Oder wie, glauben Sie, hat sich Ihr Portemonnaie wieder gefüllt?«

30. Kapitel

Paris, 2. Januar 1805

»Viktor, wo bist du nur mit deinen Gedanken? Du träumst schon wieder!« Vivant Denon sah seinen Patensohn mürrisch an. »Übrigens ist der verschollen geglaubte Brief deines Vaters eingetroffen. Kurios, nicht wahr? Wenn der heutige Tag überstanden ist, mache ich zehn Kreuze! Anscheinend hat sich halb Paris darum bemüht, sich bei mir einen Termin geben zu lassen. Ich weiß nicht, wo mir der Kopf steht. Apropos Kopf: Unser erster Gast ist Monsieur Joseph-Ignace Guillotine. Ich habe dich rufen lassen, damit du ihn kennenlernst.«

Viktor sah seinen Onkel irritiert an. »Ist das etwa der Erfinder dieser Mordmaschine? Sein Name ist sogar bei uns in München ein Begriff. Was will er von dir?«

»Das wüsste ich auch gerne. Es gab Zeiten, da war dieser Herr hier in Paris bei bestimmten Leuten ein beliebter Gast. Jedes Kind kennt ihn! Aber er hat das Fallbeil gar nicht erfunden, lediglich empfohlen. Das Prinzip ist uralt und stammt aus England. Unser ehemaliger Stadthenker Charles Henri Sanson versuchte alles, um die Leiden der zum Tode Verurteilten zumindest etwas zu lindern. Ehe die Guillotine eingeführt wurde, gab es die fürchterlichsten Tragödien. Es war nicht zum Aushalten, geschweige denn zum Anschauen. Vor der Revolution wurden Adlige zumeist mit dem Richtschwert geköpft, Ketzer auf dem Scheiterhaufen verbrannt, Diebe gehängt und Staatsverbrecher von berittenen Soldaten gevierteilt. Am grausamsten wurde mit den Falschmünzern verfahren. Die kochte man bei lebendigem Leib in heißem Öl zu Tode. Der Gestank hielt sich tagelang in den Gassen. Ich erspare dir die Einzelheiten, aber die Schreie der Delinquenten gingen einem durch Mark und Bein. Monsieur Guillotine setzte alles daran, dass der Tod keine Standesunterschiede mehr kannte. An und für sich eine löbliche Idee! Er wollte das menschliche Ende humanisieren und das Leiden der Verurteilten verkürzen. Der Gleichheitsanspruch der Revolution sollte auch bei der Hinrichtung gelten. Mit der Guillotine wurden alle Hinrichtungen vereinheitlicht. Und der gute Doktor ist bis heute der festen Überzeugung, dass der Tod durch das Gerät schmerzfrei ist, was ich meinerseits absolut bezweifle! Er hat einige Häme einstecken müssen für seinen Ausspruch: ›Meine Guillotine ist eine Maschine, die den Kopf im Handumdrehen entfernt und das Opfer nichts anderes spüren lässt als ein Gefühl erfrischender Kühle.‹«

Viktor sah seinen Onkel ungläubig an. »Wenn man nicht wüsste, wie viel Elend Tausende von Menschen erlitten haben, könnte man über diesen absurden Satz beinahe lachen. Hat sich der berühmte Mann nie Gedanken darüber gemacht, dass seine Guillotine Angst und Schrecken verbreitet hat? Ganz zu schweigen von all den Unschuldigen, die ihr zum Opfer fielen!«

»Ich sag ja, der Doktor ist ein komischer Vogel. Sein Engagement während der Revolution hat ihm sehr geschadet. Er ist jedoch, wie so viele, mit einem blauen Auge davongekommen. Nach einer kurzen Gefängnisstrafe wurde er wieder auf freien Fuß gesetzt. Er kämpft für seine Reputation. Jetzt tingelt er durch die Pariser Salons und wirbt für eine neue abstruse Idee, die aus England stammt. Er möchte eine Massenimpfung gegen die Kuhpocken durchsetzen. Der Einfall ist hanebüchen, wenn du meine Meinung wissen willst. Er möchte gesunde Menschen mit Krankheitserregern anstecken. Kein Wunder, dass unser Kaiser nichts von dieser Schnapsidee wissen will. Ich frage mich, warum er ausgerechnet bei mir um einen Termin nachgesucht hat. Womöglich will er mich für seine Sache gewinnen!«

Da klopfte es auch schon an der Tür.

»Entrez!«

Viktor sah einen kleinen, schlanken Mann mit auffallend wachen blauen Augen hereintreten. Er war äußerst geschmackvoll gekleidet, einzig seine antiquierte Perücke schien schlecht frisiert und etwas nach hinten gerutscht.

Dominique-Vivant Denon eilte dem Besucher entgegen. »Welche Überraschung, verehrter Monsieur Guillotine. Es ist lange her, seit ich das Vergnügen hatte, Sie zu treffen. Darf ich vorstellen: Mein Neffe ist gerade hier bei uns zu Besuch. Er hat darauf gebrannt, Sie kennenlernen zu dürfen.«

»Sehr erfreut, sehr erfreut! Ich hoffe, wegen meiner Impferfolge und nicht wegen der Maschine, die zufällig meinen Namen trägt …« Ohne eine Antwort abzuwarten, fuhr der Doktor fort: »Ich habe bei unserem Kaiser darum gebeten, dass die Hinrichtungsmaschine umbenannt werden soll. Meine Frau und meine Kinder leiden seit Jahren unter dem Namen. Ich kann es nicht mehr mit ansehen, es zerreißt mir schier das Herz. Überall wird meine Familie mit Spottliedern verhöhnt, und das nur, weil die gaffende Menge enttäuscht war, wie zügig und sauber die Hinrichtungen vonstattengehen.«

»So, so, mein Lieber, ich bin etwas in Eile. Lassen Sie uns zur Sache kommen. Was verschafft mir die Ehre Ihres Besuches?«

»Ich muss leider etwas ausholen.« Doktor Guillotine schaute sich fragend um. »Können wir uns setzen?«

»Entschuldigen Sie. Selbstverständlich. Wie unhöflich von mir. Bitte nehmen Sie Platz. Darf ich Ihnen eine Erfrischung reichen lassen?«

»Danke, nein. Bitte machen Sie sich meinetwegen keine Umstände.«

Als sich die drei Männer niedergelassen hatten, entstand eine kurze Pause, ehe Monsieur Guillotine das Wort ergriff: »Meines Wissens liegt ein ungehobener Schatz im Keller dieses Museums. Mein hochverehrter und bewunderter Akademiekollege Antoine de Lavoisier unterhielt hier eines seiner Labore. Sein wichtigstes Experiment, das zur Entdeckung des Sauerstoffs geführt hat, soll ein paar Stockwerke unter uns stattgefunden haben.« Monsieur Guillotine hielt inne und sah betreten zu Boden. »Nur ein einziges Mal hätte ich mir gewünscht, dass meine Maschine versagte: Das war, als man Antoine de Lavoisier zum Schafott geführt hat. Der große Mathematiker Lagrange hatte mehr als recht, als er verbittert bemerkte: Es dauerte nur einen kurzen Moment, um diesen Kopf abzuschlagen, aber Hunderte von Jahren dürften keinen ähnlichen hervorbringen.«

Entsetzt sahen Denon und Viktor, wie Monsieur Guillotine mit den Tränen kämpfte.

»Mein guter Doktor, das ist doch jetzt schon über zehn Jahre her! Entschuldigen Sie, wenn ich ganz direkt werde: Was führt Sie eigentlich zu mir?«

»Ich dachte, das hätte ich schon gesagt. Mein sehnlichster Wunsch ist es, endlich das Labor meines geschätzten Kollegen besichtigen zu dürfen.«

Denon warf Viktor einen ungläubigen Blick zu. »Das kann unmöglich Ihr Ernst sein. Monsieur Guillotine, auch mein Tag hat nur vierundzwanzig Stunden! Ich weiß gar nicht, in welchen Kisten und Schachteln die ganzen Laborutensilien verstaut sind. Es dauert gewiss noch Jahre, bis wir die Sachen von Antoine de Lavoisier wieder ausgraben werden. Die Zahl der Nachlässe verdienter Persönlichkeiten, die wir hier aufbewahren, geht in die Tausende. Ich melde mich selbstverständlich bei Ihnen, wenn wir irgendwann fündig geworden sind.«

Erneutes Klopfen an der Tür unterbrach sie.

»Es tut mir leid, aber ich muss Sie nun bitten zu gehen. Monsieur Guillotine, au revoir.«

Galant komplimentierte der Museumsdirektor seinen Gast hinaus.

»Viktor, wie du siehst, habe ich dir nicht zu viel versprochen. Draußen wartet schon der nächste Klient!«, flüsterte Denon seinem Neffen über die Schulter zu.

Eingehüllt in einen Zobelmantel erschien ein wohlbeleibter, teuer gekleideter älterer Herr in der Tür. Ohne sich mit einer Begrüßung aufzuhalten, setzte er sich in den Sessel, in dem vor wenigen Augenblicken noch Doktor Guillotine gesessen hatte.

»Comte, wie immer auf die Minute pünktlich.«

Viktor sah fassungslos, wie sein Onkel plötzlich unter seinem ausladenden Schreibtisch verschwand.

»Hier ist ja das gute Stück! Ich habe eine exquisite Arbeit eines Holländers für Sie reserviert, die genau Ihrem Geschmack entspricht.«

Arthur de la Rochejaquelein tupfte sich sein hochrotes, schweißglänzendes Gesicht mit einem grünen Taschentuch trocken.

»Denon, zeigen Sie schon her!«, rief er aufgeregt und trommelte nervös mit seinen Fingern auf der Armlehne des Sessels.

Währenddessen löste der Museumsdirektor aufreizend langsam die Hanfschnur, die um das Gemälde gewickelt war, und riss das Pergamentpapier herunter.

»Wunderbar. Hinreißend!«

Neugierig erhob sich Viktor, um einen Blick auf das Bild werfen zu können.

»Und davon wollen Sie sich wirklich trennen?

»Ungern, äußerst ungern! Aber mit dem Verkaufserlös, den ich mir erhoffe, kann ich die dringend nötigen Umbaumaßnahmen im Westflügel des Louvre ausführen. Ich weiß ja, Sie sind ein großzügiger Gönner unseres Hauses.«

»Die Qualität dieser Winterlandschaft ist absolut bezaubernd. Diese Holländer haben es schon immer perfekt verstanden, die kalte Jahreszeit einzufangen. Wie lebendig die Schlittschuhläufer dargestellt und arrangiert sind! Man kann sogar ihre von der Kälte geröteten Backen sehen!«, rief Arthur de la Rochejaquelein verzückt. »Das Gemälde ist brillant!«

»Wenn ich die Szene sehe, bekomme ich sofort Heimweh nach unserem Karpfenteich zu Hause, auf dem ich stundenlang Schlittschuh gelaufen bin. Unser Hufschmied ist ein geschickter Kerl, er hat mir Kufen gefertigt, die ich an meine Stiefel schnallen konnte. Den ganzen Winter war ich auf dem Eis«, mischte sich Viktor ein.

Der Museumsdirektor sah Viktor erstaunt an. »Mit solchen Sperenzien hast du dir in München die Zeit vertrieben? Ich würde nie das Risiko eingehen, meine Knochen bei so einer waghalsigen Körperertüchtigung aufs Spiel zu setzen.«

Arthur de la Rochejaquelein räusperte sich vernehmlich. »Ich kaufe es!«

»Ich trenne mich nur schweren Herzens von diesem Kunstwerk«, erwiderte Denon mit gespielter Wehmut und schob ihm einen gefalteten Zettel über den Tisch, auf dem er den viel zu hohen Preis notiert hatte.

Der Graf schluckte erschrocken und nickte nach einer Weile zögernd.

Während die beiden Männer daraufhin angeregt über den neuen Malstil der englischen Künstler zu fachsimpeln begannen, schweiften Viktors Gedanken wie von selbst in eine ganz andere Richtung.

Seit dem Treffen mit Celeste überlegte sich Viktor ununterbrochen, womit er die bezaubernde Tänzerin das nächste Mal überraschen könnte. Immer wieder musste er schmunzeln, wenn er an die lebhafte, originelle Unterhaltung mit ihr dachte. Diese junge Frau hatte Humor, war klug und äußerst schlagfertig. Die Vorstellung, mit ihr über das Eis zu gleiten, ließ sein Herz schneller schlagen. Er malte sich in den schönsten Bildern aus, wie sich Celeste an seinem Arm festklammern musste, um nicht zu stürzen. Da das Schlittschuhlaufen in Paris anscheinend noch nicht en vogue war, hatte er die besten Voraussetzungen, einmal etwas besser zu können als sie.

Seine Eltern durften unter keinen Umständen erfahren, dass er seinen Aufenthalt in Frankreich heimlich dazu nutzte, um sich mit einer Gauklerin zu verlustieren. Wenn sie das wüssten, wäre der Teufel los!

Viktor war sich darüber im Klaren, dass dieses Mädchen von der Straße für ihn völlig indiskutabel war. Alles, was mit Celeste zu tun hatte, schrie nach Ärger und unangenehmen Verwicklungen. Jetzt war er durch sie auch noch Mitwisser einer Straftat. Eigentlich hätten es sein Anstand und seine gute Erziehung verlangt, dass er sofort zu seinem Onkel gegangen wäre, um ihn über den Verbleib der Juwelen aus Napoleons Besitz aufzuklären. Einzig die Tatsache, dass bisher kein Unschuldiger verdächtigt wurde, rechtfertigte sein Schweigen. Er musste diesen Gilles schnellstmöglich wiedertreffen. Wenn der Junge ihm verriet, an wen er die Steine verscherbelt hatte, würde er irgendwie versuchen, sie zurückzukaufen. Die ganze leidige Angelegenheit brachte ihn in größte Schwierigkeiten und würde ihn zusätzlich eine beträchtliche Stange Geld kosten. Geld, das er nicht besaß. Er mochte sich nicht ausmalen, wie kompliziert und peinlich es werden würde, wenn er seinen Onkel oder womöglich seine Eltern um so eine horrende Summe anpumpen müsste. Er spürte, dass Celestes Welt und die seine wie Nord- und Südpol auseinanderlagen. Und trotzdem vermochte er sich ihrem Zauber nicht zu entziehen.

Mon Dieu, dachte er sich plötzlich. Ich bin drauf und dran, mich gegen alle Vernunft in diese Ballerina zu verlieben!

31. Kapitel

Paris, 3. Januar 1805

»Gilles, du musst vorsichtiger sein!« Celeste sah den Jungen besorgt an. »Du wirst immer noch von der Polizei gesucht. François hat von einem Spitzel erfahren, dass die Miliz nach einem Burschen bei uns Gauklerfamilien fahndet, auf den deine Beschreibung passt. Weiter unten an der Seine und rund um Montmartre sind die Standplätze schon gefilzt worden. Die Polizei hat ein paar Jungen mitgenommen. Man konnte ihnen aber nichts anhängen und sie sind inzwischen, Gott sei Dank, wieder auf freiem Fuß. Wir fahrendes Volk halten zwar alle zusammen wie Pech und Schwefel – aber darauf verlassen möchte ich mich nicht. Wer Hunger hat oder wer mit dem Gefängnis bedroht wird, redet manchmal mehr, als ihm lieb ist.«

Gilles zuckte unbekümmert mit den Schultern. »Die erwischen mich nie. Ich bin schnell wie ein Hase und kenne jeden Winkel der Stadt. Wenn du willst, tauche ich für ein paar Tage unter. Ich werde euch nicht in Gefahr bringen. Ihr habt eh schon so viel für mich getan! Ich stehe tief in deiner Schuld,

Celeste. Sag mir, gibt es nichts, womit ich dir helfen könnte? Kann ich irgendetwas für dich tun?«

Celeste strich dem Jungen liebevoll über die langen braunen Locken. »Nein. Das Wichtigste ist, dass dich niemand bei uns findet. Ich habe eine Idee, die dir bestimmt nicht gefallen wird. Aber es ist zu deinem Besten und dient unser aller Sicherheit.« Sie schwieg einen Moment und holte dann tief Luft. »Wir verkleiden dich als Mädchen!«

Gilles blieb der Mund offen stehen.

»Nur tagsüber. Und auch nur so lange, bis Gras über die ganze Sache gewachsen ist.«

»Nie und nimmer. Ich mach mich doch nicht zum Affen.«

Celeste drehte sich um, um ihr Lachen zu verbergen. Sie griff nach einem Bündel, das neben ihr am Boden lag. Mit strenger Stimme drückte sie Gilles die Kleidungsstücke in die Hand: »Es geht nicht anders! Hier sind ein alter Rock und ein Rüschenhemdchen, die ich heute Nacht auf deine Größe gekürzt habe. Und hier ist ein alter Wollmantel von Nathalie. Die Sachen müssten dir alle passen. Zieh sie an. Dein rotes Halstuch binde ich in deine Locken. Gut, dass wir deine Haare beim Entlausen nicht geschnitten haben. Mehr wird gar nicht nötig sein.«

Gilles schmiss das Bündel wutentbrannt auf den Boden und schrie Celeste an: »Und dann malst du mir noch dein Rouge auf die Backen, was? Du bist wahnsinnig!«

Celeste schüttelte den Kopf und blickte Gilles eindringlich an. »Deine Lage ist weit ernster, als du denkst! Die Edelsteine, die du aus dem Louvre geklaut hast, sind das Eigentum von Napoleon Bonaparte! Die Polizei weiß inzwischen, dass du bei dem Einbruch dabei warst. Das ist keine Bagatelle.«

Gilles erbleichte. »Vom neuen Kaiser? Oh mein Gott, das darf nicht wahr sein!«, rief er erschrocken.

»Die Juwelen haben einen unschätzbaren Wert. Also los, mach schon. Ich will keine Widerrede hören! Zieh dich um.«

Erleichtert verfolgte Celeste, wie Gilles sich umständlich bückte und das Kleiderbündel widerstrebend aufhob. »Wär ich doch bloß nie mit meinem Vater in den Louvre eingestiegen«, murmelte er wütend vor sich hin, trat gegen die Treppe und verschwand im Gauklerwagen. »Wie komme ich jemals wieder aus diesem Schlamassel heraus?«

Während sich Celeste auf den Stufen des Wagens niederließ, hoffte sie inständig, dass Gilles so vernünftig war, die Maskerade mitzuspielen, und dadurch in Sicherheit war.

Während sie auf ihn wartete, zog sie ein kleines Kuvert aus ihrer Rocktasche. Liebevoll strich sie das Billett glatt.

Verehrteste!

Lassen Sie sich von mir aufs Glatteis führen? Ich hole Sie morgen ab.

Viktor

Celeste hatte die Zeilen schon hundertmal gelesen und trotzdem verstand sie immer noch nicht, was Viktor von Löwenstein nun schon wieder vorhatte. Eine wunderschöne schwach hellblau kolorierte Eisblume hatte er unter die kurze Nachricht gezeichnet.

Celeste musste sich eingestehen, dass es für sie ein großes Vergnügen gewesen war, sich mit Viktor von Löwenstein im Café Foix zu unterhalten. Sie hätte ewig weiterreden können. Das waren so unbeschwerte Stunden voller Leichtigkeit gewesen, wie sie sie schon lange nicht mehr erlebt hatte. Trotz der Hiobsbotschaft über die Herkunft der Juwelen.

Celeste hatte gespürt, wie sie dem Charme dieses attraktiven Mannes immer mehr verfiel. Er sah verflucht gut aus, war humorvoll, originell, zuvorkommend, einfühlsam, spendabel und er hatte gute Manieren – wenn sie an ihn dachte, fielen ihr nur die besten Eigenschaften ein.

Solche Männer gab es eigentlich gar nicht. Vielleicht war sie an einen Hochstapler geraten? Womöglich war sein zuvorkommendes Gehabe reine Berechnung, und er trieb nur sein Spiel mit ihr. Vermutlich wollte er eine Affäre mit ihr beginnen. So wie es ihre Kolleginnen mit den adligen Männern praktizierten. Wenn er es darauf abgesehen hatte, konnte er lange warten.

Trotzdem war ihre Neugier zu groß, um ein erneutes Treffen von vornherein abzusagen. Sie musste einfach nur auf der Hut sein, um nicht ihr Herz zu verlieren.

In dem Moment öffnete sich die Wagentür hinter ihr einen Spaltbreit.

Gilles flüsterte leise: »Sind wir alleine?«

Celeste sprang auf, drehte sich um und sah Gilles im Türrahmen stehen.

»Wehe, wenn du lachst!«

»Unglaublich, Gilles! Du bist ja nicht wiederzuerkennen!« Vor ihr stand ein zartes Mädchen, das sie mit großen braunen Augen unsicher anschaute. »Perfekt. Selbst deine eigene Mutter würde auf der Straße an dir vorbeilaufen. Am meisten verändert dich das rote Haartuch.« Langsam stieg sie die zwei Stufen zu Gilles hinauf und zupfte ihm rechts und links ein paar Locken unter dem Band heraus. Dann schloss sie ihn liebevoll in ihre Arme. »Gilles, ich bin so froh, dass du vernünftig bist. Ich mache mir immer, wenn ich im Theater bin, die größten Sorgen, ob du noch da bist, wenn ich abends nach Hause komme. Jetzt habe ich zum ersten Mal das Gefühl, dass du in Sicherheit bist.«

In dem Moment kam Raoul mit Filou um die Ecke gebogen. Als er die beiden vor dem Wagen stehen sah, schimpfte er los: »Jetzt reicht es, Celeste. Nicht noch ein Esser mehr! Wer ist das Mädchen?«

»Die Kleine hat kein Zuhause. Darf ich dir Amelie vorstellen?«

Gerade wollte Raoul lospoltern, als die beiden losprusteten.

»Was gibt es da zu lachen?«

Celeste legte ihre Hände auf die Schultern des Kindes und schob es direkt vor Raoul. »Schau dir unsere Amelie doch einmal genau an.«

Schwanzwedelnd stupste Filou den Jungen an.

Plötzlich fiel es dem Oberhaupt der Gaukler wie Schuppen von den Augen. »Um Himmels willen, das ist ja Gilles. Wenn selbst ich dich nicht erkenne, ist die Tarnung gelungen. Gut gemacht, Celeste. Ich geh schon mal vor ans Feuer. Ich will sehen, wie die anderen reagieren. Das wird lustig!«

»Siehst du, Gilles, selbst Raoul hat nicht gelacht.«

Der Junge sah sie erleichtert an.

Celeste setzte sich erneut auf die Wagenstufen und klopfte einladend auf den Platz neben sich. Der Hund rollte sich zu ihren Füßen zusammen. »Setz dich, Gilles. Du wirst dich schon dran gewöhnen, als Mädchen rumzulaufen. Ich ziehe bei den Ballettaufführungen auch die wundersamsten Kostüme an. Irgendwann merkt man gar nicht mehr, was man anhat.«

»Das ist ja wohl etwas ganz anderes! Du bist schließlich eine Frau.« Gilles zupfte übellaunig an seinem Rock herum. »Aber seit ich weiß, dass der Kaiser mir auf den Fersen ist, sehe ich ein, dass es so wohl am besten sein wird.«

Schweigend saßen sie eine Weile nebeneinander.

Plötzlich fasste Celeste den Jungen am Arm. »Gilles, ich will dir etwas sagen. Du hast mich gefragt, was du für mich tun könntest.«

Gilles nickte.

»Es gibt etwas, worum ich dich bitten möchte, aber mich bisher nicht getraut habe. Ich hatte Angst, dass es zu gefährlich für dich wäre. Jetzt, verkleidet als Mädchen, ist das Risiko gering für dich.«

Gilles richtete sich auf. »Sag schon, was soll ich tun?«

»Es gibt einen Mann in Paris, über den ich mehr wissen muss.«

»Hast du dich verliebt?«

Celeste merkte, wie sie errötete. »Nein. Wie kommst du denn darauf?«

»Na, wenn ich einen Mann für dich ausspionieren soll ...«

»Nein. Der Mann, um den es geht, verbreitet Angst und Schrecken. Ich möchte, dass du herausfindest, wo er wohnt und was er so treibt.«

»Das ist ein Kinderspiel für mich. Wer ist es?«

»Du musst mir schwören, dass du aufpasst wie ein Luchs. Der Mann ist gefährlich.«

»Sag schon den Namen.«

»Es ist der Gefängnisdirektor Bertrand Lalique.«

32. Kapitel

Paris, 4. Januar 1805

»Ist es hier schön!« Celeste konnte sich gar nicht sattsehen. Die orangerote Abendsonne spiegelte sich in den Fenstern des Südflügels der Tuilerien. Das intensive Blau des Winterhimmels ließ das Schloss in seiner ganzen herrschaftlichen Pracht erstrahlen.

Celeste sog die klare, kalte Luft mit einem tiefen Atemzug ein. Sie spürte, wie sie von einem überwältigenden Glücksgefühl ergriffen wurde.

Viktor sah sie lächelnd an. »Ich wusste, dass es Ihnen hier gefallen würde.«

Die sumpfigen Wiesen vor dem Palast hatten sich in den vergangenen Frostnächten in eine ebene Eisfläche verwandelt.

Ein Dutzend Kinder schlitterten und rutschten begeistert auf der spiegelglatten Fläche umher. Ihre Backen leuchteten rot von den klirrenden Temperaturen und der Anstrengung. Eine Gouvernante versuchte verzweifelt vom Weg aus, ihre beiden Schützlinge zu mehr Vorsicht zu ermahnen. Fröhliches Lachen und vergnügtes Quietschen hallten zu Celeste und Viktor herüber.

An einigen Stellen ragten aus der dicken Eisschicht Schilfrohre und Äste heraus. Raureif überzog die akkurat geschnittenen Buchshecken und kahlen Äste der Bäume, die am Rande der gefrorenen Felder standen.

»Das haben Sie also gemeint, als Sie schrieben, dass Sie mich aufs Glatteis führen wollten?«

Viktor nickte. »Da vorne ist ein umgefallener Baum, da können wir uns hinsetzen.«

Als sie Platz genommen hatten, nahm Viktor die Ledertasche, die er bei sich hatte, und öffnete sie.

»Wollen wir uns erst einmal stärken?« Er nahm zwei Mandeltörtchen heraus und reichte ihr eines. »Mit heißer Schokolade kann ich heute nicht dienen. Aber zum Aufwärmen habe ich einen Cognac mitgebracht.« Er zog einen silbernen Flachmann und zwei Gläser aus der Tasche.

»Viktor von Löwenstein, ich muss gestehen, ich kenne keinen einzigen Mann, der so ist wie Sie! Was führen Sie im Schilde?«

»Lassen Sie uns erst einmal anstoßen.« Viktor reichte Celeste ein Gläschen und schenkte sich selbst auch ein. »Auf einen schönen Nachmittag. Sie werden sehen, der Alkohol vertreibt das Kältegefühl im Nu.«

Der scharfe Schnaps trieb Celeste Tränen in die Augen. »Puuuh, was für ein starker Tropfen!«

Viktor beugte sich erneut vor und holte aus der Tasche zwei Paar Kufen. »Ich musste die Größe Ihrer Füße schätzen. Ich hoffe, ich liege nicht ganz daneben!«

Celeste schaute Viktor ungläubig an. »Sie bringen mich nie im Leben aufs Eis. Schon gar nicht mit so dünnen Schienen.«

Viktor befestigte sie mit geschickten Handgriffen unter seinen Schuhen.

»Ich sehe, Sie machen das nicht zum ersten Mal«, murmelte Celeste.

Viktor schmunzelte bestätigend. »Ich laufe seit frühester Kindheit jeden Winter auf dem Eis. Es ist ganz einfach. Hier kann gar nichts passieren. Die meisten Unfälle beim Schlittschuhlaufen ereignen sich, wenn das Eis zu dünn ist und man einbricht. Aber hier auf den überschwemmten Elysischen Wiesen der Tuilerien besteht in dieser Hinsicht keinerlei Gefahr. Ich bin mir sicher, Sie werden begeistert sein. Es macht unglaublich viel Freude. Ich kann mir kaum etwas Schöneres vorstellen!« Augenzwinkernd wiederholte er: »Kaum …«

Celeste überhörte geflissentlich seine anzügliche Bemerkung. Sie befestigte mit Viktors Hilfe die Kufen unter ihren Schuhen. »Monsieur von Löwenstein, es wäre mir wirklich lieber, wenn ich Ihnen erst einmal zuschauen dürfte.«

Verständnisvoll nickte Viktor, erhob sich und glitt mit einem eleganten Schwung aufs Eis.

Ungläubig starrte Celeste hinter ihm her.

Mit einer außergewöhnlichen Eleganz und Körperhaltung fuhr er eine kunstvolle Acht in das spiegelglatte Eis. Plötzlich erhöhte er merklich das Tempo, setzte zu einem großen Bogen an und machte eine schnelle Drehung, um nun unvermittelt rückwärts weiterzulaufen. Mit einem strahlenden Lachen im Gesicht hob er die rechte Hand und bedeutete Celeste, zu ihm aufs Eis zu kommen. So wie er über das Eis glitt, sah es wirklich kinderleicht aus.

Als sie immer noch zögerte, sah sie erstaunt, wie Viktor eines der Kinder auf den Arm nahm und sich auf die Schultern setzte. Das kleine Mädchen jauchzte vor Glück, als er mit ihr in großer Geschwindigkeit Kurven über das Eis zog.

Das Kind begann fast zu weinen, als Viktor es wieder absetzte. »Ich will auch, ich will auch«, rief nun die ganze Kinderschar.

Während Celeste beobachtete, wie Viktor geduldig mit einem Kind nach dem anderen eine Runde drehte, fasste auch sie sich ein Herz. Wackeligen Schrittes betrat sie die Eisfläche.

Als wenn Viktor nur auf diesen Moment gewartet hätte, fuhr er Celeste langsam entgegen.

»Hat Ihre Neugier gesiegt? Sie sind tatsächlich so mutig, wie ich hoffte.«

Celeste war so damit beschäftigt, ihr Gleichgewicht zu halten, dass sie ihm nicht antworten konnte.

»Darf ich Ihnen meinen Arm anbieten? Dann geht's leichter.«

Celeste schüttelte den Kopf. »Danke, ich will keine Hilfe.«

In dem Moment rutschten ihr die Füße weg, und nur der schnellen Reaktion Viktors war es zu verdanken, dass sie nicht der Länge nach hinschlug.

Als sie wieder aufrecht stand, meinte Viktor verschmitzt lächelnd: »Verzeihen Sie meine Eigenmächtigkeit. Aber jemand muss ja auf Ihre Beine aufpassen. Sie brauchen sie schließlich heute Abend in der Vorstellung. Manchmal muss man auch Hilfe annehmen können, oder?«

Celestes Vernunft siegte über ihre Widerspenstigkeit. Sie griff nach Viktors Hand. Erstaunt spürte sie, wie warm und fest sich seine Finger um ihre schlossen.

Dann zog er sie mit einem Mal sanft hinter sich her. »Celeste, Sie müssen mit den Beinen Schwung holen. Lassen Sie sich von mir führen. Eislaufen ist nichts anderes als Walzertanzen.«

Nach anfänglichen Holprigkeiten fanden sie schnell zu einem harmonischen Rhythmus und flogen über das Eis. Viktor legte plötzlich seinen rechten Arm um ihre Taille und fuhr nun neben ihr. Sie musste sich seinem Schritt anpassen, da sie sonst ins Straucheln gekommen wären.

Mit diesem großen, starken Mann an ihrer Seite fühlte sie sich geborgen und sicher. Für einen Moment schloss sie die Augen, um sich ganz dem ungewohnten Glücksgefühl hinzugeben.

Plötzlich riss es ihr die Beine auseinander. Die Kufen ließen sich nicht mehr steuern und sie verlor die Kontrolle.

Viktor wollte sie halten, doch beide verloren das Gleichgewicht und stürzten auf das Eis. Zum Glück hatte sich Viktor instinktiv so gedreht, dass Celeste weich auf ihn fiel.

Erschrocken schaute sie ihn an.

Viktor begann schallend zu lachen. »Ich dachte, Sie wüssten, dass man beim Schlittschuhlaufen die Augen offen halten muss. Sie haben so verzückt ausgeschaut, dass ich Sie nicht auf den Ast aufmerksam machen wollte, der aus dem Eis ragte.«

Ein Lächeln breitete sich auf Celestes Gesicht aus. »Danke, dass Sie für eine sanfte Landung gesorgt haben.« Sie errötete und verstummte. Die ungewohnte Nähe verwirrte sie. Sie bemerkte, dass sich auch Viktor plötzlich der peinlichen Situation, in der sie sich befanden, bewusst wurde.

»Celeste, Sie sehen, am Schlittschuhlaufen ist alles schön. Sogar das Hinfallen.« Viktor sah in Celestes grüne Augen, die nur wenige Zentimeter über ihm waren. Durch ihren dünnen Mantel spürte er ihre zarte, straffe Figur. Er genoss ihr Gewicht auf seinem Körper. Sein Blick folgte Celestes wunderschönen Wangenknochen und blieb dann an ihren verführerischen Lippen hängen.

Plötzlich senkte Celeste ihren Kopf und küsste ihn voller Leidenschaft.

33. Kapitel

Paris, 5. Januar 1805

War das ein Hilfeschrei? Gilles lauschte angestrengt und rutschte noch tiefer in die schmale Mauernische, in der er seit Stunden ausharrte. Er hatte kein Gefühl mehr in den Fingern. Sie waren zu Eiszapfen gefroren. Es war so bitterkalt, dass er immer wieder eingenickt war.

Gott sei Dank hatte ihn der gellende Schrei geweckt, sonst wäre er vielleicht bald erfroren. Er musste aufstehen und sich bewegen. Gilles versuchte sich zu beruhigen. Der Klagelaut kam bestimmt von einem Schwein, das ein Metzger in einer der Seitengassen schlachtete. Oder im Hospital Bicêtre wurde trotz der späten Uhrzeit ein Arm amputiert.

Gilles trat von einem Bein auf das andere, um wieder warm zu werden. Es war eine Schnapsidee, in Mädchenkleidern vor dem Gefängnis zu sitzen. Auffälliger ging es nicht.

Vor drei Stunden, als die Dämmerung einsetzte, hatte ihm eine mitleidige Frau ein Stück Brot in die Hand gedrückt und zu ihm gesagt: »Mach, dass du nach Hause kommst, Mädchen. Das ist doch kein Ort für ein Kind! Wenn es Nacht ist, treiben sich in dieser Gegend die widerlichsten Männer herum. Die wollen nichts Gutes von dir! Was machst du denn überhaupt hier?«

»Ich warte auf meinen großen Bruder. Er soll heute aus dem Gefängnis entlassen werden.«

»Wenn er um diese Zeit noch nicht draußen ist, kommt er bestimmt nicht mehr.«

Gilles hauchte seinen Atem in die kalten Hände. Stünde er nicht so in Celestes Schuld, wäre er längst zurück zu den Gauklern gegangen.

Seit zwei Tagen war er nun schon diesem Gefängnisdirektor Lalique auf den Fersen und hatte ihn noch nicht ein einziges Mal zu Gesicht bekommen. Frustriert trat er einen kleinen Stein gegen die Gefängnismauer.

Plötzlich legte sich eine schwere Männerhand auf seine Schulter. Gilles wäre vor Schreck beinahe das Herz stehen geblieben. »Na, meine Hübsche. Ganz allein heute Abend?«

Gilles war so schockiert, dass er erstarrte und den Mann, der hinter ihm stand, entsetzt ansah. Der Kerl nutzte Gilles Schrecken aus und versuchte ihm den Rock hochzuziehen. Das brachte den Jungen augenblicklich zur Besinnung. Mit aller Kraft trat er dem Fremden gegen das Schienbein. Als dieser ihn mit seinem Arm gegen die Mauer drücken wollte, biss Gilles ihm so tief in die Hand, dass er Blut schmeckte. Der Mann schrie wie am Spieß und ließ für einen Moment von ihm ab.

Gilles raste so schnell er nur konnte zum Krankenhaus, um sich in Sicherheit zu bringen. Gott sei Dank traten gerade vier Krankenschwestern aus dem Gebäude. Gilles suchte Schutz in ihrer Mitte.

»Nicht so schnell. Nicht so schnell. Was ist denn mit dir los, Kind?«

Außer Atem stotterte Gilles: »Ich wollte meine kranke Mutter besuchen. Dieser Mann da hinten hat mich begrapscht. Ich hab ihn gebissen und konnte gerade noch fliehen.«

Die Krankenschwestern sahen sich empört an.

»Diese Gegend ist niederträchtig und abscheulich. Es treibt sich nach Einbruch der Dunkelheit nur verruchtes Gesindel herum. Man kann nicht mehr alleine nach Hause gehen!«

»Diese Verbrecher schrecken nicht einmal vor Kindern zurück.«

»Wo ist der Kerl? Siehst du ihn hier irgendwo?«

Gilles drehte sich zögernd um.

Der Fremde war wie vom Erdboden verschluckt.

»Anscheinend hab ich ihn abgehängt.«

Gilles bemerkte, dass sich im schräg gegenüberliegenden Gefängnis eine Tür öffnete.

Ein großer, schlanker, gut gekleideter Mann trat heraus.

Wie aufgeschreckte Furien stürmten die Krankenschwestern auf den Mann zu.

Gilles blieb stehen und beobachtete die Szene aus sicherer Entfernung.

»Monsieur Lalique, wie gut, dass Sie gerade kommen! Es ist schon wieder etwas Ungeheuerliches geschehen. Dieses Mal ist sogar ein kleines Mädchen belästigt worden. Ein Mann wollte sich an ihr vergehen! Zum Glück konnte das arme Ding fliehen. Nicht auszudenken, was sonst passiert wäre!«

»Wie kann man nur ein Krankenhaus gegenüber von einem Gefängnis bauen? Sie müssen mehr Wachen aufstellen. So kann es unmöglich weitergehen!«

»Das Gesindel, das Sie beherbergen, schreckt vor nichts zurück. Sehen Sie, ich zittere wie Espenlaub.«

»Beruhigen Sie sich. Ich lasse sofort ein paar Wachen aufziehen. Wo ist das Opfer? Ich brauche eine Beschreibung von dem Unhold. Dann lasse ich ihn festnehmen.«

Erleichtert sahen sich die Krankenschwestern an. »Sie sind ein Mann der Tat, Monsieur Lalique. Wenn es mehr von Ihrer

Sorte gäbe, müsste man sich als Frau in Paris nicht solche Sorgen machen. Danke.«

»Wo steckt denn das Mädchen? Sie war doch gerade noch hier.«

Suchend blickten sich die vier Frauen um.

»Sie ist weg!«

»Es war bestimmt zu viel für ihre Nerven. Die Arme wird in Panik nach Hause gerannt sein.«

»Aber sie hat doch gesagt, dass sie ihre Mutter besuchen will.«

»Vielleicht ist sie ja schon im Hospiz?«

»Monsieur Lalique, Sie hätten das Entsetzen in den Augen des Kindes sehen sollen. Auch wenn das Mädchen jetzt nicht mehr da ist, müssen Sie etwas unternehmen! Diese Lüstlinge gehören samt und sonders weggesperrt!«

»Ich kümmere mich morgen um die Angelegenheit. Es ist spät. Meine guten Samariterinnen, erlauben Sie, dass ich Sie bis zu Ihrem Schwesternheim begleite? Dann sind Sie in Sicherheit. Es liegt ohnehin auf meinem Weg.«

»Wie liebenswürdig und aufmerksam von Ihnen, Monsieur Lalique. Wenn wir Sie nicht hätten!«

Gilles beobachtete aus seinem Versteck heraus, wie sich die Gruppe laut schwatzend in Richtung Montparnasse entfernte.

»Das ist ja gerade noch einmal gut gegangen«, murmelte er leise.

Er beruhigte sich langsam wieder. Vorsichtig steckte er seinen Kopf aus den übereinandergestapelten Säcken, die mit altem Verbandsmaterial gefüllt waren. Endlich konnte er dem Gestank entfliehen, den der Inhalt der Säcke verströmte.

Er schaute die Straße rauf und runter. Keine Menschenseele war mehr zu sehen. Im Schutz der Dunkelheit schlich Gilles dicht an den Häuserwänden entlang, bis er die Gruppe eingeholt hatte. Er hielt gebührenden Abstand zu Lalique und den Krankenschwestern.

Trotz seines Schreckens dachte er sich, dass es nicht besser hätte laufen können. Es war ein Kinderspiel, dem Gefängnisdirektor zu folgen, da er von seinen Begleiterinnen voll und ganz in Beschlag genommen wurde.

Vor der Unterkunft der Pflegerinnen verabschiedete sich Lalique galant.

Überschwänglich bedankten sich die Krankenschwestern bei ihm.

Als sich die Tür hinter ihnen geschlossen hatte, stand der Gefängnisdirektor allein auf der Straße. Er blickte sich kurz um, dann ging er schnellen Schrittes weiter.

Gilles hatte Mühe, ihn nicht aus den Augen zu verlieren.

Plötzlich blieb der Mann mit dem roten Feuermal unvermittelt vor einem baufälligen Haus stehen.

Die Fenster des Gebäudes waren mit Brettern zugenagelt.

Lalique blickte sich mehrmals verstohlen um.

Gilles stockte der Atem. Er drückte sich so dicht wie möglich an eine Hauswand. Hoffentlich entdeckt er mich nicht ausgerechnet jetzt, schoss es ihm durch den Kopf.

Ungläubig sah Gilles, wie sich der Gefängnisdirektor duckte und hastig die morsche Tür des verfallenen Hauses einen Spalt weit öffnete. Dann schlüpfte er hinein und schloss die quietschende Pforte wieder.

Konnte es möglich sein, dass der Mann mit dem Feuermal hier wohnte? Gilles verwarf die Idee sofort wieder. Dazu war Lalique eine viel zu hochstehende Person.

Gilles wartete und wartete. Nach einer halben Ewigkeit, in der nichts geschah, zwang er sich, eine Entscheidung zu treffen. Entweder würde er jetzt zu den Gauklern zurückkehren oder er würde all seinen Mut aufbringen und nachschauen, was der Gefängnisdirektor in dem Haus trieb. Gilles entschied sich kurzerhand für die zweite Möglichkeit. Er näherte sich vorsichtig und öffnete so leise wie nur möglich die Tür. Das fahle Mondlicht spendete gerade so viel Licht, dass er schemenhafte Umrisse erkennen konnte. Mit klopfendem Herzen blickte er sich um. Er ließ die halb verfallene Tür hinter sich sperrangelweit offen, um im Notfall die Beine in die Hand nehmen zu können. Wo früher eine Treppe gewesen war, führte jetzt nur noch ein durchgebrochenes Geländer in ein darüberliegendes Stockwerk.

Unmöglich konnte Lalique dort oben sein.

Stattdessen entdeckte Gilles eine steinerne Treppe, die nach unten führte. Ihm schauderte bei dem Gedanken, dort hinunterzumüssen. Aber der Gefängnisdirektor konnte ja nur im Keller sein!

Vorsichtig stieg Gilles die ersten drei ausgetretenen Stufen hinab.

Es wurde immer finsterer. Er hielt inne, damit sich seine Augen langsam an die Dunkelheit gewöhnen konnten. Plötzlich versperrte eine Tür seinen Weg. Vor Angst konnte er kaum noch atmen. Zögernd streckte er seine rechte Hand aus und drückte die Tür langsam auf.

34. Kapitel

Auf dem Weg nach Versailles, 6. Januar 1805

Viktor beobachtete voller Grauen, wie sich der Schnee blutrot färbte.

Der Kutscher hielt noch immer die Pistole in der Hand. Dem Mann liefen Tränen über die Bartstoppeln. »So ein Ende hat meine gute Stella nicht verdient. Sie war immer absolut trittfest. Aber das Eis unter dem frischen Neuschnee konnte man beim besten Willen nicht sehen. Als ich den offenen Bruch ihres Vorderbeines erblickte, wusste ich, dass sie nicht mehr zu retten war. Wenigstens hat das Tier nicht gelitten.« Der Kutscher gab sich einen Ruck. »Ich muss ins nächste Dorf gehen und schauen, wo ich ein anderes Pferd auftreiben kann. Die Herrschaften können solange im Wagen warten.«

Viktor und Denon sahen einander betreten an.

»Das arme Pferd«, murmelte Viktor leise vor sich hin.

»Das hat uns gerade noch gefehlt. Jetzt sind wir extra so früh in Paris aufgebrochen, um gegen Mittag in Versailles einzutreffen, und jetzt dieses Malheur.« Denon schlug den braunen Kragen seines Pelzmantels hoch. »Der Umstand ist zwar traurig, aber ich muss trotzdem sagen, dass der Anblick dieses Schimmels im blutroten Schnee ein lohnendes Motiv für jeden Maler ist. Einen guten Künstler zeichnet es aus, dass er auch dramatische Szenen einzufangen vermag. Viktor, mach eine Skizze! Du kannst sie später kolorieren. Ich warte in der Kutsche, bis du fertig bist.«

Viktor schaute seinen Onkel entgeistert an. Je länger er mit ihm zusammenlebte, desto erstaunter war er über die vielen verschiedenen Facetten seines Wesens. Er kannte niemanden, der sich mit Dominique-Vivant Denon vergleichen ließ. Kein anderer Mensch wäre von dem Anblick eines erschossenen Pferdes im blutgetränkten Schnee so angetan gewesen, dass er den Wunsch geäußert hätte, dies in einem Bild festzuhalten. Je länger er mit Denon zu tun hatte, umso mehr wurde sein eigener Blick geschult. Es war faszinierend, welch außerordentliches Gespür sein Onkel für Qualität, Pracht, Dramatik und Skurrilität besaß. So umtriebig und sprunghaft Denon bisweilen auf seine Mitmenschen wirkte, so konzentriert und urteilssicher war seine Wahrnehmung im Großen wie im Kleinen. Er musste sich eingestehen: Sein Onkel hatte recht. Das Motiv war mehr als lohnend.

Viktor holte seine Zeichenutensilien und setzte sich auf die Deichsel.

Das weiße Pferd lag mit lang ausgestreckten Beinen im Schnee. Man hätte meinen können, das Tier schliefe, wenn nicht das viele Blut, das sich wie ein Fächer um sein Haupt legte, mit dem Schnee kontrastieren würde. Der stahlblaue Himmel verlieh dem Rot des Blutes und dem Weiß des Schnees noch mehr Intensität.

Blau-Weiß-Rot, die Farben der französischen Nation.

Viktor hatte schon so oft die Trikolore mit ihren klaren Farben bewundert. Auch vor dem Louvre flatterte die Flagge stolz im Wind.

Denon hatte ihm erklärt, dass es die Trikolore erst seit der Revolution gab. Das Blau stand für die Freiheit, das Weiß für die Gleichheit und das Rot für die brüderliche Liebe.

Frankreich war seiner Zeit voraus. Die Revolutionäre hatten für das gemeine Volk das Tor zur Freiheit ein Stück weit aufgestoßen.

Viktor bannte das Bild, das sich ihm bot, mit gekonnten Strichen aufs Pergament. Hoffentlich würde er die Farben beim späteren Kolorieren richtig treffen.

Zufrieden stand er auf und begann eine neue Skizze, bei der er die Kutsche im Hintergrund mit aufs Bild nehmen wollte.

Es war immer noch so kalt wie gestern, als er mit Celeste Schlittschuh gelaufen war.

Jetzt noch war er ganz verzaubert. Celeste hatte ihn geküsst. Mit einer Zartheit, Hingabe und Leidenschaft, wie er es noch nie erlebt hatte.

Und dann waren sie aus heiterem Himmel von einem Schneeball getroffen worden! Als er verwirrt nach oben blickte, hatte er gesehen, dass sie von einer Schar lachender Kinder umringt waren.

»Die küssen sich, die küssen sich!«, schrie die lärmende Kindermeute.

Viktor hatte so zu lachen begonnen, dass ihm die Tränen über die Wangen gelaufen waren.

Erst als Celeste plötzlich aufsprang, die Kufen von ihren Schuhen riss und ohne ein weiteres Wort davonrannte, war er wieder zur Besinnung gekommen.

Die Kinderhorde hatte sich laut grölend auf ihn gestürzt, sodass er Celeste nicht hinterherlaufen konnte. Obwohl er ihren Namen immer wieder rief, war sie nicht stehen geblieben.

Nachdem er die Meute endlich abgeschüttelt hatte und zurück zu seiner Tasche kam, war Celeste bereits über alle Berge gewesen.

Jetzt noch war Viktor von Celestes Verhalten verblüfft. Er hätte sich nie und nimmer getraut, sie einfach zu küssen. Viktor befürchtete, dass Celeste inzwischen über sich selbst erschrocken war. Eigentlich war sie mehr als zurückhaltend. Sie hatte ihn immer auf Distanz gehalten und etwas Unnahbares ausgestrahlt.

Viktor war glücklich, dass sie mit dem unverhofften Kuss den ersten Schritt getan hatte.

Während er nach der Schlittschuhpartie zum Louvre zurückgegangen war, beschloss er, Celeste gleich am Abend von der Vorstellung abzuholen.

Umso bestürzter war er gewesen, als ihn sein Onkel bei seiner Rückkehr in den Louvre zu sich rief.

»Mein lieber Junge. Ich komme gerade von Napoleon Bonaparte und habe wunderbare Neuigkeiten!« Denon hatte eine vielsagende Pause gemacht.

»Wir müssen Paris für eine gewisse Zeit verlassen. Wir gehen auf Reisen! Selbstredend ist der Auftrag des Kaisers streng vertraulich.« Denon sah seinen Neffen euphorisch an. »Ich verrate dir, dass Napoleon Bonaparte erwägt, das Schloss in Versailles zu restaurieren. Bis vor Kurzem war dieser Palast noch ein Lazarett für unsere verwundeten Soldaten. Jetzt besteht die Möglichkeit, dass Versailles der Sitz der neuen Regierung und ein standesgemäßes Domizil für den Kaiser werden wird. Er hat mich beauftragt, die gesamte Anlage kritisch in Augenschein zu nehmen. Das Schloss soll in einem ausgesprochen schlechten Zustand sein. Schon vor der Revolution ist es mit dem Prachtbau steil bergab gegangen. Ich war seit Jahren nicht mehr da. Dort müssen katastrophale Zustände herrschen.«

»Welche Ehre für Sie, Onkel. Ich brenne darauf, das Schloss endlich mit eigenen Augen zu sehen. Meine Mutter hat mir schon als Kind die aufregendsten Geschichten vom Hof in Versailles erzählt. Wann brechen wir denn auf?«

»Morgen in aller Herrgottsfrühe. Pack deine sieben Sachen.«

»Was, so bald?«

»Es ist der ausdrückliche Wunsch von Napoleon, dass ich augenblicklich aufbreche. Der Kaiser duldet keinen Aufschub.

Du hast noch nicht die Ehre gehabt, ihn kennenzulernen. Wenn Seine Majestät sich etwas in den Kopf gesetzt hat, ist es angesagt, alles stehen und liegen zu lassen. Niemand hat so einen starken Willen und ist so ungeduldig wie er.«

Viktors Pläne waren von einem Augenblick auf den anderen über den Haufen geschmissen worden. Ob er wollte oder nicht: Er musste sich den Wünschen seines Onkels fügen.

Ihm blieb nur wenig Zeit, um sich von Celeste zu verabschieden und ihr zu erklären, dass er plötzlich verreisen musste. Er wollte ihr versichern, dass er jede einzelne Stunde zählen würde, bis sie sich endlich wiedersahen.

Viktor machte sich auf den Weg zum Theater *Les Salles Montansier*. Zu seiner Überraschung stand das Opernhaus finster und verlassen da. Nicht einmal ein Portier war zugegen. Als er sich bei einem Passanten erkundigte, weshalb das Theater verwaist sei, erfuhr er, dass das Haus heute geschlossen hatte.

Er wusste nicht, wo er Celeste suchen sollte. In seiner Verzweiflung ging er zur Seine und fragte bei ein paar Gauklern, die auf einer Wiese lagerten, ob jemand von ihnen die Seiltänzerin Celeste kennen würde. Doch die fahrenden Gesellen zuckten nur mit den Schultern und schüttelten den Kopf.

Unverrichteter Dinge kehrte Viktor zum Louvre zurück. Es gab keine Möglichkeit, Celeste ein Billett zukommen zu lassen. Er würde abreisen und konnte nur darauf hoffen, sie gleich nach seiner Rückkehr wiederzutreffen.

Viktor zerriss die Skizze. Die Proportionen des toten Pferdekörpers stimmten hinten und vorne nicht. Er präparierte gerade ein neues Blatt Papier, als er von Ferne einen Mann im langen schwarzen Mantel und mit einem Ross am Halfter durch den hohen Schnee auf sich zustapfen sah. Der Kutscher hatte Erfolg gehabt.

Viktor klappte seine Kladde zu. Die Reise ging weiter. Er beschloss, Celeste gleich nach ihrer Ankunft in Versailles eine Nachricht zu schicken.

35. Kapitel

Paris, 6. Januar 1805

»Streck dein Kinn mehr in die Höhe. Ich möchte deinen schlanken Hals sehen!«

Celeste saß in drei Metern Höhe auf einer Schaukel, deren Seile mit prächtigen Blumengirlanden verziert waren. Sanft schwang sie vor und zurück.

»Versuche so zu schaukeln, dass du mit dem Rhythmus der Musik in Einklang bist.« Pierre Gardel schaute kritisch nach oben.

»Bin ich doch, oder?«

Ungeduldig klopfte der Maestro mit seinem silbernen Gehstock auf den Boden. »Nicht ganz, nicht ganz.« Mit einer hektischen Handbewegung gab er den Einsatz für die anderen Tänzerinnen und Tänzer. In einem großen Reigen begannen sie unter der Schaukel auf den Zehenspitzen zu tanzen.

»Auch wenn es draußen gerade eisig kalt ist, müssen eure Körper ausdrücken, dass ihr im Frühlingstaumel seid. Versteht ihr?! Es herrscht Aufbruchsstimmung. Die Natur erwacht nach ihrem Winterschlaf. Überall sprießt es und die bunten Farben leuchten nach der grauen, dunklen Jahreszeit. Philomena, du bist etwas zu spät aufgetreten. Außerdem sind in deinem Blumenkranz viel zu wenige Blüten zu sehen. Man kann ihn von den hinteren Reihen aus kaum erkennen. Die Blumen müssen größer sein. Du bist schließlich Freya, die Göttin des Frühlings, des Glücks und der Fruchtbarkeit.« Der Maestro wandte sich wieder an Celeste: »Wenn der Paukenschlag einsetzt, lässt du dich, wie wir es besprochen haben, kopfüber nach hinten fallen und hakst dich mit den Beinen ein. Denk daran, deine Haare aufzumachen. Sie sollen wie ein goldener Wasserfall wirken.« Dann klatschte er in die Hände. »Allez. Bitte schön. Alle auf Position. Konzentration. Zweiter Akt, erste Szene. Meine Herren Musiker, sind Sie so weit?«

Die Probe wurde fortgesetzt.

Celeste las an den entspannten Gesichtszügen von Gardel ab, dass anscheinend alles zu seiner Zufriedenheit verlief. Mit dem Paukenschlag ließ sich Celeste von der sitzenden Position nach hinten kippen. Der Primoballerino Maurice sprang mit einem eleganten Satz unter die Schaukel und breitete erwartungsvoll seine Arme aus.

Das war der Moment, in dem sich Celeste elfengleich in seine Arme fallen ließ. Sie hatten diese schwierige Darbietung immer wieder geprobt, bis alles reibungslos funktionierte. Celeste hatte absolutes Vertrauen in ihren Tanzpartner.

Als Maurice sie sicher auf dem Boden abstellte, ging Celeste in einer fließenden Bewegung in ein Grand-plié über, eine tiefe Kniebeuge, bei der sie die Fersen vom Boden abhob.

Gleichzeitig kam Philomena auf ihren Zehenspitzen auf sie zugetrippelt und verharrte in einer vollendeten Arabeske. Während sie ohne zu zittern die schwierige Position hielt, flüsterte sie Celeste ins Ohr: »In der Garderobe wartet jemand auf dich.«

Celeste wurde knallrot. Um Himmels willen, Viktor war da! Gardel hatte den Durchlauf unterbrochen.

Vor Aufregung konnte Celeste kaum dem Sinn der Worte des Maestros folgen. Irgendjemand war im Reigen zu weit nach hinten getanzt.

Wie konnte Viktor ihr das antun, einfach hierherzukommen?

Sie hatte ihn geküsst und die ganze Welt um sich herum vergessen. Sie hatte seinen sinnlichen Lippen einfach nicht widerstehen können. Warum hatte er nach dem Kuss nur so gelacht? Küsste sie so schlecht? Celeste war am Boden zerstört gewesen.

Nichts wie weg hier, war der einzige Gedanke, der ihr in den Sinn gekommen war. Noch nie war ihr etwas so peinlich gewesen. Kurz entschlossen hatte sie sich die Kufen von den Schuhen gerissen und war unter dem Gejohle der Kinder über das Eis davongerannt.

Sie hatte vergeblich versucht, jede Erinnerung an das Vorgefallene zu verdrängen. Doch es wollte ihr nicht gelingen. Noch nie in ihrem Leben hatte sie einen Mann so leidenschaftlich geküsst. Gedankenverloren fuhr sie sich mit ihrer Zunge über die Oberlippe. Es war so ein intensives Gefühl gewesen! Die Peinlichkeit über ihr Verhalten trieb ihr noch jetzt die Schamesröte ins Gesicht. Was musste Viktor von Löwenstein nur von ihr denken? Sie hatte ihm unterstellt, dass er sie zu seiner Mätresse machen wollte. Jetzt musste er denken, dass sie sich ihm an den Hals schmiss. Wenn sie ihm gleich in der Garderobe gegenüberstand, musste sie sich in aller Form bei ihm entschuldigen. Sie würde Viktor begreiflich machen, dass sie sich den Fauxpas selbst nicht erklären konnte.

»Maurice und Celeste, für euch ist die Probe zu Ende. Die anderen üben noch einmal den Reigen.«

Celeste straffte die Schultern. Ehe sie die Garderobentür öffnete, holte sie tief Luft. Erhobenen Hauptes trat sie ein.

Ungläubig sah sie, wer sie dort erwartete. »Gilles!«, rief sie entgeistert. »Was um alles in der Welt machst du denn hier?

Gott sei Dank bist du wieder da! Ich habe heute Nacht vor Sorge kein Auge zugemacht. Wo hast du nur gesteckt?«

»Ich habe die ganze Zeit diesen Gefängnisdirektor Lalique verfolgt.«

»Was? Du solltest doch nur herausfinden, wo er wohnt. Von verfolgen war nie die Rede!«, erwiderte Celeste aufgebracht.

»Wenn ich dir erzähle, was ich herausbekommen habe, wirst du froh sein, dass ich ihm nachgeschlichen bin.«

Celeste setzte sich neben Gilles auf die kleine Bank vor dem Schminktisch und begann ihre Ballettschuhe auszuziehen.

Der Junge berichtete ihr, was sich letzte Nacht zugetragen hatte. »Und dann öffnete ich die Tür. Gott sei Dank bin ich erst einmal stehen geblieben und nicht weitergegangen. Du glaubst nicht, was ich entdeckt habe.«

Celeste sah Gilles gespannt an.

»Da war ein großes, schwarzes Loch mitten im Boden. So was habe ich noch nie in einem Haus gesehen. Um ein Haar wäre ich hineingefallen. Dort muss dieser Gefängnisdirektor hinuntergestiegen sein. Eine Strickleiter war am Rand befestigt. Dieser Lalique war wie vom Erdboden verschluckt. Von unten hallten komische Geräusche herauf. Ich habe mich aber nicht hinuntergetraut. Ich bin Hals über Kopf abgehauen. Ich kriege jetzt noch eine Gänsehaut, wenn ich nur daran denke. Das Haus war so gruselig, du kannst dir das nicht vorstellen.«

Celeste packte Gilles am Arm und sah ihn eindringlich an. »Gilles, du musst mir schwören, dass du da nie wieder alleine hingehst. Warte, ich ziehe mich schnell um, dann zeigst du mir, wo das Haus ist.«

Plötzlich öffnete sich die Garderobentür und acht Tänzerinnen kamen schwatzend und lachend herein.

»Celeste, ist deine kleine Schwester zu Besuch gekommen oder ist das womöglich deine Tochter?«, frotzelte Philomena augenzwinkernd.

Als die beiden nicht antworteten, fuhr sie fort: »Besonders ähnlich seht ihr euch allerdings nicht. Ich nehme an, ihr habt zwei verschiedene Väter. Einer blond und einer schwarzhaarig.«

»Das ist Gi… äh, Amelie. Du hast ganz recht, wir sind Halbschwestern«, erwiderte Celeste verlegen.

Philomena ging zu ihrem Platz. Sie streifte ihren Rock ab und zog ihr weißes Hemdchen über den Kopf. Dann drehte sie sich um und rief ungeduldig: »Cathérine, komm mal her und knöpf mir mein Mieder auf.«

Cathérine öffnete mit geübten Fingern die straff zugezogene Korsage, und dann stand Philomena barbusig da. Sie begann sich mit duftendem Lavendelöl einzureiben.

»Ach, das ist das Einzige, was nach so einer anstrengenden Probe meinen malträtierten Muskeln hilft.«

Auch die anderen Tänzerinnen begannen sich zu entkleiden. Celeste sah zu Gilles hinüber, dem fast die Augen aus dem Kopf fielen. Man konnte erkennen, dass der Junge nicht wusste, wo er zuerst hinsehen sollte.

»Wie war dein Name? Amelie?« Cathérine kam zu Gilles herüber. »Sei so nett und öl mir den Rücken ein.« Cathérine drückte dem Kind den Flakon in die Hand.

Celeste sprang auf und griff rasch nach dem Fläschchen. »Lass nur, Amelie. Ich mach das schon.« Sie wandte sich mit einem beschwörenden Blick an Gilles und meinte: »Warte draußen auf mich und schau nach, ob Filou auf dem Vorplatz wartet. Hier ist es viel zu eng!«

Ihr entging nicht, dass Gilles nur widerwillig die Garderobe verließ. An der Tür drehte er sich noch einmal um und rief fröhlich: »Auf bald, Mesdemoiselles!«

»Was für ein süßes Mädchen, Celeste! Die kannst du ruhig öfter mitbringen!«

»Lieber nicht. Sie kann recht vorlaut sein. Also, ich geh jetzt auch. Wir sehen uns morgen!«

Plötzlich schrie Philomena laut auf.

Alle Köpfe drehten sich zu der Primaballerina.

»Mein goldenes Armband ist weg. Das von meinem Chevalier! Ich habe es vor der Probe hier unter meinen Mantel gelegt.«

»Das gibt's doch nicht, Philomena. Schau noch einmal genau nach. Vielleicht ist es heruntergefallen?«

Philomena kroch auf dem Boden herum. »Nein. Es ist nirgends!«

Cathérine sah ihre Freundin mitleidig an. »Warum nimmst du auch immer deinen wertvollsten Schmuck mit?«

»Soll ich ihn erst im Sarg tragen? Ich lebe jetzt!«

Während die zwei Freundinnen zu streiten begannen, spürte Celeste, wie ihr das Blut in den Kopf schoss. Das darf nicht wahr sein, dachte sie voller Wut. »Wartet einen Moment. Ich bin gleich wieder da und helfe euch dann suchen.«

Wie von der Tarantel gestochen stürmte sie die Treppe hoch. Auf der obersten Stufe saß Gilles neben Filou und sah ihr grinsend entgegen.

»Dich hol ich öfters ab, Celeste! Bei euch geht es ja lustig zu. Von deinen Kolleginnen ist eine schöner als die andere. Mädchenkleider haben wider Erwarten auch Vorteile!«

Celeste konnte nicht an sich halten. »Mach bloß nicht so eine Unschuldsmiene! Jetzt hast du den Bogen endgültig überspannt. Ich dachte, ich könnte dir vertrauen! Weit gefehlt. Du bist und bleibst ein Lump!«

»Was ist denn in dich gefahren? Wovon redest du überhaupt?«

»Tu nicht so, du weißt es ganz genau. Du hast meiner Freundin Philomena ihren Schmuck gestohlen! Ich bin so enttäuscht von dir, ich kann es gar nicht sagen!«

»Ich hab nichts geklaut! Ehrlich!«

Celeste traten Tränen in die Augen. »Leer deine Taschen aus oder hast du das Armband etwa auch runtergeschluckt?«

Gilles sprang empört auf. »Was redest du denn da? Bist du übergeschnappt?«

Auf der Treppe war plötzlich das Lachen von Philomena und Cathérine zu hören.

Celeste riss sich zusammen und drehte sich langsam um. Sie musste ihnen die Wahrheit sagen, so schwer es ihr auch fiel.

Bei Gilles' Diebstahl im Louvre hatte sie ihn noch gar nicht gekannt. Aber jetzt sah die Sache anders aus. Sie konnte sein inakzeptables Verhalten nicht mehr decken.

Celeste holte tief Luft.

Bevor sie etwas sagen konnte, hob Philomena ihren linken Arm.

Die mit Rubinen besetzte Goldkette funkelte an ihrem Handgelenk. »Schau mal, Celeste, mein Schmuck ist wieder aufgetaucht. Ich dachte schon, das Armband wäre gestohlen worden. Aber es steckte in meiner Rocktasche!«

36. Kapitel

Versailles, 7. Januar 1805

Vivant Denon rülpste laut und zufrieden. Seit mehr als zwei Stunden speisten Viktor und er nun schon in der gut besuchten Gaststube des Hôtel de Modène in der Rue du Vieux in Versailles.

Zuerst hatten sie zwei Suppen, eine Kartoffel- und eine Rinderkraftbrühe, gegessen. Dann ein köstliches Hühnerfrikassee mit Pilzen, umlegt von sechs Tauben. Dazu wurde geröstetes Knoblauchbrot gereicht. Sie hatten sich bereits die zweite Flasche Champagner gegönnt.

Ein Servierfräulein trat an ihren Tisch und lächelte Viktor verstohlen und interessiert an, ehe sie den Teller mit den nur halb aufgegessenen Täubchen abräumte.

»Möchten die Herren zur Apfeltarte lieber Vanille- oder Schokoladensoße?«

»Für mich bitte erst mal gar nichts mehr. Ich muss eine Pause einlegen.« Viktor fuhr sich mit der Hand über seinen Bauch.

»Mein lieber Patensohn, wenn du zu Zeiten der Könige in Versailles gewesen wärst, hättest du diese Zurückhaltung beim

Essen nicht an den Tag legen dürfen. Ich erinnere mich an die Abendgesellschaften mit Ludwig XV. Der Tisch des Königs bog sich unter den Speisen. Es glich einer ganzen Menagerie. Schwäne, Kormorane, Enten, Rebhühner, Fasane, Gänse, Kapaune, Rehe, Wildschweine, Wisenten, Kälber, Lämmer fanden sich im Kochtopf oder am Spieß über dem Feuer wieder. Aus den Seen und dem Meer wurden die exotischsten Fische sowie Muscheln, Krebse und Hummer kredenzt. Dazu gab es Torten und Süßspeisen mit ausländischen Früchten, die ich seit jenen Tagen nie mehr gesehen habe. Dagegen ist das, was wir heute Abend essen, ein Spatzenmahl. Ich war in jenen Tagen Konservator. Mir unterstand das von Madame Pompadour eingerichtete Gemmenkabinett. Es war eine hochrespektable Anstellung für einen jungen Mann von gerade mal zwanzig Jahren.« Er wandte sich an die Bedienung, die gerade am Nachbartisch stand und mit einem Gast plauderte. »Mademoiselle, wir möchten noch Likör und ein Kännchen Mokka.«

Viktor dachte voller Bewunderung, auf was für ein bewegtes Leben sein Onkel zurückblicken konnte. Zwei Könige hatte er erlebt und war von ihnen in Angelegenheiten der Kunst um Rat gefragt worden. Mit den größten Wissenschaftlern und Literaten der Zeit korrespondierte er. Und jetzt hatte ihn auch noch der neue Kaiser Napoleon Bonaparte darum gebeten zu prüfen, inwiefern sich Versailles als neuer Regierungssitz eignete.

»Wie schade, dass wir während unseres Aufenthaltes nicht im Schloss, sondern in diesem Gasthaus wohnen.«

»Man merkt, du hast keine Ahnung, wovon du redest, Viktor. Die Winter im Schloss waren und sind kaum auszuhalten. Ich habe nie in meinem Leben so gefroren. In einem Winter war es so kalt, dass die Weinflaschen in meinem Arbeitszimmer eingefroren und vor Kälte zersprungen sind.«

»Ich dachte, dort gibt es so viele Öfen.«

»Aber man hatte nie genug trockenes Holz, um zu heizen. Mit der Kälte hätte man zur Not noch leben können. Was den Aufenthalt in Versailles vollkommen unerträglich gemacht hat, war der bestialische Gestank! Jedermann, vom Hochwohlgeborenen bis zum einfachen Dienstboten, öffnete seine Hosen oder hob seine Röcke und verrichtete seine Notdurft, wo es ihnen gerade gefiel. Unter uns gesagt, ganz Versailles war zugeschissen. Es gab extra Personal, dessen einzige Aufgabe darin bestand, den Unrat zu beseitigen und starke Parfüme in den Räumen zu versprühen. Immerhin beherbergte Versailles zeitweise bis zu viertausend Menschen. In seiner Not veranlasste der König, dass lebende Tauben in Orangenöl gebadet wurden, die man dann durch die Säle fliegen ließ. Ihr Flattern verteilte den Orangenduft, aber das war natürlich nur ein Tropfen auf den heißen Stein. Und außerdem haben auch die Vögel zusätzlich ihren Kot überall verteilt.«

Viktor schüttelte angeekelt den Kopf.

»Hast du genug gehört oder willst du noch mehr Details erfahren?«

»Ich finde die Geschichten spannend, die Sie mir erzählen. Fahren Sie bitte fort.«

Vivant Denon lehnte sich zurück. »Für mich persönlich war die Rattenplage das größte Übel. Abgesehen von den Krankheiten, die diese Viecher übertragen, haben sie auch noch das halbe Schloss angenagt. Wo man hinging, man konnte sicher sein: Irgendwo flitzten braunschwarze Körper an einem vorbei. Manche Ratten waren auch so dreist, dass sie nicht einmal mehr davonliefen, wenn sie Menschen erblickten. Einen jungen Adligen haben die Nager sogar das Leben gekostet. Der Ärmste lief eine Treppe hinunter, die unter ihm aus heiterem Himmel zusammenbrach. Als man die Sache untersuchte, stellte man zum allgemeinen Entsetzen fest, dass die Treppe vollständig ausgehöhlt war. Die Ratten hatten darunter Hunderte von Nestern gebaut.«

Viktor blieb der Mund ungläubig offen stehen.

»Das einzig Erfreuliche an der Rattenplage war, dass ich die schönsten Frauen am Hofe im Arme halten durfte. Die Damen fielen mehrmals täglich in Ohnmacht, wenn sie die Nager erblickten.«

Die Bedienung kam mit einem großen Tablett und servierte Denon Kuchen mit in Cognac eingelegten Pflaumen.

»Wunderbar, Viktor, versuch diese Köstlichkeit! Wenigstens ein Löffelchen. Du bist schön dumm, wenn du dir das entgehen lässt. Ich habe mich nun leider dazu hinreißen lassen, dir nur von den Sorgen und Katastrophen am Hof zu erzählen. Morgen früh werden wir das Schloss in Augenschein nehmen. Du wirst staunen, was für ein unglaublicher Anblick sich dir bieten wird. Ich habe in meinem Leben schon viel gesehen, aber ich verspreche dir, Versailles ist einzigartig!«

Während Vivant Denon genüsslich sein Dessert verzehrte, beobachtete Viktor seinen Onkel voller Sympathie. Er hatte sich oft gefragt, warum seine Eltern ausgerechnet diesen Franzosen zu seinem Patenonkel auserwählt hatten. Je länger er mit ihm zusammen war, desto besser verstand er die Entscheidung und beglückwünschte sich einmal mehr.

Das Verhältnis zwischen Onkel und Patensohn hätte nicht besser sein können. Viktor wusste, dass er mit Dominique-Vivant Denon über alles reden konnte. »Onkel, ich muss Ihnen etwas anvertrauen.«

»Gerne! Schütte nur dein Herz aus. Hast du dich verliebt? Ich habe mir insgeheim schon Sorgen gemacht, schließlich bist du bereits seit acht Wochen in Paris. Ich hatte mir vorgenommen, demnächst mit dir einen Ball zu besuchen, damit du endlich ein paar junge, schöne Französinnen kennenlernst.

Die Pariserinnen haben, unter uns gesagt, ihre ganz besonderen Reize. Meine amourösen Abenteuer wären abendfüllend, aber erzähl du erst einmal. Aus welcher vornehmen Familie stammt deine Angebetete?«

»Sie ist eine Gauklerin.«

»Oh, wie interessant.« Vivant Denon schwieg einen Moment und stopfte sich hastig ein großes Stück Kuchen in den Mund, um Zeit zum Nachdenken zu gewinnen. »Gut, dass deine Eltern so weit weg sind. Genieß dein Glück in vollen Zügen. Aber verrate mir, wie hast du das Mädchen überhaupt kennengelernt? Du wirst doch nicht zu den jungen Männern gehören, die ihre Liebschaften auf der Straße aufgabeln?«

»Du kennst Celeste bereits.«

»Celeste? Ein wunderschöner Name. Die Himmlische! Äußerst ungewöhnlich für eine Gauklerin.«

»Sie ist die Tänzerin, die uns bei dem Premierenabend im Theater *Les Salles Montansier* so begeistert hat.«

»Doch nicht etwa die fliegende Ballerina? Da passt ja der Name.«

Viktor nickte.

»Beeindruckend, das hätte ich dir gar nicht zugetraut, mein lieber Patensohn. Wie hast du dich nur gegen die gesamte Pariser Konkurrenz durchsetzen können? Ich weiß von einigen Herrschaften, die bereit wären, ein nettes Sümmchen lockerzumachen, um sich für eine Weile mit dieser Augenweide zu zieren. Ich bin stolz auf dich, dass du sie als Mätresse erobert hast. Alle Achtung!«

»Celeste ist nicht meine Mätresse. Ich habe mich in sie verliebt. Leider konnte ich sie von unserer überstürzten Abreise nicht mehr unterrichten. Ich muss ihr schreiben, dass wir in Versailles sind.«

»Um Himmels willen! Bettgeschichten akzeptierte ich ja. Aber wenn es eine Herzensangelegenheit wird, ist das Drama vorherbestimmt. Mein Junge, sie ist eine Tänzerin! Sie kann froh sein, wenn du dich mit ihr abgibst! Und keine Sorge: Sie hat ein Engagement im Theater, sie kann nicht einfach aus Paris verschwinden. Warum ihr also schreiben? Ganz abgesehen davon, dass wir in geheimer Mission hier sind und sie gar nicht wissen darf, wo du steckst. Und wenn sie sich zwischenzeitlich einen anderen anlacht, dann sei froh, dass du sie los bist. Dann war sie es nicht wert. Auch ich hatte vor Jahren einmal ein Abenteuer mit einer Ballerina, heute weiß ich nicht einmal mehr ihren Namen. Ein gut aussehender, reicher junger Mann wie du wird im Laufe seines Lebens viele Frauen kommen und gehen sehen. Genieße die Zeit mit ihr, aber verliere nicht dein Herz und deinen Verstand an die Kleine!«

Viktor schluckte betreten. »Dazu ist es schon zu spät.«

37. Kapitel

Paris, 7. Januar 1805

Hastig packte Gilles ein paar Kerzen und zwei Feuersteine in seinen abgewetzten Lederbeutel. Sein einziges Messer und den kleinen Zunderschwamm verstaute er in einer alten Socke. Dieses Mal würde er vorbereitet sein.

Vor einer halben Stunde war Celeste endlich ins Theater aufgebrochen. Sie hatte ihn gefragt, ob er sie mit Filou noch ein Stück begleiten wollte.

»Nein, ich habe zu tun!«, war seine schnippische Antwort gewesen.

»Gilles, ich verstehe weiß Gott, dass du immer noch wütend auf mich bist wegen meiner ungerechten Verdächtigung im Theater. Aber mehr als entschuldigen kann ich mich nicht! Du bist so stur. Wir Gaukler haben auch tagtäglich mit Vorurteilen zu tun. Von jedem Huhn, das abends nicht in seinen Stall zurückkehrt, wird angenommen, dass es in unserem Kochtopf gelandet ist. Wenn wir in ein Dorf kommen, rennen die Weiber, was das Zeug hält, um ihre Wäsche in Sicherheit zu bringen. So ist es nun mal auf der Welt. Spiel nicht die beleidigte Leberwurst!«

Als Gilles nicht antwortete, fuhr sie nach einer Weile fort: »Ich weiß nicht, was du treibst, wenn ich weg bin. Ich hoffe, du hältst dich an mein Verbot. Du hast mir geschworen, keine weiteren Erkundigungen über den Gefängnisdirektor Lalique einzuholen. Ich verlasse mich auf dich.« Celeste sah Gilles streng in die Augen. »Ich geh jetzt.« Sie war ihm liebevoll über die Locken gefahren. »Bis heute Nacht. Ich bitte dich, spring endlich über deinen Schatten, und dann vertragen wir uns wieder. Au revoir.«

Gilles hatte Celeste noch eine Weile hinterhergeschaut, bis nichts mehr von ihr zu sehen war.

Am liebsten wäre er auf und davon gegangen, so enttäuscht war er. Selbst Celeste misstraute ihm. Jeder dachte nur das Schlechteste von ihm, dabei bemühte er sich jeden Tag aufs Neue, ein guter Mensch zu werden.

Zu seiner Mutter konnte er nicht zurück, und was es bedeutete, ein Leben allein auf der Straße zu überstehen, wusste er nur zu gut. Außerdem wurde er von der Polizei gesucht. Wenn sie ihn schnappten, hatte sein letztes Stündlein geschlagen. Es war klüger, noch eine Weile bei den Gauklern zu bleiben.

Raoul, François und Marcuse waren beim Fischen. Nathalie wusch in der Seine die Wäsche. Er würde hier nicht rumsitzen und Däumchen drehen, bis sie zurückkamen.

Celeste hatte ihm überhaupt nichts zu verbieten! Er würde noch einmal in die Ruine gehen und herausfinden, welches Geheimnis der Keller barg. Vielleicht wäre Celeste dann stolz auf ihn!

Immer noch übel gelaunt zog er Rock und Hemd aus, riss sich das Tuch vom Kopf und schmiss alles auf seinen Strohsack. Er würde keinen Augenblick länger als Mädchen verkleidet herumlaufen! Gilles kramte seine alte Hose hervor und streifte seine zerschlissene Joppe über. »Endlich bin ich wieder ein Mensch!«

Jetzt stand er mit klopfendem Herzen in der Rue Mignons vor dem halb verfallenen Haus. Alles sah noch genauso aus wie beim letzten Mal.

Gilles schlich auf leisen Sohlen zu der morschen Tür. Sie war verschlossen. Das war ein gutes Zeichen. Der Gefängnisdirektor schien nicht da zu sein. Er hatte alle Zeit der Welt, um sich in Ruhe umzuschauen.

Er zog sein Messer aus der Tasche und bearbeitete das Schloss so lange, bis es endlich aufsprang. Die erste Hürde war genommen.

Gilles huschte ins Innere des Hauses und lief die Treppe hinunter.

Als er bei dem Einstieg im Keller angekommen war, setzte er sich erst einmal hin.

War das ein Weinkeller? Hatte dieser Lalique womöglich dort unten Schmuggelware versteckt? Dass unter den Häusern und Straßen von Paris verborgene Schächte und Stollen waren, wusste Gilles natürlich.

Er war einmal mit seinen Freunden nachts in das Höllenloch in der Avenue René-Coty eingestiegen. Es hieß, dass dort unten unvorstellbare Schätze von Schmugglern und Hehlern versteckt wurden. Seine Freunde und er hatten darauf spekuliert, dass sie leichte Beute machen könnten. Sie hatten sich gründlich getäuscht!

Mit Schaudern, Fassungslosigkeit und Entsetzen erinnerte Gilles sich noch jetzt genau daran, wie sie im Schein des Kerzenlichts auf unzählige aufgeschichtete Menschenschädel und Knochen gestoßen waren. Halb verweste Leichen, nackt oder in mottenzerfressenen Kleidern und Lumpen eingehüllt, lagen am Boden oder waren gegen die Wand gelehnt worden. Von allen Seiten hatten ihn leere, dunkle Augenhöhlen angestarrt. Der Verwesungsgestank hatte ihm fast den Atem genommen.

Laut schreiend und vor Angst am ganzen Leib zitternd, waren die Jungen wieder nach draußen geflüchtet.

Nächtelang plagten Gilles die schlimmsten Albträume. Die unzähligen Toten hatten sich in sein Gedächtnis eingegraben und verfolgten ihn bis heute. Seine Freunde und er waren nie wieder in die Unterwelt zurückgekehrt.

Doch jetzt blieb Gilles keine andere Wahl: Wenn er etwas herausbekommen wollte, musste er dort hinunter.

Er nahm einen Kieselstein, den er neben sich ertastete, und warf ihn hinab. Es dauerte eine Weile, bis er den Stein aufschlagen hörte. Ganz schön tief, dachte er. Als er von unten keine Geräusche hörte, fasste er sich ein Herz. Gilles griff nach der Strickleiter. Am liebsten hätte er jetzt schon die Kerze entzündet, aber er brauchte beide Hände zum Klettern. Sein Herz klopfte wie wild, sein Mund war vor Angst ganz ausgetrocknet. Was würde ihn dort unten erwarten?

38. Kapitel

Paris, 8. Januar 1805

»Heute hat mich mein Chevalier schon zum zweiten Mal in Folge versetzt. Nicht einmal eine Kutsche hat er vorbeigeschickt. Bei dieser Eiseskälte! Das hat es noch nie gegeben!« Philomena öffnete ihr Ridikül und nahm ein Spitzentaschentuch heraus. »Jetzt muss ich wegen diesem Rindvieh auch noch heulen. Wenn er mich abservieren will, soll er wenigstens offen und ehrlich dazu stehen. Das kann man doch wohl auch als Mätresse erwarten, oder?«

Celeste hakte sich bei ihrer Freundin ein. »Ja, da hast du weiß Gott recht. Komm, Filou und ich bringen dich nach Hause.«

»Außer deinem alten Hund holt dich ja auch niemand ab. Irgendetwas machen wir falsch!«

Die beiden Tänzerinnen sahen sich an und prusteten los.

»Was macht eigentlich dein Verehrer?«

Celeste zog bekümmert die Schultern hoch. »Na ja, wir waren Schlittschuh laufen.«

»Wie originell!«

»Ich glaube, ich habe alles verpatzt, was man nur verpatzen kann. Stell dir vor: Ich habe Viktor von Löwenstein geküsst. Und dann bin ich davongelaufen.«

Philomena sah ihre Freundin nachdenklich an. »Das war allerdings dumm von dir. Du darfst dich nicht wundern, wenn sich dein Kavalier nicht mehr blicken lässt. Du hättest dich ihm hingeben müssen.«

Celeste errötete. »Philomena!« Sie zögerte einen Moment, blieb stehen, dann sah sie die Freundin an. »Ich muss dir etwas gestehen: Ich war noch nie mit einem Mann zusammen.«

»Was? Das kann nicht dein Ernst sein! Du bist neunzehn Jahre alt! Du bist bildschön, hast Humor, und wenn ich dich auf der Bühne beobachte, werde ich fast neidisch, weil du dich so grazil bewegen kannst.«

»Ja, und?« Celeste lächelte gequält.

»Es wird höchste Zeit, dass ich dich wenigstens theoretisch in die hohe Kunst der Verführung einweihe. Da scheint einiges im Argen zu liegen. Oder trete ich dir damit womöglich zu nahe?«

Celeste schüttelte den Kopf.

»Wenn man sich nicht ganz dumm anstellt, kann man jeden Mann verführen, Celeste.«

Philomena redete auf die Freundin ein wie ein Wasserfall. Noch nie hatte jemand so offen mit ihr über die körperliche Liebe gesprochen. Celeste hing an ihren Lippen und sog jede neue Erkenntnis wie ein Schwamm in sich auf.

Nach einer Weile bemerkten die beiden jungen Frauen erstaunt, dass sie bereits den Boulevard St. Germain erreicht hatten.

Philomena sah sich um und deutete auf ein nobles, mehrstöckiges Wohnhaus. »In dieser Straße, gleich gegenüber von der Abtei, hat mir mein Chevalier eine bezaubernde Bleibe gemietet. Wenn ich Pech habe, wird mich die Concierge auf seine Anweisung hin nun kurzerhand vor die Tür setzen. Dann muss ich ausziehen. Mir ist der Gedanke unerträglich, wieder bei meiner Mutter und meinen drei Brüdern im Hinterhaus im Quartier Latin wohnen zu müssen.«

»Wenn du wüsstest, wo ich hause, wärst du trotzdem zufrieden.«

»Daran bist du selbst schuld, das ließe sich leicht ändern. Spring endlich über deinen Schatten und wirf deine verklemmten Moralvorstellungen über Bord.« Philomena zwinkerte ihrer Freundin zu. »Meine Liebe, hab tausend Dank, dass du mich begleitet hast. Ab hier fühl ich mich sicher.«

»Ich muss mich bei dir bedanken, du hast mir mit deiner Offenheit sehr geholfen. Ich bin unter Umständen aufgewachsen, wo man über solche Dinge nie geredet hat. Und Philomena: Besonders danke ich dir dafür, dass du mich nicht mit Spott überschüttet, sondern meine Unwissenheit auf deine unvergleichliche Art ernst genommen hast.«

Philomena machte einen clownesken Knicks und deutete eine Pirouette an. »Wenn ich eines schönen Tages nicht mehr tanzen kann, werde ich eine Agentur eröffnen, die junge Mädchen in die Kunst der Liebe einführt.« Sie warf Celeste eine Kusshand zu und rief im Gehen: »Bonsoir, chérie! Bis morgen.«

Während Celeste der Freundin nachwinkte, dachte sie, wie temperamentvoll und selbstbestimmt Philomena doch war. Sie schien von Natur aus unbekümmert zu sein, obwohl ihr Leben auch Höhen und Tiefen kannte.

Celeste beugte sich zu Filou hinunter und kraulte ihn im Nacken. »Komm, mein Alter, wir haben noch eine Strecke Weg vor uns.«

Nachdenklich lief Celeste mit ihrem Hund die Rue de Saint Germain hoch. Es war stockdunkel, nur die vereinzelten Straßenlaternen spendeten ein fahles, gelbes Licht. Nun war sie mutterseelenallein und dachte über das nach, was ihr Philomena erzählt hatte. Sie beschloss, ihre Zurückhaltung endlich abzulegen. Viktor von Löwenstein war der erste Mann, bei dem sie sich vorstellen konnte, alle Hemmungen über Bord zu werfen. Sie wechselte die Straßenseite. Die stille Gasse, in die sie nun einbog, hätte sie früher geängstigt, jetzt genoss sie es geradezu, in Ruhe über sich und ihr Leben nachzudenken. In einem Punkt hatte Philomena recht: Sie war frei und musste niemandem Rechenschaft ablegen. Doch dazu war es nötig, dass sie sich endlich klar darüber wurde, was sie eigentlich wollte. Wo blieb ihr Mut? Als Seiltänzerin riskierte sie Kopf und Kragen, ohne mit der Wimper zu zucken. Im richtigen Leben hingegen war sie oftmals zögerlich. Während sie Viktor geküsst hatte, war sie von einer Woge der Lust ergriffen worden, wie sie sie noch nie gespürt hatte. Doch statt dieser nachzugeben, war sie davongerannt. An wessen Moralvorstellungen hielt sie sich eigentlich? Folgte sie womöglich den vermeintlichen Erwartungen von Raoul und Nathalie? Oder vielleicht gar den Vorstellungen ihrer verstorbenen Eltern?

Bisher war ihr Schicksal nur von äußeren Umständen geprägt worden. Sie hatte nie wirklich selbst etwas entschieden. Jetzt war sie an einem Punkt angelangt, an dem sie in sich hineinhorchen und sich fragen musste, wohin ihr weiterer Weg gehen sollte. Celeste erreichte die Fontaine des Innocents. Sie schritt die sechs Stufen hinauf und setzte sich auf die eisige Marmorbrüstung. Sie hatte gehört, dass viele Tänzerinnen, Prostituierte und gefallene Mädchen dorthin pilgerten, da sie hofften, mit dem Wasser des Brunnens ihre Sünden abwaschen zu können. Celeste musste über sich selbst lachen. Jetzt saß sie hier und wollte sich ihrer Sünden entledigen, dabei hatte sie nicht einmal eine begannen. Es war so kalt, dass sie aufstand und ihre Röcke ordnete. Sie schwor sich, wieder hierherzukommen, sobald sie zur Sünderin geworden war, und hoffte inständig, dass Viktor bald wieder ihren Weg kreuzen würde.

Während sie befreit die Stufen hinunterhüpfte, dachte sie daran, wie anders ihr Leben verlaufen wäre, wenn dieser Bertrand Lalique und seine Mörderbande nicht ihre Eltern umgebracht hätten. Celeste war sich durchaus bewusst, dass sie als Aristokratin in dem strengen Korsett der vorgegebenen Regeln gefangen gewesen wäre. Wie absurd die Situation war: Wäre sie nicht in der Obhut von Raoul und Nathalie aufgewachsen, hätte sie Viktor vielleicht auf einem gesellschaftlichen Empfang in Paris kennengelernt. Und seine und ihre Eltern wären begeistert gewesen, wenn sie sich ineinander verliebt hätten und ein Paar geworden wären. Womöglich war Viktor längst zurück in München und ihre ganzen Überlegungen waren für die Katz. Sie beschloss, falls sie ihn wiedersah, würde sie nicht mehr Reißaus nehmen.

Celeste und Filou hatten die Seine erreicht. Sie setzte sich trotz der Kälte auf einen feucht glänzenden Baumstumpf am Ufer und beobachtete, wie ihr Hund aufgeregt einer fetten Wasserratte nachjagte.

Plötzlich wusste sie mit absoluter Sicherheit, dass sie die Geliebte von Viktor werden wollte. Sie würde Philomenas kluge Ratschläge beherzigen und diesen Mann nach allen Regeln der Kunst verführen.

Entschlossen stand Celeste auf. Sie pfiff Filou, der missmutig seine Jagd beendete. »Du bist ja patschnass, du stinkst unerträglich! Heute Nacht schläfst du vor dem Wagen. Egal, wie kalt es ist.«

Celestes Magen knurrte. Hoffentlich hatte ihr Nathalie etwas zu essen aufgehoben. Vor den Ballettaufführungen war es den Ensemblemitgliedern verboten, eine Mahlzeit zu sich zu nehmen. Celeste hätte vor lauter Lampenfieber, das sie vor jeder Vorstellung befiel, auch nicht den kleinsten Bissen hinuntergebracht. Während einige Tänzerinnen sich Brot und Käse mitbrachten, um es gleich im Anschluss an die Vorstellung zu essen, vergaß Celeste regelmäßig, für einen Imbiss zu sorgen. Jetzt träumte sie von Nathalies Entenragout. Das Wasser lief ihr schon bei dem Gedanken daran im Mund zusammen. Vielleicht hatte Marcuse Glück gehabt und ein paar Vögel waren ihm in die Falle gegangen. Erst vor ein paar Tagen war es ihm mit Gilles Hilfe gelungen, gleich drei dicke Enten in seine Netzfalle zu locken. Seitdem waren die beiden vom Jagdfieber gepackt. Unermüdlich versuchten sie in jeder freien Minute ihr Glück und hatten sichtlich Spaß dabei. Hingebungsvoll fütterten die beiden die Vögel an, versteckten sich hinter einem Busch, um dann im rechten Moment die Falle zuschnappen zu lassen.

Celeste war Marcuse dankbar, dass er sich so rührend um Gilles kümmerte. Er hatte inzwischen offensichtlich eingesehen, dass sie nicht füreinander bestimmt waren.

Plötzlich blieb Filou wie angewurzelt stehen. Leicht zitternd stellte er wachsam die Ohren auf. Der Hund hatte Witterung aufgenommen.

Celeste lauschte in die Dunkelheit. Das Rauschen der Seine war so laut, dass sie kaum etwas wahrnehmen konnte. Trotzdem meinte sie ein leises Schluchzen hören zu können.

Filou, der bei Gefahr eigentlich nie von ihrer Seite wich, stob plötzlich davon und verschwand in der Dunkelheit. »Filou!«, rief sie dem Hund hinterher. »Komm zurück.«

Celeste blieb irritiert stehen. Es war jetzt so finster, dass sie die Hand vor Augen nicht sehen konnte. Vorsichtig ging sie in die Richtung, in die Filou davongerannt war.

»Filou, komm zurück«, flüsterte sie erneut. Doch der Hund blieb, wo er war, und machte keine Anstalten, ihr zu gehorchen. »Was bist du nur für ein eigensinniger, stinkender Mistkerl«, zischte sie wütend.

Plötzlich hörte sie sein leises Bellen. Celeste versuchte sich zu beruhigen. Egal, wer sich da verbarg, ihr Hund würde sie beschützen. Vor Celeste führten ein paar ausgetretene Steinquader zum Fluss hinunter. Ganz unten meinte sie Filous Umrisse erkennen zu können. Neben ihm kauerte oder saß noch jemand. Sich bei diesen Temperaturen so nah am Wasser hinzulegen war glatter Selbstmord!

»Hallo, kann ich helfen?«, fragte Celeste unsicher.

Ihr Hund winselte erneut.

Vorsichtig stieg sie die glitschigen Stufen hinab. »Wer ist denn da?«

Niemand antwortete.

»Ist da jemand?«, rief Celeste erneut.

»Ja, ich!«

»Mein Gott, Gilles, was machst du denn hier, mitten in der Nacht? Heulst du etwa?«

»Nein«, antwortet der Junge schluchzend.

»Warum liegst du nicht längst unter deiner Decke und schläfst?«

»Darum.«

Celeste verdrehte die Augen. »Komm rauf zu mir. Ich möchte mir auf diesen Eisplatten nicht den Hals brechen.«

Erst erschien ihr Hund und hinter ihm her kam der Junge.

Trotz der Dunkelheit sah Celeste sofort, dass Gilles keine Mädchenkleider trug. Sie beschloss, nichts zu sagen, und nahm ihn fest in den Arm. »Was ist denn passiert?«

Der Junge konnte nicht antworten. Er weinte in einem fort.

»Du bist ja ganz ausgekühlt. Komm, wir gehen nach Hause.«

Schweigend liefen die beiden nebeneinander her.

Erleichtert bemerkte Celeste, dass sich Gilles allmählich beruhigte, während sie immer nervöser wurde und sich fragte, was wohl vorgefallen sein mochte. Noch nie hatte sie ihn so aufgelöst erlebt. Nicht einmal, als er ihr erzählt hatte, dass sein Vater vor seinen Augen erschossen worden war, musste er so weinen. Gilles war tapfer. Es musste ihm etwas Schreckliches zugestoßen sein.

Plötzlich spürte Celeste, wie er nach ihrer Hand griff.

»Ich möchte nicht, dass mich die anderen so sehen.«

Celeste nickte. »Das verstehe ich. Hab keine Angst. Die schlafen sicher alle längst tief und fest.«

Als sie das Gauklerlager erreicht hatten, sah Celeste erleichtert, dass niemand mehr wach war. Das Feuer, um das herum ihre Schlafstätten standen, war erloschen und rauchte nur noch schwach.

Celeste öffnete ihre Wagentür und entzündete eine Kerze. Es war drinnen nicht so eisig kalt, wie sie befürchtet hatte. Dankbar sah sie, dass Nathalie Brot und ein Stück Speck für Gilles und sie bereitgestellt hatte.

»Jetzt essen wir erst mal was. Du wirst sehen, dann geht es dir gleich viel besser.«

Während sie beide gierig zugriffen, wartete Celeste geduldig darauf, dass der Junge zu erzählen begann.

Doch Gilles blieb stumm.

»Ich bring noch schnell Filou etwas zum Fressen. Er stinkt zum Himmel, deshalb muss er heute Nacht draußen bleiben.«

Als sie nach einer Weile zurückkam, lag der Junge bereits unter seiner Decke und tat so, als schliefe er schon. Celeste breitete liebevoll ihren Mantel über ihn. Dann legte auch sie sich hin. Was mochte nur passiert sein? Warum erzählte Gilles ihr nichts?

Sie blies die Kerze aus und lauschte in die Dunkelheit. Wenigstens weinte er nicht mehr. Sie war schon halb eingeschlafen, als Gilles plötzlich mit zitternder Stimme zu sprechen begann.

39. Kapitel

Versailles, 8. Januar 1805

Es hatte über Nacht noch einmal leicht geschneit.

Inzwischen war es bereits zehn Uhr vorbei, die Schneewolken hatten sich verzogen und die gleißende Sonne ließ die dünne Schneefläche zauberhaft glitzern.

»Was für ein Morgen, Viktor! Man kann sich an der Schönheit kaum sattsehen. Der blaue Himmel, die strahlende Sonne und dieser weiß gepuderte Park. Vor dreihundert Jahren waren hier nur Urwald, Sumpf und Moor. Alles um dich herum ist von Menschenhand geschaffen!« Vivant Denon blickte verzückt über die weite Ebene. Dann wandte er sich zu Viktor um und rief gut gelaunt: »Komm schon, mein Junge, auf uns wartet viel Arbeit.« Vivant Denon eilte seinem Patensohn voraus, der bepackt mit einer großen Tasche voller Mal- und Vermessungsutensilien Mühe hatte, ihm zu folgen. Von ihrer Herberge bis zur Terrasse des Schlosses hatten sie kaum zehn Minuten benötigt.

»Liegt das Schloss nicht wundervoll? Man kann über den Sonnenkönig sagen, was man will, aber er hatte wahrlich ein Gespür für die anmutige Schönheit dieser Landschaft. Geht es dir nicht auch so: Wenn man hier oben steht, fühlt man sich selbst fast wie ein König.«

Viktor musste lachen. »Da haben Sie recht, Onkel. Ja. Wenn man nicht wie ein Packesel beladen wäre. Man könnte von hier aus meinen, man sieht in die Unendlichkeit.« Viktor drehte sich um seine eigene Achse. »Ich stelle mir gerade vor, ich würde hier im Schlafzimmer des Königs aufwachen, die Vorhänge zur Seite schieben und das Fenster öffnen. Wenn man mit dieser Aussicht den Tag beginnen darf, ist man bestimmt sofort voller Elan und Tatendrang. Onkel, Sie haben doch selbst hier gelebt, war das nicht einzigartig?«

»Du vergisst, dass ich hier der Arbeit wegen war. Trotz aller Schönheit war es kein Vergnügen, im Schloss zu leben. Heute Morgen sind wir ganz allein. Als ich in Diensten Seiner Majestät stand, waren hier mehr als zehntausend Menschen zugange. Es glich einem Ameisenhaufen! Der Adel, die Verwaltung, die Bittsteller, die Bediensteten, die Köche, die Kutscher, die Geistlichen, die Gärtner wieselten ab fünf Uhr morgens bis spät in die Nacht überall herum. Ich muss gestehen, Viktor, so menschenleer habe ich Versailles noch nie erlebt.«

»Auch wenn der Zahn der Zeit manches zerstört hat, unter uns gesagt, wirkt die ganze gigantische Anlage jetzt fast größenwahnsinnig auf mich. Wie kann ein König in solchen Dimensionen denken?«

»Nun, das war bei Ludwig XIV. Gabe und Fluch zugleich. Seine Nachfolger sind an diesem Absolutismus und dem kolossalen Habitus letztendlich zerbrochen. Versailles hat im Endeffekt auch zur Revolution geführt. Die Könige haben mit ihren unermesslichen Ausgaben dem Volk die Luft zum Atmen genommen. Die ganzen Steuereinnahmen sind für ein Heer von Günstlingen und für den beispiellosen Prunk vergeudet worden, den wir hier gerade bewundern. Irgendwann waren die Kassen leer. Frankreich war wie gelähmt und erst der Umsturz hat unser Volk aus dem Würgegriff der Bourbonen befreit. Napoleon wird alles besser machen, da bin ich mir sicher. Er hat die Geschichte unserer ruhmreichen Nation eingehend studiert. Der neue Kaiser wird nicht die Fehler seiner Vorgänger wiederholen. Das Volk liebt ihn, weil er weiß, was das Volk braucht.« Vivant Denon zeichnete gedankenlos mit dem Fuß eine Lilie in den Schnee. Dann wandte er sich erneut an seinen Patensohn: »Gestern haben wir uns einen ersten Eindruck vom Schloss und den Nebengebäuden verschafft. Ich hätte nicht erwartet, dass die Kriegsinvaliden nur so geringe Schäden im Inneren des Schlosses hinterlassen haben.«

»Ich kann mir beim besten Willen immer noch nicht vorstellen, dass sogar in dem prachtvollen Spiegelsaal Verwundete und Amputierte auf ihren Bahren gelegen haben sollen.«

»Das Militär weiß, was sich gehört: Sie sind hier abgezogen und haben die Räume in vorbildlichem Zustand hinterlassen, besenrein. Das Einzige, was man den Männern übel nehmen muss, ist, dass sie fast das gesamte Parkett herausgerissen und verfeuert haben. Nun gut. Niemand friert gerne. Wenn er krank ist, erst recht nicht.« Vivant Denon lief auf eine der vereisten Treppenstufen zu. »Komm, mein Junge, genießen wir die frische Winterluft und inspizieren den Park. Ich muss den Zustand der Kanäle und der Wasserbecken prüfen.«

Nach wenigen Schritten gelangten die beiden Männer zum Midi-Bassin.

»Es ist, gelinde gesagt, eine Katastrophe, dass hier nicht einmal das Wasser abgelassen worden ist. Das Eis wird die Umrandung zum Platzen bringen, wenn die Temperaturen wieder ansteigen. Schade darum. Doch schau dir die zwölf Skulpturen von Thomas Regnaudin an! Vier von ihnen stellen die großen französischen Flüsse dar. La Saône, la Loire, le Loiret – und?«

»Onkel, bitte prüfen Sie nicht meine geografischen Kenntnisse von Frankreich. Ich vermute die Rhône?«

»Ganz richtig, ganz richtig. Aber dir stechen eher die barbusigen Nymphen ins Auge, hab ich recht?«

Viktor lächelte verlegen. »In der Tat, das sind wahre Prachtexemplare.«

»Gleich an meinem ersten Arbeitstag in Versailles hat eine entzückende Kammerzofe ihre gute Erziehung über Bord geworfen. Sie ist splitterfasernackt in dieses Bassin gestiegen und als lebendige Skulptur zwischen den gusseisernen Schönheiten wieder aufgetaucht. Es war ein Vergnügen, ihr bei der Morgentoilette zuzuschauen, das kannst du mir glauben. Und wenn mich meine Erinnerung nicht täuscht, ist ihre Rechnung sogar aufgegangen. Sie war von dem Tag an die Mätresse eines Kardinals, der sich unsterblich in ihren bezaubernden, barbusigen Anblick verliebt hatte. Seinen Namen werde ich dir aber nicht verraten.«

Viktor schmunzelte.

Der Tag verging wie im Flug.

Viktor hatte schon seine ganze Kladde mit Messdaten und Bestandsaufnahmen gefüllt. Zu gerne hätte er die vielen fantastischen Eindrücke aufs Papier gebannt, aber dazu blieb keine Zeit. Er hoffte, dass er eines Tages viele Motive aus der Erinnerung würde zeichnen können.

Es war bereits später Nachmittag, als Vivant Denon und Viktor das Ende des Parks erreichten. Die sich anschließenden Wiesen und Felder waren zugefroren und lagen verlassen in der Abendsonne. Plötzlich schreckten ein paar Rehe auf und flohen in großen Sätzen unsicher über die rutschige Eisfläche.

»Mein Junge, es wird langsam Zeit, den Rückzug anzutreten. Ich freue mich auf eine gut geheizte Wirtsstube.«

Halb im Gehen wandte sich Viktor an seinen Patenonkel: »Bildet dieser Wachturm da hinten den Abschluss des Parks?«

»Was für ein Wachturm? Meine Güte, wie gut, dass ich dich mitgenommen habe. Da liegt ja der Weiler! Ich habe ihn völlig vergessen!«

»Was für ein Dorf?«

»Hameau de la Reine. Das ist ein wahres Kuriosum, Viktor. Komm, wenn wir schon einmal hier sind, zeig ich ihn dir. Was es damit auf sich hat, ist absolut erzählenswert.«

Beim Näherkommen sah Viktor, dass es sich nicht um einen Wachturm, sondern um eine ganze Ansammlung von Häusern und Gebäuden handelte, die kaum sichtbar zwischen großen Bäumen versteckt lagen.

»Das ist der Weiler der letzten Königin. Marie Antoinette war wegen ihrer Verschwendungssucht beim Volk sehr unbeliebt. Aber mit diesem Hameau hat sie dem Ganzen die Krone aufgesetzt. Nicht nur die Bauern der Umgebung fühlten sich brüskiert, als man erfuhr, dass Marie Antoinette zu ihrem Vergnügen das einfache Landleben kopierte. Ganz Paris spottete über die Herabwürdigung des Bauernstandes. Mit silbernen Rechen, vergoldeten Schaufeln und kleinen Eimerchen aus kostbarstem Porzellan zupfte sie mit ihren Kindern ein bisschen Unkraut und ergötzte sich am ›einfachen Leben‹.«

»Wie kam Marie Antoinette denn auf so eine befremdliche Idee?«, fragte Viktor. »Noch dazu in Sichtweite des Schlosses?«

»Die Gute hatte die Schriften von Jean-Jacques Rousseau gelesen. Dieser bedeutende Philosoph und Pädagoge propagierte das einfache Leben auf dem Lande. Irgendwie kann ich die letzte Königin verstehen. Sie war halt eine Österreicherin und ist nie richtig in Versailles angekommen. Das Hameau war der einzige Ort weit und breit, wo sie sich vor den Intrigen und Ränkespielen zurückziehen konnte. Trotzdem war es ganz und gar unpassend. Der König hätte eine starke Frau an seiner Seite gebraucht. Stattdessen flüchtete sie in ihre Märchenwelt und verschloss die Augen vor dem Elend des Volkes. Vielleicht wäre es nie zur Revolution gekommen, wenn Marie Antoinette nicht von einem Fettnäpfchen ins andere gestolpert wäre.«

»Ich weiß noch wie heute, wie meine Eltern mir vollkommen schockiert erzählten, dass die Königin enthauptet worden ist.«

Vivant Denon und Viktor näherten sich dem kleinen Dorf. Der Weiher war zugefroren und ein einsames Ruderboot lag umgekippt auf einem morschen Holzsteg. Die fein verästelten Zweige einer gewaltigen Trauerweide reichten bis in den Teich hinab und waren mit Eis überzogen.

»Was für eine Idylle. Wie zauberhaft. Das ist hier wirklich ein kleines Paradies«, sagte Viktor ergriffen.

»Eines muss man der letzten Königin zugestehen: Sie hatte Geschmack. Marie Antoinette hat sich von den englischen Garten- und Landschaftsarchitekten inspirieren lassen. Das Volk war seinerzeit außer sich, als durchsickerte, welche Unsumme der König für dieses Geschenk an seine Gemahlin lockergemacht hatte.«

»Schaut mal, Onkel, steigt dahinten nicht Rauch aus dem Kamin?«

»Du hast recht. Meines Wissens kann das eigentlich gar nicht sein. Lass uns nachschauen, da scheint jemand zu wohnen.«

Die beiden Männer liefen zielstrebig an der baufälligen Mühle vorbei. Armdicke Efeustränge wuchsen an dem Gebäude hoch und hatten das halbe Dach bereits überwuchert. Die Fenster waren mit Brettern notdürftig zugenagelt und die Läden waren teilweise aus den Angeln gebrochen.

»Schau, Onkel, der Misthaufen dahinten dampft ja. Da muss doch jemand leben.«

»Unglaublich. Sehr mysteriös.«

Plötzlich kamen drei aufgeregt schnatternde Gänse auf sie zu. Sie hinderten sie am Weitergehen. Angriffslustig zischend versperrten die drei den Männern flügelschlagend den Weg. Ein dickes, schwarz-weiß geschecktes Schwein wackelte grunzend auf sie zu und untersuchte mit seinem Rüssel Viktors Stiefel.

»Mich würde nicht wundern, wenn gleich auch noch ein Stier um die Ecke käme und uns auf die Hörner nähme. Das ist ja die reinste Menagerie.«

»Halt, keinen Schritt weiter!« Auf einmal rannte ein kleiner alter Mann auf sie zu. Er hielt eine silberne Mistgabel in seinen Händen, die so glänzte, dass Denon und Viktor sich darin spiegeln konnten.

Vor Schreck stolperte Denon und wäre beinahe der Länge nach hingefallen, wenn ihn sein Neffe nicht reaktionsschnell gehalten hätte.

»Sind Sie von allen guten Geistern verlassen?«, rief der Museumsdirektor erschrocken und empört. »Nehmen Sie augenblicklich die Waffe herunter. Und pfeifen Sie gefälligst Ihre wild gewordenen Viecher zurück!«

Zögernd ließ der Bauer die Mistgabel sinken. »Wer sind die Herrschaften, wenn ich fragen darf?«

»Mich würde eher interessieren, wer Sie sind.«

»Ich bin der letzte Hüter des Weilers. Außer meiner alten, kranken Frau und mir lebt niemand mehr hier. Alle anderen sind tot oder geflohen.«

»Ich bin Baron Vivant Denon und das ist mein Patensohn Viktor von Löwenstein. Wir inspizieren im Auftrag Seiner Majestät, unseres gnädigen Kaisers Napoleon Bonaparte, das Schloss und die Gartenanlagen.«

Ehrfurchtsvoll verbeugte sich der alte Mann vor ihnen. »Sie müssen entschuldigen, aber fast täglich kommt hier übles Gesindel vorbei und versucht mir meine Tiere zu stehlen. Sie sind das Einzige, was mir geblieben ist. Und meine Erinnerung an längst vergangene, glückliche Tage.«

»Wie lange leben Sie denn schon hier?«, fragte Viktor interessiert.

»Seitdem ich denken kann.«

»Dann müssen Sie ja Marie Antoinette mit ihren Kindern hier erlebt haben.«

Dem Bauern stiegen Tränen in die Augen. »Normalerweise halte ich vorsichtshalber meine Zunge im Zaum. Da es auch heutzutage immer noch gefährlich ist, über die letzte Königin der Bourbonen zu reden, Gott hab sie selig. Was war das nur für eine edle, wunderschöne Frau. Mein Leben hat erst einen Sinn bekommen, weil ich ihr und den Kindern zu Diensten sein durfte. Da die verehrten Herrschaften blaublütigen Geschlechts sind, sage ich Ihnen frank und frei: Ich war der Lieblingsknecht Ihrer königlichen Hoheit. Das waren die glücklichsten Tage meines Lebens. Es ist nun schon bald fünfzehn Jahre her, dass man sie abgeholt hat …« Dem Bauern rannen unaufhaltsam die Tränen über seine roten Backen, während er erzählte. Es dauerte einen Augenblick, bis er sich gefasst hatte und weitersprechen konnte: »Seither ist kein Tag vergangen, an dem ich nicht an sie denken musste. Mein Weib und ich haben es uns zur Aufgabe gemacht, den Ort zu erhalten, den Ihre königliche Majestät und ihre Kinder so liebten.«

Der alte Mann hatte mit so viel ehrerbietiger Hingabe gesprochen, dass Viktor und Denon betreten zu Boden blickten.

»Es wird bald dunkel. Die Herrschaften müssen mich entschuldigen. Ich muss die Gänse und die Hühner einsperren, sonst holt sie womöglich noch der Fuchs.«

Sie blickten dem gramgebeugten Mann hinterher, wie er das Federvieh vor sich her trieb und hinter einer baufälligen Remise verschwand.

»Was für eine seltsame Begegnung«, sagte Viktor.

Vivant Denon nickte zustimmend. »Es hieß immer, dieses Hameau wäre das Liebesnest von Marie Antoinette und ihrem Liebhaber Graf von Fersen gewesen. Dieser Bauer ist bis zum heutigen Tag die Diskretion in Person. Er hat kein Wort darüber verloren, das muss man ihm hoch anrechnen! Sei's drum, Viktor, mich friert, lass uns zurück in unsere Herberge gehen.«

»Würde es Ihnen etwas ausmachen, wenn ich noch eine Weile hierbliebe, Onkel? Ich finde es ausgesprochen aufregend, auf einen Menschen gestoßen zu sein, der in unmittelbarer Nähe von Marie Antoinette gelebt hat. Mich hat das Schicksal der Königin immer tief berührt.«

»Dein Interesse ehrt dich. Tu, was du nicht lassen kannst. Der Anblick des Schweins hat mich hungrig gemacht. Ich geh schon mal zurück und warte bei Tisch auf dich.«

40. Kapitel

Paris, 9. Januar 1805

Gilles schrie wie am Spieß.

Celeste streichelte dem Jungen beruhigend über den Rücken. Sie wunderte sich zum wiederholten Mal, dass der Junge bei seinen quälenden Albträumen nicht aufwachte, sondern einfach unruhig weiterschlief.

Sie starrte in die Dunkelheit. Was sollte sie tun? Irgendetwas musste geschehen.

Sie bekam eine Gänsehaut, wenn sie an Gilles Geschichte dachte, die er ihr gestern Nacht erzählt hatte. Er war trotz ihres Verbots noch einmal zu dem verfallenen Haus gegangen.

»Ich bin ganz vorsichtig und leise die Strickleiter hinuntergestiegen. Es ging viel tiefer hinab, als ich gedacht hätte. Meine Arme waren ganz verkrampft, weil ich mich so sehr am Seil festgeklammert habe. Immer wieder hielt ich inne und lauschte, aber es war nichts zu hören. Auf einmal spürte ich wieder festen Boden unter den Füßen und wäre um ein Haar gestürzt. Es war zappenduster, wie in einem Schweinearsch. Es hat ewig gedauert, bis ich meine Kerze endlich entzündet hatte. Im fahlen Licht war zu sehen, dass es nur einen Weg gab. Vor mir führte ein langer Schacht in die Dunkelheit. Langsam tastete ich mich an der rußschwarzen Wand entlang, je weiter ich lief, umso mehr Angst bekam ich. Ich wollte gerade wieder kehrtmachen, als ich plötzlich einen gellenden, verzweifelten Schrei hörte. Das war so furchtbar, Celeste. Das ging mir durch Mark und Bein. Mir hat sich mein Hals zugeschnürt vor lauter Angst. Da unten war jemand! Ich hab die Kerze vor Schreck fallen lassen. Wie blöd von mir! Trotzdem bin ich weitergegangen, weil ich dachte, vielleicht komme ich weiter vorne einfacher raus, als wenn ich zurück über die Strickleiter muss. Mit der linken Hand fuhr ich die Wand entlang. Plötzlich hörte ich wieder so einen Schrei. Vor Angst bin ich gestolpert. Ich wollte mich an der Wand abstützen, aber ich griff ins Leere. Suchend tastete ich herum. Auf einmal war da etwas zwischen meinen Fingern. Ich wollte mich daran hochziehen, aber es brach ab. Ich bin mir sicher, es waren Menschenknochen. Da müssen Hunderte von Skeletten aufgestapelt gewesen sein, die hab ich alle umgeschmissen. Das hat einen Höllenkrach gemacht. Danach war es ganz still. Mucksmäuschenstill. Ich konnte meinen eigenen Atem hören. Celeste, mir wurde schwindelig vor Grausen. Ich wusste nicht mehr, was ich tun sollte. Das war das Schlimmste, was ich in meinem ganzen Leben mitgemacht habe. Ich robbte langsam auf dem Boden voran. Nach einer halben Ewigkeit gelangte ich an eine Tür. Ich legte mein Ohr auf das kühle Holz. Hinter der Tür habe ich eindeutig Schreie gehört. Eindeutig! Da wird jemand gefangen gehalten. Celeste, du musst mir glauben! Ich bin davongerannt. Ich weiß nicht, wie ich wieder nach draußen gelangt bin. Auf jeden Fall nicht über die Strickleiter. Stundenlang irrte ich durch die Gänge und Stollen. Ich war verzweifelt und am Ende meiner Kräfte. Niemals hätte ich geglaubt, dort jemals wieder herauszufinden. Als ich schon aufgeben wollte, wurde ich plötzlich von einem kalten Luftzug gestreift. Das war meine Rettung. Vor mir war eine Spalte in der Felswand. Gott sei Dank bin ich so dünn. Mit Müh und Not konnte ich mich da durchquetschen und war endlich frei. Der Ausgang ist so schmal, dass da ein Erwachsener nicht durchkäme. Es ist ganz in der Nähe von der Stelle, wo du und Filou mich später gefunden habt.«

Celeste fröstelte bei der Erinnerung an die Schilderung. Sie konnte nicht mehr einschlafen und stand leise auf. Warum hatte sie Gilles nur darum gebeten, hinter dem Gefängnisdirektor her zu spionieren? Sie zündete eine Kerze an und schlüpfte in ihre Kleider.

Celeste wusste sich nicht anders zu helfen und weckte mitten in der Nacht Raoul, François und Marcuse, obwohl sie Gilles versprochen hatte, den anderen nichts zu erzählen. Im Gegensatz zu den anderen hatte Celeste keine Zweifel, dass Gilles Geschichte wahr war. Er hatte seine Erlebnisse so detailliert beschrieben, sie mussten stimmen. Irgendjemand hielt in den Katakomben Menschen gefangen.

Leider glaubte weder Raoul noch François oder Marcuse Gilles' Geschichte. Sie hielten dessen Schilderungen für Hirngespinste. »Der Junge wird über eine paar harmlose Skelette gestolpert sein. Sonst nichts. Irgendwo wird der Wind hereingepfiffen haben und er hat gemeint, es seien Stimmen oder Schreie. Im Dunkeln ist alles gleich viel schlimmer. Gilles hat sicher eine ganze Menge mitgemacht, das ist unbestritten. Aber er hat zu viel Fantasie.«

»Hattet ihr Streit? Gilles ist noch ein Kind. Er wollte vielleicht bloß deine Aufmerksamkeit erregen?«, vermutete Marcuse.

»Warum ist er denn überhaupt da hinuntergestiegen?«, fragte Raoul. »Was hatte er dort unten verloren? Er will sich nur wichtigmachen, glaub mir, Celeste!«

Celeste schluckte. »Aber wenn doch nur der leiseste Verdacht besteht, dass ein Mensch dort gefangen gehalten wird und um Hilfe fleht, müssen wir etwas tun!«

»Lass mal ein paar Tage ins Land gehen, Celeste. Wenn Gilles dann immer noch auf der Geschichte beharrt, können wir uns ja auf den Weg machen und nachschauen.«

»Ich bezweifele allerdings, dass wir die Stelle in dem gigantischen Stollensystem jemals finden werden«, meinte Marcuse.

Trotz ihrer Enttäuschung verstand Celeste die Männer. Selbst sie beschlichen langsam Zweifel, so abstrus war Gilles Geschichte. Einzig die Tatsache, dass womöglich der Gefängnisdirektor Lalique dahintersteckte, versetzte sie in Angst und Schrecken. Diesem Mann traute sie alles zu. Bisher hatte sie keinem Menschen von der Ermordung ihrer Eltern durch Lalique und seine Bande erzählt. Nicht einmal Nathalie und Raoul.

Noch immer quälten Gilles seine Albträume. Unruhig zuckten seine Augenlider im Schlaf.

Plötzlich wusste Celeste, was zu tun war. Sie weckte ihn sanft. »Wach auf.«

Der Junge sah sie verwirrt und verschlafen an. »Es ist doch noch dunkel!«

»Egal. Zieh dich an. Ich möchte, dass du mir das Haus zeigst, in dem sich der Einstieg zu den Katakomben befindet.«

»Jetzt sofort?«

»Ja. Wir nehmen Filou mit. Der kann uns beschützen.«

Als sie die Ruine endlich erreicht hatten, begann es bereits zu dämmern.

Celeste bemerkte, wie der Junge immer bleicher wurde. »Hab keine Angst. Ich steige alleine hinunter. Du wartest solange mit Filou oben auf mich.«

»Niemals.«

»Gilles, wir streiten jetzt nicht hier auf der Straße«, flüsterte Celeste. »Lass uns erst mal in das Haus hineingehen.«

Geschickt schlüpften sie zwischen den Brettern hindurch, mit denen die Eingangstür notdürftig verbarrikadiert worden war. Im Inneren des Hauses sah es genauso aus, wie Gilles es Celeste beschrieben hatte.

»Geht es hier zum Keller?«, fragte sie.

Gilles nickte.

Celeste atmete tief durch. »Wenn jemand hier wäre, hätte Filou schon angeschlagen. Komm.«

Mit klopfenden Herzen drückten die beiden langsam die Kellertür auf.

Gilles traute seinen Augen nicht!

Vor zwei Tagen hatte sich hier noch das Loch im Fußboden befunden. Jetzt war der Ort nicht wiederzuerkennen. Der Kellerboden war auf einmal mit Platten ausgelegt. In mehr als der Hälfte des Raumes war fein säuberlich Brennholz aufgeschichtet, und etliche leere Weinflaschen lagen herum.

Gilles ließ sich entsetzt auf die Knie fallen. »Das kann nicht sein! Das glaub ich nicht! Ich schwöre dir bei allem, was mir heilig ist: Genau hier war das Loch mit der Strickleiter.« Gilles räumte hektisch einen Holzscheit nach dem anderen zur Seite.

Celeste beobachtete den Jungen. Verzweifelt untersuchte er den Boden. Wütend schmiss er die ganze Holzbeuge um. Dann brach er schluchzend zusammen.

Celeste sah den Jungen traurig an. Dann rüttelte sie ihn sanft an der Schulter. »Lass gut sein, Gilles. Das hat doch keinen Sinn! Vielleicht hast du das Haus verwechselt?«

»Ich wusste es: Du glaubst mir nicht! Aber ich schwöre dir, hier war der Einstieg!«

41. Kapitel

Versailles, 9. Januar 1805

Viktor berührte Celestes weiße, makellose Stirn. Seine Fingerspitzen streiften durch die schwere Fülle ihres vollen, blonden Haares. Während er ihre geschlossenen Augen küsste, streichelte er zärtlich ihre nackte Schulter. Ihre Haut war weich wie Samt und duftete betörend nach Zitronenblüten.

»Viktor«, stammelte sie mit vor Erregung heiserer Stimme, »nimm mich!«

Eine unbeschreibliche Lust durchfuhr ihn. Er beugte sich über sie und versuchte sie zu küssen. Verunsichert nahm er wahr, dass sie sich immer weiter zurückzog, je näher er ihr kam. Plötzlich öffnete Celeste ihre smaragdgrünen Augen.

Viktors Herz zog sich vor Liebe zusammen. Er vermochte kaum noch zu atmen. Noch nie hatte er eine Frau so begehrt. Langsam kam ihr wunderschöner, geöffneter Mund auf ihn zu. »Endlich«, murmelte er. Doch das Glück des Kusses währte nur wenige Augenblicke. Plötzlich wurde ihm seine Bettdecke weggerissen.

»Viktor!«

Voller Entsetzen sah er die empörte Friederike über sich gebeugt. Ganz in Schwarz und mit einem Regenschirm bewaffnet.

»Ich bin jetzt frei für dich! Ich bin Witwe.« Irritiert sah sie zu Celeste hinüber. »Was treibst du da? Wer ist die Frau?«

Viktor blickte seiner ehemaligen Geliebten fest in die Augen. »Friederike, ich wollte es dir schon die ganze Zeit sagen: Mit uns ist es vorbei.«

Viktor genoss das Gefühl der Erleichterung, das ihn augenblicklich durchflutete, als er die Worte aussprach. Jetzt hatte er endlich für klare Verhältnisse gesorgt. Er drehte sich wieder zu Celeste um. »Nun steht uns nichts mehr im Weg, Chérie. Ich habe mich unsterblich in dich verliebt!« Gerührt sah er, wie smaragdgrüne Tränen aus Celestes Augenwinkeln zu fließen begannen. Noch ehe sie auf das Kopfkissen tropften, beobachtete Viktor voller Erstaunen, dass sich die Tränen in einen Saphir und einen Diamanten verwandelten.

»Da sind ja die Steine, die Gilles gestohlen hat!«, platzte es aus ihm heraus.

Celeste nickte.

»Gott sei Dank, die Juwelen sind wieder da!« Er wollte Celeste an sich ziehen, aber zu seinem blanken Entsetzen löste sie sich vor seinen Augen in Luft auf.

»Celeste!«, schrie er panisch.

In dem Moment traf ihn ein harter, schmerzhafter Schlag im Rücken.

Benommen setzte sich Viktor auf. Er war aus dem Bett gefallen.

Schlaftrunken fuhr er sich durch die Haare. Was war das für ein hanebüchener Traum gewesen!

Stöhnend stand er auf, öffnete das Fenster und sog die frische, kalte Luft ein. Durch die Wand zu seiner Rechten hörte er das laute Schnarchen seines Onkels.

Warum war ihm Friederike ganz in Schwarz erschienen? Und das im unpassendsten Moment? Unbewusst hatte er wohl immer noch ein schlechtes Gewissen. Diese Erleichterung im Traum, als er ihr gestand, dass er sich in Celeste verliebt hatte, konnte er jetzt noch fühlen. Viktor nahm sich vor, Friederike in den nächsten Tagen zu schreiben.

Er entzündete eine Kerze auf seinem Nachttisch. Immer noch nicht recht bei Sinnen kroch er wieder unter die Bettdecke, doch er war viel zu aufgewühlt, um wieder einschlafen zu können. Lächelnd nahm er den schwachen Duft von Zitronenmelisse wahr. Deshalb hatte Celeste in seinem wirren Traum so gut geduftet. Die Büglerinnen schienen das Laken mit Duftwasser besprenkelt zu haben.

Viktor verschränkte seine muskulösen Arme hinter dem Kopf und starrte eine Weile an den Plafond. Langsam hatte er von dem ganzen Prunk und Protz in Versailles die Nase voll. Selbst hier über seinem Bett schwebten zwei rundliche Putten in Gold vor einem blauen Himmel. Sie hielten eine aufwendig gemalte, bunte Blumengirlande zwischen sich, auf der die Worte standen: *Schlafe süß und ruhe sanft.*

Die dicken Engelkinder hatten es leicht. Ihnen waren irdische Sorgen fremd.

Sein Onkel hatte ihm heute Abend eröffnet, dass ihnen noch mindestens eine weitere Nacht in diesem gottverlassenen Kaff bevorstand. Nur mit Mühe hatte er seine Enttäuschung verbergen können. Er konnte sich nicht recht vorstellen, was sie noch zu inspizieren haben sollten. Seit Tagen durchstöberten sie das Schloss vom Dachboden bis zum untersten Keller. Keine Pferderemise, keine Dienstbotenunterkunft, keine Abstellkammer, keine ehemalige Küche, kein Waffenraum entging der gewissenhaften Prüfung. Selbst die hauseigene Apotheke, die alten Badewannen, Waschtröge und der geplünderte Weinkeller waren von ihnen begutachtet worden. So verzaubert er am

Anfang von Versailles gewesen war, inzwischen ermüdete ihn die ganze Anlage.

Plötzlich fiel ihm das Gespräch mit dem alten Bauern wieder ein: Die Dekadenz und die Verschwendungssucht der letzten Königin waren ihm zutiefst zuwider. Er konnte insgeheim nachvollziehen, dass ihr Verhalten mit dazu beigetragen hatte, die Revolution in Gang zu setzen. Doch der Aufenthalt in dem romantischen Weiler und die Berichte ihres Dieners hatten ihm eine ganz neue Seite der rätselhaften Habsburgerin aufgezeigt. Sie schien ihre Kinder wirklich geliebt zu haben.

Um sich von seinen eigenen Sorgen abzulenken, versuchte Viktor, sich in Marie Antoinette einzufühlen. Sie war so lange kinderlos geblieben. Was für eine Schmach für eine junge Königin. Halb Europa hatte sich ganze neun Jahre lang hinter vorgehaltener Hand über Ludwig XVI. und seine Gemahlin amüsiert. Marie Antoinettes Bruder, der Kaiser von Österreich, war schließlich eigens nach Versailles geeilt, um sie zur Schadenfreude des Adels aufzuklären. Neun Monate später konnte die Welt sehen: mit Erfolg! Sie gebar vier Kinder, von denen jedoch zwei in jungen Jahren an unheilbaren Krankheiten dahinschieden. Kein Wunder, dass die Königin ihre beiden verbliebenen Kinder über alle Maßen geliebt hatte.

Heute Morgen hatte er mit seinem Onkel die zwei großen Kinderzimmer und das Spielzimmer von Marie Thérèse Charlotte und Louis Charles besichtigt. Es war gespenstisch gewesen. Ein großes Schaukelpferd, das mit echtem Pferdefell überzogen war, lehnte vergessen in einer Ecke. Seine Kufen waren gebrochen. Das Ärmchen einer Puppe, die wohl einmal Marie Thérèse Charlotte gehört haben mochte, fand sich verloren auf einem Fenstersims.

Marie Antoinettes alter Knecht, auf den sie im Weiler gestoßen waren, hatte ihm von dem erschütternden Schicksal der beiden Kinder erzählt: 1789, nach dem Sturm auf die Bastille, konnte die heile Welt im Schloss Versailles noch ein paar Monate aufrechterhalten werden. Erst Anfang Oktober, als die Fischweiber das Gebäude stürmten und vom König Brot forderten, wurde die ganze königliche Familie nach Paris in die Tuilerien überführt. Dort wurden sie drei Jahre festgesetzt. Nach einem gescheiterten Fluchtversuch der Herrscherfamilie waren alle in dem berüchtigten Temple-Gefängnis eingesperrt worden. Dort begann der lange Leidensweg des Königs und seiner Familie.

Ludwig XVI. wurde im Januar vor genau zwölf Jahren enthauptet und nur ein halbes Jahr später seine Gattin Marie Antoinette.

Unter grausamster Folter hatte man den neunjährigen Dauphin Louis Charles gezwungen auszusagen, dass ihn seine Mutter zu sexueller Unzucht mit ihr gezwungen habe.

Viktor dachte voller Entsetzen, zu welchen Verbrechen doch erwachsene Menschen gegenüber einem Kind fähig waren. Der junge Königssohn war fast genauso alt gewesen wie Gilles jetzt. Nach der Hinrichtung seiner Eltern wurde Louis Charles einem Jakobiner, dem Schuster Antoine Simon, übergeben, der den Auftrag erhielt, den Knaben mit größter Strenge zu einem guten Bürger zu erziehen. Doch nach kurzer Zeit fiel der Schuster bei den Jakobinern und Robespierre in Ungnade und wurde selbst ein Opfer der Guillotine. Daraufhin kam das arme Kind wieder in das Temple-Gefängnis, in dem grausame und unvorstellbare Zustände an der Tagesordnung waren. Mutterseelenalleine, ganz auf sich gestellt, starb er dort ein Jahr später mit nicht einmal zehn Jahren.

Seiner Schwester war es genauso schlimm ergangen, nur dass sie, wie durch ein Wunder, überlebt hatte. Auch Marie Thérèse Charlotte war im Temple-Gefängnis jahrelang festgehalten und missbraucht worden. Ihre Spur hatte sich in den Wirren der Zeit verloren. Das Einzige, was der Knecht mit Sicherheit wusste, war, dass sie bei einem Gefangenenaustausch inkognito nach Österreich gebracht worden war.

Ob er wollte oder nicht, Viktor war von dieser Familientragödie zutiefst erschüttert.

Das Schnarchen seines Onkels im Nachbarzimmer riss ihn kurz aus seinen Gedanken. Vivant Denon hatte auf die Erzählung des königlichen Familiendramas auch betroffen reagiert: »Natürlich sind mir die Gerüchte über das Schicksal der Königskinder damals auch zu Ohren gekommen. Aber wie das oftmals mit Tratsch und Klatsch so ist, es lässt einen doch verhältnismäßig kalt. Jetzt, wo wir hier in Versailles sind, wo die Kinderchen einmal glückliche Tage genossen haben, ist es etwas ganz anderes. Man fühlt sich ihnen verbunden und ist umso entsetzter. Ich möchte nicht wissen, wie viele Kinder unschuldige Opfer der Revolution geworden sind. Niemand hat sich die Mühe gemacht, sie zu zählen. Der Dauphin Louis Charles und seine Schwester, Madame Royale Marie Thérèse, waren nicht die Einzigen. Die paar adligen Sprösslinge, die überlebt haben, sind inzwischen in deinem Alter. Stell dir vor, Viktor, man hätte deine Eltern ermordet, euer Schloss dem Erdboden gleichgemacht und dich auf die Straße gesetzt. Was wäre wohl aus dir geworden?«

Viktor drehte sich zur Seite und blies die Kerze aus. Sein Onkel hatte recht: Er vermochte sich nicht auszumalen, was aus ihm geworden wäre, wenn ihn so ein Schicksal ereilt hätte. Plötzlich musste er wieder an Celeste denken. Sie war nicht mit einem goldenen Löffel im Mund geboren, so wie er. Und trotzdem: Sie war eine starke, mutige und tapfere Frau geworden. Sobald sein Onkel und er ihre Mission in Versailles beendet hätten und wieder in Paris wären, würde er schnurstracks zur Oper gehen und Celeste abholen. Er würde sie an einen romantischen Ort entführen. Es war an der Zeit, dass er mehr über die Frau erfuhr, in die er sich unsterblich verliebt hatte.

42. Kapitel

Paris, 10. Januar 1805

Bertrand Lalique war so angespannt und nervös, dass er kaum stillstehen konnte. Unruhig trat er von einem Fuß auf den anderen. Fahrig fuhr er über das Revers seines Mantelkragens. Als seine Finger die Brosche mit dem Diamanten und dem Saphir berührten, beruhigte sich sein unregelmäßiger Atem ein wenig. Das Schmuckstück, das er gestern von seinem Juwelier abgeholt hatte, war das Einzige gewesen, das in den vergangenen Tagen seine Laune gehoben hatte. Der Entwurf für die filigrane Arbeit stammte von ihm. Nichts bereitete ihm so viel Vergnügen, wie wertvolle Edelsteine in einem vollendeten Rahmen zur Geltung zu bringen. Selbst der Goldschmied war voller Anerkennung für seine Schöpfung gewesen.

Nachdem offensichtlich niemand die Edelsteine im Louvre vermisste, würde er sie von nun an offen an seinem Kragen tragen.

In dem Moment hörte er das Rattern von Kutschenrädern auf dem Pflaster. Endlich, das musste André Matthieu sein.

»Verflucht! Wo warst du die ganze Zeit? Ich warte bereits eine halbe Ewigkeit auf dich! Ich dachte schon, du kommst überhaupt nicht mehr.« Lalique kam schnell auf Matthieus Kutsche zugelaufen.

Der Polizeicolonel sprang trotz seiner Körperfülle behände aus dem Wagen und griff nach der Laterne, die rechts am Kutschbock hing.

Die beiden Männer eilten die dunkle Gasse hinauf. Nach kurzer Zeit hatten sie Laliques verfallenes Elternhaus erreicht.

Der Colonel wollte gerade die Kellertreppe hinunterstürmen, als er unsanft von Lalique am Arm zurückgehalten wurde. »Nicht da lang. Ich habe das Kellerloch zugemacht. Wir müssen den anderen Zugang nehmen.«

Erstaunt sah Matthieu seinen Freund an. »Wie bitte?«

»Ich habe den Verdacht, irgendjemand anderes hat ihn benutzt. Auf dem Boden lag ein Messer. Deshalb habe ich über den Eingang vorsichtshalber Platten gelegt und Holzscheite darauf gestapelt.«

»Sicher lag das Messer schon seit Jahren da.«

»Gebe Gott, dass du recht hast.«

Die beiden Männer begaben sich durch eine Tür zur Rückseite des verfallenen Hauses. Dort befand sich ein kleiner, völlig verwilderter Garten. Steinquader und morsches Holz lagen kreuz und quer herum. Plötzlich ertönte ein kläglicher Schrei.

»Ist dir eines deiner Käuzchen davongeflogen? Die Schreie klingen wirklich gruselig, wie ein Mensch in Not«, flüsterte Matthieu.

Es raschelte in einer mannshohen Eibe, die in der Mitte wuchs.

»Sei froh, dass ich auf die Idee kam, in unserem Lager zwei Waldkäuzchen im Käfig zu halten. Jeder Schmuggler, der sich da unten zu schaffen macht, wird von ihren Schreien in die Flucht geschlagen.« Rasch räumte Lalique ein paar Bretter und einen Reisighaufen beiseite, mit denen er den Einstieg getarnt hatte.

»Gib mir die Laterne«, befahl der Colonel und kletterte die Leiter zügig hinunter, dicht gefolgt von dem Gefängnisdirektor.

Unten angekommen, ergriff André Matthieu das Wort. »Graf von Fersen hat auf meine Depesche geantwortet. Er will alle Briefe kaufen, koste es, was es wolle.«

»Gut, dann läuft die Sache.« Der Gefängnisdirektor zog den Schlüssel aus seiner Rocktasche und steckte ihn ins Schlüsselloch.

Augenblicklich erklangen jämmerliche Schreie.

Lalique drehte sich grinsend zu seinem Freund um. »Bessere Wächter als diese Vögel gibt es nicht, das musst du zugeben.« Dann öffnete er die Tür. Im Licht der Fackel bot sich ihnen ein überwältigender Anblick. An die vierzig Bilder in den verschiedensten Formaten waren in dem Raum verstreut an die Wände gelehnt. In der hinteren Ecke stand ein Vogelkäfig, in dem zwei Käuzchen dicht aneinandergedrängt saßen und hungrig schrien. Außerdem befanden sich ein Cembalo und eine wunderschöne Drehorgel an der rechten Wand. Ein prachtvoller Sekretär, ein Badezuber mit Löwenfüßen, eine verschnörkelte Konsole aus Mahagoniholz und Kerzenständer in allen Größen standen ungeordnet herum. Ehemals unvorstellbar exquisite Kleider hingen achtlos in einem offen stehenden Schrank.

Lalique drückte ein Stück Fleisch zwischen den Käfigdraht, über das sich die Vögel gierig hermachten.

»Ich freu mich jedes Mal, wenn wir in unsere kleine Schatzkammer kommen. Es sind wirklich einmalige Kostbarkeiten, die wir uns haben stehlen lassen. Hier ist die Schatulle, in der sich die restlichen Briefe befinden!« Sichtlich stolz über seinen Fund reichte er dem Polizeicolonel ein silbernes Kästchen.

»Du musst zugeben, ohne mich hättest du gar nicht begriffen, was du da gefunden hast.« Liebevoll strich Matthieu über die kühle, glatte Oberfläche der Schatulle. »Eine gehörige Portion Glück war auch dabei. Wenn der Graf von Fersen nicht bereit wäre, so eine unvorstellbare Summe für ein paar läppische Briefe seiner Verflossenen zu zahlen, wär's nur unnützer Plunder.«

Der Polizeicolonel öffnete die Schatulle, in der sich das Bündel nach Rosen und Lavendel duftender Briefe befand. Jedes einzelne Kuvert war mit einem kostbaren hellblauen Band verziert. »Meinst du, wir können dem Schweden trauen?«, fragte Lalique besorgt. »Wenn unser lukrativer Nebenerwerb ans Tageslicht kommt, bricht uns das das Genick!«

»Keine Angst, mein Freund, wir haben alle Trümpfe in der Hand. Wenn der Graf mit gezinkten Karten spielt, liefern wir ihn einfach an Napoleon aus. Der Kaiser hat ein Kopfgeld auf den Landesverräter ausgesetzt. Es ist allerdings viel niedriger als die Summe, die der Schwede für die Briefe zu zahlen bereit ist. Er geht ein hohes Risiko ein, nach Paris zu kommen. Nie und nimmer hat er die Absicht, uns hereinzulegen. Mir scheint, Graf von Fersen hängt nicht mehr sehr an seinem Leben, sonst käme er nicht her.«

»Wir könnten zwei Fliegen mit einer Klappe schlagen«, meinte Lalique nachdenklich.

Der Polizeicolonel sah ihn fragend an.

»Wir kassieren erst das Geld des Grafen von Fersen und dann liefern wir ihn an Napoleon aus.«

43. Kapitel

Paris, 11. Januar 1805

Celestes rechter Oberschenkel zitterte vor Anstrengung. Sie kämpfte gegen die Müdigkeit und den Schmerz, die in ihrem Körper überhandnehmen wollten. Sie versuchte an etwas anderes zu denken, damit die Qual, die ihre malträtierten Füße erleiden mussten, endlich nachließ.

Celeste dachte an Gilles. Sie war immer noch hin- und hergerissen. Sie wusste einfach nicht, was sie von seiner Geschichte halten sollte. Ihr Bauchgefühl sagte ihr, dass der Junge keinen Grund hatte, sie anzulügen. Was, wenn tatsächlich dort unten in den Katakomben jemand gefangen gehalten wurde? Dann war es ihre Schuld, wenn er keine Hilfe bekam.

Gilles hatte, nachdem sie unverrichteter Dinge zu den Gauklern zurückgekehrt waren, nur das Nötigste mit ihr geredet. Er war völlig in sich gekehrt gewesen und ließ sie seine Enttäuschung spüren. So konnte es nicht weitergehen. Sie musste noch einmal mit ihm sprechen.

Endlich klatschte Pierre Gardel in die Hände. »Merci, merci. Genug für heute. Ich wünsche allen einen schönen Abend.«

Celeste liebte das Gefühl, wenn die körperlichen Anstrengungen nachließen und sich in innere Stärke verwandelten. Sie wusste, dass es der Beruf als Tänzerin notwendig machte, den eigenen Körper bis zum Äußersten zu fordern. Als sie gerade in die Garderobe gehen wollte, um ihre Schuhe zu wechseln und ihre Füße zu massieren, winkte Gardel sie zu sich her. »Celeste, meine Liebe, du bist ehrgeizig und arbeitest hart. Du hast ein Talent, wie es nur wenige andere besitzen. Deine natürliche, anmutige Grazie und deine wunderschönen langen Beine sind phänomenal. Deine Ausstrahlung und Bühnenpräsenz steigern sich von Probe zu Probe. Ich muss dich während des Trainings kaum noch korrigieren.«

Celeste errötete erfreut. »Danke, Maestro«, stammelte sie verlegen.

»Ich weiß, du bist Komplimente nicht gewohnt. Doch ich kann dir sagen, deine Bewegungen sind vollendet und du absolvierst sie mit traumwandlerischer Sicherheit. Bei uns Tänzern ist es immer dasselbe: Zuerst erlernen wir die Tanztechniken, aber das nützt uns nichts. Erst wenn die Bewegungsabläufe von uns so verinnerlicht sind, dass wir nicht mehr darüber nachdenken müssen, haben wir die Freiheit gewonnen, uns wahrhaftig auszudrücken. Dann können wir das Bühnenabenteuer leben, und keine Schwierigkeiten bremsen uns mehr aus.«

Celeste sah den Maestro ungläubig an. Sie wusste nicht, wie ihr geschah. So viel Anerkennung und Lob hatte ihr noch kein Mensch entgegengebracht. Nicht einmal Raoul. Noch nie hatte jemand mit so schönen Worten ihr Talent wahrgenommen.

»Wenn du die Bühne betrittst, fliegen dir alle Augen zu. Sogar unserem Kaiser bist du aufgefallen. Du hast schon vieles bei uns gelernt. Trotzdem stehst du erst am Anfang einer klassischen Ballettausbildung. Unter anderen Umständen wärst du schon viel zu alt für die Tanzschule. Die meisten meiner Ballerinas fangen als kleine Mädchen an. Aber du hast so außergewöhnliche Anlagen, dass ich es mit dir wagen will. Dazu gehört weit mehr, als du dir vorstellen kannst. Du bringst alle Voraussetzungen mit. Ich möchte dir einen Vorschlag machen: Wir wollen nicht nur dein artistisches Talent zur Schau stellen, sondern dir die einmalige Chance bieten, zu einer großen Ballerina in meinem Ensemble zu werden. Ich will dir nicht zu viel verraten, aber wenn du weiter solche Fortschritte machst, wirst du in dem nächsten Stück, das ich inszenieren werde, eine Hauptrolle bekommen und doppelt so viel verdienen wie bisher.«

Celeste verschlug es den Atem. »Monsieur Gardel, ich weiß gar nicht, wie ich Ihnen danken soll.«

»Mein Kind, du musst mir nicht danken. Morgen fangen wir an. Da du schon so viel von Natur aus mitbringst, werden wir gleich mit dem Einzelunterricht beginnen. Wie schnell du alles umsetzen kannst, was ich verlange und fordere! Die Zeit, die ich in deine Ausbildung investieren werde, fällt ja schließlich auch positiv auf mich und meine Arbeit zurück.«

Celeste strahlte über das ganze Gesicht.

»Häng es nicht gleich an die große Glocke. Ich weiß, du verstehst dich mit den anderen Tänzerinnen sehr gut, aber erfahrungsgemäß lösen solche Nachrichten trotzdem erst einmal Irritationen und Eifersüchteleien aus. Behalte das, was ich dir gerade eröffnet habe, bitte vorerst für dich. Deine Kolleginnen werden es bald genug mitbekommen!«

Celeste nickte und wandte sich zum Gehen.

»Übrigens, mein Assistent hat mir vorhin gesagt, dass ein Verehrer dich in meinem Büro zu sehen wünscht.«

Celeste zog erstaunt ihre fein geschwungenen Augenbrauen hoch.

»Solche Privilegien nimmt sich nur der Adel heraus. Immer noch! Lass den Kavalier nicht warten. Wenn du erst einmal einen guten Mäzen hast, wird dein Leben um vieles leichter werden.«

Lächelnd blickte Gardel Celeste hinterher, als sie mit gerafften Röcken in Richtung seines Büros davonrannte. »Ja, ja, die Liebe«, murmelte er vor sich hin, während er sich umdrehte und einen Bühnenarbeiter anwies, darauf zu achten, dass alle Kerzen gelöscht würden. Er mochte Celeste. Sie war so natürlich und frei von allen Allüren. Das konnte er von den meisten anderen Ensemblemitgliedern nicht unbedingt behaupten. Hoffentlich war der Verehrer, der auf sie wartete, ihrer auch würdig.

Gardel nahm seinen eleganten Mantel und griff nach seinem Stock. Die Probe war anstrengend gewesen. Da sein Büro vorerst belegt war, beschloss er, in das Café gegenüber vom Theater zu gehen, sich eine Karaffe Wein zu gönnen und eine Runde Billard zu spielen.

Celeste konnte ihr Glück kaum fassen. Erst hatte sie Pierre Gardel mit Komplimenten überschüttet und jetzt war auch noch Viktor endlich wieder da. Flink stürmte sie die Wendeltreppe zu den Räumen der Theaterdirektion hinauf. Gerührt dachte Celeste, dass Viktor wusste, was sich gehörte. Er passte sie nicht irgendwo ab. Sie hasste es, wenn Bewunderer einfach in die Garderobe platzten.

Celeste betrat den Gang zu Gardels Büro. Sie biss sich auf die Unterlippe und kniff sich mit Daumen und Zeigefinger in die Wangen, um ihnen eine sanfte Röte zu verleihen. Diesen Trick hatte ihr Philomena beigebracht. Leider befand sich in dem Flur kein Spiegel, in dem sie ihr Aussehen hätte überprüfen können. Aufgeregt klopfte sie an die Tür.

»Entrez!«, erklang eine tiefe, befehlsgewohnte Stimme.

Celeste zögerte einen Moment, dann trat sie ein. Ihre Augen suchten das Zimmer nach Viktor ab. Er war nicht da. Stattdessen sprang ein kleiner, dicker, glatzköpfiger Mann von einem Sessel auf, der vor dem Schreibtisch stand. Auch Gardels Sekretär erhob sich.

»Mademoiselle Celeste, ich bin hingerissen! Endlich sehe ich Sie aus der Nähe.« Der Mann umkreiste Celeste wie ein Jagdhund, der ein Reh gestellt hatte. Sie nahm wahr, wie er versuchte, sie mit seinen Blicken auszuziehen.

Lüstern fuhr sich der Fremde mit der Zunge über den Mund. »Ihre Lippen sind so rot wie Himbeeren. Darf ich kosten, ob sie auch so süß sind?«

Celeste wich angewidert zurück. »Ich kenne Sie überhaupt nicht.«

Der Sekretär erklärte servil: »Celeste, Sie sind neu in Paris. Sonst wüssten Sie, dass unser hochverehrter Polizeipräsident und großzügiger Gönner des Balletts Ihnen seine Aufwartung macht. Darf ich vorstellen? Monsieur André Matthieu!«

»Oh, ich war bisher immer froh, mit der Polizei nichts zu tun zu haben! Und dabei soll es bleiben!«, sagte Celeste.

»Nun, das unterscheidet Sie von den anderen Ballettmäuschen. Die hatten alle immer ihr Vergnügen mit der Polizei«, erwiderte der Polizeicolonel herablassend.

Nach einem peinlichen Moment reichte sie ihm widerwillig die Hand.

Monsieur Matthieu beugte sich darüber. Wie bei einem Frosch schnellte seine Zunge blitzschnell heraus und schleckte über ihre weiße Haut.

Angeekelt entriss Celeste ihm ihre Hand. »Was erlauben Sie sich?«

»Stellen Sie sich nicht so an!« Matthieu umrundete sie erneut und hob ihren Ballettrock prüfend hoch.

Celeste schnappte nach Luft. »Finger weg!«

»Très charmante. Sie scheinen mir eine kleine Wildkatze zu sein. Fahren Sie nur Ihre Krallen aus. Das mag ich. Um meine

Laune steht es heute nicht zum Besten. Ich wollte höflich um Sie werben, aber mir ist es eigentlich lieber, wir kommen gleich zur Sache.«

Celeste sah den Polizeipräsidenten entgeistert an.

»Sie brauchen einen Mäzen. Ich habe mich kundig gemacht: Ich weiß, Sie sind nicht auf Rosen gebettet.«

Celeste sträubten sich die Nackenhaare.

»Sie haben zwar hier im Theater bereits eine nette Karriere hingelegt, aber um aus dem Gauklermilieu herauszukommen, bedarf es schon etwas mehr.«

»Was wissen Sie von meiner Familie?«

»Meine Männer haben heute Ihr Lager kontrolliert. Ich habe Sie eine Weile beschatten lassen und weiß jetzt alles über Sie! Auch dass Sie mit Ihrer kleinen Schwester in einer dreckigen Gauklerkolonie an der Seine hausen.«

Celeste fuhr entsetzt herum.

»Heute Morgen habe wir das ganze Zigeunerlager auf den Kopf gestellt. Man hat mir von den katastrophalen Zuständen berichtet, die dort herrschen.«

»Das lassen Sie ruhig meine Sorge sein.«

»So eine Räuberhöhle ist doch kein Ort zum Leben für eine bezaubernde Frau wie Sie. Ich hol Sie da raus!«

»Nein! Ich such mir meinen Retter schon selbst aus.«

Matthieus Tonfall wurde schärfer. »Werden Sie bloß nicht frech, mein Fräulein. Ich meine es gut mit Ihnen. Wenn Sie mich eine Weile beglücken, soll es nicht zu Ihrem Schaden sein. Ich habe Einfluss bis in die höchsten Kreise. Wenn ich Maestro Gardel darum bitte, bekommen Sie jede Hauptrolle, die Sie wollen.«

Celeste wurde ganz schlecht vor Angst. Sie hatte das Gefühl, der Teufel persönlich spräche zu ihr. Sie musste diesen dicken Widerling möglichst schnell loswerden. Gilles, Raoul, Nathalie, alle ihre Freunde bekamen ihretwegen die schlimmsten Schereien.

Plötzlich trat dieser Monsieur Matthieu ganz nahe an sie heran. Celeste konnte seinen schlechten Atem und seinen sauren Schweißgeruch riechen. Es würgte sie. Ehe sie sich's versah, packten seine beiden Hände sie grob an den Oberarmen. Seine Fingernägel bohrten sich in ihre zarte Haut. Sie fühlte sich wie in einem Schraubstock gefangen.

Matthieu wandte seinen Kopf zu dem Sekretär, der betreten zu Celeste hinübersah. »Verlassen Sie den Raum. Ich möchte mit Mademoiselle unter vier Augen sprechen.«

»Nein, bleiben Sie hier! Lassen Sie mich nicht mit dem Polizeipräsidenten allein«, schrie Celeste panisch.

Matthieu griff mit der Rechten in seine Rocktasche und warf dem Bediensteten eine Münze zu. »Das wird Ihre Entscheidung erleichtern. Gehen Sie ein Glas Wein trinken. Verschwinden Sie endlich.«

Celeste sah, wie der Sekretär mit einer entschuldigenden Geste die Schultern hochzog und fluchtartig das Büro verließ.

»Jetzt sind wir unter uns, ma petite.« Matthieu wollte Celeste auf den Mund küssen.

Blitzschnell drehte Celeste den Kopf zur Seite. Matthieus nasse Lippen trafen ihre Wangen.

»Keine albernen Fisimatenten! Mit diesem Kuss besiegeln wir unsere amouröse Verbindung. Ab sofort bin ich Ihr Mäzen.«

Celeste versuchte sich aus dem groben Griff des Polizeipräsidenten zu befreien, aber er hielt sie mit einer verblüffenden Kraft weiterhin fest. »Monsieur, da werde ich ja auch noch ein Wörtchen mitzureden haben!«

»Nicht wirklich, meine stolze Löwin. Es erregt mich, wenn sich eine Frau, die ich begehre, zu wehren traut. Du bist wahrlich kein Opferlamm.« Mit seiner linken Hand fasste er gierig nach Celestes Po.

»Monsieur, hören Sie auf, mich zu begrapschen.«

»Ich habe doch noch gar nicht richtig angefangen«, stöhnte er in ihr rechtes Ohr und riss dabei wild die Knöpfe ihres Mieders auf.

»Hören Sie auf! Jeden Moment kann Monsieur Gardel zur Tür hereinkommen. Was soll er von Ihnen denken?«

»Der Maestro kennt mich. Wenn ich mit einer Tänzerin in seinem Büro bin, geht er meistens eine Runde Billard spielen. Keine Sorge, meine Schöne.«

Hatte Monsieur Gardel etwa genau gewusst, wer sie in seinem Büro erwartete? War das ein abgekartetes Spiel? Celeste bekam immer mehr Angst. Die Situation entglitt ihr. Mit schriller Stimme schrie sie den Polizeipräsidenten an. »Sie können nicht mein Liebhaber werden, weil ich nämlich schon einen Mäzen habe.«

»Mein Kind, ich habe dich seit Tagen überprüfen lassen. Außer einem alten, räudigen Hund und einer armseligen Gauklertruppe gibt es niemanden in deinem Leben.«

»Da täuschen Sie sich«, entgegnete Celeste mit gespielter Sicherheit. »Mein Mäzen ist gerade verreist. Ich erwarte ihn stündlich zurück. Er ist rasend eifersüchtig. Wenn er erfährt, dass Sie Hand an mich gelegt haben, wird er Sie zum Duell fordern.«

Erleichtert bemerkte Celeste, dass der Colonel einen Moment zögerte.

»Wie soll der unbekannte Beschützer denn heißen?«

»Marcuse, äh, nein, Viktor von Löwenstein«, stotterte sie unsicher.

Matthieu lachte verächtlich. »Du musst dich schon entscheiden. Ein Name ist so albern wie der andere. Doch Respekt, du bist wirklich schlagfertig.« Er drängte sie zu einer Chaiselongue und begann sie erneut zu küssen, während er gleichzeitig ihren Rock hochschob.

»Hilfe, Hilfe!« Celeste kämpfte mit aller Kraft gegen die brutale Zudringlichkeit von Monsieur Matthieu. Plötzlich bekam sie ihre rechte Hand frei, weil ihr Peiniger seinen Hosenlatz öffnete. Augenblicklich versetzte sie dem Polizeicolonel eine schallende Ohrfeige.

»Das wird dir noch leidtun, du störrische Pute. Was fällt dir ein? Es wird mir eine Wonne sein, dich mir gefügig zu machen.«

In dem Moment flog die Tür auf.

Celeste konnte nicht sehen, wer den Raum betreten hatte, weil der Polizeipräsident ihr mit heruntergelassenen Hosen den Blick versperrte. Eine tiefe Stimme schrie: »Was tun Sie da? Lassen Sie augenblicklich die Frau los, Sie Drecksack.«

44. Kapitel

Paris, 11. Januar 1805

»Du bist wirklich begabt, Gilles. Ich hätte nie für möglich gehalten, dass du in so kurzer Zeit das Jonglieren lernst.« François schaute den Jungen, der wieder in Mädchenkleidern steckte, begeistert an. »Versuch die Keulen noch ein bisschen höher zu werfen, das macht noch mehr Eindruck beim Publikum. Aber behalte genau den Rhythmus bei. Den beherrschst du perfekt.«

Plötzlich entglitt Gilles eine der Keulen und fiel zu Boden.

»Du wirst müde. Für heute ist es genug. Lass uns das Zeug zusammenpacken. Wenn du fleißig weiterübst, kannst du vielleicht bald mit mir auftreten. Dann verdienst du auch ein paar Münzen.«

»Das musst du mir nicht immer unter die Nase reiben. Du weißt ganz genau, dass ich es hasse, von euch abhängig zu sein.« Gilles räumte wütend die Bälle und Ringe zusammen, die am Boden verstreut lagen.

»Vergiss die zwei Keulen da drüben nicht. Warum hast du denn so schlechte Laune? Hast du immer noch Ärger mit Celeste?«

Gilles antwortete nicht. Er bückte sich und verstaute die Jonglierbälle in seinem grauen Beutel.

»Es war ein großes Glück, dass du heute Morgen von der Polizei erst so spät entdeckt worden bist. Wenn du nicht genügend Zeit gehabt hättest, in deine Mädchenkleider zu schlüpfen, säßen wir jetzt womöglich alle zusammen im Gefängnis. Ich geb dir einen guten Rat: Halte dich strikt an Raouls Befehl. Zieh den Rock erst wieder aus, wenn wir nicht mehr in Paris sind und die Polizei das Interesse an dir verloren hat. Raoul ist der Chef. Er trägt die Verantwortung. Es hätte gerade noch gefehlt, dass wir wegen deines Starrsinns alle hinter Gittern gelandet wären.«

Gilles sah François ärgerlich an. »Ich kann es nicht mehr hören. Mir hängt eure ewige Litanei zum Halse raus. Jetzt sage ich es noch einmal: Ich habe es Raoul geschworen, dass ich nur noch als Mädchen rumrenne. Aber ihr glaubt mir sowieso alle nicht.«

»Ich brauch dir ja wohl nicht zu erklären, dass mit der Pariser Polizei nicht zu spaßen ist. Obwohl diese Durchsuchung irgendwie seltsam war.«

Gilles zuckte nur mit den Schultern.

»Die haben nicht mal nachgeschaut, was wir in unseren Wagen hatten. Geschweige denn, dass sie sich über das saftige Schwein wunderten, das wir schon am frühen Morgen gegrillt haben. Niemals hätten sie mir abgenommen, dass es mir einfach zugelaufen ist.«

Erleichtert bemerkte François, dass Gilles schmunzelte.

»Woher kannten die eigentlich Celestes Namen?«

»Das habe ich mich auch gefragt, Gilles. Nur gut, dass Raoul so schnell reagierte und dich und Celeste als seine Töchter ausgegeben hat. Das haben sie geschluckt.«

»Vielleicht ist irgend so ein adliger Verehrer vernarrt in sie. Er hat ihr nachspioniert und uns dann die Polizei auf den Hals gehetzt.«

»Ehrlich gesagt, haben wir alle zusammen nicht die leiseste Ahnung, in was für Kreisen sich Celeste jetzt bewegt. Sie hat sich in letzter Zeit ganz schön verändert, seitdem sie am Theater ist.«

Gilles nickte bestätigend.

»Ich finde, sie war schon immer eine Naturschönheit. Aber jetzt versteht Celeste es plötzlich, sich so zu schminken und zurechtzumachen, dass sie wie eine richtige Prinzessin ausschaut. Sie ist gar nicht mehr wie unseresgleichen. Sie zieht sich ganz anders an und außerdem benutzt sie neuerdings auch noch ein Parfum!«

»Das hat sie im Theater geschenkt bekommen. Mir wollte sie auch schon etwas auftupfen. Das konnte ich gerade noch verhindern.«

François musste lachen.

Gilles boxte ihn in die Rippen. »Immer dasselbe Gewäsch. Ihr nehmt mich nicht für voll. Für euch bin ich immer nur eine halbe Portion. Genauso wie mir keiner glaubt, dass jemand in den Katakomben eingesperrt ist.«

François verdrehte die Augen. »Jetzt fängst du schon wieder damit an. Celeste ist doch sogar extra mit dir zu dem vermeintlichen Einstieg gegangen. Und als ihr weg wart, bin ich auch noch einmal dorthin geschlichen, weil ich dir glauben wollte. Und was war da? Nichts! Gar nichts! Und dann wunderst du dich, dass wir nur noch müde lächeln, wenn du mit der blöden Geschichte wieder und wieder anfängst.«

»Ich werde euch allen beweisen, dass ich recht habe, und dann könnt ihr euch bei mir entschuldigen.«

François klopfte Gilles besänftigend auf die Schulter. »Ich entschuldige mich jetzt schon bei dir.« Grinsend fuhr er fort: »Wenn ich dich nicht mögen würde, hätte ich dich wohl kaum aus dem Wasser gezogen.«

»Sehr witzig«, erwiderte Gilles trocken.

»Komm, ich weiß, was dich auf andere Gedanken bringen wird: Da vorne am Ende der Rue de Chartre haben ein paar Lombarden einen kleinen italienischen Jahrmarkt aufgebaut. Die haben sehr lustige Attraktionen, du wirst Augen machen. Ich spendier uns eine Fahrt auf der Schiffschaukel. Ich kenne den Besitzer von dem Fahrgeschäft. Ich habe schon einmal bei ihm ausgeholfen und er schuldet mir noch einen Gefallen.«

Gilles strahlte plötzlich über das ganze Gesicht. »Ist das dein Ernst? Ich bin noch nie Schiffschaukel gefahren.«

»Dann wird es aber höchste Zeit.«

Die beiden bogen in eine Gasse ein, die direkt auf die Rue de Chartres führte. Schon von Ferne hörten sie die Klänge einer Drehorgel.

»Oh, Musik!«, rief Gilles entzückt und rannte voraus. François folgte dem Jungen. Innerlich zollte er Gilles Respekt dafür, dass er so wenig jammerte. Der Bursche kämpfte sich durchs Leben. Irgendwie erinnerte Gilles ihn an sich selbst. Seine Fröhlichkeit war ansteckend, und er lief Gilles hinterher.

Zwei rot gestrichene, große Schiffschaukeln standen direkt neben einem Kinderkarussell, das von einem alten, abgemagerten Pferd gezogen wurde. Man hatte dem Tier die Augen zugebunden, damit es nicht scheute. In dicke Mäntel gehüllte, vornehme Gouvernanten holten ihre Schützlinge ab oder setzten sie in die frei gewordenen Sitze. Kinder mit leuchtenden Augen warteten ungeduldig darauf, dass sie an die Reihe kamen.

Der Drehorgelspieler spielte ununterbrochen weiter, während der Schiffschaukelbesitzer mit lauter Stimme die Musik zu übertönen versuchte: »Meine Damen, meine Herren. Noch sind wenige Plätze frei. Nutzen Sie die Gelegenheit für dieses einmalige Vergnügen.«

François hatte Gilles eingeholt. Der Besitzer nickte ihm und Gilles zu, und sie stiegen in die Schaukel. »Juhu, das kribbelt aber herrlich im Bauch. Das ist ja fast wie fliegen!«, jauchzte

Gille vergnügt, als sie Schwung holten. Sie konnten beide kaum genug bekommen von dem luftigen Vergnügen.

Plötzlich wurde ihre Aufmerksamkeit von aufbrandendem Jubel und Applaus ganz in ihrer Nähe abgelenkt.

»Was gibt es da zu sehen? Komm, lass uns nachschauen«, rief François, als die Schiffschaukel abgebremst wurde und beide absprangen.

Geschickt drängelten sie sich durch die Menschenmenge und standen nach wenigen Augenblicken ganz vorne an einem Gatter, in dem etwa zehn fette Gänse aufgeregt schnatternd hin und her liefen.

Ein stattlicher Mann direkt neben Gilles hielt einen dünnen, orangen Holzreifen in der Hand. Erstaunt sah der Junge, wie der Mann plötzlich seinen Arm hob und versuchte, unter dem Gejohle der Menge einer Gans den Reif über den langen Hals zu werfen. Der Vogel duckte sich blitzschnell und der Ring fiel zu Boden.

»Was ist das für ein seltsames Spiel?«, rief Gilles.

»Man muss der Gans den Reif über den Hals werfen. Dann hast du das Tier gewonnen. Man hat keine Chance, weil die blöden Gänse viel zu schlau sind. Willst du's trotzdem mal versuchen? Auch wenn wir die Münze genauso gut in die Seine werfen könnten?«

Gilles nickte begeistert.

François kaufte einen blauen und einen grünen Reifen. »Lass uns unser Glück versuchen. Ich mach den Anfang.« François beobachtete die Gänseherde eine Weile. »Ich glaube, die kleine da hinten ist die Jüngste. Die hat noch nicht so die Tricks drauf wie die Alten.« Geduldig wartete er, bis der Vogel ganz nah zu ihnen kam. Dann hob er die Hand und warf blitzschnell den blauen Reif. Lachend sah er, wie der Ring auf dem gefrorenen Boden landete und das Tier laut schnatternd in die entgegengesetzte Richtung davonstob.

»Tja, das war wohl nichts!«, meinte Gilles grinsend.

»Red du nur schlau daher. Mach's erst mal besser.«

Gilles packte seinen grünen Reif und lehnte sich mit dem Oberkörper weit über das Gatter. Dann stieß er plötzlich einen ohrenbetäubenden Pfiff aus, der durch Mark und Bein ging. Alle Zuschauer und auch die Gänse drehten sich zu ihm um.

Ungläubig beobachtete François, wie Gilles die Schrecksekunde geschickt ausnutzte und seelenruhig der Gans, die ihm am nächsten stand, zielgenau den Reif über ihren langen weißen Hals warf.

»Wahnsinn. Ich glaub's ja nicht!«, rief François.

Tosender Applaus brandete auf.

»Du bist ja eine ausgefuchste Göre!«, rief der dicke Mann neben Gilles und schlug ihm überschwänglich auf die Schulter. »Ich hab noch nie ein Mädchen so laut pfeifen hören!«

Gilles beobachtete mit klopfendem Herzen, wie der Gänsebesitzer in das Gatter stieg und den Vogel mit dem grünen Reif um den Hals fing.

»Wir Lombarden lieben kluge Frauen und Mädchen. Auch wenn es uns eine Gans kostet. Man muss verlieren können!«

Beherzt packte Gilles seinen Gewinn und drückte ihn an seine Brust. François trat neben ihn und streichelte dem Tier über das weiße Gefieder.

»Wie soll ich sie nur nennen?«, murmelte Gilles und sah François fragend an.

»Mir fällt nur ein Name ein, Gilles: Gänsebraten!«

45. Kapitel

Paris, 11. Januar 1805

»Viktor!« Ungläubig erkannte Celeste, wer soeben das Büro von Pierre Gardel betreten hatte. Ihr Peiniger hielt sie immer noch fest. Mit einem beherzten Tritt zwischen dessen Beine befreite sie sich aus Matthieus Griff und stürzte sich in Viktors Arme.

»Gott sei Dank bist du wieder da.« Celeste küsste ihn stürmisch und spürte glücklich, wie Viktor ihren Kuss leidenschaftlich erwiderte.

»Celeste, ich hab dich so vermisst«, murmelte er an ihren Lippen.

Die beiden vergaßen alles um sich herum und hielten sich eng umschlungen.

Der Polizeicolonel stöhnte vor Schmerzen und zog umständlich seine offene Hose wieder hoch. Voller Hass beobachtete er das Liebespaar. Während er seinen Hosenlatz zuknöpfte, murmelte er giftig: »Mademoiselle, das wird Ihnen noch leidtun.«

In diesem Augenblick konnte Viktor nicht mehr länger an sich halten. Mit einem blitzschnellen Faustschlag in den Magen streckte er den ihm fremden Mann zu Boden.

Matthieu schlug hart mit dem Kopf auf Gardels Schreibtisch auf, stürzte und blieb benommen liegen.

Celeste sah Viktor bewundernd an. »Ich wünschte, ich könnte so zuschlagen.«

»Hat dir das Schwein wehgetan?«

Celeste schüttelte den Kopf und griff nach Viktors Hand. »Lass uns von hier verschwinden, schnell!«

Im Hinausgehen drehte sich Viktor noch einmal um. »Wer ist der kleine Fettwanst überhaupt?«

»Ich hab keine Ahnung. Er hat behauptet, er sei der Polizeipräsident von Paris. Er heißt anscheinend André Matthieu. Ich kann mich erinnern, dass ich schon öfters teure Blumenbouquets und sonstige Aufmerksamkeiten erhalten habe, die mit einem Billet versehen waren, auf dem dieser Name stand. Aber ich schwöre dir, ich habe ihn heute zum ersten Mal gesehen.«

»Das ist der Polizeicolonel von Paris? Wie kann so ein Mensch in so eine hohe Position kommen? Er wollte dich vergewaltigen! Der Mann gehört angezeigt und man muss ihm den Prozess machen!«

»Du kennst die Verhältnisse hier nicht. Die Revolution hat so viele zwielichtige Gestalten in den Polizeiapparat gespült, dass man inzwischen mehr Angst vor der Polizei als vor den sogenannten Gaunern haben muss. Gott sei Dank bist du im rechten Moment hereingekommen!« Sie schwieg einen Moment und starrte auf Matthieu hinunter, der röchelnd nach Luft schnappte.

Celeste stellte sich auf die Zehenspitzen und küsste Viktor erneut. »Dich hat der Himmel geschickt!«, flüsterte sie ergriffen.

»Nicht ganz. Ich habe unten in der Garderobe auf dich gewartet, als plötzlich die Tür aufflog und der Sekretär des Ballettdirektors ganz aufgelöst hereingestürmt kam. Er hat geschrien, dass sofort jemand in Gardels Büro müsse, weil du dort mit einem zudringlichen Verehrer allein seist. Deshalb bin ich gleich hierhergerannt.«

In dem Moment hörten sie ein Wimmern. Celeste und Viktor beobachteten, wie der Colonel langsam eine Hand hob und stöhnend die aufgeplatzte Wunde an seiner Schläfe befühlte.

»Er kommt langsam wieder zu sich. Lass uns verschwinden!«

Viktor nahm Celeste an der Hand und zog sie hinter sich her. Als sie durch den Hauptausgang des Theaters ins Freie traten, fiel dichter Schnee.

Viktor legte ihr fürsorglich seinen dicken, warmen Pelz um die Schultern. Sein Mantel war so lang, dass der Saum auf dem Boden schleifte. »Du siehst aus wie eine Zarin.«

Celeste antwortete nicht, sondern zog Viktor in eine Nische zwischen zwei Arkaden und begann ihn wieder leidenschaftlich zu küssen.

Mit vor Kälte zitternden Händen knöpfte sie sein weiches Hemd auf.

Viktor spürte mit einem wohligen Schauer, wie sie versuchte, ihre eisigen Finger an seinem Oberkörper zu wärmen.

»Celeste, hör auf, sonst werfe ich gleich meine ganze gute Erziehung über Bord.«

Celeste sah ihn herausfordernd an und drückte sich noch näher an ihn. »Nichts wünsche ich mir mehr.«

»Du bringst mich noch um das letzte bisschen Verstand«, flüsterte Viktor mit rauer Stimme.

Erst das laute Räuspern eines Passanten brachte das Paar zur Besinnung. »Wenn man euch beiden zuschaut, wird einem ja trotz der Eiseskälte ganz heiß ums Herz. Wir sind hier mitten in Paris! Wenn euch die Polizei erwischt, werdet ihr schneller weggesperrt, als auch lieb ist. Und wohlgemerkt: nicht zusammen, sondern in getrennte Zellen. Sucht euch lieber ein ruhigeres Plätzchen.«

Viktor wurde rot.

»Zu mir können wir nicht gehen. Das ist unmöglich«, flüsterte Celeste.

»Komm, da drüben steht meine Kutsche. Lass uns in den Louvre fahren.«

Hastig überquerten sie die Straße und bestiegen den Wagen.

Celeste setzte sich auf Viktors Schoß und bedeckte sein ganzes Gesicht mit Küssen. »Wo warst du nur? Wo warst du nur?«, wisperte sie zitternd an seinem Hals.

Viktor schloss Celeste in seine starken Arme. »Ich musste mit meinem Onkel überraschend nach Versailles reisen. Ich hatte keine Möglichkeit, mich von dir zu verabschieden.«

»Ich hatte schon befürchtet, du hättest mich für eine dumme Gans gehalten, weil ich nach dem Kuss beim Schlittschuhlaufen einfach davongerannt bin. Aber ich war irritiert von deinem Lachen.«

Viktor lächelte. »Ich habe doch nicht wegen dir gelacht, sondern wegen der Kinder. Wenn sie mich nicht mit den Schneebällen beworfen hätten, hätte ich dich bestimmt noch einholen können.«

»Vielleicht war das ganz gut. So hatte ich genügend Zeit, um mir über etwas klar zu werden.« Celeste holte tief Luft: »Viktor, ich habe mich in dich verliebt. Ich will dich. Mit Haut und Haar.«

Viktor stockte der Atem. »Die ganze endlose Zeit in Versailles habe ich mir den Kopf zermartert, wie ich dich für mich gewinnen könnte. Und jetzt diese Worte aus deinem hinreißenden Mund.«

Viktor streichelte zart mit seinem Finger über Celestes Lippen. »Warst du schon einmal mit einem Mann zusammen?«

Celeste schüttelte den Kopf. »Nein. Aber das kann ja nicht so schwer sein. Alle tun es. Oder?«

Viktor lachte. »Wir werden es schon hinkriegen. Zusammen. Da bin ich mir ganz sicher.«

»Ich auch«, erwiderte Celeste mit vor Erregung erstickter Stimme. »Wenn es hier drinnen nicht so saumäßig kalt wäre, würde ich dir augenblicklich die Kleider vom Leib reißen.«

Celeste begann auf Viktors Schoß unruhig hin und her zu rutschen. Plötzlich drehte sie sich unvermittelt um. »Und wie ist es mit dir? Ich nehme an, du hattest schon mit vielen Frauen zu tun?«

Viktor küsste Celeste auf die Nasenspitze. »Ich habe in München mit meinen Kommilitonen ein paar Mal über die Stränge geschlagen.« Er räusperte sich verlegen. »Aber länger liiert war ich nur mit einer einzigen Frau. Sie ist verheiratet. Aber das ist längst vorbei. Die Affäre war einer der Gründe, weshalb mich meine Eltern nach Paris geschickt haben.«

Celeste verschloss Viktor mit ihren Lippen den Mund. »Scht, scht. Sei still. Mehr will ich gar nicht wissen.«

In dem Moment hielt die Kutsche vor dem Haupteingang des Louvre. Nur noch wenige Räume der oberen Etagen waren beleuchtet.

»Voilà, da sind wir.« Viktor sprang flink aus dem Wagen und hielt Celeste den Schlag auf.

Hand in Hand liefen sie die Stufen hinauf.

Viktor klopfte ungeduldig an die Eingangstür.

Endlich erschien der Pförtner mit einem großen Schlüsselbund in der Hand. »Bonsoir, Monsieur von Löwenstein.«

»Bonsoir, Monsieur Dominique. Ich habe trotz der späten Stunde noch einen Gast mitgebracht. Ich werde heute Abend noch ein paar Skizzen machen.«

Der Pförtner verzog keine Miene.

»Darf ich vorstellen: Mademoiselle Celeste, mein Modell und meine Muse.« Dabei warf er Celeste einen sehnsüchtigen Blick zu.

»So, so«, murmelte der Pförtner verschmitzt lächelnd. »Das letzte Mal, als Mademoiselle den Louvre besuchte, war sie mit einem kleinen Straßenräuber hier und wollte Ihnen Ihr Portemonnaie zurückgeben.«

»Was, Sie können sich noch an mich erinnern?«, fragte Celeste erstaunt.

Der Pförtner machte eine kunstvolle Pause. »Wenn man einmal im Leben so eine Schönheit wie Sie zu Gesicht bekommt, vergisst man sie nie wieder. Selbst wenn man, wie ich, Tag ein, Tag aus eine große Zahl von Museumsbesuchern im Louvre begrüßt.«

Gerührt reichte Celeste dem alten Pförtner die Hand. »Vielen Dank, Monsieur Dominique, ich habe noch nie ein so schönes Kompliment gehört.«

Der Pförtner sah Viktor empört an. »Wenn das stimmt, müssen Sie aber noch viel lernen, Monsieur von Löwenstein.« Er drehte sich um und holte aus seiner Pförtnerloge eine Laterne und entzündete sie.

»Napoleon hat seit gestern die Wachen im Louvre abgezogen. Man kann wieder ohne sich auszuweisen im Museum ein und aus gehen.«

»Das ist gut!«

Celeste konnte aus dem Augenwinkel beobachten, wie Viktor ungeduldig von einem Fuß auf den anderen trat.

»Nehmen Sie die Lampe, damit Sie sicher in Ihr Zimmer finden. Ich habe schon fast überall die Lichter gelöscht.«

»Danke, guter Mann.«

»Und gute Nacht«, sagte Celeste.

Ausgelassen stürmten Celeste und Viktor die Treppen zum zweiten Stock empor. Erst als sie den letzten Treppenabsatz erreicht hatten, hielt Viktor kurz inne.

»Jedes Mal, wenn ich hier vorbeigehe, denke ich an dich, mon amour!« Viktor hob die Laterne, sodass Celeste besser sehen konnte.

»Darf ich vorstellen: die schöne Psyche und der Liebesgott Merkur, geschaffen von der Hand Adrien de Vries'. Stell dir vor, diese freizügige Skulptur hat er schon vor über hundert Jahren entworfen. Sind die beiden nicht wunderschön? Man spürt förmlich die Liebe zwischen ihnen«, er machte eine kleine Pause, »und wie es zwischen ihnen knistert. Ganz wie bei uns.«

Celeste lachte und trat näher an die erotische Skulptur heran. Vorsichtig hob sie die Hand und hielt zögernd inne. Unsicher drehte sie sich zu Viktor um. »Darf man die beiden anfassen?«

»Nur zu.« Fasziniert beobachtete Viktor, wie Celeste zärtlich über das bronzene Hinterteil von Merkur strich.

»Schau nur, wo er seine rechte Hand hat.«

»Oh!« Celeste errötete. »Langsam verstehe ich, warum der Louvre so viele Besucher hat. Hier ist es wirklich inspirierend.« Celeste umrundete die Skulptur und studierte sie eingehend.

»Was für zwei vollendet schöne Körper der Künstler hier für die Ewigkeit geschaffen hat. Sieh nur, wie ebenmäßig Merkurs Bauchmuskeln sind.«

»Komm weiter, Liebste, sonst werde ich noch auf einen römischen Gott eifersüchtig!«

Viktor zog Celeste hinter sich einen langen Flur entlang. Plötzlich blieb er stehen. Er öffnete die Tür zu seinem Zimmer, küsste sie und schob sie vor sich her hinein.

»Mon Dieu, ist es hier schön. Und wie warm!« Entzückt sah sich Celeste um.

Viktor trat hinter sie und umschlang sie mit beiden Armen. Während er begann, ihren schlanken Hals zu küssen, lehnte sie sich genussvoll zurück und ließ das Zimmer auf sich wirken. Im Ofen knisterte ein Feuer, und drei brennende Kerzen tauchten den ganzen Raum in sanftes Licht.

»Ich bin solchen Luxus normalerweise auch nicht gewohnt. Mein Onkel sorgt dafür, dass sein Personal meinen Aufenthalt so angenehm wie möglich macht.«

In dem Moment entfuhr Celeste ein Schrei. »Du hast ja ein richtiges Bett mit einer weißen Federdecke!« Begeistert rannte sie auf das Himmelbett zu und warf sich hinein. Auf dem Rücken liegend strich sie voller Wonne über die gestärkte, blitzsaubere Bettwäsche. »Ich habe in meinem ganzen Leben noch nie in so einem herrlichen Bett geschlafen.«

Viktor trat näher, während er sein Hemd aufknöpfte, und sah lächelnd zu Celeste hinunter: »Von Schlafen kann jetzt aber erst mal keine Rede sein, Chérie!«

46. Kapitel

Paris, 11. Januar 1805

»Versuch endlich zu schlafen, Nathalie. Mach dir nicht so viele Sorgen.« Raoul schlang seine muskulösen Arme um den weichen Körper seiner Frau. Zärtlich strich er ihr eine graue Locke hinters Ohr und küsste ihre nackte Schulter. »Wie wäre es, wenn ich dich ein bisschen ablenke?«

»Jetzt nicht, Raoul. Halt mich einfach nur fest.«

»Es war doch nicht das erste Mal, dass wir von der Polizei gefilzt worden sind. Warum regst du dich ausgerechnet heute so darüber auf?«

»Schlimm genug, dass sie Gilles auf den Fersen sind, aber jetzt interessieren sie sich auch noch für uns.« Nathalie schob den schweren Arm ihres Mannes von ihrem Bauch. Dann sah sie ihn lächelnd an. »Es war sehr schlau und schlagfertig von dir, Gilles und Celeste als unsere Töchter auszugeben. Ich wünschte, sie wären wirklich unser Fleisch und Blut!«

Raoul sah seine Frau grinsend an. »Ja, Gilles ist ein prächtiger Bursche. Er ist genau so, wie ein Junge sein sollte. Pfiffig, mutig und hilfsbereit. François sagt, dass er sich sehr geschickt anstellt und schon mit drei Bällen jonglieren kann. Gut gewachsen und hübsch ist er auch. Glaub mir, mit dem kann man Geld machen. Wir werden ihn mitnehmen, wenn wir weiterziehen.«

»Aber er hat doch eine Mutter und Geschwister.«

»An denen scheint er nicht sehr zu hängen. Wir fragen ihn, ob er bei uns bleiben will, wenn es so weit ist und wir Paris wieder verlassen. Dann kannst du deine Mutterliebe an ihm ausleben. Celeste wird langsam zu alt dafür.«

Nathalies Blick umwölkte sich. »Hast du nicht auch das Gefühl, sie entgleitet uns langsam? Ich gönne es ihr von Herzen, dass sie so viel Erfolg hat, aber dir kann ich es ja sagen: Es schmerzt mich trotzdem, dass der Tag immer näher rückt, an dem sie uns verlassen wird.«

»Wir haben sie aufwachsen sehen. Was willst du mehr? Aus dem kleinen, verstummten Entchen ist jetzt ein wunderschöner Schwan geworden, den wir fliegen lassen müssen. Keine Sorge – egal, wie erfolgreich sie vielleicht noch werden wird, sie wird uns nie vergessen.«

»Das weiß ich. Trotzdem ist es schwer, sie loszulassen. Sie ist so jung und noch so naiv. Ich bezweifle, ob sie den ganzen Männern, die um sie werben werden, gewachsen ist.«

Raoul sah Nathalie schweigend an, während er überlegte, wie er ihr die nächsten Sätze am schonendsten beibringen konnte. »Du spürst wieder einmal mehr, als du wissen kannst. Ich habe dir nichts gesagt, weil ich dich nicht unnötig beunruhigen wollte. Aber leider hast du mit deiner Sorge völlig recht. Die Razzia heute Morgen war nicht wegen Gilles oder uns, sondern einzig und allein wegen Celeste.«

»Was? Wie kommst du denn darauf?«

»Einer der Polizisten hat mir gesteckt, dass sein Chef hinter Celeste her ist. Offenbar will er sie zu seiner Geliebten machen. Ich vermute, er hat sie nach einer Vorstellung verfolgen lassen und wollte herausfinden, wo sie wohnt. Vielleicht will er sich als ihr Retter aufspielen, der sie aus der Gosse zieht. Woher sollte er wissen, dass Celeste bei uns glücklich ist?«

»Das hättest du mir nicht auch noch erzählen dürfen, Raoul.«

Nathalie drehte sich zur Wagenwand. Leise flüsterte sie: »Hast du Celeste von der Durchsuchung erzählt? Was sagt sie dazu?«

»Ich hab sie seitdem noch gar nicht gesehen.«

»Ich habe ein ganz ungutes Gefühl, Raoul. Ich muss dir auch etwas sagen: Celeste hat mir anvertraut, dass sie sich schon zwei Mal mit einem Mann getroffen hat. Einem adligen Ausländer!«

»Schön, dass ich das als Letzter erfahre!«

»Ich habe es nicht weitererzählt, weil Celeste Marcuses Gefühle nicht verletzten wollte. Ich habe lange mit ihr darüber geredet, dass man nicht allen Männern trauen kann. Sie hat ihr Leben lang nur mit dir, François und Marcuse zu tun gehabt und ihr seid drei Prachtexemplare. Sie kann nicht davon ausgehen, dass alle Männer so gut sind, aber davon wollte sie nichts wissen. Scheinbar haben ihre Freundinnen am Ballett sie auch schon gewarnt. Celeste ist sich nicht darüber im Klaren, wozu manche Männer fähig sind.« Nathalie schwieg eine Weile, dann brach es aus ihr heraus: »Irgendetwas Schlimmes braut sich um uns herum zusammen. Am liebsten würde ich auf der Stelle unsere Siebensachen zusammenpacken und abfahren. Aber das geht ja nicht so schnell. Wir müssen mit den beiden reden. Schärf Gilles bitte noch einmal ein, dass er um keinen Preis auffallen darf. Und Celeste muss wissen, was heute Vormittag vorgefallen ist. Geh rüber in ihren Wagen und rede mit ihnen.«

»Muss das sein? Das hat doch noch Zeit bis morgen früh.«

Als er den Blick seiner Frau sah, schlug er widerwillig seine Decke zurück und setzte sich auf. »Bei diesem Wetter jagt man keinen Hund vor die Tür. Und ich soll mitten in der Nacht das Kindermädchen spielen. Wenn ich zurückkomme, musst du mich aber aufwärmen.«

Raoul stieg fluchend in seine Schuhe und polterte die Wagentreppe hinunter.

Nathalie versuchte sich zu beruhigen. Vielleicht hatte Raoul recht und ihre Sorgen waren tatsächlich übertrieben. Sie konnte Celeste nicht vor der Welt beschützen, und bisher hatte sie sich mehr als gut durchgeschlagen.

Seitdem ihre Truppe in Paris war, ging es ihnen wirklich besser. Sie hatten so viel Geld wie lange nicht mehr und genügend zu essen. Die Winter in den Dörfern waren immer trist und eine einzige Quälerei gewesen. Die Bauern, die selbst nicht genug zu essen hatten, wollten ihnen nicht einmal gegen ein paar Münzen eine verlasse Scheune oder etwas Futter für die Pferde geben. Geschweige denn, dass sie ihnen auch nur einen Bissen von ihren kärglichen Fleischrationen verkauft hätten. Bleierne Langeweile und Müdigkeit herrschten von früh bis spät. Anfangs übten sie in den kalten Wintermonaten noch ein paar neue Tricks ein, doch mit der Zeit hatten sie jegliche Lust am Proben in der Kälte verloren und zählten die Tage, bis der Frühling endlich wiederkam und eine neue Saison begann.

Dagegen war das Leben hier in Paris abwechslungsreich. Hier trafen Elend und Eleganz aufeinander. Natürlich pfiff ihnen auch in der Hauptstadt mitunter ein kalter Wind entgegen, aber die Menschen waren offener und zugänglicher für die Freuden des Alltags.

Plötzlich sah Nathalie Gilles vor sich, wie er ihr heute Abend freudestrahlend mit der fetten Gans unter dem Arm entgegengerannt war. Noch nie hatte sie den Jungen so unbeschwert erlebt. Und auch Celeste war in Paris sichtlich aufgeblüht. Sie gönnte den beiden ihr Glück von Herzen und beschloss, ihre Bedenken zukünftig zu unterdrücken.

Nathalie wollte eine weitere Kerze anzünden, aber das Holzkästchen, in dem sie ihren Vorrat aufbewahrte, war leer. Wie konnte das sein? Weshalb verbrauchten sie zurzeit so viele Kerzen? Morgen würde sie Marcuse losschicken, um neue zu besorgen.

Sie stand auf und zog sich eine Wolljacke an. Sie würde Raoul einen heißen Wein mit Honig machen, damit ihm nachher schnell wieder warm würde. Während sie den Honig in den Wein rührte, dachte sie daran, wie schön es war, dass er sie immer noch begehrte.

Plötzlich flog die Wagentür auf. Nathalie stellten sich die Nackenhaare auf und sie drehte sich langsam um. In der Tür stand Raoul, totenbleich.

»Der Wagen ist leer. Gilles und Celeste sind fort!«

47. Kapitel

Paris, 11. Januar 1805

»Hau ab, Filou!« Gilles nahm einen Kieselstein und warf ihn nach dem alten Hund.

Getroffen lief das Tier ein paar Schritte weg und ließ sich dort nieder. »Du sollst verschwinden, verdammt noch mal. Du kannst hier nicht auf mich warten.«

Filou winselte leise.

Gilles zögerte einen Moment. Er schaute auf die ruhig dahinfließende Seine. Es war erst ein paar Wochen her, dass François ihn nicht weit von hier aus dem Fluss gezogen hatte. Wie viel war inzwischen geschehen!

Er ging zu Filou, beugte sich zu ihm herunter und schlang seine Arme um den Hals des Wolfshundes. Liebevoll zog er Filou am Ohr und flüsterte: »Sei mir nicht böse, mein Alter. Du bist mein bester Freund. Du bist der Einzige, der mir glaubt, dass in den Katakomben jemand gefangen gehalten wird. Allen anderen ist das scheißegal. Celeste kommt nicht einmal mehr nachts nach Hause. Für die ist alles andere wichtiger. Tanzen, Männer und ihr alberner Erfolg im Theater. Ich bin gespannt, ob die Gaukler überhaupt nach mir suchen. Wahrscheinlich merken die erst nach Wochen, dass ich nicht mehr da bin.«

Filou legte seine Pfote auf Gilles Schulter und sah ihn an, als wenn er jedes Wort verstanden hätte. Der fast volle Mond spiegelte sich im Wasser. Der große Hund spitzte die Ohren, als es an der Uferböschung raschelte. Eine Wasserratte ließ sich lautlos in die Seine gleiten.

»Wenn ich erst den Menschen da unten befreit habe, will ich mal sehen, was die alle sagen werden. Am Ende bekomme ich sogar eine Belohnung. Dann fahre ich so oft Schiffschaukel, bis mir schwindelig ist. Du darfst dann auch mitfahren, Filou. Und du bekommst einen riesigen Knochen von mir.« Gilles erhob sich und versuchte den Hund von sich wegzuschieben. »Jetzt geh schon. Ich würde dich ja gern mitnehmen, aber der Durchschlupf, der in die Katakomben führt, ist viel zu eng für dich. Versteh doch, da komm ich ja selbst kaum rein.«

Der Hund blieb sitzen und schaute den Jungen aus treuen Augen an.

»Du wirst mich nicht davon abhalten, Filou. So eine Gelegenheit wie heute gibt es so schnell nicht wieder. Celeste ist nicht da und keiner hat gemerkt, dass ich mich davongeschlichen habe. Nur du! Außerdem zählt jeder Augenblick, wenn jemand in Not ist. Falls ich eingesperrt wäre, würde ich auch verzweifeln, wenn mich niemand sucht.«

Ohne noch einmal nach dem Hund zu sehen, ging Gilles zu dem Spalt in der Felswand. Er sog tief die Luft ein und zwängte seinen zierlichen Körper durch den langen, schmalen Riss im Stein. Am schwierigsten war es, seinen Kopf durch den kleinen Einstieg zu bekommen.

Plötzlich kam er nicht mehr weiter, es ging weder vor noch zurück. *Ich bin doch hier herausgeschlüpft, dann werde ich ja wohl auch wieder reinpassen,* ermutigte Gilles sich selbst.

Beherzt versuchte er, mit der Hand seinen Rock loszumachen, der irgendwo festhing. Mit einem lauten Ratsch zerriss der Stoff, und plötzlich war er im Inneren der Höhle, die zu den Katakomben führte. »Endlich«, flüstere er. »Eine Schüssel Kartoffeln mehr und ich hätte nicht hindurchgepasst.« Er ging noch einmal zurück und rief hinaus: »Salut, Filou. Geh endlich nach Hause.«

Von außen hörte er das aufgeregte Kläffen des Hundes, während er sich in der Dunkelheit vorwärtstastete. *Hier ist es ja zappenduster; ich muss wohl eine der Kerzen anzünden, die ich Nathalie gemopst habe.*

Es dauerte eine Weile, bis der Docht brannte. Dann zog er aus seiner Hosentasche ein Schnurknäuel. *Mein ganzes Geld ist für diese blöde Kordel draufgegangen. Aber mit ihr finde ich wenigstens sicher wieder den Ausgang.*

Gilles verknotete das Schnurende an einem großen Stein.

Jetzt kann es losgehen.

Die Kerze in der rechten Hand, das Schnurknäuel in seiner Linken, machte er sich auf den Weg. In dem Schacht war es totenstill. Nach einer halben Ewigkeit teilte sich der Pfad. »Links oder rechts? Ich bin mir sicher, beim letzten Mal bin ich links abgebogen. Dann muss ich jetzt rechts gehen, oder?«, murmelte er unsicher vor sich hin.

Beherzt lief er weiter, und tatsächlich kam Gilles an einem Felsvorsprung vorbei, den er wiedererkannte, weil er darüberklettern musste. Die Richtung stimmt! Immer wieder hielt er inne und lauschte in die Stille. Wieder spaltete sich der Weg. Jetzt gleich in drei Richtungen. Ich glaube, ich nehme die goldene Mitte, überlegte der Junge. Nach wenigen Metern in dem mittleren Schacht wurde es um ihn herum immer enger. Auf einmal führten ein paar Stufen in die Tiefe. »Jetzt kommt mir der Weg doch fremd vor.«

Er tastete sich ein paar Schritte weiter.

Das Knäuel in seiner linken Hand war während seines zurückgelegten Weges immer leichter geworden und jetzt plötzlich zu Ende. Er legte die Schnur auf den Boden und beschwerte sie mit einem großen Stein. In dem Moment gab die Stufe unter seinem Gewicht plötzlich nach und Geröll stürzte mit lautem Getöse in die Tiefe. In letzter Sekunde gelang es Gilles, sich zu retten. Zitternd setzte er sich hin.

Puh, das war knapp. Wenn ich da runtergefallen wäre, hätte ich niemanden mehr retten können.

Gilles nahm nun den linken Gang. Bereits nach wenigen Metern öffnete sich der enge Schacht und der Junge stand unerwartet in einem großen Gewölbe. Er traute seinen Augen nicht. Mein Gott, ist das ekelhaft! Im Schein des Kerzenlichts sah er ein ganzes Feld voller vermoderter, schimmeliger, stinkender Pilze, die zwischen Totenschädeln, Knochen und Strohbündeln wild durcheinandersprossen. Gilles hielt sich die Nase zu.

Ich dachte immer, das sind nur Märchen, dass es Menschen gibt, die hier unten in den Katakomben Pilze anbauen. Und die werden auf dem Markt verkauft! Ich muss gleich kotzen. In dem Stollen hier war jedenfalls seit ewiger Zeit niemand mehr. Und das wüsste ich, wenn ich hier schon mal vorbeigekommen wäre. Jetzt gibt es nur noch eine Möglichkeit: Der rechte Weg ist der richtige.

Gilles machte auf dem Absatz kehrt. Er passierte einen Haufen übereinandergestapelter Knochen. *Daran erinnere ich mich. Die haben mich nachts bis in den Gauklerwagen verfolgt. Jetzt kann es nicht mehr so weit sein.* Er hielt wieder inne und lauschte. Gilles spürte, wie seine Beine mit einem Mal weich wurden. Vielleicht war es doch verrückt, ganz alleine und ohne Waffe noch einmal hier herunterzukommen. Wenigstens war er diesmal als Mädchen verkleidet. Falls ihn jemand erwischen würde, wäre er hoffentlich zu einem Mädchen weniger grausam als zu einem Jungen. Gilles ging vorsichtig weiter.

Er rannte den Schacht hoch und stand plötzlich vor der Holztür, bei der er letztes Mal unverrichteter Dinge umgekehrt war.

Ohne weiter nachzudenken, drückte er die Klinke hinunter, aber die Tür war nach wie vor verschlossen.

Gilles beugte sich zu dem Schlüsselloch und sah mit angehaltenem Atem hindurch. Es war stockdunkel.

Seine Hände zitterten vor Aufregung. Gott sei Dank hatte er François sein Messer weggenommen. Geschickt steckte er die Klinge in den Zylinder, das Schloss sprang auf. In dem Moment erklang ein gellender Hilfeschrei. Mit klopfendem Herzen drückte er die Tür auf und trat ein. »Ich bin hier und befreie dich!«, rief er in die Dunkelheit. Er hob seine Laterne und traute seinen Augen nicht. Bisher war er nur an Skeletthaufen und aufgeschichteten Totenköpfen entlanggelaufen, doch was er jetzt sah, verschlug ihm die Sprache.

Er stand in einem Raum, der über und über vollgestellt war mit den prunkvollsten Schätzen. So etwas hatte er in seinem ganzen Leben noch nie gesehen. Nicht einmal im Louvre. Eine goldene Harfe zog ihn magisch an. Als er gerade sanft über die Saiten strich, erklang der markerschütternde Schreckensschrei erneut. Panisch fuhr er herum. War da jemand in dem großen Eichenschrank eingesperrt, der zu seiner Linken stand? Mit zitternden Knien öffnete er langsam die quietschende Tür. Doch darin hingen nur Ballkleider und Frauenplunder. Er ließ seine Augen umherschweifen. Da entdeckte er plötzlich ganz in der hintersten Ecke einen Vogelkäfig, in dem zwei Käuzchen saßen. Ungläubig trat er näher. »Habt ihr so geschrien? Wegen euch blöden Vögeln hab ich Kopf und Kragen riskiert!« Die Waldkäuzchen flatterten aufgeregt in dem viel zu engen Käfig herum. »Wer ist denn so gemein und sperrt euch hier unten ein? Ihr habt bestimmt mächtig Hunger!«

Gilles kramte das Stück Brot aus seiner Jackentasche und brach etwas Rinde ab. »Das ist für euch. Keine Sorge, ich lass euch nicht zurück. Ich bring euch rauf und schenk euch die Freiheit. Aber vorher schau ich mich hier noch in aller Ruhe um. Was sind das bloß für Sachen?« Mindestens zehn Lüster groß wie Wagenräder hingen von der Decke herab. Große Kelche und ein Bischofsstab, der mit riesigen bunten Edelsteinen verziert war, lagen auf dem Boden herum. Gilles entdeckte eine große Standuhr, deren Ziffernblatt gesprungen war. Die Pendel hingen kreuz und quer. Daneben stand ein goldener Waschzuber mit Löwenfüßen. Er sprang behände hinein. »Was muss das nur für ein tolles Gefühl sein, wenn da heißes Wasser drin ist! – Das ist hier alles zu groß zum Mitnehmen, ich muss was Kleineres finden, damit ich beweisen kann, was ich hier entdeckt habe.« Er untersuchte gerade ein wunderschönes Kästchen, als er plötzlich schwere Schritte näher kommen hörte. Zwei tiefe Männerstimmen unterhielten sich. Gilles konnte nicht fliehen, er saß in der Falle. Die Käuzchen schrien erneut. Angsterfüllt rannte er zur Tür, drückte sie so leise wie möglich zu. Panisch sah er sich um. Wo konnte er sich verstecken?

48. Kapitel

Paris, 12. Januar 1805

Celeste fuhr aus dem Schlaf auf. Sie sah sich einen Moment lang irritiert um. »Wo bin ich?«, flüsterte sie leise in die Dunkelheit. Plötzlich fiel ihr alles wieder ein: Sie lag neben Viktor in dessen Himmelbett. Zärtlich beugte sie sich über den schlafenden Mann und küsste ihn sanft auf die Wange.

Viktor seufzte zufrieden und rollte sich auf den Bauch.

Celeste schlug die Decke vorsichtig beiseite und setzte sich auf. Die Nacht mit Viktor war unbeschreiblich gewesen. Niemals hätte sie für möglich gehalten, dass dieser atemberaubende Mann sie so innig lieben könnte. Er hatte sie behutsam und einfühlsam in das Reich der Lust entführt. Die Erinnerung daran ließ einen Schauer von Glück und Erregung über ihren Körper ziehen. Am liebsten hätte sie ihn augenblicklich geweckt, um sich ihm erneut hinzugeben.

Doch der Albtraum, der sie hatte aus dem Schlaf hochschrecken lassen, hinderte sie daran. Gilles war in Gefahr. Sie hatte so intensiv und klar von ihm geträumt, dass es ihr unmöglich war, noch länger bei ihrem Liebsten zu bleiben.

Nackt schlüpfte sie aus dem Bett. Es war kalt in dem dunklen Raum. Sie angelte sich vorsichtig und leise ihre am Boden verstreuten Kleider zusammen. Um keinen Preis wollte sie Viktor wecken. Lächelnd betrachtete sie das Mieder, das er ihr auf so unvorstellbar erotische Weise aufgeknöpft hatte. Sie musste zugeben: Jedes Wort von Philomena war wahr gewesen.

Endlich wusste sie, was Ekstase, Rausch und Verzückung bedeuteten. Jetzt verstand sie, warum die Frauen im Balletten-semble in der Garderobe vornehmlich über ihre amourösen Abenteuer sprachen.

Celeste entzündete eine Kerze. Das Zimmer wurde in warmes Licht gehüllt. Hastig zog sie sich weiter an. Dann ging sie auf Zehenspitzen zurück zum Bett und streichelte Viktor sacht über seine Hand. »Au revoir, mon amour«, flüsterte sie und küsste seine Stirn.

Plötzlich packte Viktor ihre Hand und zog Celeste mit Schwung zu sich ins Bett. Starke Arme legten sich um ihre Schultern und Taille. Viktors Hand grub sich in ihren Nacken und streichelte zärtlich darüber.

Celeste rieb ihr Gesicht an Viktors Kehle, während das Gefühl von Wärme und Geborgenheit sie überwältigte.

»Wolltest du dich davonstehlen, Celeste? Das machen doch eigentlich nur die Männer.«

»Nein, nein, ich wollte dich schlafen lassen, Liebster. Ich könnte mir nichts Schöneres vorstellen, als bei dir unter der warmen Decke zu bleiben, aber ich muss nach Hause. Ich bin noch nie nachts weggeblieben. Meine Eltern werden vor Sorge schon halb wahnsinnig sein, wenn sie mein leeres Bett entdecken.«

»Das verstehe ich. Aber du bist doch kein Kind mehr. Wenn deine Eltern wüssten, dass du eine Nacht im größten Museum der Welt verbracht hast, unter einem Dach mit Napoleon Bonaparte, auf Daunen gebettet, in den Armen eines reichen Barons, würden sie sich für dich freuen und sich bestimmt keinerlei Sorgen machen.«

Celeste kicherte anzüglich. Sie küsste Viktor auf den Mund. »Ich wusste ja, dass dieses Museum voller Schätze ist, aber dass es solch ein Prachtstück wie deines beherbergt, war mir neu.« Sie ließ ihren Blick über seinen wohlgeformten Körper gleiten. »Mach es mir nicht so schwer, ich muss jetzt gehen.«

Viktor schloss sie fest in seine Arme, aber Celeste befreite sich zögernd. »Es tut mir leid, glaube mir. Es gibt noch einen Grund, warum ich nach Hause muss: Ich habe geträumt, Gilles ist in Gefahr.«

»Gilles, Gilles, immer dieser Gilles. Ich mag den kleinen Gauner weiß Gott gerne, aber so langsam werd ich eifersüchtig. Andere Verliebte haben richtige Rivalen. Ich dagegen muss mit einem Straßenjungen konkurrieren. Ich sehe nur eine Möglichkeit, den Pimpf loszuwerden: Ich werde ihn zum Duell fordern!«

Celeste blies Viktor liebevoll eine Locke aus der Stirn. »Ich mag es, wenn du eifersüchtig bist. Trotzdem werde ich dich jetzt verlassen. Wenn du willst, komme ich heute Abend wieder.«

Viktor sprang splitterfasernackt aus dem Bett. »Es ist noch stockdunkel. Warte einen Moment, ich begleite dich.«

Celeste errötete. Sie war peinlich berührt, trotz der gemeinsam verbrachten Nacht, ihn so entblößt vor sich zu sehen. »Viktor, du musst wirklich nicht mitkommen. Schlaf ruhig weiter. Ich habe bisher immer gut auf mich selbst aufpassen können.«

»Das weiß ich. Du schämst dich wohl, mich deinen Eltern vorstellen zu müssen. Außerdem kann niemand den Louvre so mir nichts, dir nichts verlassen. Du weißt ja, dass ein uns beiden gut bekannter Langfinger versucht hat, hier einzubrechen. Halb Paris glaubt zu Unrecht, dass dieser Jemand ein Attentat auf Napoleon verüben wollte. Da kann man nicht einfach so aus dem Louvre hinausspazieren.«

»Oh, hinein ging es aber ganz leicht.«

»Ja, in meiner Begleitung!«, erwiderte Viktor, während er sich fertig anzog.

Celeste wandte sich zum Fenster und schaute auf den Hof hinunter. Sie erkannte die Silhouette eines wunderschönen Brunnens.

»Bei uns beiden prallen zwei Welten aufeinander. Du lebst in unvorstellbarem Luxus und ich in bitterer Armut. Ich schäme mich nicht für mein Zuhause. Ich liebe meine Familie. Sie haben jeden Respekt verdient. Überlege dir, ob du mich wirklich begleiten willst, denn ich wäre zutiefst enttäuscht, wenn du ihnen keine Wertschätzung entgegenbringen könntest.«

Viktor trat von hinten an Celeste heran. Er legte sein Kinn sanft auf ihren Scheitel. »Du bist mein Ein und Alles, Celeste«, flüsterte er leise. »Wie könnte ich die Menschen, die du liebst, nicht lieben!«

Celeste spürte, dass ihr Tränen in die Augen stiegen. Ergriffen drehte sie sich um. »Etwas Schöneres hättest du nicht sagen können.« Sie nahm seine Hand. »Komm, lass uns gehen.«

Als sie die Treppen zum Foyer des Louvre hinunterliefen, blieben sie auf fast jeder Stufe stehen und küssten sich.

Plötzlich schlang Viktor seinen Arm um Celestes angespannten Bauch und zog sie ganz nah an sich heran.

Celeste stöhnte vor Erregung. Sie streckte sich seinen streichelnden, neckenden Lippen entgegen und strich über seinen harten Oberschenkel.

»Dreh dich um«, flüsterte Viktor mit heiserer Stimme. Es klang nicht wie ein Befehl, sondern wie eine verzweifelte Bitte. »Ich will dich, jetzt gleich.« Er brauchte nicht deutlicher zu werden. »Leg deine Hände ans Geländer«, flüsterte er ihr ins Ohr.

Fasziniert spürte Celeste, wie Viktor ihren Rock hochhob und behutsam in sie eindrang. Was sie gemeinsam erlebten, war erregender und sinnlicher als alles, was sie sich in ihren kühnsten erotischen Träumen hätten vorstellen können. Ihr Blut kochte.

»Viktor, das fühlt sich so gut an!«, rief Celeste keuchend voll Glück. Als sich ihr Atem wieder beruhigte, tastete Viktor nach Celestes freier Hand. Ihre Finger glitten umeinander und verschränkten sich.

»Ich liebe dich«, stammelte sie.

»Ich dich auch.« Viktor küsste sie hingebungsvoll auf beide Augen. Dann flüsterte er ihr ins Ohr: »Das machen wir heute Abend gleich wieder!« Lachend und ausgelassen liefen sie die Stufen weiter hinunter.

Beim nächsten Treppenabsatz zog Viktor Celeste erneut in eine Nische. »Nein, Viktor, wenn uns jemand hört oder sieht!«

»Wer soll uns schon sehen? Hier stehen nur ein Eber und ein prachtvoller Hirsch, und die sind beide aus Marmor. Wenn ich meinem Onkel Glauben schenken darf, ging es in den vorangegangenen Jahrhunderten im Louvre immer recht freizügig zu. Die Könige, die hier residierten, wussten das Leben in vollen Zügen zu genießen. Und auch die Mitglieder der Académie française trieben es toll. Sogar ein Cabaret haben diese ehrwürdigen Mauern schon beherbergt. Realistisch betrachtet gibt es wohl kaum einen Winkel, in dem sich nicht bereits zwei Menschen vergnügten. Also, schenk mir noch einen Kuss!«

Als sie nach einer halben Ewigkeit im Erdgeschoss ankamen, wollten sie an der Pförtnerloge vorbeischleichen. Plötzlich trat der Wächter mit einer Laterne in der Hand heraus. »Ach, Sie sind es schon wieder, Monsieur von Löwenstein. Sie verlassen vor Tagesanbruch das Haus?« Er zögerte einen Moment und sah Celeste und Viktor verschmitzt an. »Und das warme Bett?«

»Besondere Umstände lassen uns keine andere Wahl.«

Viktor hakte sich bei Celeste unter und rief dem Wächter im Hinausgehen fröhlich zu: »Aber keine Sorge: Mademoiselle Celeste wird mir in Zukunft täglich Modell stehen!«

Schmunzelnd ging der Pförtner in seine Loge zurück und sah dem frisch verliebten Paar hinterher. »So jung müsste man noch mal sein«, brummte er leise und goss sich ein Glas Rotwein ein. Er prostete einer nackten griechischen Statue zu, die ihm im Eingangsbereich gegenüberstand.

Viktor und Celeste bogen in die Rue de Saint-Antoine ein und gingen Richtung Seine.

»Der Pförtner hat ganz recht, Celeste. Es war eine Sünde, dass wir unser warmes, weiches Bett verlassen haben.«

»Ich weiß. Aber ich habe ein schlechtes Gewissen. Ich habe einen riesengroßen Fehler gemacht.«

»Meinst du womöglich unsere gemeinsame Nacht, Chérie?«

»Das ist nicht lustig! Ach Viktor, ich meine das jetzt ganz im Ernst.« Celeste schluckte hart und holte tief Luft. »Ich habe Gilles in größte Gefahr gebracht.«

»Das Leben von diesen Straßenkindern ist von morgens bis nachts gefährlich. Du brauchst dir doch keine Vorwürfe zu machen. Wenn du nicht wärst, hätte Gilles keine Menschenseele, die nach ihm schaut. Dank dir ist sein Leben so sicher wie nie zuvor! Deswegen mussten wir raus aus dem Bett? Ich glaub's nicht.«

Celeste stieß Viktor in die Seite. »Lass mich doch erst mal alles der Reihe nach erzählen und hör mir einfach nur zu. Ich habe Gilles gebeten, sich dem Gefängnisdirektor Bertrand Lalique an die Fersen zu heften. Ich wollte wissen, wo er wohnt.«

Viktor wurde hellhörig. Was kümmerte Celeste nur immer wieder dieser Bertrand Lalique? Sie hatte schon bei ihrem ersten Treffen im Café Foix nach dem Gefängnisdirektor gefragt. Dennoch verbot er sich, sie erneut zu unterbrechen.

»Ich konnte ja nicht ahnen, wie ernst und verbissen Gilles meiner Bitte nachkommt. Er ist diesem Ungeheuer nachgeschlichen und hat herausgefunden, dass der Gefängnisdirektor in einem verfallenen Haus ein und aus geht. Ich habe dem Jungen daraufhin verboten, dem Mann weiterhin zu folgen. Aber wie Gilles nun mal ist, hat er sich nicht daran gehalten. Vor ein paar Tagen erzählte er mir unter Tränen eine so schreckliche Geschichte, dass ich sie ihm nicht glauben wollte. Er hat behauptet, in dem baufälligen Haus sei ein geheimer Zugang zu den Katakomben. Angeblich ist er hinuntergestiegen und an Hunderten von Skeletten vorbeigekommen. Er will Hilfeschreie gehört haben und traf auf eine verschlossene Tür. Er ist felsenfest davon überzeugt, dass dahinter ein Mensch gefangen gehalten wird. Nur mit Mühe ist es Gilles gelungen, sich aus dem unterirdischen Labyrinth wieder zu befreien. Findest du nicht auch, dass diese Geschichte äußerst unglaubwürdig klingt?«

Viktor schwieg einen Moment und blieb dann abrupt stehen. »Hm. Ich bin der Meinung, der Junge lügt nicht. Zumindest nicht dir gegenüber.«

»Das dachte ich auch. Deshalb bin ich mit Gilles zu dem verfallenen Haus gegangen und wollte mir den geheimnisvollen Eingang zeigen lassen. Doch da war nichts, was auch nur im Geringsten an einen Eingang erinnerte.«

»Seltsam.«

»Gilles ist mir seitdem böse. Er meidet mich und lässt mich seine Enttäuschung spüren.«

Viktor ergriff Celestes Hand. »Auch wenn diese Geschichte haarsträubend klingt: Ich glaube dem Jungen. Es hört sich vielleicht merkwürdig an, aber ich halte Gilles für eine ehrliche Haut.«

Celeste sah Viktor verzweifelt an. »Ich fühle mich mit Gilles so verbunden. Er ist für mich wie ein kleiner Bruder, den ich nie hatte. Darum belastet mich die Geschichte auch so. Vorhin, bei dir im Louvre, habe ich geträumt, dass Gilles von einem schwarz gekleideten Henker geköpft worden ist.«

»Aber es war doch nur ein Traum, Celeste. Ich schlage dir etwas vor: Wir gehen mit Gilles noch einmal zu dem verfallenen Haus, wo der Einstieg zu den Katakomben sein soll.«

»Das würdest du wirklich für mich tun?« Celeste sah Viktor begeistert an.

Viktor nickte. »Natürlich, schon allein, damit ich dich wieder in mein warmes Bett bekomme.«

Es wurde langsam hell, als die beiden von Weitem das Gauklerlager am linken Seineufer erblickten. Die Glocken von Notre-Dame läuteten gerade zur Frühmesse. Zwei flache, stattliche Boote, vollgeladen mit Holzstämmen, fuhren flussabwärts an ihnen vorbei. Im Gauklerlager war man zu dieser frühen Stunde schon auf den Beinen.

Viktor beobachtete, wie eine dick in zerlumpte Wollröcke eingepackte junge Frau ein klapperdürres Pferd striegelte, bei dem man jede Rippe sehen konnte. Rechts von ihr standen ein paar Männer, die ihre Hände an einem lodernden Feuer wärmten.

Viktor konnte nur mit Mühe sein Entsetzen über die bittere Armut der Menschen unterdrücken. Hier also lebte Celeste.

Ein zahnloses, altes, gebücktes Weib humpelte ihnen entgegen. »Lass dir von mir die Zukunft aus der Hand lesen, schöner Mann.« Sie machte eine vielsagende Pause. »Du wirst bald in größter Gefahr schweben. Wenn du mir ein paar Münzen gibst, sage ich dir, wie du dein Leben retten kannst.«

Viktor lief ein kalter Schauer über den Rücken. Er hatte Mühe, sich von dem eindringlich fordernden Blick der Zigeunerin loszureißen.

Unwirsch scheuchte Celeste die Alte weg. »Lass gut sein, Marie. Der gehört zu mir.« Sie straffte die Schultern und sah Viktor an. »Bereust du schon, dass du mich begleitet hast?«

Ehe Viktor ihr antworten konnte, schoss plötzlich Filou mit Riesensätzen auf sie zu. Laut bellend sprang der Wolfshund an ihr hoch und warf Celeste fast um.

Lachend vergrub sie ihr Gesicht in sein zottiges Fell. Sie klopfte zärtlich seine Flanke. »Was ist denn mit dir los? So lange war ich doch gar nicht weg. Es ist immer wieder schön, wie sehr sich Filou freut, wenn ich nach Hause komme.«

Der Hund war ganz aufgeregt. Unablässig stupfte er Celeste mit seiner Schnauze.

»Man könnte fast glauben, Filou möchte dir etwas sagen.«

»Wir beide sind seit über zehn Jahren unzertrennlich. Er ist mein behaarter Schutzengel!« Sie packte den Hund liebevoll am Nackenfell. »Lass uns jetzt zu Raoul und Nathalie gehen.«

Sie kamen an den ersten Wagen vorbei. Viktor hatte noch nie so einen armseligen Ort aus der Nähe gesehen. Schade, dass er seine Zeichenutensilien nicht dabeihatte. Hier wimmelte es von Motiven.

Celeste wurde von allen Seiten gegrüßt, während man ihn von oben bis unten kritisch musterte.

Fasziniert verfolgte Viktor, wie ein junger Mann einem bunt gekleideten Äffchen auf seiner Schulter seinen Hut zuwarf, den der Affe geschickt auffing und sich aufsetzte, sodass er fast darunter verschwand.

Eine verwahrloste Frau mit tiefen Ringen unter den müden Augen lehnte an ihrem Wagen und pfiff auf einem Kamm eine melancholische Melodie.

»Celeste«, schrie in dem Moment ein imposanter Kerl aus seinem Wagen. »Da bist du ja endlich! Wo warst du die ganze Nacht?«

Celeste sah betreten zu Boden.

Neugierig beäugte der Mann Viktor. »Gehört der feine Pinkel etwa zu dir?«

Celeste nickte.

Hinter dem Mann tauchte eine in die Jahre gekommene Frau mit langen, offenen Haaren im Gauklerwagen auf. Sie war nur notdürftig bekleidet. Das musste dann also Nathalie sein, schloss Viktor.

»Celeste, dem Himmel sei Dank. Du bist wieder da! – Ist Gilles bei dir?«

Celeste erbleichte. »Nein. Ich dachte, er ist hier!«

49. Kapitel

Paris, 12. Januar 1805

»Täusch ich mich oder sind Sie es wirklich?« Vivant Denon stutzte, dann trat er einen Schritt auf sein Gegenüber zu und musterte ihn einige Augenblicke lang von oben bis unten. »Ich kann es nicht glauben!«

»Ja, ich bin es, alter Freund! Die letzten Jahre sind nicht spurlos an mir vorübergegangen.« Der Besucher machte eine leichte, elegante Verbeugung und zog langsam seine dünnen, beigen Lederhandschuhe aus.

»Mein lieber Graf! Jetzt besteht nicht mehr der Hauch eines Zweifels. Hans Axel Graf von Fersen! Welche Freude! Aber bitte treten Sie doch ein. Wir wollen unser Wiedersehen ja nicht zwischen Tür und Angel begehen.« Während der Museumsdirektor mit schnellen Schritten in sein Arbeitszimmer eilte, fuhr er fort: »Mein Sekretär hat mir einen Gesandten des schwedischen Hofes avisiert. Ich wäre nie und nimmer darauf gekommen, dass Sie es sind. Bitte nehmen Sie Platz. Wie ist es Ihnen seit unserer letzten Begegnung ergangen?« Vivant Denon lehnte sich in seinem Sessel zurück.

»Es hat seine Zeit gedauert, bis ich mich in meiner schwedischen Heimat wieder eingelebt hatte. Ihnen gegenüber muss ich ja nicht die Vorzüge und die Schönheit Ihrer stolzen Nation hervorheben. Den Abschied aus Frankreich habe ich nie verwunden.«

»Graf, Sie haben mehr für die Rettung der Königin und des Königs unternommen als jeder andere Franzose. Sie haben für das alte Frankreich mit Leib und Seele gekämpft. Chapeau! Dennoch konnten Sie die beiden nicht vor dem Schafott retten. Es waren schlimme Tage. Tempi passati! Dafür hätten Sie zweifellos einen Orden verdient, doch die Zeiten haben sich geändert. Heute haben wir in Napoleon einen neuen Kaiser, den das Volk liebt. Wann hat er Sie amnestiert, Graf? Anlässlich der Kaiserkrönung? Napoleon kann sehr generös sein!« Vivant Denon klopfte unruhig mit seinen Fingernägeln auf die Mahagoniplatte seines Sekretärs. »Jetzt fällt es mir wieder ein: Unser letztes Zusammentreffen war in Versailles! Erst vor wenigen Stunden bin ich mit meinem Neffen von dort zurückgekehrt. Was für ein Zufall, dass wir uns jetzt begegnen! Verehrter Graf, wenn Sie gesehen hätten, in welch erbärmlichem Zustand das Schloss nunmehr ist, es hätte Sie zu Tränen gerührt. Was waren das für herrliche Zeiten, als Versailles noch unser Versailles war! Doch ich sehe es Ihnen an, Sie haben etwas auf dem Herzen. Reden Sie frei heraus.«

Graf von Fersen, der inzwischen Platz genommen hatte, zögerte einen kurzen Moment, ehe er zu sprechen begann: »Die Angelegenheit, derentwegen ich hier bin, ist sehr delikat und kompliziert.« Den Grafen hielt es nicht länger auf seinem Platz, er sprang auf und ging unruhig zur Fensterfront. »Ich will Ihnen nichts vormachen: Ich halte mich inkognito in Paris auf. Das ist der Grund für meine nicht standesgemäße Kleidung, die Sie stutzen ließ. Wenn Napoleon erfährt, dass ich hier in Paris bin, wird man mich unverzüglich vor das nächste Erschießungstribunal zerren.«

»Um Gottes willen!« Die Eröffnung ließ den Museumsdirektor aus seinem Sessel auffahren. »Ich nahm an, Sie wären rehabilitiert! Sind Sie denn von allen guten Geistern verlassen, mich unter diesen Umständen hier im Louvre aufzusuchen? Sie kompromittieren mich – sofort weg vom Fenster! Jedermann kann Sie sehen! Wissen Sie denn nicht, dass der Kaiser von Zeit zu Zeit hier im Louvre logiert? Sie sind geradewegs in die Höhle des Löwen marschiert, und mich bringen Sie in Teufels Küche!« Denons Kopf hatte sich rot gefärbt. »Was mach ich nur, was mach ich nur?«

»Verehrter Baron, ich täusche mich sicher nicht: Sie sind ein aufrichtiger Mann mit Charakter und Mut. Sie sind ein wahrer Ehrenmann. Bitte, gewähren Sie mir fünf Minuten, um mich zu erklären, bevor Sie aus meinem Aufenthalt Konsequenzen ziehen.«

»Also meinetwegen, um der alten Zeiten willen!« Der Museumsdirektor sah seinen Gast angespannt an.

»Ich bitte Sie um einen großen Gefallen. Es geht um Frankreichs letzte Königin.«

Denon sah von Fersen fassungslos an.

»Sie kannten Ihre Majestät. Sie war der unschuldigste Mensch auf Erden. Doch nun versuchen widerwärtige kriminelle Subjekte das Andenken an Marie Antoinette in den Schmutz zu ziehen. Man hat mir einen Brief zukommen lassen, der von ihr in großer Not verfasst wurde. Die Zeilen waren für niemand anderen bestimmt als für mich. Ich hatte der Königin meine Dienste angeboten, um ihr zur Flucht aus Frankreich zu verhelfen. Wie Sie wissen, gab es dabei Komplikationen. Ich habe damals die dunklen Wolken der Revolution am Himmel aufziehen sehen und geahnt, dass alles in einer Katastrophe enden würde. Doch schauen Sie selbst.« Er reichte Vivant einen Brief, der mit einem blauen Band umwickelt war.

Der Museumsdirektor zückte eine Scherenbrille und begutachtete das Billett eingehend. »Sind Sie sicher, dass es sich nicht um eine Fälschung handelt?«

»Ja.« Der Graf räusperte sich verlegen. »Ich würde die Schrift und das Bourbonensiegel unter Tausenden erkennen. Außerdem enthält der Brief Details, die nur Marie Antoinette und ich wissen konnten.«

Vivant Denon begann die Zeilen halblaut vorzulesen:

»Mein Geliebter, hier ist es so grau und kalt. Kein Sonnenstrahl wärmt mein armes Herz. Hätte ich nicht die Erinnerung an glücklichere Tage, würde ich vor Gram sterben. Um meine Situation zu ertragen, träume ich mich weg. Ich ahne, dass ich bald sterben muss. Wenn ich mein kurzes Leben Revue passieren lasse, dann habe ich die glücklichsten Stunden in Ihren Armen verbracht. Heute Nacht in meinem klammen Bett träumte ich von Ihnen. Wie stürmisch und leidenschaftlich Sie bei unserer letzten Spazierfahrt in der Kutsche waren! …«

Der Museumsdirektor schaute entsetzt auf, als er plötzlich ein Schluchzen vernahm.

Graf von Fersen war in Tränen ausgebrochen. Er verbarg das Gesicht in seinen Händen. »Es ist mir nicht gelungen, die Königin zu retten. Seit nunmehr zwölf Jahren vergeht kein Tag, an dem ich nicht an sie denke. Ich habe jämmerlich versagt. Seither habe ich nie wieder eine andere Frau geliebt.«

Peinlich berührt lauschte Denon dem intimen Geständnis seines Gegenübers. »Gut. Aber ich weiß immer noch nicht, was ich mit der ganzen Angelegenheit zu tun haben soll.«

»Dies ist nur ein Brief von vielen. Die gesamte Korrespondenz wurde abgefangen, als Marie Antoinette in den Tuilerien eingekerkert war. Offensichtlich ist es ihrer Lieblingszofe nicht gelungen, die Briefe aus dem Palast herauszuschmuggeln. Ich bin einzig und allein hier, um alle Briefe, die die Königin verfasst hat, diesen Schurken abzukaufen. Ich muss so handeln, um den untadeligen Ruf der Königin zu retten und unter allen Umständen einen Skandal zu vermeiden. Die Männer, die die Briefe unrechtmäßig besitzen, drohen damit, sie zu veröffentlichen und Marie Antoinettes Ansehen posthum in den Schmutz zu ziehen. Bisher gibt es vielleicht Gerüchte über unsere innige Verbindung, aber mit den Papieren würde es zur Wahrheit werden. Ich bitte Sie nur um eines, alter Freund: Gewähren Sie mir bis zur Übergabe der Briefe Asyl. Es handelt sich nur um einen oder zwei Tage.«

Vivant Denon schwieg.

»Sie werden verstehen, dass ich nicht weiterleben kann, ohne zu wissen, was in den anderen Briefen steht. Es ist, als wenn Marie Antoinette aus dem Jenseits zu mir spräche. Ich muss die einmalige Chance nutzen, die sich mir bietet. Ich flehe Sie an: Wenn Sie jemals geliebt haben, werden Sie mir meine Bitte nicht abschlagen.«

Denon lief erregt auf und ab. Dann blieb er plötzlich unvermittelt stehen. »Sie bringen mich in die größte Bredouille. Ich verdanke Napoleon alles.«

»Bitte. Ich weiß, was ich von Ihnen verlange«, sagte Graf von Fersen mit zitternder Stimme. »Es soll nicht zu Ihrem Schaden sein!«

Der Museumsdirektor gab sich einen Ruck. »In Gottes Namen. Sie haben Glück; Ihr Schicksal rührt mich. Außerdem weilt Napoleon gerade nicht in der Stadt. Ich gebe Ihnen zwei Tage, um Ihre Geschäfte zu erledigen. Danach sind Sie verschwunden, ohne sich von mir zu verabschieden, und wir werden nie wieder voneinander hören. Ein Diener wird Sie in das Eleonore-von-Kastilien-Zimmer bringen und Sie mit dem Nötigsten versorgen. Schwören Sie mir, dass Sie sich nirgends in der Stadt zeigen werden.«

Der Graf legte eine Hand auf sein Herz und verbeugte sich tief. »Danke«, stammelte er erleichtert. »Ich werde ewig in Ihrer Schuld stehen.«

50. Kapitel

Paris, 12. Januar 1805

»Wo kann Gilles nur stecken?« Nathalie strich sich besorgt eine graue Locke aus der Stirn.

»Ich fürchte, ich weiß, wo er ist. Der Junge ist sicher in die Katakomben hinuntergestiegen. Keiner von uns hat geglaubt, dass dort jemand gefangen gehalten wird. Was blieb ihm denn anderes übrig, als auf eigene Faust seinen Verdacht zu überprüfen?«

»Vermutlich hast du recht, Marcuse. Ich werde mit Filou zu der Stelle am Fluss gehen, wo ich Gilles neulich gefunden habe. Vielleicht kann der Hund seine Fährte aufnehmen.«

»Du musst doch zur Probe ins Ballett«, meinte Viktor skeptisch.

»Das stimmt. Ich darf auf keinen Fall zu spät kommen. Aber jetzt ist es noch früh. Also los!«

»Ich komme mit, Celeste!«, rief Marcuse.

»Ich auch«, pflichtete Viktor bei.

»Also gut, wir teilen uns auf.« Raoul sah in die Runde. »François, Nathalie und ich laufen zum Einstieg in Montmartre, und Marcuse, der vornehme Herr sowie Celeste suchen die Stelle an der Seine auf.«

»Wenn da unten tatsächlich jemand eingesperrt sein sollte, ist die Sache nicht ungefährlich.« François trat ungeduldig von einem Fuß auf den anderen. »Ich will nicht wehrlos in einen Pistolenlauf blicken müssen.«

»Das will keiner von uns. Nathalie, bring mir meine Messer!«

»Ich zieh mich nur rasch um und hol mein Seil«, sagte Celeste und folgte Nathalie zu den Gauklerwagen.

Als die beiden Frauen weg waren, wurde Viktor argwöhnisch von den Männern gemustert.

Die Blicke der Umstehenden waren feindselig, das spürte er genau. Nervös nestelte er an seiner Wasserfallkrawatte. Wenn er geahnt hätte, was ihn hier erwarten würde, hätte er sich gewiss anders gekleidet. Er war froh, als er Celeste wieder aus dem Wagen kommen sah. Viktor traute seinen Augen nicht: Sie trug eine Kappe und hatte sich eng anliegende schwarze Hosen und eine kurze braune Jacke übergezogen. Sie sah genauso aus wie an jenem Tag, an dem er sie zum ersten Mal vor Notre-Dame wahrgenommen hatte. Was für eine hinreißende Figur sie doch hatte!

Als wenn Raoul seine Gedanken gelesen hätte, fuhr er Viktor an: »Vorsicht! Ihnen fallen ja gleich die Augen aus dem Kopf.«

»Ich kann mich an Ihrer Tochter einfach nicht sattsehen.«

»Gott gebe, dass es beim Anschauen bleibt«, murmelte Raoul erbost.

Viktor merkte, wie er rot anlief, während François im selben Moment loslachte.

»Ihr scheint euch ja gut zu amüsieren. Ich hoffe, das Eis ist gebrochen.« Celeste trat neben die Männer, gab Viktor einen Kuss und reichte ihm das aufgerollte Seil.

»Von wegen«, knurrte Raoul. »Aber ich rechne es deinem Verehrer hoch an, dass er sich an der Suche beteiligt. Ich bin mir nur noch nicht darüber im Klaren, ob er aus Interesse an dir oder wegen des Jungen mitmacht.«

»Ich kann dir verraten: Viktor kennt Gilles länger als wir. Er hat ihm schon einmal das Leben gerettet.« Wütend funkelte Celeste Raoul an.

Vor Erstaunen fiel diesem die Kinnlade herunter. »Ist das wahr, Monsieur? Ich hätte nie gedacht, dass sich so einer wie Sie für unseren Gilles einsetzt.«

»Leider sind auch mir Vorurteile nicht fremd. Man kann sich bemühen, wie man will, man wird sie nie ganz los.«

Raoul klopfte Viktor schmunzelnd auf die Schulter. »So ist es.«

»Genug herumgetrödelt. Die Zeit drängt, lasst uns aufbrechen.« Celeste pfiff nach ihrem Hund.

Als Marcuse Nathalie mit den Messern zurückkehren sah, rief er: »Wartet noch einen Moment. Ich hol nur noch schnell mein Brecheisen. Wenn da unten wirklich jemand eingesperrt ist, werden wir es brauchen können.«

Celeste, Viktor und Filou gingen voraus, gefolgt von Marcuse, der außer dem Stemmeisen noch eine Laterne trug.

Plötzlich stob Filou davon. Die drei hatten Mühe, hinter dem Hund herzukommen.

»Hier an den Stufen habe ich Gilles aufgegabelt«, rief Celeste außer Atem.

In dem Moment kläffte Filou aufgeregt.

»Er hat eine Spur!«, rief Marcuse.

Der Hund rannte die Uferböschung hinunter und war plötzlich verschwunden. So schnell es ging, kletterten sie den steilen Abhang hinab. Hinter Gestrüpp, angeschwemmten Ästen und vermodertem Treibgut entdeckten sie Filou, der wild mit den Pfoten am Boden scharrte. Im grauen Felsen hatte er einen unscheinbaren, schmalen Spalt entdeckt.

»Das muss die Stelle sein! Wie um alles in der Welt hat Gilles es geschafft, sich da durchzuzwängen?«

»Das ist eigentlich kaum möglich, aber hier sind überall Fußspuren.« Viktor untersuchte den Untergrund.

»Hier hängt auf jeden Fall ein Fetzen von seinem Rock!«, rief Marcuse aufgeregt.

»Rock?«, fragte Viktor irritiert.

»Ja. Ich habe Gilles überredet, Mädchenkleider zu tragen, damit er nicht gleich vom nächsten Gendarmen erkannt wird.«

»Dem armen Jungen bleibt auch nichts erspart«, bemerkte Viktor trocken.

»Wir sind hier auf jeden Fall richtig«, entschied Celeste.

»Also gut. Ich schau, was ich mit dem Werkzeug machen kann!«

Celeste und Viktor beobachteten, wie Marcuse das Stemmeisen in die Felsöffnung schob und mit brachialer Gewalt Brocken herausbrach, sodass der Eingang sich Stück für Stück vergrößerte.

»Lass mal sehen, ob ich schon durchpasse.« Celeste schob Marcuse zur Seite und steckte vorsichtig ihren Kopf durch den erweiterten Eingang. Wie eine Schlange wand sie sich hin und her. Erstaunt beobachteten die beiden Männer, wie sie langsam ihre Schultern und den Oberkörper durch den Felsspalt zwängte. Plötzlich war sie ganz verschwunden. »Gebt mir mal die Lampe«, hallte ihre Stimme heraus.

»Sei vorsichtig!« Marcuse reichte ihr die Laterne.

Im gleichen Moment witschte Filou an Viktor vorbei zu Celeste.

»Wir sind hier richtig. Ich bin in einer Höhle und hinter mir beginnt ein Stollen. Am Boden liegt eine Schnur. Die kann nur von Gilles stammen!«, hörte Viktor Celeste rufen.

»Warte auf uns, geh ja nicht alleine los!« Marcuse setzte erneut das schwere Eisen an und probierte abermals, den Einstieg zu vergrößern. »Das Gestein ist bockelhart, da lässt sich nichts mehr herausbrechen.« Wütend schmiss er das Werkzeug auf den Boden. Dann sog er die Luft ein, um sich dünn zu machen, und steckte seinen massigen Schädel durch die Öffnung. Als er sich anschickte, seine muskulösen Schultern nachzuschieben, ging es plötzlich nicht mehr vor und nicht zurück. »Oh mein Gott, ich stecke fest«, keuchte er panisch.

Viktor unterdrückte einen Lachanfall, während er den kopflosen, wild zappelnden korpulenten Mann so sah.

»Lachst du etwa? Hilf mir lieber.«

»Soll ich schieben?« Viktor stemmte sich mit aller Kraft gegen Marcuse.

»Au! Bist du verrückt? Du brichst mir ja sämtliche Knochen!«

»Dann zieh ich jetzt. Es tut mir leid, Marcuse. Ich fürchte, es ist aussichtslos. Eher passt ein Kamel durch ein Nadelöhr als du da durch.« Es dauerte eine Weile, bis Viktor den Gewichtheber aus seiner misslichen Lage befreit hatte.

Schnaufend ließ sich der schwere Mann auf den Boden sinken. »Ich war eingeklemmt. So was möchte ich nie wieder erleben müssen!«

Viktor musste schmunzeln. »Wenn wir nicht wegen Gilles so in Zeitnot wären, würde ich dich bitten, das noch mal zu machen, damit ich dich zeichnen kann.«

»Probier gefälligst erst mal selbst, ob du da reinkommst, bevor du hier große Reden schwingst.«

»Stimmt.« Viktor zog seinen Mantel aus und reichte ihn Marcuse.

»Wo bleibt ihr denn?«, hörten die beiden Männer Celeste aus dem Inneren der Höhle rufen.

Auch Filous Kläffen hallte heraus.

Als Viktor seinen Kopf durch den Felsspalt steckte, sah er unvermutet Celeste direkt in die Augen.

»Bonjour, mon amour«, wisperte sie und umfing Viktors Gesicht zärtlich mit beiden Händen. »Ich küsse dich so lange, bis du bei mir bist.«

Viktor wurde durch den leidenschaftlichen Kuss abgelenkt.

»Geht's voran?«, rief Marcuse ungeduldig.

Leichter als erwartet gelang es Viktor, seinen schlanken Körper durch die Öffnung zu winden. »Geschafft«, murmelte er keuchend.

Marcuse kam ganz nah an den Felsspalt heran und rief enttäuscht: »Es hat keinen Sinn. Ich passe da nicht durch. Geht alleine.«

»Celeste, wir sollten Filou lieber bei Marcuse lassen. Wir wissen nicht, was uns hier erwartet. Der Hund wäre uns nur hinderlich.«

Celeste nickte bedauernd und schob Filou zu Marcuse hinaus. »Halt ihn fest, er soll mir nicht nachlaufen. Vielleicht ist es ja eh besser, wenn du nicht mitkommst. Sollte Gilles zurückkehren, bist wenigstens du da.«

»Mir bleibt wohl nichts anderes übrig. Passt auf euch auf.«

Viktor ergriff die Laterne und zog Celeste hinter sich her. Je tiefer sie in das Labyrinth der Katakomben eindrangen, desto modriger und fauliger roch es. Es nahm ihnen fast den Atem. Der Schacht schien endlos lang zu sein. Es stank so erbärmlich, dass sie instinktiv nur flach atmeten. Den ersten Knochen, der am Boden lag, hielten sie zunächst für ein Stück Holz. »Es ist wahrlich ekelhaft. Mein Onkel Vivant Denon hat mir bereits ausführlich von den Katakomben erzählt, aber was ich hier sehe, übertrifft meine schlimmsten Befürchtungen.« Mit der Laterne deutet er auf einen Haufen aufgeschichteter Skelette, über dem Fledermäuse in einem dicken Knäuel im Winterschlaf hingen. Plötzlich spürte Viktor, wie Celestes Hand in seiner zu zittern begann. Er hielt an und nahm sie in seine Arme. »Was ist mit dir? Ist dir kalt?«

»Nein. Es geht schon.«

»Aber du hast doch was. Das spüre ich. Was bedrückt dich?«

Celeste schwieg. »Mich erinnert der Geruch hier an ein schreckliches Erlebnis.«

»An was denn, um Himmels willen?«

»Ich habe es noch nie jemandem erzählt.«

Celeste ließ Viktors Hand los. Plötzlich rannte eine Ratte zwischen ihren Füßen durch. Kreideweiß lehnte sie sich an die kalte Felswand. »Es tut mir leid. Ich kann nicht mehr weiter!«, schluchzte sie.

Viktor legte beruhigend seinen Arm um ihre Schultern. »Keine Angst, das war nur ein kleiner Nager.«

Stockend suchte Celeste nach Worten. »Es liegt nicht an der Ratte. Es ist der widerliche Gestank und die entsetzlichen Erinnerungen, die wiederkommen. Ich muss es dir erklären: Ich war als Kind schon einmal mutterseelenallein über mehrere Tage in einer Höhle.«

»Dann drehen wir sofort um! Ich kann Gilles auch ohne dich suchen.«

»Nein, auf keinen Fall. Mit dir zusammen schaff ich es. Lass uns weitergehen.«

Viktor küsste Celeste zärtlich auf den Mund.

»Hatte dich jemand in dieser Höhle eingesperrt? Bist du deswegen so in Sorge wegen Gilles?«

»Vielleicht. Aber bei mir war es anders. Ich musste mich verstecken.«

»Vor wem?«

Celeste schwieg erneut.

Viktor spürte, dass er sie mit seinen Fragen quälte. »Celeste, egal, was passiert ist: Manchmal hilft es, wenn man sein Herz ausschütten kann.« Er streichelte ihr liebevoll über die Wange. »Ich würde mich glücklich schätzen, wenn du mir vertraust und mir erzählst, was damals passiert ist.«

Celeste schluckte, und Viktor hatte das Gefühl, dass sie mit sich rang.

Nach einer Weile fasste sie sich ein Herz. »Ich war noch keine neun Jahre alt.« Celeste stockte.

»Lass dir Zeit.« Viktor hielt sie beruhigend im Arm.

»Es war alles so schrecklich«, schluchzte sie. »Ich kann nicht darüber reden. Ich bin noch nicht so weit, aber ich verspreche dir, wenn wir Gilles gefunden haben, erzähle ich es dir.«

Viktor nickte verständnisvoll. Was hatte Celeste nur Schlimmes erlebt? Was für ein düsteres Geheimnis mochte sie vor ihm verbergen? Zärtlich wiegte er sie in seinen Armen.

»Celeste, kehr um. Ich schaff das hier leicht alleine. Es reicht, wenn einer Gilles findet. Wir sind vier Erwachsene und ein Hund. Geh zurück. Deine Ballettprobe fängt bald an. Wenn du nicht pünktlich erscheinst, ist der Teufel los. Du kannst Pierre Gardel nicht warten lassen. Und es wird dich ablenken!«

»Das würdest du für mich tun?«

Viktor nickte. »Komm, ich bringe dich zurück zum Ausgang.«

»Danke, Chérie!«, sie sah ihn glücklich an. »Ich liebe dich«, flüsterte sie.

Viktor strich ihr gefühlvoll über ihr blondes Haar. »Ich liebe dich auch.«

Viktor lief und lief und lief, bis sich der Weg plötzlich in drei Richtungen gabelte. Er war erleichtert, dass Celeste in Sicherheit war, da der Pfad immer gefährlicher wurde. »Die Schnur führt nach rechts! Das muss der richtige Weg sein«, murmelte er halblaut in die Stille. »Was mag die Menschen wohl bewogen haben, dieses gigantische Stollensystem anzulegen? Ich glaube kaum, dass es nur zur Bestattung der Toten gedient hat.«

Unvermutet wurde der Untergrund uneben und rutschig. Neben ihm drang Wasser aus der Wand und plätscherte auf den

Boden. Nach ein paar Schritten stieß er auf Stufen, die steil nach unten führten. »Um Himmels willen! Gilles wird doch nicht da hinabgestiegen sein!« Viktor tastete sich vorsichtig an die abschüssige Stelle heran. »Gilles, Gilles! Kannst du mich hören? Antworte!«

Er lauschte angespannt. Nur sein eigener Atem war zu hören.

Viktor tastete sich konzentriert und vorsichtig Stufe um Stufe abwärts.

Ich hätte nie für möglich gehalten, dass es hier so steil runtergeht, dachte er und hob die Laterne ein Stück, um besser sehen zu können. Noch ein paar Stufen, dann scheint es wieder ebener zu werden.

Plötzlich knackte es über ihm und Sand rieselte aus der Decke.

»Hoffentlich hält dieser alte Stollen«, brummte er nervös.

In dem Moment hörte er ein dumpfes Grollen, wie von einem weit entfernten Donner. Entsetzt sah Viktor, wie sich ein breiter Riss über ihm auftat. Dann knallte es und große Gesteinsbrocken begannen herabzustürzen.

In Panik rannte er zu einer Stelle, die mit Holzbalken abgestützt war. Dort warf er sich hin.

Ein ungeheures Getöse brach los. Steine prasselten herab, ganze Felsbrocken lösten sich aus der Decke und fielen krachend zu Boden. Der Steinschlag schien nicht enden zu wollen.

Als Viktor die Augen wieder aufschlug, war es dunkle Nacht. Jeder Atemzug brannte wie Feuer in seiner Lunge, so viel Staub war in der Luft. Sein ganzer Körper schmerzte. Er war am Rücken und an den Beinen von Geröll und Schutt bedeckt. Mühsam richtete er sich auf. »Hilfe! Hört mich jemand?« Er bekam keine Antwort.

51. Kapitel

Paris, 12. Januar 1805

»Endlich!« Pierre Gardel zückte seine Taschenuhr und sagte aufgebracht: »Du bist eine halbe Stunde zu spät! Ich habe dich wohl zu oft gelobt. Wenn ich eines hasse, ist es Unpünktlichkeit! Es hätte nicht viel gefehlt und ich hätte dich ausgetauscht.«

Celeste wollte eine Entschuldigung stammeln, aber der Ballettmeister fiel ihr unwirsch ins Wort: »Du bist nicht mehr unter Gauklern, wo jeder kommt und geht, wie es ihm beliebt. Hier wird hart gearbeitet! Merk dir eins: Wenn das Ballett nicht an erster Stelle in deinem Leben steht, wirst du es nie zu etwas bringen! Hast du das verstanden? – So, genug palavert. Hopp, auf deine Position.«

Als sie mit eingezogenen Schultern an Philomena vorbeihuschte, sah sie aus dem Augenwinkel heraus, wie ihr die Freundin aufmunternd zulächelte. »Der Maestro ist heute mit dem falschen Bein aufgestanden. Immer wenn ihn seine alte Knieverletzung plagt, ist er kaum zu ertragen«, murmelte ihr Maurice ins Ohr. Dann umfing er mit beiden Händen ihre schmale Taille und hob sie elegant in die Höhe.

In dem Moment klopfte der Ballettmeister laut mit seinem Stock auf den Boden: »Jetzt, wo auch Celeste endlich erschienen ist, möchte ich eine erfreuliche Ankündigung machen: Monsieur Arthur Delacroix plant zu Ehren seiner Geliebten im Hotel Lambert eine private Aufführung. Wir haben nur diese Woche Zeit für die Probe, da die Überraschung bereits nächsten Samstag stattfinden soll. Monsieur Arthur wird sich nicht lumpen lassen und die ausgewählten Ensemblemitglieder großzügig entlohnen.« Freudiger Zuspruch erklang von allen Seiten. »Leider steht uns nur eine kleine Bühne zur Verfügung. Das bedeutet: Maximal zehn Musiker und vier Tänzerinnen sowie unser Primoballerino werden auftreten können. Es tut mir leid für die anderen. Ich werde euch das nächste Mal berücksichtigen. Philomena, Celeste, Catharine und Clodette, für euch habe ich mich entschieden. Ihr bleibt hier auf der Bühne. Die anderen gehen in den kleinen Saal und üben dort mit meinem Assistenten.« Während die enttäuschten Ensemblemitglieder die Bühne verließen, fuhr der Ballettmeister fort: »Bedauerlicherweise können wir die Flugmaschine nicht mitnehmen und müssen uns mit einem Provisorium begnügen. Wir werden ein Potpourri verschiedener Choreografien von mir und meiner Frau präsentieren. Also, allez, bitte an die Arbeit.«

Als die ersten Takte des Dans Rosette erklangen und sich alle auf ihre Positionen begaben, merkte Celeste, dass sie nicht bei der Sache war. Unablässig überlegte sie, ob es die richtige Entscheidung gewesen war, hierherzukommen, anstatt an Viktors Seite zu bleiben. Sie hoffte inständig, dass sie Gilles inzwischen wohlbehalten gefunden hatten. Celeste hätte darum bitten sollen, dass jemand ins Theater käme und ihr Nachricht brächte, wenn es Neuigkeiten gäbe.

»Was ist denn heute los?«, schrie Gardel ungehalten. »Ihr watschelt über die Bühne wie eine Schar Gänse auf dem Weg zum Schlachter. Beine hoch! Konzentration! Brust raus,

Lächeln, Spannung in den Körper – muss ich denn immer das Gleiche sagen?«

Celeste riss sich zusammen. Sie durfte jetzt keinen Fehler machen. Mühelos gelang ihr eine schwierige Pirouette und erleichtert sah sie, wie ihr Gardel anerkennend zunickte. Langsam fand sie ihre gewohnte Sicherheit im Tanz. Fast schämte sie sich, weil es ihr so viel Freude bereitete, sich im Takt der Musik zu bewegen, während Gilles womöglich seit Stunden in den gruseligen Katakomben herumirrte. Was, wenn Viktor etwas zustoßen würde? Niemand würde die beiden da unten finden können. Sie versuchte sich zu beruhigen und stellte sich Viktors lachendes Gesicht vor. Sie musste ihre aufkeimende Angst irgendwie besiegen. Celeste zwang sich, an die wundervolle Nacht zu denken, die sie gestern mit ihm verbracht hatte. Eine leichte Röte überzog ihre Wangen und sie sah unsicher zu Philomena hinüber. Hoffentlich konnte niemand ihre Gedanken erraten. Da hatte sie sich aber wohl getäuscht, denn ihre Freundin grinste über das ganze Gesicht. Philomena sprang in einem hohen Bogen neben Celeste und flüsterte ihr leise ins Ohr: »So verzückt, wie du aussiehst, steht wohl eine Waschung am Brunnen der Sünde an, nicht wahr?«

»Woher willst du das wissen?«

»Na, da müsste man schon blind sein, um nichts zu merken!« Sie wechselte mit zwei Pirouetten die Bühnenseite und Celeste starrte ihr entgeistert hinterher.

Gardel klopfte mit seinem Stock ungeduldig auf den Boden. »Celeste, wo bist du nur mit deinen Gedanken? Ihr tanzt nur für zwei Zuschauer. Die werden den kleinsten Fehler bemerken.«

Was für eine seltsame Situation, lediglich für zwei Menschen zu tanzen, dachte sich Celeste. Wahrscheinlich erregte es die Herrschaften. Bisher hatte sie den erotischen Aspekt des Balletts nicht wirklich begriffen. Doch wenn sie es sich nun genau überlegte, waren manche ihrer Bewegungen so aufreizend, dass sie die Wollust und Begierde der Betrachter hervorriefen. Ihr eigener Körper hatte auf die nackten Marmorstatuen im Louvre mit Lust reagiert. Genauso erging es wohl ihrem Publikum, wenn sie dem Ensemble zusahen.

Wie wäre es, wenn sie nur für Viktor tanzen würde? Die Vorstellung gefiel ihr. Sie malte sich aus, wie Viktor mit hinter dem Kopf verschränkten Armen in seinem weichen Bett liegen und sie beobachten würde. In ihrer Fantasie genoss sie seine Blicke auf ihrem ganzen Körper. Sie drehte sich aufreizend langsam auf ihren Zehenspitzen und ließ ein Kleidungsstück nach dem anderen zu Boden gleiten. Lasziv zog sie in ihrer Vorstellung alles aus und stand nun splitterfasernackt vor Viktor. Sie spürte die Spannung zwischen Rumpf und Bein auf ganz neue, befreite Art und Weise. Als sie ins Plié wechselte, überkam sie so eine Woge der Lust, dass sie kaum noch an sich halten konnte.

»Celeste!«

Sie wurde unsanft aus ihren Träumen gerissen.

»Was ist nur mit dir los?«

»Entschuldigung! Ich …«, stotterte Celeste und wurde knallrot.

»Nicht doch! Ich bin hingerissen. Endlich hast du verstanden, worum es beim Tanzen geht. Heute hast du dich zum ersten Mal ganz entfesselt und völlig losgelöst bewegt.«

52. Kapitel

Paris, 12. Januar 1805

Viktor hatte ein Gefühl, als wenn er Kreide gegessen hätte. Er meinte zu verdursten. Wie kann Staub nur so in der Lunge brennen? Es war stockdunkel. Die Laterne war weg. Sie musste unter einem Felsbrocken begraben worden sein. Viktor nahm aus seiner Jackentasche ein kleines, metallenes Schächtelchen. Vorsichtig öffnete er den Deckel. »Hier ist noch ein Zündholz«, flüsterte er heiser zu sich selbst, »dann sehe ich, wie es um mich steht.«

Geschickt entflammte er das Streichholz.

Für einen kurzen Augenblick war alles um ihn herum hell erleuchtet. Entsetzt sah er, dass die Geröllmassen sich so auftürmten, dass jeder Ausgang versperrt war.

Mit einem Zischen erlosch die Lichtquelle. Dann war es wieder finster.

Realistisch gesehen, stehen meine Chancen auf Rettung schlecht, auch wenn die Gaukler vielleicht nach mir suchen.

Was für ein Segen, dass Celeste nicht bei ihm war. Gott sei Dank hatte er darauf bestanden, dass sie umdrehte und zur Ballettprobe ging. Wenigstens sie war in Sicherheit.

Viktor starrte in die Dunkelheit. Er hatte sich sein Ende anders vorgestellt, als hier in den Katakomben zu verhungern und zu verdursten. Mühsam setzte er sich auf und spuckte aus. Seine Situation war verzweifelt. Er versuchte sich abzulenken und ließ sein Leben Revue passieren. Egal, woran er auch dachte, immer wieder überstrahlte Celestes Gesicht alles andere. Er hatte noch nie in seinem Leben einen Menschen so geliebt wie diese Frau. Es war Schicksal gewesen, dass er ihr gleich bei seiner Ankunft in Paris begegnet war. Sie waren einfach füreinander bestimmt!

Er lachte bitter. Wie konnte Fortuna jetzt so grausam sein und ihn nach nur einer wundervollen Nacht hier unten sterben lassen? Wenigstens beendete er sein Leben als glücklicher Mann. Er war sich sicher, dass nur die allerwenigstens Menschen jemals eine solche Explosion der Gefühle erlebten. Als er und Celeste sich liebten, waren ihre Seelen miteinander verschmolzen. Wie hatte er früher nur denken können, dass er mit Friderike glücklich gewesen war? Wie oberflächlich und nichtssagend war seine Beziehung zu ihr gewesen. Die meisten Verbindungen und Eheschließungen wurden aufgrund von Geld oder aus praktischen Gründen geschlossen und nicht aus Liebe. Wenn er hier jemals wieder lebendig herauskommen sollte, stand eines für ihn fest: Er würde Celeste auf der Stelle heiraten! Egal, was seine Eltern, sein Patenonkel oder sonst wer dazu sagten. Natürlich könnte es sein, dass ihn seine Familie verstieß, wenn er eine Tänzerin heiratete. Doch das war ihm einerlei. Er malte sich aus, wie er mit Celeste im Gauklerwagen durch die Lande zog. Er war stark und konnte arbeiten. Zur Not würde er Menschen auf den Jahrmärkten porträtieren oder Briefe für sie schreiben. Für das tägliche Brot würde es schon reichen. Er hatte keinerlei Ansprüche, Hauptsache, Celeste war an seiner Seite. Viktor schloss die Augen und stellte sich vor, wie Celeste und er nackt im Sommer in einem kühlen Fluss badeten. Sie rannten

Hand in Hand aus den Fluten und schüttelten sich wie nasse Hunde die Wassertropfen aus den Haaren. Er beugte sich zu ihr hinunter und küsste jeden einzelnen glitzernden Tropfen von ihrem wohlgeformten Leib. Überglücklich sanken sie ins weiche Moos und liebten sich bis zur völligen Erschöpfung. Viktor begann zu lachen: Es hatte weiß Gott seine Vorteile, die Welt des Adels hinter sich zu lassen. Was könnten sie für ein freies, unkonventionelles Leben führen! Er fand immer mehr Gefallen daran, sich sein Leben unter Gauklern vorzustellen. Das lenkte ihn wenigstens von seiner misslichen Lage ab.

Viktor drehte sich stöhnend auf die Seite. Jeder Knochen tat ihm weh. Er hatte sich immer einen heroischen Tod vorgestellt, aber sicherlich nicht ein so erbärmliches Ende wie hier. »Viktor, reiß dich zusammen«, sprach er sich Mut zu. »Gib nicht auf! Kämpfe bis zu deinem letzten Atemzug. Das bist du der Liebe deines Lebens schuldig.«

53. Kapitel

Paris, 12. Januar 1805

Die braunen Rösser trabten in Richtung Louvre. Unnachgiebig trieb sie der Kutscher mit der Peitsche an. Der Wagen nahm den Weg am Quai des Tuileries entlang. Nebelschwaden stiegen von der Seine auf und verhüllten die reich verzierten Fassaden der Gebäude. Nach kurzer Zeit hatten sie ihr Ziel erreicht. Die Kutsche hielt direkt an einem der Seiteneingänge des Louvre, an der Porte des Lions.

Die Pferde waren nass geschwitzt und Schaumfetzen hingen aus ihren Mäulern.

Noch ehe der Kutscher von seinem Bock springen konnte, wurde der Schlag aufgestoßen.

»Warum in Gottes Namen müssen wir uns hier mit diesem Schweden treffen? Ausgerechnet vor Napoleons Nase soll die Übergabe stattfinden. Es wimmelt ja nur so von Militär!«, zischte Lalique wütend.

»Das ist nicht meine Schuld! Von Fersen hat darauf bestanden«, erwiderte Matthieu gereizt.

»Und wenn er uns hereinlegen will? Wenn der Übergabeort eine Falle ist?«

»Der Mann kann sich in Paris nichts erlauben, was Aufsehen erregen würde. Vor nicht einmal zehn Jahren war er die meistgesuchte Person von ganz Frankreich. Er kann nicht öffentlich auftreten! Graf von Fersen ist inkognito und einzig und allein wegen der Übergabe hier. Er ist eine Persona non grata. Es sind Gerüchte im Umlauf, dass er in Paris sein soll, deshalb verlässt er den Louvre nicht mehr.«

»Und wenn er Baron Denon eingeweiht hat? Immerhin lässt er ihn im Museum residieren.«

»Das halte ich für ausgeschlossen. Von Fersen würde niemals Vivant Denon in Schwierigkeiten bringen!«

Lalique nahm die silberne Schatulle von der ledernen Sitzbank und stieg aus.

»Damit das klar ist: Wir machen halbe-halbe«, sagte Matthieu.

»Das sehe ich weiterhin nicht ein. Schließlich habe ich den Schatz gehoben. Du wärst ohne mich gar nie in die Katakomben gestiegen. Wenn ich mich nicht da unten auskennen würde wie in meiner Westentasche, hätten wir die Entdeckung nie gemacht. Wenn du ehrlich bist, hast du doch eine Heidenangst vor den Skeletten und den Totenschädeln«, antwortete Lalique und lachte dabei verächtlich.

»Ohne mich hättest du weder erkannt, was für Briefe du gefunden hast, noch wärst du in der Lage gewesen, den Kontakt zu Graf von Fersen herzustellen. Außerdem ist es einzig meinem Verhandlungsgeschick zu verdanken, dass wir für ein paar läppische Briefe so eine astronomische Summe bekommen.« Matthieu stieß die Flügeltür auf. »Ich habe dich sowieso in der Hand, denn ich habe eine Akte über dich angelegt. Wenn wir hier auffliegen, schiebe ich dir alles in die Schuhe und du wirst Gefangener in deinem eigenen Gefängnis. Werde also bloß nicht unverschämt, sonst lasse ich dich fallen wie eine heiße Kartoffel.«

Laliques Halsschlagader schwoll beängstigend an und er brüllte los: »Du drohst mir nicht! Es gibt genügend Leute, die ihre Messer wetzen. Wenn ich ihnen die richtigen Informationen zukommen lasse, landest du vor Napoleons Exekutionskommando.«

Die beiden Männer gingen wie zwei Kampfhähne aufeinander los.

»Schluss jetzt! Halt deine Klappe. Wir dürfen keine Aufmerksamkeit erregen.« Lalique richtete unwirsch sein blutrotes Halstuch. »Lass uns erst einmal das Geld abholen, dann sehen wir weiter.«

»Meinetwegen. Da vorne sind zwei von meinen Leuten.« Mit einem kurzen Nicken begrüßte der Polizeicolonel die Wachen.

»Monsieur Matthieu, Graf von Fersen erwartet Sie im vierten Stock. Ganz oben im Turmzimmer«, flüsterte einer der beiden Gendarmen seinem Befehlshaber zu.

»Gut. Sorgt dafür, dass wir ungestört bleiben.« Matthieu steckte ihm eine Münze zu.

Schnaufend stiegen sie das Treppenhaus hoch in den obersten Stock und durchschritten einen langen Gang, bis sie vor einer hohen Tür standen.

»Endlich, meine Herren!« Graf Hans Axel von Fersen hatte sie anscheinend kommen hören, denn er öffnete die große Flügeltür, noch ehe Lalique und Matthieu geklopft hatten. Er hielt in der linken Hand einen Kerzenständer. Seine edlen Gesichtszüge, seine strahlend blauen Augen und seine formvollendete Garderobe stachen ins Auge. »Bitte treten Sie ein. Es ist Ihnen hoffentlich niemand gefolgt!«

Unvermittelt zog Lalique aus seiner Jackentasche das Medaillon, das er vor wenigen Tagen bereits Matthieu gezeigt hatte. »Kennen Sie diese Frau?«, fragte er und beobachtete genau die Reaktion seines Gegenübers.

»Darf ich?« Mit zitternden Fingern nahm der Graf das Schmuckstück aus Laliques Händen und studierte es genau. Er rang nach Fassung, und der Gefängnisdirektor sah erstaunt, wie dem Mann Tränen in die Augen stiegen.

Unter Mühen gelang es dem Schweden, den Verschluss zu öffnen. Als er das fein gemalte Frauenporträt sah, begann er zu taumeln. Schluchzend presste er das Kleinod an seine Brust, lief zu einer goldbestickten Chaiselongue in der Mitte des Raumes und ließ sich darauf nieder.

Irritiert beobachteten Matthieu und Lalique das ungewöhnliche Schauspiel, das sich ihnen bot. Unauffällig verdrehte der Gefängnisdirektor die Augen, während er scheinbar einfühlsam hinter dem Grafen ins Zimmer trat. »Sie erkennen Marie Antoinette?«

Als Graf von Fersen den Namen der geliebten Frau hörte, wurde er kreidebleich. »Spannen Sie mich bitte nicht länger auf die Folter.«

»Haben Sie das Geld parat?«

»Selbstverständlich. Ich habe zu meiner Sicherheit meinen alten, verschwiegenen Freund Baron Vivant Denon von dieser geheimen Geldübergabe unterrichtet. Falls ich bestohlen werden sollte oder mir etwas zustoßen wird, ist er informiert und weiß, was er zu tun hat.«

»Keine Sorge, Graf von Fersen. Wir sind Ehrenmänner und bekleiden hohe Positionen in Paris.«

»Aber ich kaufe nicht die Katze im Sack! Wo sind die Briefe?«

Lalique übergab dem Schweden das silberne Kästchen.

Erwartungsvoll beobachteten sie, wie der Graf die Schatulle nahm, sie auf seinem Schoß abstellte und erst einmal zärtlich mit den Fingerspitzen über das Metall strich. »Ich erkenne es wieder, es stand in ihrem Boudoir. Haben Sie etwas Geduld mit mir, meine Herren. Sie können sich nicht vorstellen, was für ein ergreifender Moment mir bevorsteht.« Er schluckte hart. »Vor nunmehr elf Jahren wurde die Liebe meines Lebens enthauptet. Ich habe nichts unversucht gelassen, um dieses grauenhafte, unbeschreibliche Verbrechen an der letzten Königin von Frankreich zu verhindern. Wenn ich die Wahl gehabt hätte, hätte ich mein bescheidenes Leben für ihres hingegeben, aber das Schicksal wollte es nicht so.« Der Graf griff nach einem weißen Spitzentaschentuch und schnäuzte sich hörbar. Nach einer kurzen Pause, in der er sich sammelte, fuhr er mit gebrochener Stimme fort: »Die glücklichsten Stunden meines Lebens habe ich mit ihr verbracht. Sie war unerreichbar, vollendet und mit einer Ausstrahlung gesegnet, die alles und jeden, der in ihre Nähe kam, verzauberte.«

»Schön, schön, Monsieur. Das glaube ich Ihnen gerne, aber wollen Sie nun endlich die Schatulle öffnen?« Ungeduldig trat Matthieu von einem Fuß auf den anderen.

»Dass ich heute, nach so vielen Jahren, endlich die Briefe, die sie mir in ihrer qualvollen Gefangenschaft geschrieben hat, in Händen halten werde, gleicht einem Wunder. Ich weiß gar nicht, wie ich Ihnen dafür danken soll, meine Herren. Sie machen mich zum glücklichsten Mann. Dieser Schatz ist mit keinem Geld der Welt aufzuwiegen.«

Lalique nickte zustimmend und murmelte: »Wir freuen uns, wenn wir Ihnen zu Diensten sein können. Die Summe, die Sie uns zugedacht haben, ist durchaus angemessen.«

Unvorstellbar langsam öffnete der Graf den Deckel des Silberkästchens.

Er stutzte. »Incroyable!«, schrie er, wurde kreidebleich und blickte die beiden Männer fassungslos an. »Erlauben Sie sich einen perfiden Scherz mit mir?«

»Wovon reden Sie, bitte schön?«

Unsicher traten Lalique und Matthieu gleichzeitig heran.

»Sehen Sie selbst!«

Er hielt den beiden die geöffnete Schatulle unter die Nase. In dem mit rotem Samt ausgeschlagenen Innenraum lag ein angebissenes, trockenes Stück Brot.

»Kruzifix! Hölle und Verdammnis!«, brüllte Matthieu außer sich. Wutentbrannt griff er nach einer Vase, die auf einem kleinen Tischchen vor der Chaiselongue stand, und schleuderte sie mit voller Wucht knapp an Laliques Kopf vorbei gegen die Wand. Auf seine Stirn traten kleine Schweißperlen.

»Da sind definitiv keine Briefe drin«, bemerkte Lalique panisch.

»Das sehe ich auch!« Wutschnaubend packte Matthieu ihn am Hemdkragen und schüttelte ihn.

»Wie ist das möglich?«, flüsterte Lalique totenbleich.

»Meine Herren, ich bin außer mir! Sie sind Betrüger!« Graf von Fersen schlug mit der Faust auf die Lehne seines Sessels.

»Wo sind die verfluchten Briefe, Bertrand? Du Idiot hast das falsche Kästchen mitgenommen!«

»Nein. Niemals. Als du den einen Brief für den Grafen herausgenommen hast, waren noch alle da.«

In dem Moment stand Graf von Fersen auf. »Meine Herren, Sie strapazieren meine Geduld über Gebühr. Ich hatte von Anfang an kein gutes Gefühl, mit Ihnen Geschäfte zu machen, und sehe mich nun bestätigt. Haben Sie etwa geglaubt, ich würde Ihnen das Geld zahlen, ohne die Briefe in Händen zu halten?«

»Ich verstehe vollkommen, dass Ihnen die Angelegenheit befremdlich erscheint. Ich stehe vor einem Rätsel. Geben Sie uns nur eine halbe Stunde, und ich verspreche Ihnen, dass wir dann die gesamte Korrespondenz von Marie Antoinette präsentieren können«, versuchte der Gefängnisdirektor den Grafen von Fersen zu besänftigen.

»Nein. Ich habe kein Interesse mehr! Im Morgengrauen verlasse ich Paris. Ich werde abreisen.«

Völlig unerwartet zog André Matthieu plötzlich eine Pistole. Mit eiskaltem Blick fixierte er den Grafen. »Sie gehen nirgendwo hin! Bertrand, du fährst auf der Stelle mit dem Kutscher zurück zu den Katakomben und bringst die Briefe hierher. Sie können nur dort sein!«

54. Kapitel

Paris, 12. Januar 1805

»Jetzt ist auch noch dieser Viktor verschwunden!« Raoul zündete sich seine kurze abgegriffene Pfeife an und blies hektisch weiße Tabakswölkchen aus. »Wir sind da in etwas hineingeraten, das ich beim besten Willen nicht durchschaue. Eine Katastrophe jagt die andere.«

»Es geht um Leben und Tod. Das spüre ich. Wir haben jeden Winkel da unten nach den beiden abgesucht und nicht die kleinste Spur von ihnen entdeckt.« Nervös kaute Nathalie an ihrer Unterlippe.

»Ich habe mit Filou vergebens vor dem Einstieg am Seineufer gewartet. Celeste hat mir gesagt, dass Viktor alleine weiter nach Gilles sucht. Vielleicht hat er ihn gefunden und sie haben sich zusammen verirrt«, mischte sich Marcuse ein.

François räusperte sich. »Es gibt noch eine Möglichkeit, wo sie sein könnten. Gilles hat mir von dem verfallenen Haus in der kleinen Gasse erzählt. Ich glaube, ich würde es finden. Wir gehen hin und schauen nach, ob es dort nicht doch irgendeinen versteckten Eingang gibt.«

»Ich bezweifle, dass das viel Sinn macht. Aber wir wollen nichts unversucht lassen. Wir nehmen den Hund mit«, sagte Raoul.

»Filou ist so unruhig. Er lässt sich kaum halten und versucht ständig abzuhauen«, warf Marcuse ein und schaute zu dem Wolfshund, der zu seinen Füßen saß und winselte.

»Es läuft schief, was nur schieflaufen kann. On y va! Wir brechen auf. Ich halte es nicht aus, hier herumzusitzen und darauf zu warten, bis einer der Vermissten von alleine wieder zurückkehrt.«

In dem Moment kam Celeste glücklich strahlend angerannt. Sie umarmte Nathalie stürmisch und drehte eine Pirouette. »Ich bin noch nie so sehr gelobt worden wie gerade von Pierre Gardel! Heute ist bei mir der Knoten geplatzt. Zum allerersten Mal habe ich begriffen, wie ich durch das Tanzen ausdrücken kann, was ich fühle. Alle meine Bewegungen hatten nichts zwanghaft Einstudiertes mehr, sondern eine natürliche Leichtigkeit.« Plötzlich sah sie sich irritiert um. »Was ist los mit euch? Viktor und Gilles sind doch hoffentlich wieder da!«

»Leider nein. Wir alle hätten uns gewünscht, dir eine gute Nachricht überbringen zu können«, sagte Raoul leise und legte Celeste seinen Arm fürsorglich um die Taille.

»Oh Gott, Viktor ist etwas zugestoßen! Ich hatte schon so eine Ahnung bei der Ballettprobe, aber ich hatte gehofft, dass mein Gefühl mich täuscht.«

»Gerade haben wir darüber geredet, was wir tun können. François glaubt, wir sollten uns das verfallene Haus noch einmal genauer anschauen«, erwiderte Raoul.

Die Gaukler erreichten das baufällige Gebäude in der Rue de la Lingerie und betraten das Untergeschoss.

»Ich zeige euch die Stelle, von der Gilles behauptet hat, dass da ein Einstieg in die Katakomben ist. Seht selbst, der Junge hat gelogen, es kann nicht sein!«, sagte Celeste leise.

Nathalie, Raoul und Marcuse machten sich daran, den Kellerfußboden genau zu untersuchen. Mit seinem Stemmeisen warf Marcuse das aufgeschichtete Brennholz um, ehe er jeden Zentimeter des Untergrunds abklopfte.

Nach einer halben Ewigkeit setzte sich Raoul erschöpft auf ein leeres Fass. »Ich glaube, es hat keinen Sinn, dass wir weitersuchen. Celeste hat recht, hier verschwenden wir nur unsere Zeit!«

In dem Moment rief Marcuse aufgeregt: »Hier stimmt was nicht. Das klingt doch hohl.« Ohne zu zögern, setzte er seine ganze Kraft und sein Gewicht ein und riss eine eichene Holzplanke heraus. »Mon Dieu.« Marcuse starrte ungläubig auf eine kleine Öffnung im Boden.

»Gilles hat die Wahrheit gesagt! Ich habe ihm schon wieder Unrecht getan.« Betroffen sah Celeste die anderen an.

Raoul sprang auf und klopfte Marcuse begeistert auf die Schulter. »Gut, dass du so hartnäckig bist! Wir steigen hinunter. Für dich, Nathalie, ist es zu gefährlich, und Marcuse hält Wache. Bindet dem Hund das Seil um den Leib und lasst ihn zu uns runter!«

Zügig kletterten François, Raoul und Celeste in den engen Schacht. Celeste beruhigte den winselnden Wolfshund, als er endlich bei ihnen unten angekommen war. »Gut hast du das gemacht. Such Viktor und Gilles!«

Im Schein der Laterne entdeckten sie frische Stiefelspuren.

»Denen folgen wir. Passt auf, dass ihr euch nicht die Köpfe anschlagt«, flüsterte Raoul.

Nachdem sie ein langes Stück Weg immer tiefer in den Stollen vorgestoßen waren, hielten sie plötzlich inne.

»Habt ihr das auch gehört?«, fragte François zögernd.

»Ja. Da schreit jemand«, rief Celeste aufgeregt.

»Das Geräusch kommt aus dieser Richtung.«

Filou riss sich los und rannte tiefer in den Stollen, an dessen Wänden Skelette angelehnt waren, an denen noch Kleiderfetzen hingen. Fast sah es so aus, als wenn die Toten mumifizierte Wächter wären.

Celeste spürte, wie ihre Knie nachgaben. Ihr wurde speiübel. Jedes Wort von Gilles war wahr gewesen. Wie hatte sie ihm nur nicht glauben können? Alles in ihr schrie danach, umzukehren, aber sie zwang sich, weiterzugehen. Die Hilferufe waren jetzt deutlich hörbar. Filou begann aufgeregt zu bellen und scharrte.

»Da ist eine Tür!«, flüsterte Raoul, der den Hund bereits erreicht hatte.

»Wir brechen den Eingang auf!« Mit vereinten Kräften stemmten sich die beiden Männer gegen die Holztür, die krachend aufflog.

Überrascht sahen sie sich um.

Plötzlich erklang erneut ein lang gezogener gellender Schrei. Noch ehe einer von ihnen etwas sagen konnte, rannte Filou bellend zu einem Schrank. Alle hielten den Atem an.

Leise knarrend öffnete sich die Tür, zwei Kinderarme kamen hervor und umschlangen den Kopf des Hundes.

»Filou!«

»Gilles! Gott sei Dank, du lebst!« Celeste rannte zu ihm und umarmte ihn stürmisch. Tränen der Erleichterung liefen ihr über die Wangen. »Du kannst dir nicht vorstellen, was für Sorgen wir uns um dich gemacht haben«, sagte Celeste und sah den Jungen liebevoll an. »Es tut mir unendlich leid, dass ich dir nicht geglaubt habe!«

»Schon gut. Lange hätte ich es hier unten nicht mehr durchgehalten. Habt ihr Wasser für mich?«

»Leider nein. Warte, bis du oben bist, Nathalie hat Wasser«, sagte François lächelnd. »Bin ich froh, dass dir nichts passiert ist.«

Die Gaukler sahen sich verwundert in dem Raum um.

»Wo sind wir hier? Was sind das für Sachen? Ist das ein Hehlerversteck?« Raoul nahm einen goldenen Kerzenständer von einem Tischchen und begutachtete ihn genau.

Währenddessen entdeckte Celeste im Licht der Laterne ein Cembalo, das mitten im Raum stand. Vorsichtig öffnete sie den Deckel und ließ ihre Finger über die Tasten streichen. Zarte Töne erfüllten den Raum. »So ein Instrument hatte ich auch einmal – in meiner Kindheit.« Unsicher spielte sie ein paar Takte. »Ich erinnere mich wieder«, rief sie erstaunt.

Die anderen lauschten ungläubig. »Celeste, woher kannst du das?«

Sie unterbrach ihr Spiel und klappte den Deckel abrupt zu. »Wir haben jetzt andere Sorgen. Gilles, erzähl schon, was passiert ist! Was war das eigentlich für ein kläglicher Schrei?«

»Wer hat dich hier eingesperrt?«

»Wie wurdest du gefangen?«

Auf einmal riefen alle durcheinander.

Gilles genoss es sichtlich, im Mittelpunkt zu stehen. »Ich weiß gar nicht, wo ich anfangen soll. Am besten von vorne. Celeste wollte, dass ich dem Gefängnisdirektor Lalique nachspioniere.«

»Warum das denn?«

»Das erklär ich euch später. Erzähl schon weiter, Gilles!«

»Sie hat mir nicht geglaubt, dass ich hier unten Schreie gehört habe.« Gilles drehte sich um und zeigte auf den Käfig im hinteren Teil des Raumes, in dem die zwei Käuzchen saßen. »Die haben so geschrien!«

»So hast du diesen Raum entdeckt?«, fragte Raoul.

»Ja. Was sagt ihr zu dem ganzen Plunder?«

Raoul sah sich mit Kennerblick um. »Hier hat jemand Diebesgut versteckt!«

»Es ist schon eine gewitzte Idee, die Beute seiner Raubzüge in den Katakomben zu lagern«, bemerkte François und kickte mit der Stiefelspitze gegen einen verbeulten Zinnkrug. »Die Gauner mussten sich ganz schön anstrengen, das Zeug herunterzubringen.«

»Da gibt es Sachen, von denen ich nicht einmal weiß, wofür man sie braucht. Schaut euch das mal an.«

Gilles nahm ein kleines eiförmiges Holzgefäß aus Elfenbein und schraubte es auf. Innendrin lag ein schmutziger Lappen.

»Das ist ja eine Flohfalle«, rief Celeste. »Die haben die edlen Damen am Hof in Versailles getragen.«

»Offensichtlich sind das hier einige Sachen aus aristokratischen Häusern«, warf Raoul ein.

François kniete sich zu Gilles herunter und sah ihn eindringlich an. »Erzähl endlich weiter. Wer hat dich eingesperrt?«

»Die Käuzchenschreie haben mich hierhergeführt. Ich wollte etwas mitnehmen als Beweis, weil ihr mir ja eh nie glaubt. Ich hatte gerade ein silbernes Kästchen untersucht, das voll mit Papierbündeln und Rosenblättern war, als ich plötzlich Schritte vor der Tür gehört habe. Mir blieb gerade noch Zeit, die Kerze auszupusten und mich zu verstecken. In meiner Panik habe ich aus Versehen die Briefe in die Hose gesteckt und mein Stück Brot, das ich gegessen hatte, in das Kästchen gelegt. Aus dem Schrank heraus habe ich zwei Männer gesehen. Der eine war der Gefängnisdirektor Lalique, ich habe ihn an seinem Feuermal erkannt. Die Männer haben mich nicht entdeckt. Ich konnte ihr Gespräch belauschen. Ihr werdet es mir nicht glauben, aber die planen heute Nacht eine große Sache.« Gilles machte eine bedeutungsvolle Pause.

»Und? Lass dir doch nicht jedes Wort aus der Nase ziehen.«

»Sie haben diese Schatulle mitgenommen und wollen sie im Louvre an einen Schweden verkaufen. Der zahlt so viel, davon könnte man ganz Paris kaufen.« Grinsend sah er die Gaukler an: »Was sie aber nicht wissen: Das Kästchen ist leer. Ich habe die Briefe!«

55. Kapitel

Paris, 12. Januar 1805

»Da kläfft doch ein Hund?« flüsterte Viktor ungläubig. Er war eingeschlafen.

Er fuhr sich mit der Zunge über seine spröden, ausgetrockneten Lippen. Alle Hoffnung auf Rettung war ihm in den letzten Stunden abhandengekommen. Dass es derart qualvoll sein würde, vom Leben Abschied zu nehmen, hätte er nicht für möglich gehalten. Inzwischen waren Durst und Hunger so kräftezehrend, dass er keinen klaren Gedanken mehr fassen konnte. »Da bellt wirklich ein Hund!«

Mühsam zog er einen großen Stein weg, doch es war aussichtslos, sich zu befreien.

Plötzlich meinte er, Stimmen zu hören. Konnte das sein? Er setzte sich auf. Er musste sich bemerkbar machen. Viktor nahm einen Stein und schlug damit an die Wand. Er schrie so laut er konnte: »Hilfe! Hier bin ich! Hilfe!« Er bildete es sich nicht ein: Das Hundegebell wurde immer deutlicher.

»Viktor, Viktor!« War das Celestes Stimme?

»Wir sind gleich bei dir.«

»Ich bin hier. Ich kann euch hören. Ihr müsst schon ganz nah sein.«

Die Geräusche wurden immer lauter.

Plötzlich wurde Viktor vom Licht einer Laterne geblendet. Keine Sekunde später spürte er die nasse schwarze Schnauze des Wolfshunds im Gesicht.

»Filou«, stammelte er, »du hast mich gefunden. Ich liebe diesen Hund«, rief Viktor überglücklich. »Wenn ich hier raus bin, meißle ich dich in Stein und setze dir ein Denkmal!«

Er lachte befreit.

Mit vereinten Kräften räumten Raoul, François und Celeste die Steine beiseite, die sie von Viktor trennten. Als Erstes schlüpfte Celeste durch die schmale Öffnung.

»Ich habe nicht mehr daran geglaubt, dich jemals wiederzusehen.« Stürmisch schloss Viktor sie in seine Arme. Celeste überschüttete ihn mit Küssen. Sie streichelte ihm zärtlich über seine stoppelige Wange. »Alles wird gut, Viktor. Du verdankst deine Rettung Filou. Wenn er nicht so hartnäckig gewesen wäre, wären wir umgedreht. Er hat auch Gilles gefunden.«

»Dem Himmel sei Dank!«

Über ihnen grollte der Stollen.

»Jeden Moment kann alles zusammenbrechen«, rief Raoul.

»Komm, wir müssen raus«, drängte Celeste.

Filou spürte die Gefahr und begann zu knurren.

Celeste und Viktor kletterten durch die schmale Öffnung.

»Da bist du ja!« Erleichtert umarmte Raoul Viktor. »Celeste hat nicht lockergelassen. Sie wäre lieber gestorben, als dass sie aufgegeben hätte.«

»Ich weiß gar nicht, wie ich euch danken soll!« Tränen der Rührung standen Viktor in den Augen.

Wieder erklang ein dumpfes Grollen.

»Wir dürfen keine Zeit verlieren.« François trieb sie zur Eile an.

Sie stiegen über Geröllhaufen, Felsvorsprünge und am Boden liegende Gesteinsbrocken. Unter größter Mühe arbeiteten sie sich die eingestürzte Treppe hinauf, bis sie endlich sicheres Terrain erreicht hatten. Dann setzten sich alle erschöpft auf den Boden oder lehnten sich an die feuchte, modrige Wand. Filou rollte sich hechelnd zu Viktors Füßen zusammen.

»Nochmals danke«, stammelte Viktor.

Wortlos nickten Raoul und François.

»Wir müssen weiter. Nathalie und Marcuse warten auf uns!«

Raoul und François erhoben sich, während Celeste und Viktor ihnen folgten.

Plötzlich hielt Viktor unvermittelt inne. »Warte, Celeste, ich geh keinen Schritt weiter, ehe du mir nicht eine Frage beantwortest.«

Sie drehte sich erstaunt um.

Viktor umschlang ihre schmale Taille und küsste sie leidenschaftlich. »Du bist die Liebe meines Lebens.« Er sank auf die Knie.

»Viktor? Was ist denn in dich gefahren? Wir müssen weiter.«

»So viel Zeit muss sein! Als ich vorhin dachte, mein letztes Stündlein hätte geschlagen, wäre daran das Schlimmste gewesen, dass mit dir zusammenzuleben nur ein Traum geblieben wäre.« Er nahm ihre rechte Hand in seine. »Ich hätte mir weiß Gott eine romantischere Umgebung gewünscht, aber ich muss dich hier und jetzt und auf der Stelle fragen: Willst du mich heiraten?«

»Was redest du denn? Du bist durcheinander. Kein Wunder nach dem, was du mitgemacht hast.«

»Celeste, ich bin durchaus bei Sinnen und im Vollbesitz meiner geistigen Kräfte.« Viktor strich sich eine staubige Locke aus der Stirn und drückte Celestes zarte Hand fest an sein Herz. »Ich meine es ernst.«

»Ich bin eine Gauklerin und du ein reicher Baron. Du musst mich nicht heiraten, ich bin auch so über jede Minute glücklich, die wir miteinander verbringen.«

»Ich will nicht mehr ohne dich leben. Ich flehe dich an, werde meine Frau!« Er erhob sich zu seiner vollen Größe und umfasste Celestes Gesicht mit beiden Händen. »Ich kann mir nichts Schöneres vorstellen, als jeden Morgen in deine strahlenden Augen zu schauen. Im Anblick des Todes fühlt man die Dinge so klar wie sonst nie: Ich liebe dich. Spann mich nicht länger auf die Folter. Sag einfach Ja.«

»Ja, Viktor, ja«, stammelte Celeste überglücklich. Tränen schossen ihr in die Augen.

»Wo bleibt ihr denn?«, rief Raoul ungeduldig von Weitem.

»Wir kommen!« Lachend nahmen sie sich bei der Hand und liefen zu den wartenden Gauklern.

»Raoul, ich habe soeben um die Hand deiner Tochter angehalten.«

»Wie bitte? Hier? Zwischen Totenköpfen und Skeletten?«

»Ja, ich liebe Celeste über alles. Wir werden Mann und Frau, egal, was noch alles passiert.«

»Das ist aber eine Überraschung! Etwas überstürzt, würde ich meinen! Kommt, weiter.«

»Marcuse«, schrie Raoul, als sie endlich bei dem Einstiegsloch angekommen waren, »wir haben Viktor gefunden!«

Mit einem breiten Grinsen schaute der Gewichtheber zu ihnen herunter. Er half einem nach dem anderen an dem Seil hinauf. Zuletzt zog er François, der Filou im Arm hielt, nach oben.

»Gelobt seien Jesus Christus und die heilige Jungfrau Maria! Jetzt sind alle wieder da!«, rief Nathalie freudestrahlend.

Gilles umarmte Viktor. »Nicht einfach, da unten gefunden zu werden, oder?«, fragte er schmunzelnd.

»Gebt Viktor erst einmal etwas zu trinken. Er ist fast verdurstet.«

»Das ist das köstlichste Wasser, das ich je getrunken habe. Durst macht aus Wasser den besten Wein«, murmelte er, trank gierig und lächelte seine Retter an.

Im Schein der Laterne sah Viktor sich neugierig um. »Wo sind wir hier?«

»Während ihr in den Katakomben wart, bin ich auch nicht ganz untätig gewesen«, erwiderte Marcuse. »Ich habe diesen Kerl überwältigt.« Er leuchtete mit seiner Laterne in den hintersten Winkel des Kellers. Erstaunt sahen die Gaukler, dass dort ein großer Mann bewusstlos und gefesselt am Boden lag.

»Mein Gott, das ist der Gefängnisdirektor Lalique!«, flüsterte Celeste am ganzen Körper zitternd.

»Immer wieder höre ich diesen Namen Lalique. Woher kennst du den Mann überhaupt?«, fragte Raoul.

»Das würde ich auch gerne wissen!«, pflichtete Viktor ihm bei.

Celeste holte tief Luft, dann flüsterte sie kreidebleich: »Er ist der Mörder meiner Eltern!«

56. Kapitel

Paris, 13. Januar 1805

Die Gaukler riefen aufgeregt durcheinander.

»Mörder?«

»Deine Eltern?«

»Gefängnisdirektor?«

Celeste schwieg.

Es wurde totenstill und alle Augen waren auf sie gerichtet. Stockend und aschfahl im Gesicht begann sie zu sprechen: »Was ich euch jetzt erzähle, habe ich noch keinem Menschen anvertraut. Ich war all die Jahre nicht fähig, darüber zu sprechen. Aber jetzt kann ich nicht länger schweigen. Zu viele Dinge sind passiert.« Sie schluckte und hielt einen Moment inne. »In Wahrheit heiße ich Celeste de Lefèbre. Bis zu meinem neunten Lebensjahr habe ich mit meinen Eltern in unserem Schloss gelebt. Dann kam die Revolution. An dem Tag, an dem wir nach England fliehen wollten, veränderte sich mein Leben für immer: Ich musste zusehen, wie meine Eltern ermordet wurden.«

»Das ist ja entsetzlich.« Viktor nahm fassungslos Celestes Hand in seine.

»Mein Vater war der Graf von Taverny.«

»Das kann nicht sein!« Raoul sah Celeste ungläubig an. »Ich hab immer geahnt, dass mit dir etwas nicht stimmt«, platzte es aus ihm heraus.

Als ihn Viktors Blick traf, korrigierte er sich. »Ich meine, ich wollte sagen, dass du etwas ganz Besonderes bist.«

»Lass das Kind in Ruhe«, mischte sich Nathalie ein. »Erzähl bitte weiter, was damals passiert ist.«

Viktor strich Celeste zärtlich über ihren Arm.

»An dem besagten Tag ist Bertrand Lalique mit seinen Reitern aufgetaucht. Ich war vollkommen schockiert von dem, was ich gesehen habe. Wenn mich nicht unser Stallknecht gezwungen hätte zu fliehen, wäre ich damals auch umgebracht worden. Ich habe mich tagelang mit Filou in einer feuchten Höhle versteckt.« Celeste wandte sich an Viktor. »Deshalb habe ich so Angst vor den Katakomben!«

Viktor schloss sie in seine Arme und küsste sie auf ihre Stirn. »Und trotz deines schrecklichen Erlebnisses hast du mich gerettet. Das vergess ich dir nie.«

»Ich bin damals fast um den Verstand gekommen. Tagelang war ich alleine, immer die grausamen Bilder von der Hinrichtung meiner Eltern vor Augen. Wenn nicht Filou gewesen wäre, hätte ich nicht überlebt. Irgendwann waren Hunger und Durst so unerträglich, dass ich mein Versteck verlassen habe. Ich schlich mich zurück nach Hause. Die Männer waren abgezogen. Von unserem Schloss war nichts übrig außer Schutt und Asche. Ich irrte verzweifelt durch die Wälder, bis mich Nathalie und Raoul aufgelesen haben. Eure liebevolle Obhut hat mich am Leben gehalten.«

»Du hast uns nie erzählt, dass du dich an deine Eltern erinnern konntest«, flüsterte Nathalie leicht vorwurfsvoll.

Celeste senkte den Blick. »Es tut mir leid. Es war mir nicht möglich. Versteht doch! Jahrelang haben mich die schrecklichen

Bilder und Erlebnisse bis in meine Träume verfolgt. Ich habe gemerkt, wenn ich nicht davon erzähle, komme ich besser über den Schmerz hinweg. Ihr alle wart so voller Liebe und Fürsorge. Ich habe versucht zu vergessen.« Celeste zeigte mit der Hand auf den Mann am Boden.

»Ich weiß, wozu dieser Teufel fähig ist. Deshalb habe ich auch Himmel und Hölle in Bewegung gesetzt, um Gilles wiederzufinden. Wenn der Junge in Laliques Fänge geraten wäre – wer weiß, was er ihm angetan hätte?« Celeste rang nach Worten und fuhr fort: »Ich habe den Gefängnisdirektor gleich nach unserer Ankunft in Paris zum ersten Mal wiedergesehen und ihn an seinem auffälligen Feuermal wiedererkannt.«

Nathalie trat näher an Celeste heran. »War das kurz vor der Kaiserkrönung, als du mit dem aufgeschürften Knie nach Hause gekommen bist?«

»Ja.«

»Ich habe damals gleich gespürt, dass etwas Schlimmes vorgefallen sein musste, was du verschweigen wolltest.«

»Anfangs war ich zwar noch unsicher, aber als ich im Theater von Viktor den Namen Bertrand Lalique hörte, wurde mein Verdacht zur Gewissheit. Und dann habe ich den größten Fehler meines Lebens begangen und Gilles hinter ihm hergeschickt.« Nervös fuhr sie sich mit dem Handrücken über ihre staubverschmutze Stirn.

Die Gaukler sahen sich betreten an.

Nach einem Moment legte Raoul seinen Arm um Celestes Schultern. »Hinterher ist man immer schlauer. Noch ist nichts Schlimmes passiert.«

Plötzlich nahm Gilles Celeste an der Hand. Aufgeregt trat er von einem Fuß auf den anderen. »Schau mal, Celeste! Dieser Lalique hat die Edelsteine aus der Kaiserkrone von Napoleon als Brosche am Revers.«

»Bist du sicher?«

»Tatsächlich! Das sind die Steine, die du gestohlen hast.« Verblüfft betrachtete Viktor die Brosche.

»Wie bitte? Gestohlene Juwelen? Napoleon? Kaiserkrone? Ich komme mir langsam vor wie in einem Tollhaus!«, rief Raoul empört.

»Das gibt es doch nicht. Celeste, sieh doch nur. Ohne Zweifel, das sind die Kronjuwelen aus dem Louvre. Wie kommen die an das Jackett von diesem Mann?«, rief Viktor ungläubig.

Er kniete sich neben Lalique und nahm ihm das Schmuckstück ab.

»Muss ich das alles verstehen?«, fragte Raoul verwirrt. Er ließ sich krachend auf den Holzstapel hinter sich fallen und sah Nathalie, Marcuse und François fragend an. »Sagt mir bitte, dass ich nicht der Einzige bin, der hier nicht mehr mitkommt. Celeste, ich dachte, ich kenne dich wie mein eigen Fleisch und Blut.«

»Raoul, es tut mir leid. Es klingt alles komplizierter, als es eigentlich ist. Ich kann es dir noch einmal langsam erklären.«

»Bitte nicht.«

»Warum ist dieser Lalique überhaupt hier aufgetaucht?«, fragte Viktor ungeduldig.

Gilles warf einen vielsagenden Blick auf den gefesselten Mann am Boden. »Das kann ich mir denken. Der wollte die Briefe holen, weil er gemerkt hat, dass die Schatulle leer ist. Die sollen heute Nacht für sehr viel Geld im Museum verkauft werden.«

»Du meinst im Louvre? Um Gottes willen!«, rief Viktor entgeistert. »Es geht mir langsam wie meinem zukünftigen Schwiegervater. Ich versteh auch nichts mehr!«

Gilles zuckte mit den Schultern.

»Schwiegervater?« Irritiert schaute Nathalie abwechselnd zu Celeste und Viktor. »Ist das wahr?«

Celeste nickte lächelnd.

»Mir reicht's jetzt. Ich habe lange genug dem ganzen Wirrwarr zugehört«, murmelte Marcuse und erhob sich.

In dem Moment erklang ein leises Stöhnen.

Schlagartig verstummten alle und beobachteten gebannt ihren Gefangenen.

Marcuse griff kurzerhand zu der Wasserflasche und schüttete Lalique den Inhalt ins Gesicht.

Der Gefängnisdirektor riss die Augen auf.

57. Kapitel

Paris, 13. Januar 1805

Die Kutsche fuhr an. Die Pferde stemmten sich mit aller Kraft in ihr Geschirr. Ächzend setzte sich das Gefährt in Bewegung. Der Kutscher drehte sich wütend zu Marcuse um, der neben ihm auf dem Bock saß. »Ihr seid zu viele für meinen Zweispänner!«

»Unser Hund geht doch zu Fuß, was willst du eigentlich?« Marcuse sah zu Filou hinunter, der schwanzwedelnd neben dem Wagenrad stand. »Du hast den Gefängnisdirektor Lalique gehört. Du wirst dich doch nicht seinem Befehl widersetzen?«, herrschte Marcuse den Mann an. »Bis zum Louvre ist es ja nur ein Katzensprung. Deine zwei Rösser schaffen das spielend.«

»Es war nie die Rede davon, dass ich so viele Leute mitnehmen muss. Noch dazu sogenannte Artisten.« Missmutig schnalzte er mit der Zunge.

Im Inneren des Wagens hatten Raoul und Viktor den gefesselten Lalique in ihre Mitte genommen. Gegenüber saßen Nathalie, die ihren Arm um Gilles gelegt hatte, und Celeste, die den Kopf erschöpft an die Wagenwand lehnte.

François klammerte sich außen an die Kofferablage und blickte mürrisch durch das hintere Kutschenfenster zu ihnen hinein.

»Wenn wir diesen zwei Verbrechern ein für alle Mal das Handwerk legen wollen, müssen wir sie auf frischer Tat stellen. Sonst glaubt uns niemand, was für korrupte Verbrecher in Paris angesehene Positionen besetzen. Auch wenn wir alle erschöpft und am Ende unserer Kräfte sind: Wir müssen uns noch einmal zusammenreißen. Es war mehr Glück als Verstand, dass Marcuse der Gefängnisdirektor in die Arme gelaufen ist!« Viktor sah Celeste besorgt an.

Celeste hatte alle Mühe, wach zu bleiben. Sie war so erschöpft, dass sie kaum die Augen offen halten konnte. Außerdem ertrug sie die physische Nähe zu Bertrand Lalique kaum. Nur wenige Zentimeter von dem Mörder ihrer Eltern entfernt zu sitzen, war unerträglich. Sie holte tief Luft. Ohne Viktor und Raoul hätte sie sich geweigert, den Wagen mit ihm zu teilen. Trotz ihrer Müdigkeit war sie innerlich aufgewühlt, weil sie nicht wusste, was sie im Louvre erwarten würde. Vielleicht lockte Lalique sie alle in eine Falle.

Ohne etwas zu sagen, reichte Nathalie Celeste ein Brot.

»Danke.« Lustlos biss sie ein Stück ab.

Viktor schaute aus dem staubigen Fenster. »Es ist sicher schon nach zwei Uhr«, murmelte er, »die Straßen sind wie leergefegt.«

»Wir sollten uns an die Gendarmerie wenden.« Nathalie richtete sich auf. »Die ganze Geschichte ist nicht nur verworren, sondern auch gefährlich!«

»Spinnst du? Nathalie, wie blauäugig bist du denn?«, fragte Raoul kopfschüttelnd. »Du hast doch selbst gehört, dass der oberste Polizeicolonel hinter dem Verkauf der Liebesbriefe steckt. Nie und nimmer können wir von denen

Unterstützung erwarten. Die Gendarmerie ist korrupt bis in die Haarspitzen.«

Viktor beugte sich vor. »Wenn wir erst im Louvre sind, wird alles leichter werden. Man kennt mich dort. Mein Patenonkel ist Vivant Denon, der Museumsdirektor.«

Unvermittelt sah Celeste Lalique direkt in die Augen und sagte eindringlich: »Ich werde nicht ruhen, bis ich einen Richter gefunden habe, der Sie Ihrer gerechten Strafe zuführt!«

Lalique zuckte unbeeindruckt mit den Schultern. »Wofür?«

»Für den Mord an meinen Eltern. Graf und Gräfin Lefèbre. Sie haben sie vor zehn Jahren in Taverny erschossen.«

Der Gefängnisdirektor überlegte eine Weile. »Taverny?« Es herrschte eine angespannte Stille in der Kutsche. »Ah, ich erinnere mich. Ein schöner Ort, ein prächtiges Schloss. Der Graf und die Gräfin waren Ihre Eltern?«

»Ja«, antwortete Celeste mit bebender Stimme.

Plötzlich ging ein Ruck durch den Körper des Gefängnisdirektors. »Jetzt wird mir manches klar. Sie sind das Kind, nach dem ich damals habe suchen lassen. Wie haben Sie es geschafft zu überleben, als verzärtelte Comtesse?«

Als er keine Antwort erhielt, fuhr er herablassend fort: »Offensichtlich sind Sie beim fahrenden Volk untergekommen.«

Celeste blieb weiterhin stumm.

Lalique schlug gelangweilt die Beine übereinander. »Die Ereignisse in Taverny sind doch schon ewig her. Wir waren damals viele. Alles in allem wurden während der Revolution mehr als vierzigtausend Menschen hingerichtet. Wer sollte sich dafür nach über zehn Jahren noch interessieren? Wir hatten unsere Befehle und die haben wir ausgeführt. Sie werden in ganz Frankreich keinen finden, der uns dafür jetzt noch zur Verantwortung zieht. Am wenigsten Napoleon Bonaparte.«

»Wo ist die letzte Ruhestätte des Grafen Lefèbre und seiner Gemahlin?«, mischte sich Viktor ein.

»Wen interessiert das heute noch? Aber wenn es so wichtig für Sie ist: Ich meine mich zu erinnern, dass wir seinerzeit die Dienstboten angewiesen haben, ein Grab an Ort und Stelle auszuheben, bevor wir das Schloss niederbrannten.«

Celeste spürte, wie ihr Viktor einfühlsam die Hand drückte. Laliques Beschreibung entsprach genau dem Platz, an dem sie damals mit Filou gewesen war. Ohne es zu ahnen, hatte sie auf den frischen Gräbern ihrer Eltern gesessen. Eine Gänsehaut fuhr ihr den Rücken hinunter und Tränen brachen sich Bahn.

Alle in der Kutsche schwiegen, während der Gefängnisdirektor sie herausfordernd ansah.

Mein halbes Leben lang habe ich darauf gewartet, eine Antwort auf meine vielen Fragen zu finden, dachte Celeste. Nun sitze ich dem Mörder meiner Eltern gegenüber und fühle nichts – nur Leere. Zehn Jahre lang hat mich Nacht für Nacht das Gesicht von diesem Lalique in meinen Träumen verfolgt. Und jetzt?

Als wenn Viktor ihre Gedanken gelesen hätte, beugte er sich vor und nahm ihre Hand in seine.

»Wir überqueren gleich die Pont Neuf und wissen nicht, was uns im Louvre erwartet. Wir müssen überlegen, wie wir weiter vorgehen«, unterbrach Raoul das Schweigen.

»Gott sei Dank haben wir alle Trümpfe in der Hand. Der Polizeicolonel ahnt nicht, dass wir zu siebt anrücken. Er rechnet nur mit Monsieur Lalique. Diese Schrecksekunde müssen wir ausnutzen«, antwortete Viktor zuversichtlicher, als er sich in Wahrheit fühlte.

»Aber du willst doch hoffentlich nicht Gilles mit in die Höhle des Löwen nehmen?« Erschrocken schloss Nathalie den Jungen in ihre Arme.

»Nein, natürlich nicht. Er soll in der Kutsche warten.«

»Ich bin kein kleines Kind mehr, das man einfach irgendwo abstellen kann. Ich komme mit und trage Celestes Seil, damit ich die beiden Schurken fesseln kann. Das Vergnügen habe ich mir verdient. Ohne mich wären wir den beiden gar nicht auf die Schliche gekommen«, protestierte Gilles.

»Wo du recht hast, hast du recht. Meinetwegen kannst du mitkommen.« Viktor fuhr an die anderen gewandt fort: »Wir sind gleich da. Jemand muss sofort zu meinem Patenonkel und ihn ins Bild setzen. Vivant Denon soll Napoleons Leibgarde alarmieren.«

»Ich befürchte, der Museumsdirektor wird keinen von uns empfangen, geschweige denn, uns Glauben schenken. Noch dazu um diese Uhrzeit. Du wirst selbst gehen müssen!«, entgegnete Raoul.

Viktor schüttelte den Kopf. »Das ist unmöglich. Ich bin der Einzige von uns, der sich im Louvre auskennt.«

Viktor schaute Celeste fragend an. »Kannst du nicht zu ihm gehen?«

»Nein«, fiel sie ihm ins Wort, »ich werde nicht von deiner Seite weichen. Ein zweites Mal lass ich dich nicht alleine gehen!«

Viktor lächelte. »Gut. Ich habe eine Idee.« Er griff in seine Manteltasche und zog die Brosche des Gefängnisdirektors heraus.

»Die gehört mir!«, rief Lalique empört. »Sie haben sie gestohlen, als ich bewusstlos war!«

»Die Steine stammen aus der Kaiserkrone. Napoleon wird entzückt sein, sie wiederzubekommen.« Dann wandte er sich an Nathalie: »Du gehst zu meinem Onkel. Sag Dominique, dem Pförtner, dass ich dich schicke. Er soll dich in die Gemächer meines Patenonkels bringen. Zeig dem Museumsdirektor die

Brosche und erklär ihm, dass dies die gestohlenen Steine des Kaisers sind und wir Hilfe brauchen. Glaubst du, du schaffst das?«

Nathalie nickte unsicher und sah betreten an sich hinunter. »Vielleicht sollte ich mich noch schnell umziehen?«

Viktor grinste und auch über Celestes Gesicht glitt ein schwaches Lächeln.

Der Wagen rumpelte über die Pflastersteine, die zum Haupteingang des Louvre führten.

Fasziniert sah Nathalie die prunkvolle Fassade im Licht der Fackeln an sich vorbeiziehen. »Unvorstellbar, wie groß dieser Palast ist. Und da soll ich euch wiederfinden? Das ist ja aussichtslos!«

»Ich verstehe dich, Nathalie. Die schiere Größe dieses altehrwürdigen Gebäudes flößt einem unwillkürlich Ehrfurcht ein.« Viktor schlug mit der Hand an das Kutschendach und streckte den Kopf zum Fenster hinaus. »Anhalten!«

Zu Nathalie gewandt meinte er: »Hier musst du aussteigen. Geh an dem Brunnen vorbei, direkt auf die große Eingangspforte zu. Dort klopfst du so lange, bis dir der Wächter öffnet. Sag ihm, dass es ein Notfall ist. Es gehe um Leben und Tod.«

Nathalie schluckte betreten. »Und du bist dir sicher, dass man mich einlässt?«

»Du wirst es schon schaffen. Geh jetzt. Jede Sekunde zählt.«

Nathalie küsste Gilles auf die Stirn und streichelte Celeste über die Wange.

François hielt ihr die Tür bereits auf. »Noch eine Minute länger und mir wären meine Arme abgefroren. Wohin gehst du?«

»Du kannst dich auf meinen Platz setzen. Ihr fahrt noch ein Stückchen weiter seineaufwärts. Ich hole Hilfe und komme dann so schnell wie möglich nach.«

Plötzlich tauchte Filou auf, der hinter der Kutsche hergerannt war.

»Nimm den Hund mit. Dann läuft er uns nicht zwischen den Beinen herum«, rief Viktor aus dem Wageninneren.

François blickte Nathalie und Filou hinterher, wie sie in der Dunkelheit verschwanden. Behände sprang er in die Kutsche, die sich sofort wieder in Bewegung setzte. »Warum fahren wir weiter?«

Raoul erwiderte: »Wir müssen zu einem anderen Eingang. Was mich aber viel mehr interessieren würde: Was machen wir, wenn wir an der Porte des Lions angekommen sind?«

Viktor sah Raoul seelenruhig an: »Improvisieren!«

58. Kapitel

Paris, 13. Januar 1805

Da ist ja Hopfen und Malz verloren, seufzte Nathalie. Sie sah an sich hinab und versuchte notdürftig, den Staub und Schmutz aus ihrem grauen Wollrock zu klopfen. Wie konnte Viktor annehmen, dass man ihr hier mitten in der Nacht in diesem Aufzug Einlass gewähren würde? Noch dazu mit dem Riesenhund an ihrer Seite. Sie hielt an der untersten Stufe vor dem Portal inne.

Insgeheim musste Nathalie sich eingestehen, dass sie den Deutschen in der kurzen Zeit ins Herz geschlossen hatte. Er schien Celeste aufrichtig zu lieben, war mutig und sich nicht zu schade, ein hohes Risiko einzugehen. Wenn alles vorüber war, würde sie Celeste zu ihrem Fang beglückwünschen. Doch so weit war es noch nicht. Im Stillen versprach sie der Heiligen Jungfrau Maria, zehn Rosenkränze zu beten und in der Kathedrale von Notre-Dame eine Kerze zu opfern, wenn alles gut gehen würde.

Bringen wir es hinter uns, sprach sie sich selbst Mut zu, pfiff Filou heran und stürmte die Treppe hinauf. Laut schreiend klopfte sie an die Tür. »Hilfe! Hilfe! Öffnen Sie!«

Nichts regte sich. Durch die Glasscheibe sah sie im Eingangsbereich ein schwaches Licht.

Hätte ich doch bloß darauf bestanden, dass François mit mir kommt. Oder besser noch Marcuse, der hätte die Tür eingeschlagen.

Erneut klopfte sie. Dieses Mal noch lauter. Filou unterstützte sie durch heftiges Bellen.

Plötzlich bemerkte Nathalie, wie sich im Inneren etwas bewegte und ein älterer Mann schwerfällig auf sie zukam. Er rieb sich mit einer Hand die Augen, in der anderen trug er eine Laterne.

Nathalie hämmerte noch einmal gegen die Pforte.

»Ja, ja, ich komm ja schon.«

Die Tür öffnete sich einen Spalt, und sie blickte entsetzt in die Mündung eines Gewehrs.

Der Pförtner musterte sie von oben bis unten, dann murmelte er: »Verschwinde, alte Hexe!«

Mutig griff Nathalie nach dem Lauf der Flinte und hielt ihn sich direkt auf ihr Herz. »Monsieur, es geht um Leben und Tod! Sie müssen mir helfen. Viktor von Löwenstein schickt mich.« Erleichtert sah Nathalie, dass die Augen des Mannes sich weiteten, als er den Namen hörte.

»Worum geht es?«

»Viktor hat mich hierhergeschickt. Ich muss sofort zu … um Himmels willen. Jetzt habe ich in der Aufregung den Namen vergessen. Ich soll zu dem Mann, dem hier alles gehört.«

»Impossible! Wie stellen Sie sich das vor? Sie wollen zu Napoleon Bonaparte, dem Kaiser? Gute Frau, Sie sind ja nicht ganz bei Trost.«

»Nein, nein. Es war ein anderer Name. Ich weiß, wer Napoleon ist. Ich will doch nicht zu unserem Kaiser! Ich muss zu dem Mann, dem der Louvre gehört.«

Misstrauisch beäugte Dominique die seltsame Alte. »Wo ist denn Herr von Löwenstein? Warum ist er nicht selbst gekommen?«

»Er kann nicht. Ersparen Sie mir, Ihnen alles erklären zu müssen. Nur so viel: Es handelt sich um einen Notfall und jede Sekunde zählt.«

»Um Gottes willen. Ist Monsieur von Löwenstein etwas zugestoßen? Er wird seit zwei Tagen vermisst.«

»Keine Sorge. Ihm geht es gut! Er war in den Katakomben verschüttet. Meine Tochter Celeste hat ihn gerettet.«

»Celeste ist Ihre Tochter? Ich kenne diese bezaubernde junge Frau«, er schwieg einen Moment, »aber Sie sehen ihr überhaupt nicht ähnlich.«

»Der Wahrheit halber muss ich sagen: Sie ist nicht meine leibliche Tochter. Aber so gut wie.«

Der Pförtner schüttelte verwirrt den Kopf. »Wir dachten, Herr von Löwenstein sei mit Celeste in ein amouröses Abenteuer verstrickt. Ich war der Letzte, der ihn hier im Louvre gesehen hat. Er ist mit Ihrer angeblichen Tochter wie ein frisch verliebter Romeo gestern in den frühen Morgenstunden verschwunden. Wenn er bis morgen früh nicht wieder aufgetaucht ist, wird der Museumsdirektor Denon die Gendarmerie verständigen.«

»Hach – Denon. Genau, das ist der Name, der mir entfallen ist. Zu ihm muss ich, auf der Stelle. Es ist schon viel zu viel Zeit verstrichen. Bringen Sie mich sofort zu ihm.«

»Unmöglich! Ich kann den Museumsdirektor um diese Stunde nicht wecken. Der Mann ist im Stande und reißt mir den Kopf ab.«

Plötzlich fiel Nathalie die Brosche ein. Sie zog sie hastig aus ihrem Rock hervor. »Da. Was sagen Sie jetzt?«

Nathalie erntete einen entgeisterten Blick.

»Diese Steine stammen aus der Krone unseres Kaisers. Ich sage es nur ungern, aber sie wurden von Gilles gestohlen. Und irgendwie sind sie in die Hände des Gefängnisdirektors Lalique geraten. Der ist der größte Verbrecher von allen.«

»Gilles? Der kleine Straßenjunge, der Viktor von Löwenstein auf der Pont Neuf bestohlen hat?«

»Ja, genau der. Er ist für mich wie mein Sohn.«

»So wie Celeste nicht Ihre richtige Tochter ist?«

»Ja, genau so.«

»Da haben Sie ja eine tolle Familie beisammen! Nach dem Vater frag ich lieber gar nicht erst. Was Sie mir da alles erzählen, übersteigt meine Auffassungsgabe. Jetzt kommen Sie halt herein. Aber dieses Riesenvieh bleibt draußen.«

Nathalie nickte und beugte sich zu Filou hinunter. »Warte hier. Ich bin bald wieder da.«

Dominique öffnete die Glastür und Nathalie folgte ihm in seine Pförtnerloge. Dort ließ er sich auf einen Stuhl fallen und versuchte sich zu sammeln. »Jetzt brauche ich erst einmal einen Schluck.« Er schenkte sich ein Glas Wein ein. »Sie auch, Madame?«

»Ja«, erwiderte Nathalie und setzte sich ebenfalls.

Sie prosteten sich zu.

»Ich weiß, dass Sie Dominique heißen. Ich bin Nathalie.«

»Also, Nathalie. Ich entschuldige mich, dass ich alte Hexe zu dir gesagt habe.«

»Ist schon gut. Aber wir verlieren kostbare Zeit. Dieser Monsieur Denon muss die Brosche sehen. Viktor hat gesagt, dass er uns dann sofort hilft.«

»Meinetwegen. Die Geschichte, die du mir erzählt hast, ist so hanebüchen, dass sie wohl wahr sein muss. Komm mit. Versuchen wir unser Glück!«

Unterdessen hatte die Kutsche ihr Ziel erreicht, und die Insassen waren vor der Porte des Lions ausgestiegen.

Celeste fröstelte. Sie hatte Herzklopfen. Sie nahm Gilles an die rechte Hand.

Viktor klopfte Raoul auf die Schulter und flüsterte ihm ins Ohr: »Ich habe ein ungutes Gefühl. Behalte du Lalique im Auge. Wer weiß, was er im Schilde führt.« Scheinbar unbekümmert wandte er sich an Gilles: »Komm lieber zu mir.«

»Kein unnötiger Lärm, verstanden?!«, zischte Raoul, dann packte er den gefesselten Gefängnisdirektor am Arm.

Die kleine Gruppe ging auf den Bogen der Porte des Lions zu.

Celeste sah mit Schaudern die zähnefletschenden, grimmig dreinblickenden Löwenstatuen an, die rechts und links vom Eingang standen.

Hinter ihnen erklang ein lauter Knall, der sie alle zusammenzucken ließ. Der Kutscher drosch mit der Peitsche auf seine Braunen ein und führ in hohem Tempo über das holprige Pflaster davon.

»Der hat es aber eilig«, spottete Marcuse. »Soll er sich ruhig aus dem Staub machen!«

»Psst. Nicht so laut! Wir müssen uns so unauffällig wie möglich verhalten«, flüsterte Viktor.

Lalique schaute ihn verächtlich an. »Mit diesen Idioten wollen Sie den Polizeicolonel André Matthieu überraschen? Sie unterschätzen diesen Mann. Das ist Ihre letzte Chance, sich aus der Sache herauszuhalten.«

»Halt die Schnauze«, zischte Raoul wütend und rannte voraus.

Ihre Schritte hallten auf dem Kopfsteinpflaster.

Erleichtert sah Viktor, dass keine Wachen postiert waren. »Und wo sind jetzt Ihre Helfershelfer?«, fragte er den Gefängnisdirektor hämisch, ohne eine Antwort zu erwarten.

Als sie gerade die Flügeltür öffnen wollten, die in das Treppenhaus führte, rief plötzlich eine tiefe Stimme hinter ihnen: »Halt, stehen bleiben. Keinen Schritt weiter!«

Erschrocken drehten sich alle um und sahen in die Gesichter zweier Wachen, die ihre Gewehre mit aufgepflanztem Bajonett auf sie richteten.

»Halt! Wer sind die Herrschaften in Ihrer Begleitung, Monsieur Lalique?«, rief einer der Männer dienstbeflissen.

Ohne lange nachzudenken, sprang Marcuse dem links stehenden Gendarmen beherzt in die Parade. Mit einem gezielten Faustschlag gegen die Brust brachte er den Polizisten zum Taumeln.

»Lauft los, wir kümmern uns um die zwei!«, rief Raoul über die Schulter Viktor zu. Dann stürzte er sich mit François auf den anderen Wachmann.

Viktor stieß den Gefängnisdirektor Lalique vor sich her und rannte mit Gilles und Celeste die Treppe hinauf.

Als sie das zweite Stockwerk erreicht hatten, hörten sie im Untergeschoss einen lauten Schuss.

Celeste erstarrte vor Schreck.

»Um Gottes willen! Ich muss schauen, ob jemand von uns getroffen wurde.« Sie machte auf dem Absatz kehrt und rannte wieder hinunter.

»Pass auf dich auf«, schrie ihr Viktor nach. Beruhigend strich er Gilles über den Kopf, als er dessen kalkweißes Gesicht gewahr wurde. »Los, weiter«, herrschte er dann Lalique an und packte ihn an seinen auf dem Rücken zusammengebundenen Händen. »Wie weit hoch geht es noch?«

»Nur Geduld, wir sind gleich da.«

Im vierten Stockwerk blieb der Gefängnisdirektor stehen und deutete mit dem Kinn auf die erste Tür in einem langen Flur.

Viktor sammelte sich kurz. Dann drückte er die Klinke herunter. Die Tür war verschlossen. »Stell dich hinter mich«, flüsterte er Gilles zu. Dann holte er sein Messer aus der Jackentasche und hielt es Lalique an die Gurgel.

»Bist du es, Bertrand?«, rief eine laute Stimme von innen.

Viktor gab Lalique ein Zeichen zu antworten.

Sie hörten, wie die Tür aufgeschlossen wurde. André Matthieu stand vor ihnen. Sein Hemd war aufgeknöpft und seine Haare standen wirr in alle Richtungen. Mit glasigem Blick fixierte er Lalique und Viktor. »Was macht der hier?«

»Die haben mir in den Katakomben aufgelauert.«

»Hast du die Briefe?«

»Nein.«

Statt einer Antwort zückte Matthieu unvermittelt einen Revolver. »Bertrand, du bist ein verfluchter Dilettant!« Mit vor Wut verzerrten Gesichtszügen trat er ganz nah an Lalique heran. »Versager!« Ohne jede Vorwarnung hob der Polizeicolonel seine Waffe schoss ihm in den Kopf.

Gilles schrie wie am Spieß.

Viktor versuchte, Matthieus Hand zu packen, in der dieser seine Waffe hielt. Doch der Polizeicolonel war schneller. Voller Wucht traf er mit dem Lauf des Revolvers Viktors Schläfe. Viktor taumelte. Dann wurde alles um ihn herum schwarz.

59. Kapitel

Paris, 13. Januar 1805

»Nathalie, du wartest hier, bis ich dich rufe.« Der Pförtner entzündete eine Laterne und stellte sie auf den ausladenden Mahagonitisch, über dem ein reich verzierter, goldener Spiegel hing.

»Soll ich nicht doch lieber gleich mitkommen? Du weißt, wir dürfen keine Zeit verlieren.«

»Unter keinen Umständen. Es wird so schon schwierig genug, den gnädigen Herrn mitten in der Nacht zu wecken!«

Leise klopfte er an die Tür und wartete. Als er keine Antwort erhielt, drückte er vorsichtig die Klinke herunter und verschwand in dem Raum.

Nervös ging Nathalie den langen Flur auf und ab. Sie mochte sich gar nicht ausmalen, was passieren würde, wenn der Museumsdirektor Denon ihr nicht glaubte. Unvermittelt blieb sie vor dem großen Spiegel stehen und betrachtete sich. Sie sah wirklich aus wie eine alte Hexe. Plötzlich wurde ihre Aufmerksamkeit auf ein Bild gelenkt, das sie hinter ihrem Rücken im Spiegel erblickte. Sie drehte sich um und nahm das Gemälde genauer in Augenschein. Eine wunderschöne junge Frau war abgebildet. Sie trug eine imposante weiße Perücke, die mit Federn geschmückt war. Ihre porzellanfarbene Haut hob ihre wohlgeformten Gesichtszüge hervor und ließ ihre strahlend blauen Augen noch stärker leuchten. Sie trug ein weißes Spitzenseidenkleid. Ihre Wespentaille wurde von einem hellblauen Seidentuch betont. Entzückt sah Nathalie, dass ihre zarten Handgelenke mit Perlenarmbändern reich geschmückt waren. An ihren beringten Händen hielt sie links einen Jungen und rechts ein Mädchen. Wer auch immer sie war, sie sah aus wie ein Engel. Das Mädchen hatte ihr silbern changierendes Kleid geschürzt und trug lächelnd prächtige rosafarbene Rosen darin. An der anderen Hand hielt die wunderschöne Frau einen blauäugigen Knaben mit Spitzenkragen, der vielleicht fünf Jahre alt sein mochte. Er hatte an seinem Revers einen Orden hängen und sah verträumt zu seiner Mutter empor. Was für eine glückliche Familie mochte das wohl sein? Ob sie in Paris lebten? Sicher waren sie hochwohlgeboren.

Nathalie nahm die Laterne und trat noch näher an das Bild heran.

»Himmeldonnerwetter! Nicht einmal nachts hat man seine Ruhe. Es ist zum Davonlaufen«, schrie Vivant Denon ungehalten.

»Monsieur le Directeur, so beruhigen Sie sich doch. Ich hätte nie gewagt, Sie um diese Zeit zu wecken, wenn die Frau nicht von Ihrem Neffen geschickt worden wäre.«

»Gütiger Gott! Was wird mir alles zugemutet? Es ist leichter, einen Sack voll Flöhe zu hüten, als meinen Patensohn! Dominique, es wäre mir am liebsten, Sie würden das Weib augenblicklich rausschmeißen. Aber das kann ich in Anbetracht der Situation leider nicht machen.«

»Die Gauklerin hat etwas mitgebracht. Sie behauptet, es handle sich um Juwelen aus der Krone Napoleon Bonapartes.«

»Wie bitte?«

Nathalie hielt es vor der Tür nicht länger aus. Ohne sich weiter um die Anweisungen des Wächters zu scheren, stürmte sie durch die Tür, hinter der sie den Disput gehört hatte. Erstaunt erblickte sie einen kleinen, älteren Herrn mit einer Nachtmütze auf dem Kopf, der sitzend in einem gewaltigen Bett thronte. Er zog bei ihrem Eintreten die Decke bis zum Kinn hoch.

Neben ihm stand Dominique, der sie entsetzt ansah. »Ich habe doch gesagt, du sollst draußen warten!«

»Raus, verlassen Sie auf der Stelle meine Schlafräume, impertinentes Weibsstück!«, schrie der Museumsdirektor außer sich und schmiss ein Kissen in ihre Richtung.

»Mein Mann wirft mit Messern nach mir, Monsieur Louvre, da können Sie mich mit einem weichen Paradekissen nicht sonderlich beeindrucken. Viktor hat mir schon gesagt, dass es nicht einfach mit Ihnen werden würde.«

»Viktor? Sie meinen Baron von Löwenstein?«

»Ja, der Deutsche. Er hat mir aufgetragen, Sie aufzusuchen.«

»In meinem Schlafzimmer? Mitten in der Nacht?«

Ohne zu antworten, kramte Nathalie aus der Tasche ihres grauen Wollrocks die Brosche hervor und hielt sie Denon unter die Nase. »Die soll ich Ihnen zeigen!«

Der Museumsdirektor untersuchte die Brosche. »Eine dilettantische Arbeit. Aber tatsächlich, die Steine kenne ich.« Er sprang aus dem Bett und lief in seinem Nachthemd an Dominique und Nathalie vorbei zu seinem Schreibtisch. Dort nahm er eine Lupe zur Hand und untersuchte die Edelsteine eingehend. »Warum ist Viktor nicht selbst gekommen? Warum schickt er mir ausgerechnet Sie?«

»Monsieur Louvre …«

»Zum Donnerwetter, ich heiße Baron Vivant Denon. Und nicht Louvre. So heißt das Museum!«

»Ist auch egal, Monsieur. Viktor ist hier im Palast.«

Denon ließ sich erschöpft auf einen Sessel sinken und legte die Brosche und die Lupe seufzend zur Seite. »Ich verstehe überhaupt nichts.« Verzweifelt sah Denon den Pförtner an, während Dominique ebenfalls fragend die Augenbrauen hochzog.

»Jetzt erklären Sie mir alles der Reihe nach. Aber bitte langsam.«

»Sie erlauben, dass ich mich setze? Ich bin seit Stunden auf den Beinen.« Nathalie nahm zum größten Entsetzen des Museumsdirektors auf dem Fußende seines Bettes Platz.

»Wie Sie sicher wissen, liebt Viktor meine Tochter Celeste. Gerade vorhin hat er bei meinem Mann um ihre Hand angehalten. Das Kind hat Ja gesagt. Sobald das hier vorüber ist, werden die beiden heiraten.«

Denon schluckte betreten. »Die kleine Tänzerin?«

»Seien Sie nicht so herablassend. Wie sich herausgestellt hat, ist Celeste Viktor mehr als ebenbürtig. Ihr Vater war ein Graf!«

»Soll das heißen, dass Ihr messerwerfender Gauklerehemann blaublütig ist?«

»Celeste hat zwei Väter!«

»Das dürfte auf dieser Welt einmalig sein.«

»Es ist nicht so, wie Sie vielleicht denken. Celestes richtiger Vater war der Graf Lefèbre von Taverny. Der ist aber schon lange tot. Mein Mann Raoul und ich haben Celeste im Wald gefunden … Ach, warum erklär ich Ihnen das alles überhaupt? Die Zeit drängt. Alarmieren Sie jetzt Napoleons Leibgarde, nicht dass noch ein Unglück geschieht. Viktor und alle anderen befinden sich in Lebensgefahr. Sie sind dabei, zwei stadtbekannte Verbrecher zu überführen. Es handelt sich um den Polizeicolonel Matthieu und den Gefängnisdirektor Lalique.«

»Um Himmels willen! Was erzählen Sie mir? Die beiden Ehrenmänner sorgen seit Jahren erfolgreich für Recht und Ordnung in Paris.« Ein sichtlich erschöpfter Gesichtsausdruck legte sich über Denons Antlitz. Er erhob sich von seinem Sessel. »Was für einen unglaublicher Wirrwarr Sie mir hier mitten in der Nacht auftischen! Drehen Sie sich zur Wand.«

»Warum? Wollen Sie mich erschießen?«

»Nein, ich will mich erst einmal ankleiden.«

Dominique, der die ganze Zeit sprachlos dem Disput zwischen dem Museumsdirektor und seiner nächtlichen Besucherin gelauscht hatte, nahm seine Laterne und fasste Nathalie am Ellenbogen. »Komm, wir warten draußen.«

Als die beiden die Tür hinter sich geschlossen hatten und auf dem Flur standen, murmelte er anerkennend: »Du hast dich wacker geschlagen. Respekt! Er scheint dir Glauben zu schenken, sonst wären wir beide in hohem Bogen hinausgeflogen.«

»Wie lange wird es dauern, bis so einer sich die Hosen angezogen hat?«, fragte Nathalie ungeduldig und lief nervös auf und ab. Plötzlich hielt sie inne. Erneut betrachtete sie das Familienporträt, das sie vorhin so fasziniert hatte. »Mon Dieu! Ich fass es nicht! Jetzt geht mir ein Licht auf. Dominique, weißt du, wer die Frau mit den zwei Kindern ist?«

Dominique schüttelte den Kopf. »Keine Ahnung. Aber wenn es einer weiß, dann der Museumsdirektor!«

Ohne weiter abzuwarten, machte Nathalie auf dem Absatz kehrt und stürmte zurück in das Schlafzimmer. Entgeistert und mit halb zugeknöpfter Hose starrte Denon sie an.

»Wer ist die junge Frau mit den zwei Kindern, die im Vorraum hängt?«

»Hat sich jetzt auch noch jemand umgebracht?«

»Ich meine das Bild vor Ihrer Schlafzimmertür.«

Denon knöpfte in aller Seelenruhe seine Hose zu und ging mit Nathalie auf den Flur hinaus. »Das Gemälde von Adolf Ulrik Wertmüller? Das ist die letzte Königin von Frankreich, Marie Antoinette, mit ihren beiden Kindern, Marie Thérèse Charlotte und dem Dauphin Charles Louis. Mutter und Sohn sind bereits verstorben.«

»Sie werden es nicht glauben, aber genau um diese Frau geht es. Ihr ehemaliger Liebhaber ist hier im Louvre und möchte Liebesbriefe kaufen, die sie vor ein paar Jahren an ihn geschrieben hat.«

»Oh mein Gott! Graf von Fersen! Was hat der Mann nur angerichtet?«

60. Kapitel

Paris, 13. Januar 1805

Celeste rannte so schnell die Treppenstufen hinab, dass sie um ein Haar mit dem heraufstürmenden François zusammengeprallt wäre.

»Gott sei Dank, du lebst!«, riefen beide erleichtert.

»Ich habe einen Schuss gehört, was ist bei euch passiert?«

»Ich weiß es nicht.« Celeste sah François mit panischem Blick an. »Was ist mit Marcuse und Raoul?«

»Keine Sorge, die halten die Wachleute in Schach! Wir müssen zu Viktor rauf!«

Sie hasteten die Treppe hoch. »Wir müssen ganz nach oben!«, stammelte Celeste außer Atem. Als sie die letzten Stufen erreichten, erblickten sie vor sich einen langen, dunklen Flur, in dessen Mitte eine Tür einen Spaltbreit geöffnet war. Ein schwacher Lichtschein war zu sehen. Vorsichtig schlichen sich Celeste und François heran.

Plötzlich wurde die angelehnte Tür weit aufgerissen, und sie erblickten im Gegenlicht die Silhouette eines kleinen, gedrungenen Mannes, der gerade eine Pistole in seinen Hosenbund steckte. André Matthieu!

Instinktiv hielten sie inne und drückten sich an die Wand, um nicht entdeckt zu werden.

Celeste sah entsetzt, dass der Polizeicolonel sich bückte und einen leblosen Körper in den Salon hinter sich zog. Der Schädel des Mannes stieß geräuschvoll gegen den Türrahmen.

Alles ereignete sich im Bruchteil einer Sekunde. Ehe sie oder François reagieren konnte, wurde die Person vollends in das Zimmer geschleift und die Tür zugeschlagen.

Celeste erschrak zu Tode. Das war Viktor! Sie wollte zu ihm, aber François hielt sie zurück.

»Warte! Lass uns erst überlegen, was wir tun können«, wisperte er. »Ich hole eine Laterne aus dem Treppenhaus. Wir brauchen Licht. Rühr dich nicht von der Stelle.«

Celeste zitterte. Sie ließ ihren Kopf in den Nacken sinken und kühlte die heißen Handflächen an dem kalten Marmor der Wand. Alles begann sich vor ihren Augen zu drehen. Sie war am Ende ihrer Kräfte. Vor wenigen Stunden erst war sie über die Rettung von Viktor und Gilles glückselig gewesen. Jetzt mochte sie sich gar nicht ausmalen, dass Viktor womöglich tot sein könnte.

Plötzlich hörte sie ein Wimmern wie von einem sterbenden Tier.

In dem Moment kam François mit einer flackernden Laterne zurück. »Oh Gott! Da vorne liegt jemand!« Er hielt die Lampe hoch, damit sie besser sehen konnten. Vorsichtig näherten sie sich. Erst jetzt erblickten sie die Blutlache, die sich auf den schwarz-weißen Marmorfliesen ausbreitete.

Celeste blieb fast das Herz stehen. Sie musste sich zwingen hinzuschauen, als François den leblosen Körper auf den Rücken drehte. Mit Grausen vernahm sie das leise Röcheln des verwundeten Gefängnisdirektors.

Celeste beugte sich zu dem Schwerverletzten hinunter. Ein riesiges Loch klaffte an seiner Schläfe. Er lag im Sterben. Sie kniete sich neben ihn und bettete seinen Kopf in ihren Schoß. Wie seltsam das Schicksal doch war! Zehn Jahre lang hatte sie tagein, tagaus auf Rache gesonnen. Und nun starb der Mörder ihrer Eltern in ihren Armen. Sie hörte, dass Lalique noch etwas sagen wollte, und beugte sich ganz nah an seine Lippen.

»Verzeih mir!«, röchelte er.

Celeste konnte nicht anders, sie drückte seine Hand, um ihm zu zeigen, dass sie ihm vergab. Mit rasselndem Atem versuchte Lalique weiterzusprechen. »Matthieu ist …« Er rang nach Luft, dann schoss ein Schwall Blut zwischen seinen Zähnen hervor. Sein Kopf kippte zur Seite und seine Augen starrten Celeste leblos an. Er war tot.

»Friede seiner Seele«, flüsterte sie und bekreuzigte sich. Dann schloss sie ihm die Augen.

»Wie kannst du nur so gütig zu diesem Schwein sein? Warum hast du ihm vergeben? Soll er doch in der Hölle braten! Er hat dein Leben zerstört und deine Familie ermordet!« François sah empört zu Celeste, doch die schwieg.

Nach einer Weile murmelte sie: »Gib mir deine Jacke, damit ich ihn zudecken kann.« Widerwillig reichte François ihr sein Wams.

»Was machen wir jetzt?«, fragte François. Verzweifelt trommelte er mit seinen Fäusten gegen die Tür. Plötzlich wurde diese aufgerissen, und sie blickten in die wild funkelnden Augen von André Matthieu.

Celeste lief es eiskalt den Rücken hinunter. Für einen kurzen Moment erhaschte sie einen Blick in den Salon. Sie sah den geknebelten und gefesselten Gilles am Boden liegen. Wo war Viktor?

Mit irrem Blick machte Matthieu auf dem Absatz kehrt und schlug ihnen die Tür wieder vor der Nase zu. Sie hörten, wie er den Schlüssel im Schloss umdrehte und einen Riegel vorschob.

Dieses Geräusch ließ Celeste und François aus ihrer Schreckensstarre erwachen.

Wütend schmiss sich François mit voller Wucht gegen die Tür. Erfolglos.

Sie hörten scharrende Geräusche. Offensichtlich verbarrikadierte sich der Polizeicolonel und schob schwere Möbel vor den Eingang. Ein wahnsinniges Lachen erklang.

»Für jeden weiteren Versuch erschieße ich eine meiner Geiseln, verstanden? Mit dem Kind fang ich an!«

François wollte sich in unbändiger Wut erneut gegen die Tür werfen, aber dieses Mal hielt ihn Celeste zurück. »Lass! Der Mann ist wie ein tollwütiges Tier, er ist übergeschnappt und zu allem fähig!«, flüsterte sie. »Wir dürfen Gilles, Viktor und diesen Grafen nicht in Gefahr bringen!« Sie erhob sich, blickte noch einmal auf den Toten zu ihren Füßen und trat dann an das Fenster, das zu einem der Innenhöfe zeigte. Verzweifelt presste sie ihre heiße Stirn an das Glas. Sie musste einen klaren Kopf bekommen.

Plötzlich hallten aus dem Treppenhaus Stimmen und laute Schritte zu ihnen herüber.

François fuhr nervös herum. Erleichtert sahen sie, dass Raoul und Marcuse heraufgehetzt kamen. »Psst. Nicht so laut«, zischte François.

»Wir haben die Leute von dem Polizeicolonel außer Gefecht gesetzt!«, flüsterte Marcuse außer Atem.

»Warum steht ihr hier alleine rum? Wo sind die anderen? Wir haben einen Schuss gehört.« Raoul sah sich irritiert in dem dunklen Flur um. Dann entdeckte er den leblosen Körper am Boden. »Wer ist das?«

»Bertrand Lalique!«

»Mon Dieu«, entfuhr es Raoul. »Was ist passiert?«

»Viktor und Gilles sind hinter dieser Tür in Matthieus Gewalt. Er hat den Gefängnisdirektor offensichtlich erschossen und sich jetzt in dem Zimmer verbarrikadiert. Er droht damit, Gilles als Nächsten zu töten, falls wir versuchen, die Tür aufzubrechen.«

»Wir hätten nie und nimmer diesen Deutschen vorweggehen lassen dürfen«, meinte Marcuse wütend.

»Das ist nicht Viktors Schuld«, erwiderte Celeste gereizt.

»Merde. Was sollen wir jetzt machen? Die Situation ist außer Kontrolle geraten. Uns sind die Hände gebunden.«

Celeste warf einen letzten prüfenden Blick aus dem Fenster, dann trat sie zu den anderen. »Ich weiß, was ich tun werde. Ich habe eine Idee, wie ich in den Salon hineinkomme.«

»Wie?«, fragte Raoul perplex.

»Ich habe mir die Örtlichkeit genau angeschaut. Hier gibt es einen Nebenflügel, von dem aus ich zu Viktor und Gilles gelangen kann. Wenn es François schafft, das Seil mit dem Haken so zu werfen, dass es auf der Fensterbrüstung gegenüber einhakt, kann ich hinüberbalancieren.«

»Du bist ja lebensmüde! Nicht nur, dass es stockdunkel ist. Wenn du runterfällst!«, rief Marcus empört.

Raoul sah Celeste entsetzt an. »In dieser Höhe bist du noch nie aufs Seil gestiegen!«

»Du wirst das nicht tun, nur über meine Leiche!« Marcuse war außer sich.

»Versteht doch: Es spielt für mich keine Rolle, ob ich einen Meter oder hundert Meter über der Erde balanciere.« Celeste schwieg einen Moment, dann sagte sie mit resoluter Stimme: »Ich habe mir alles genau überlegt: Für alle Fälle werde ich mich sichern, so wie es mir Pierre Gardel beigebracht hat. Ich habe zwar kein Flugkorsett an, aber wenn ich mir ein Stück Seil um den Leib binde, es unter den Achseln verschnüre und dann an dem Hauptseil befestige, wird mich das halten, falls ich abrutsche. Es ist gefährlich, aber es ist machbar! Ich habe keine Angst. Raoul, du weißt, was ich kann!«

Alle schwiegen.

Celeste fuhr aufgewühlt fort: »Wir haben keine Alternative. Solange wir nicht wissen, was hinter der verschlossenen Tür vor sich geht, können wir gar nichts tun, selbst wenn Nathalie Hilfe mitbringt!«

Marcuse sah Celeste an. »Du setzt dein Leben aufs Spiel. Tot nützt du niemandem.«

»Auch wenn du es nicht hören willst, Marcuse, Celeste hat recht! Wenn es jemand schaffen kann, dann sie. Ich würde gerne sagen, einen Versuch ist's wert, aber mehr als diesen einen Versuch haben wir nicht.« François trat neben Celeste, nahm das Seil von seiner Schulter und reichte es ihr.

Als Raoul das sah, murmelte er: »Also gut.« Er nahm Celeste in seine Arme. »Du bist wirklich mutig. Ich würde gerne an deiner Stelle aufs Seil gehen, aber niemand außer dir hat auch nur den Hauch einer Chance, ma petite!«

Celeste sah Marcuse an, der schluckte und murmelte: »Ich bin immer noch dagegen.«

Raoul ergriff wieder das Wort. »Marcuse, wir beide bewachen solange die Tür!«

Celeste und François liefen den Flur hinunter. Sie öffneten leise eine Flügeltür, um in den dahinterliegenden Raum zu gelangen. Erstaunt stellten sie fest, dass sie sich in einem prachtvollen Saal befanden. Überall waren Spiegel vom Boden bis zur Decke angebracht.

Als François hochblickte, verschlug es ihm fast die Sprache. »Celeste, sieh doch nur! Über uns ist der Himmel!«

Eine Glaskuppel gab den Blick frei in den malerischen Nachthimmel. Der Mond war fast voll und die Sterne wirkten zum Greifen nah.

»Wenigstens das Wetter ist auf unserer Seite!«

Sie durchschritten den Saal und öffneten ein Fenster am hintersten Ende.

Celeste stieg als Erste auf den schmalen Steinsims. Die kalte, windige Luft belebte sie augenblicklich. Sie wagte einen kurzen Blick in die Tiefe. Noch nie hatte sie auf so einem hohen Gebäude gestanden. Die Zuversicht, die sie vor wenigen Augenblicken noch beseelt hatte, wich einem Gefühl von Beklommenheit.

»Mein Gott, ist es hier kalt. Und der Sims ist so schmal!«, murmelte François erschrocken, als er neben Celeste stand.

»Lass uns bis zur Ecke vorgehen. Von dort aus können wir hinübersehen.«

Vorsichtig tasteten sie sich Schritt für Schritt vor, mit dem Rücken an die Gebäudewand gedrückt.

»Mon Dieu, was ist denn das?«

Nervös blickte Celeste zu der Stelle, auf die François deutete. »Das ist ein Wasserspeier. Er sieht aus wie ein Dämon. Was für eine gruselige Fratze!«

»Wenn das Monster stabil ist, kann ich das Seil daran festbinden.«

»Das ist eine gute Idee!«

»Was siehst du?«, fragte François Celeste, die bereits um die Ecke herumgeklettert war.

Celeste schwieg einen Moment. »Der Abstand ist größer, als ich dachte. Die Vorhänge sind zugezogen, es ist nur ein kleiner Spalt offen, durch den Licht dringt. Ich kann nicht erkennen, was sich im Inneren des Salons abspielt.«

François stand nun neben Celeste. »Ich befürchte, das Seil wird nicht reichen. Um dich zu sichern, müssten wir ein Stück abschneiden. Das ist aussichtslos. Wir müssen abbrechen!«

»François, so kurz vor dem Ziel gebe ich nicht auf! Wirf das Seil rüber, dann sehen wir, ob es lang genug ist.«

François zögerte eine Sekunde, dann nickte er. Mit der rechten Hand hielt er sich an dem Wasserspeier fest, während er versuchte, mit der anderen Hand das Seil mit dem Haken zur gegenüberliegenden Seite zu werfen. Das Eisen verfing sich nicht und schwang zurück. Entsetzt sahen sie, wie der Haken im Stockwerk direkt unter ihnen gegen ein Fenster schlug, das mit einem lauten Knall zerbarst. Sie hielten den Atem an. Zum Glück hatte der Lärm niemanden aufgeschreckt.

»Gebe Gott, dass mir das nicht noch einmal passiert! Es ist unmöglich, hier bei Nacht ein Seil zu spannen.«

Celeste sah ihn flehend an. »Bitte, François, probier es noch einmal.«

Er nickte. »Also gut! Um mehr Schwung zu holen, muss ich beide Hände frei haben.«

»Ich halt dich fest, sei bloß vorsichtig!« Celeste packte François am Gürtel. Sie beobachtete, wie er dieses Mal das Seil geschickt in immer größer werdenden Kreisen vor sich schwang. Plötzlich ließ er los und das Seil sauste auf die gegenüberliegende Fassade zu. Der Haken fiel auf den Fenstersims und rutschte ein Stück hinunter. Vorsichtig zog François an, und sie sahen erleichtert, wie sich das Eisen im Mauerwerk verkeilte.

»Wir haben mehr Glück als Verstand«, flüsterte er und verknotete das Seilende an dem Wasserspeier. »Voilà. Zwar ist es nicht so gut gespannt wie sonst, aber besser geht es nicht. Es ist deine Entscheidung!«

Celeste prüfte das Seil. Sie fröstelte. Was sollte sie tun? So vieles schoss ihr auf einmal durch den Kopf. Sie versuchte sich zu sammeln. Sie sah nach unten. Der Brunnen im Innenhof, den sie vor wenigen Tagen von Viktors Zimmer aus bewundert hatte, wirkte von hier oben winzig klein. Plötzlich blieb ihr vor Schreck fast das Herz stehen. Sie hörte ganz deutlich das Bellen eines Hundes. Das war Filou. Er hatte sie trotz der Höhe, in der sie sich befand, entdeckt. Wortfetzen hallten zu ihr herauf, die sie nicht verstand. Es waren drei Menschen bei Filou. Offensichtlich war es Nathalie gelungen, Hilfe zu holen.

Sie durfte sich jetzt nicht ablenken lassen! Eines wusste Celeste plötzlich mit absoluter Sicherheit: Wenn Viktor an ihrer Stelle wäre, würde er keine Sekunde zögern, um sie zu retten. Celeste hängte sich zur Probe noch einmal an das Seil.

Es hielt.

Mechanisch schnürte sie ihre Stiefeletten auf. »Da, halt die Schuhe, ich brauch sie hoffentlich nachher wieder!«, meinte sie lächelnd und gab François einen Kuss auf die Wange. Dann schwang sie sich barfuß aufs Seil. Als Celeste das Tau zwischen ihren Zehen spürte, wurde sie ganz ruhig. »Viel Glück zwischen Himmel und Erde«, flüsterte sie. Dann ging sie langsam los.

61. Kapitel

Paris, 13. Januar 1805

»Ich glaub, mich trifft der Schlag!« Nathalie schnappte hörbar nach Luft und suchte mit der rechten Hand Halt an Vivant Denons Arm. »Oh Gott, oh Gott, auf dem Seil da oben ist ja Celeste! Was hat das Kind nur vor? Sie muss wahnsinnig geworden sein.«

Wieder bellte der Hund.

»Ruhig, Filou, wir dürfen sie unter keinen Umständen ablenken. Irgendetwas Ungeheuerliches ist passiert! Celeste riskiert nicht ohne Grund Kopf und Kragen. Maria, Mutter Gottes, das überleb ich nicht.«

»Jetzt beruhigen Sie sich doch.« Der Museumsdirektor versuchte Nathalie zu besänftigen. »Wollen Sie sich hier kurz am Brunnen ausruhen?«

»Ich will mich nicht setzen. Und beruhigen will ich mich erst recht nicht«, schrie Nathalie außer sich. »Das alles ist Ihre Schuld. Wenn Sie nicht stundenlang herumgetrödelt hätten, würde Celeste jetzt nicht ihr Leben riskieren!«

»Jetzt hören Sie mal: Sie kommen zu mir, erzählen mir die absurdeste Geschichte und erwarten, dass ich alles stehen und liegen lasse. Seien Sie gefälligst froh, dass ich Sie nicht aus meinem Museum hinausgeschmissen habe. Ich dachte, Sie übertreiben maßlos mit Ihren wirren Schilderungen, aber ich muss gestehen, ich habe die Situation wohl verkannt.«

»Ihre späte Einsicht hilft meiner Tochter leider gar nicht!«

Plötzlich packte Denon Nathalie am Handgelenk. »So sehen Sie doch, da oben steht ja noch jemand! Das ist Viktor – mein Gott! Ihre wahnsinnige Tochter versucht offensichtlich, meinem Patensohn mitten in der Nacht das Seiltanzen beizubringen! Wenn dem Jungen etwas zustoßen sollte, werde ich meines Lebens nicht mehr froh.«

»Ach! Und bei meiner Tochter ist es Ihnen einerlei, wenn sie sich den Hals bricht?«

»Das ist nie und nimmer Baron von Löwenstein. Schauen Sie doch hin! Es ist ein Mann, aber er ist viel kleiner als Ihr Patensohn«, mischte sich der Pförtner Dominique in das Streitgespräch ein.

»Stimmt. Du hast recht. Jetzt erkenne ich ihn. Es ist François«, murmelte Nathalie nervös.

Alle drei schauten gebannt nach oben.

»Sie kennen sich doch hier aus. Wo will Celeste denn hin?«

Denon schwieg einen Augenblick und sah verlegen zu Boden. »Ich befürchte, sie ist auf dem Weg hinüber in den Westflügel!«

»Und was ist da?«, rief Nathalie ungehalten.

Der Museumsdirektor schwieg.

»Wollen Sie mir allen Ernstes erzählen, dass es in diesem Teil des Louvre keine Treppen gibt? Muss man Hochseilartistin sein, um dort hinzugelangen? Heraus mit der Sprache!«, insistierte Nathalie.

»Dort oben logiert mein Freund Graf von Fersen.«

»Da soll die Übergabe der Briefe stattfinden. Irgendetwas Schlimmes muss passiert sein!«, rief Nathalie angsterfüllt. »Sonst würde Celeste nicht mitten in der Nacht ihr Leben aufs Spiel setzen. Ich bleibe keine Sekunde länger hier unten stehen und schaue zu, wie sich mein Kind ins Unglück stürzt.« Sie raffte ihre Röcke und rannte los.

»Warten Sie, Madame Nathalie. Wer weiß, was uns da oben erwartet!« Der Museumsdirektor wandte sich aufgeregt an den Pförtner: »Die Frau hat recht! Du alarmierst sofort die Leibgarde Napoleons. Sie muss unverzüglich hierherkommen. Periculum in mora! – Gefahr ist im Verzug!«

62. Kapitel

Paris, 13. Januar 1805

Vorsichtig setzte Celeste einen Fuß vor den anderen. Trotz der Lebensgefahr, in der sie sich befand, durchströmte sie eine große Ruhe und ein tiefes Glücksgefühl. Das Seil war ihr Zuhause. So aufregend und neu es im Ballett bei Pierre Gardel auch war, nichts ließ sich mit der Freiheit vergleichen, die sie gerade verspürte. Sie sog die frische, kalte Luft tief in ihre Lungen.

Sie zwang sich, geradeaus zu sehen. In dem Moment brachte ein kalter Windstoß das Seil bedrohlich zum Schwanken. Celeste hielt inne und fokussierte ihre Körpermitte. Sie hatte bereits die Hälfte der Strecke zurückgelegt. Das war immer ihr magischer Punkt. Jetzt wurden ihre Schritte unmerklich größer und sie ging schneller. Das Ziel war fast erreicht.

Schon suchten ihre Augen auf der gegenüberliegenden Seite nach einer Möglichkeit, um sich festzuhalten. Noch zwei, drei schnelle Schritte, dann stand sie wohlbehalten auf dem schmalen Mauervorsprung. Sie hatte es geschafft!

Als Celeste den Haken sah, erschrak sie im Nachhinein, wie notdürftig dieser verankert war.

Celeste drehte sich zu François um und winkte ihm erleichtert zu. Erst jetzt wurde sie gewahr, welche Distanz sie zurückgelegt hatte.

Vorsichtig warf sie einen Blick durch den schmalen Spalt der fast zugezogenen mitternachtsblauen Samtvorhänge.

Was sie im Salon erblickte, ließ ihr den Atem stocken. Viktor saß nur wenige Meter von ihr entfernt zusammengesunken auf einem Stuhl. Seine Hände waren auf dem Rücken gefesselt. Mit Entsetzen sah Celeste, dass ein dünnes Rinnsal Blut von seiner Schläfe über die rechte Wange lief. Lebte er noch? Celeste wurde schlecht vor Angst. Keine drei Schritte von Viktor entfernt lag Gilles am Boden. Auch ihm waren Hände und Füße zusammengebunden.

Plötzlich trat der Polizeicolonel ganz dicht ans Fenster. Celeste hätte um ein Haar das Gleichgewicht verloren, so sehr erschrak sie. Instinktiv duckte sie sich und versuchte sich zu beruhigen: André Matthieu würde es nicht für möglich halten, dass mitten in der Nacht irgendjemand auf dem Fenstersims im vierten Stock nur durch eine Glasscheibe getrennt vor ihm stehen könnte. Ihre Hände zitterten und ihre nackten Füße wurden immer kälter.

Erstaunt sah Celeste, wie sich der Polizeicolonel plötzlich zu Gilles hinunterbeugte. Er fuchtelte mit seiner Pistole vor dessen Gesicht herum und schimpfte auf ihn ein. Celeste konnte nicht hören, was Gilles erwiderte. Auf einmal packte Matthieu den Jungen und zog ihm ein Bündel Briefe aus dem Wams.

In dem Moment trat ein auffallend eleganter, hochgewachsener, älterer Mann heran. Das konnte nur der Graf von Fersen sein. Celeste beobachtete, wie er mit vor Aufregung zitternder Hand die Briefe entgegennahm. Er faltete den ersten umständlich auseinander, nickte dann dem Polizeicolonel zu und drückte die Papiere an seine Brust.

Wenn sie doch nur ein Wort von ihrer Unterhaltung hätte verstehen können!

Die beiden schüttelten sich die Hände, als wenn sie einen Pakt besiegeln würden.

Daraufhin ging der Unbekannte schnurstracks zur gegenüberliegenden Wand, die mit einer türkisgoldenen Stofftapete verkleidet war. Verblüfft beobachtete Celeste, wie er geschickt eine Geheimtür öffnete. Er bückte sich und hob eine hölzerne Schatulle vom Boden auf. Widerstrebend übergab er das Kästchen dem Polizeicolonel.

Matthieu grinste zufrieden.

Nun kniete sich der Fremde neben Gilles und begann langsam dessen Fesseln zu lösen. Fassungslos sah Celeste, wie sich in dem Moment der Polizeicolonel hinterrücks näherte und völlig unerwartet dem vor ihm knienden Mann mit voller Wucht seine Pistole über den Schädel zog. Dieser brach augenblicklich zusammen.

Dann drehte sich Matthieu blitzschnell um und stieß den Stuhl, auf dem Viktor gefesselt saß, mit einem gezielten Fußtritt um. Ihr Geliebter schlug mit dem Hinterkopf hart auf das Parkett.

Gilles schrie so laut, dass Celeste den Schrei durch das geschlossene Fenster hören konnte. Plötzlich kam Matthieu auf sie zu. Er nahm die Kerze aus seiner Laterne und zündete, direkt vor ihren Augen, die Vorhänge an. Der Stoff fing in Sekundenschnelle Feuer. Die Flammen kletterten in rasender Geschwindigkeit die Wand empor.

Celeste wich instinktiv zurück. Sie strauchelte und klammerte sich mit aller Kraft am Relief der Fassade fest. Geduckt beobachtete sie, wie der Polizeicolonel hastig die Schatulle ergriff und zu der offen stehenden Geheimtür eilte. Er drehte sich noch einmal hämisch grinsend um, bevor er durch die Tür verschwand.

Einen Moment lang haderte Celeste mit sich: Was sollte sie jetzt tun? Ihr blieb keine Zeit, zurück zu François zu balancieren und mit ihm, Raoul und Marcuse die Tür vom Flur aus aufzubrechen. Bis dahin wären Viktor und Gilles ein Opfer der Flammen geworden. Es gab nur eine Möglichkeit: Sie musste sofort die Scheibe einschlagen.

Die Flammen breiteten sich immer mehr aus. Ihr Blick suchte Viktor.

Er lag reglos am Boden.

Celeste spürte, wie ihr der Angstschweiß den Rücken herunterrann. Panisch sah sie sich nach einem Gegenstand um, mit dem sie die Scheibe einschlagen konnte. Verzweifelt griff sie nach dem Haken, an dem das Seil befestigt war. In ihrer Aufregung umfasste sie ihn so ungeschickt, dass er ihr aus den Fingern glitt und in die Tiefe fiel.

»Merde, merde, merde«, fluchte sie. Hastig zog sie ihre Jacke aus. Sie wickelte den Stoff kurzerhand um ihren Arm und versuchte, mit ihrem ganzen Körpergewicht das Fensterglas einzudrücken. Nichts passierte.

»Bitte, lieber Gott, hilf mir«, flüsterte Celeste.

Inzwischen stand der ganze Raum in Flammen.

Plötzlich sah sie, wie Viktors Kopf hochfuhr und ihr Geliebter heftig zu husten begann. Sie meinte, er würde ihr direkt in die Augen schauen. Sein Blick gab ihr neue Kraft. Ohne weiter darüber nachzudenken, hob sie ihren Ellenbogen und schlug mit voller Wucht gegen das Fenster. Das Glas zerbarst mit einem lauten Knall in tausend Splitter.

63. Kapitel

Paris, 13. Januar 1805

Celeste sprang ohne zu zögern in das Flammeninferno. Sie benötigte einen Augenblick, sah sich suchend um.

»Celeste«, hörte sie Gilles angsterfüllt schreien, »schneid mich los!«

Sie blickte sich suchend um.

»Auf dem Kamin liegt ein Dolch. Beeil dich, sonst verbrennen wir alle!«

Nachdem sie Gilles befreit hatte, kniete sie sich neben Viktor. Die enorme Hitze und der Qualm waren unerträglich. Ihre Lunge schmerzte bei jedem Atemzug.

Viktor schlug die Augen auf. »Ich seh dich doppelt«, lallte er. »Eine schöner als die andere!«

Über Celestes Gesicht huschte kurz ein Lächeln. Sie küsste voller Glück seine Lippen. Dann schnitt sie das Seil durch, mit dem Viktor am Stuhl festgebunden war. »Kannst du aufstehen?«

Er richtete sich mühsam auf. Aber sie merkte schnell, dass er zu schwach war, um auf eigenen Beinen zu stehen.

»Wir müssen hier raus!«, schrie sie mit sich überschlagender Stimme. »Los, Gilles, du musst Viktor und den anderen Mann weg von den Flammen ziehen. Ich versuche solange, die Flügeltür zu öffnen, damit Raoul und Marcuse uns helfen können.« Der beißende Rauch ließ sie erneut husten. Celeste nahm ein Kissen von einer Chaiselongue und hielt es sich vor Nase und Mund. Ihre Augen tränten. Mühsam kämpfte sie sich zur Tür vor, gegen die Marcuse und Raoul von außen heftig anrannten. Entsetzt sah sie, mit wie vielen schweren Sesseln, Tischen und Schränkchen der Polizeicolonel den Eingang verbarrikadiert hatte. Verzweifelt versuchte sie, eine Kommode wegzuschieben, aber sie war zu schwach. Die Hitze machte es ihr unmöglich. »Der Raum steht in Flammen«, schrie sie und kletterte auf einen Tisch, um den Schlüssel im Schloss umzudrehen. Plötzlich öffnete sich die Flügeltür einen Spalt weit. Gierig sog sie die kalte, frische Luft vom Flur tief in ihre Lungen. Sie sah Marcuse direkt in die Augen, der mit seiner ganzen Kraft die Tür aufzudrücken versuchte. Sein Kopf war vor Anstrengung knallrot. »Ich schaff es nicht, das ganze Gerümpel beiseitezuschaffen. Wir brauchen dringend Wasser zum Löschen, sonst brennt der ganze Louvre«, rief Celeste außer Atem.

»Was ist hier los? Es riecht so komisch! Um Himmels willen, der Qualm kommt ja aus dem Salon, in dem ich Baron von Fersen untergebracht habe«, schrie in dem Moment eine schrille Stimme von draußen, die Celeste noch nie zuvor gehört hatte.

»Das ist das Eleonore-von-Kastilien-Zimmer, da stehen unschätzbare Werte. Ihre ganze Aussteuer befindet sich darin! Wie konnte da Feuer ausbrechen? Ich habe Baron von Fersen extra darauf hingewiesen, den Ofen nicht zu überhitzen.«

Raoul erwiderte ungehalten: »Es ist mir vollkommen egal, was für Möbel da drin verbrennen, Menschenleben sind in Gefahr.«

Ein durchdringender Angstschrei ließ Celeste herumfahren. Flammen und beißender Qualm hatten sich noch mehr ausgebreitet. »Ich muss zurück! Schlagt die Tür endlich ein!«

Sie rannte todesmutig durch die Feuerwand zurück zu Gilles. Erschüttert sah sie, dass dieser die Tapetentür immer noch nicht aufgebracht hatte. Hektisch stocherte er mit dem Dolch im Schlüsselloch herum. »Ich krieg das Drecksschloss nicht auf.«

Celeste riss ihm das Messer aus der Hand. Fahrig versuchte sie, den Mechanismus zu öffnen. Plötzlich brach die Klinge ab.

»Toll! So hätte ich es auch gekonnt.« Gilles ließ sich an der Wand zu Boden gleiten. »Ich will nicht sterben«, schluchzte er.

Celeste war am Ende ihrer Kräfte und setzte sich neben Gilles. Ich kann nicht mehr, dachte sie verzweifelt.

Gilles sprang plötzlich wieder auf, packte Viktor an den Schultern und begann ihn heftig zu schütteln. »Tu doch was! Tu doch endlich etwas! Sag, wie geht die verdammte Tür auf?«

Benommen schlug Viktor die Augen auf und blickte sich verwirrt um. Er fixierte mit offensichtlicher Mühe die Geheimtür. »Das ist doch ganz einfach«, murmelte er.

Auf einmal tat es einen lauten Knall.

Marcuse und Raoul war es endlich gelungen, die Flügeltür einzuschlagen. Durch den plötzlich hereinströmenden kalten Luftzug wurden die Flammen noch stärker entfacht.

Celeste sah durch den beißenden Rauch, wie die beiden verzweifelt begannen, das Feuer mit ihren Jacken auszuschlagen. Sie glaubte, auch François erkennen zu können. In dem Moment fiel krachend ein schwerer Balken von der Decke herab, der den Weg zurück vollends versperrte. Es gab keinen Fluchtweg mehr!

Gilles ließ nicht von Viktor ab. »Wie geht die Tür auf? Wo ist der Schlüssel?«, rief er weiter ohne Unterlass.

»Lass mich in Ruhe. Du musst doch nur mit zwei Fingern auf die Umrandung des Schlosses drücken, dann springt sie auf!«, stöhnte Viktor, dann fiel sein Kopf nach hinten und er war wieder bewusstlos.

»Hier ist alles voller Qualm! Wo seid ihr?«, schrie Raoul verzweifelt.

»Ganz hinten!«

»Haltet durch!«

Gilles drehte sich um und drückte seine Finger oben und unten an die besagte Stelle der Tapetentür. Alle hielten den Atem an. Trotz des Lärms, der um sie herum tobte, hörten sie deutlich ein mechanisches Klicken. Tatsächlich: Die Tür sprang auf.

Celeste war so schnell wieder auf den Beinen wie nie zuvor in ihrem Leben.

»Ich nehm Viktor! Schleif du den anderen Mann mit!«

Aus dem Augenwinkel sah sie, dass Gilles den Bewusstlosen an seinen Handgelenken packte, wodurch diesem die Briefe zu Boden fielen, die er immer noch fest umklammert hielt. Das Papier begann augenblicklich, lichterloh zu brennen.

Mit letzter Kraft gelang es ihnen, sich vor dem Feuer in Sicherheit zu bringen und die Tür zuzuschlagen.

Es war stockdunkel und mucksmäuschenstill, keiner sagte ein Wort. Alle waren erleichtert, die Hitze hinter sich gelassen zu haben und wieder richtig atmen zu können.

Celeste flüsterte in die Dunkelheit: »Gilles, das hast du gut gemacht! Ohne dich wären wir jämmerlich verbrannt. Wo sind wir hier gelandet? Was ist das für ein Raum?«

Plötzlich erklang ein vornehmes Hüsteln und eine tiefe Männerstimme wisperte heiser: »Oh mein Gott, ich bin blind! Alles um mich herum ist schwarz.«

»Keine Sorge, das glaub ich nicht, Monsieur. Der Polizeicolonel Matthieu hat Ihnen eine Pistole über den Schädel geschlagen. Sie waren bewusstlos. Gilles hat Sie gerettet.«

»Danke, mein Junge. Dieser heimtückische Verbrecher ist von der Polizei?«, fragte Graf von Fersen schockiert. Er schwieg einen Moment, ehe er fortfuhr: »Ich hätte nie nach Paris kommen dürfen. Das war ein einziger Fehler. Mit wem habe ich eigentlich das Vergnügen?«

»Ich heiße Celeste.«

»Ich verdanke Ihnen mein Leben! Pardon. Ich habe mich noch nicht vorgestellt: Ich bin Graf von Fersen.«

»Viktor von Löwenstein«, lallte eine schwache Stimme.

»Viktor!«, riefen Celeste und Gilles wie aus einem Mund.

»Mein Gott, Liebster! Wir sind in Sicherheit, alles wird gut.« Celeste tastete nach Viktor und legte ihre Hand auf seine Brust. Erleichtert spürte sie seinen vertrauten Herzschlag.

Währenddessen untersuchte Gilles den kleinen Raum. Behutsam setzte er einen Fuß vor den anderen. »Mir dämmert was: Ich war schon einmal in so einem Kabuff, als mir Viktor geholfen hat, aus dem Louvre zu fliehen. Wenn ich mich richtig erinnere, muss weiter vorne eine Wendeltreppe nach unten ins Freie führen. Ich schau nach.«

In dem Moment flüsterte Celeste aufgeregt: »Warte, Gilles. Geh nicht. Psst. Still. Ich hör etwas!«

Alle hielten gebannt den Atem an. Sie lauschten angespannt.

Ganz deutlich vernahmen sie schwere Schritte, die langsam immer näher kamen.

64. Kapitel

Paris, 13. Januar 1805

André Matthieu seufzte tief auf. Letztlich konnte es ihm egal sein, dass sich die schwere Eichentür, die nach draußen führte, nicht öffnen ließ. Er setzte sich auf die Treppe. Über sich hörte er einen dumpfen Schlag und panische Schreie. Es konnte nicht mehr lange dauern, und der Deutsche, der Junge und Graf von Fersen wären endlich erstickt und verbrannt. Er würde hier unten in aller Ruhe abwarten und sich später im allgemeinen Durcheinander aus dem Staub machen. Er griff nach seiner Pistole. Wie gut, dass er noch eine Kugel in Reserve hatte, für den Fall der Fälle.

Matthieus Blick fiel auf das hölzerne Kästchen in seinem Schoß. Mit zitternden Fingern öffnete er die Scharniere und hob den Deckel ganz langsam Millimeter für Millimeter hoch. Was er im Schein des Kerzenlichts sah, verschlug ihm die Sprache. Diamanten, Rubine, Saphire, Smaragde und andere Edelsteine leuchteten ihm in allen Regenbogenfarben entgegen. So etwas hatte er noch nie gesehen! Fasziniert schob er vorsichtig seine Hand in die glitzernde Pracht und ließ die Juwelen durch die Finger gleiten. Mit diesem Schatz konnte man eine ganze Armee kaufen. Graf von Fersen hatte wirklich Wort gehalten.

Ein Stich fuhr ihm ins Herz. Sein Freund Bertrand Lalique hätte seine Freude an dem Anblick gehabt. Kein anderer Mensch war so von Edelsteinen besessen gewesen wie der Gefängnisdirektor. Es hätte leicht für sie beide gereicht. Warum waren ihm nur so die Gäule durchgegangen? Er hätte diesen Deutschen erschießen sollen, der ihn im Ballett gedemütigt hatte, und nicht seinen Freund! Auf der anderen Seite: Lalique war selbst schuld an seinem Tod. Er konnte keinen Dilettanten an seiner Seite gebrauchen. Kurz dachte er darüber nach, wie es Lalique hatte passieren können, dass er überwältigt worden war. Das war ihm einfach schleierhaft. Wie war sein Freund nur in die Fänge dieses Deutschen und seiner Helfershelfer geraten?

Plötzlich hörte er ein Geräusch. Es klang wie scharrende Hundepfoten. Unmöglich, dachte er, wie sollte sich ein Hund mitten in der Nacht in die oberen Stockwerke eines bewachten Museums verirrt haben? Vorsichtig richtete er sich auf und hielt sein Ohr an die Eichentür. Das Scharren wurde lauter. In dem Moment erklang ein langes, durchdringendes Wolfsgeheul.

Matthieu sprang einen Satz zurück. Verdammt! Die Kerze war ihm umgefallen. Seine Hände suchten im Dunkeln nach der Schatulle. Hastig verschloss er sie und klemmte sie sich unter den linken Arm. Jetzt war ein entsetzliches Knurren zu hören. Er musste hier weg! Er erhob sich und tastete in der Finsternis nach dem Handlauf der Treppe. Er keuchte. Kalter Schweiß rann ihm über die Stirn. Langsam wurde er hysterisch wie ein altes Waschweib. »Reiß dich zusammen, André«, murmelte er vor sich hin, um sich zu beruhigen. Er stieg schnaufend die Wendeltreppe wieder hinauf. Es dauerte, bis er endlich oben angekommen war. Mit seiner freien Hand tastete er sich an der

Wand entlang. Die Luft in dem kleinen Vorraum war unerträglich stickig. Er unterdrückte einen Hustenreiz. Die Hitze des brennenden Salons strahlte bis hierher. Plötzlich hörte er ganz deutlich ein Flüstern. Hier war doch jemand.

André Matthieu zog seine Pistole aus dem Hosenbund und spannte den Hahn.

Celestes Herz raste. Matthieus beißender Schweißgeruch erfüllte plötzlich den ganzen Raum und stach ihr in die Nase. Sie unterdrückte ein Würgen und versuchte verzweifelt, das entsetzliche Bild von dem schrecklichen Abend zu vertreiben, an dem sich der Polizeicolonel in Gardels Büro an ihr vergehen wollte.

Warum war er bloß wieder zurückgekommen? Konnte er wissen, dass es ihnen gelungen war, aus dem Feuerinferno zu flüchten?

Sie richtete sich so leise wie möglich auf. Vorsichtig schob sie Viktor von sich weg. Als sie merkte, dass er unruhig zu stöhnen begann, hielt sie ihm den Mund zu.

Auf allen vieren kroch Celeste in die Richtung der Tapetentür. Ihre Hände suchten nach der Türklinke. Vergeblich! Die Tür ließ sich nur von außen öffnen. Sie saßen in der Falle!

Celeste wollte gerade wieder zurück zu Viktor, als sie eine Stiefelspitze in der Seite traf. Sie hätte vor Schreck fast aufgeschrien! Der Laut, den sie vernahm, stammte eindeutig von Gilles. Sie packte ihn am Fuß.

Offensichtlich hatte der Junge auch versucht, die Tür aufzumachen, durch die sie sich gerettet hatten.

Celeste spürte, wie Gilles sich hastig neben sie kniete. Sie flüsterte ihm ins Ohr: »Wir sind zu viert und Matthieu ist allein. Wir müssen ihn irgendwie überwältigen!«

Plötzlich stöhnte Viktor erneut hörbar auf.

»Ist da jemand?«, rief Matthieu laut.

»Mein Kopf, mein Kopf«, jammerte Viktor, doch augenblicklich hielt ihm Celeste den Mund zu.

»So weit ist es mit mir gekommen. Jetzt vernehme ich schon Stimmen«, hörten sie Matthieu murmeln. »Erst bellen Höllenhunde und jetzt klagen auch noch die Geköpften der Guillotine! Ich verliere wirklich den Verstand.«

Mit angehaltenem Atem lauschte Celeste. Seine schweren Schritte kamen immer näher. Sie fühlte, wie die Hand des Polizeicolonels nur wenige Millimeter vor ihrem Gesicht durch die Luft fuhr. Instinktiv drückte sie sich so flach wie möglich auf den Boden. Jetzt ist alles aus!, fuhr es ihr durch den Kopf. Entsetzt merkte sie, wie sich Viktor neben ihr mühsam aufrichtete. Er war nicht bei Sinnen! Verzweifelt streckte sie ihre Hand aus, um ihn wieder auf den Boden herunterzuziehen. Matthieu kam direkt auf Viktor zu! Plötzlich trat eine unheimliche Stille ein.

Alle hielten den Atem an.

»Ich weiß, dass hier jemand ist«, schrie Matthieu mit hysterischer Stimme. Fast gleichzeitig ertönte ein ohrenbetäubender Knall.

Für den Bruchteil einer Sekunde war Matthieus fratzenartiges Gesicht vom Lichtblitz des Zündfunkens erleuchtet.

Gilles schrie auf. »Er hat mich getroffen!«

»Hab ich dich erwischt, du Ratte.« Matthieus Stimme überschlug sich.

Ohne nachzudenken, sprang Viktor auf. Er spannte seine Muskeln und schmiss sich mit ganzer Wucht gegen den kleinen massigen Körper des Polizeicolonels. Matthieu verlor das Gleichgewicht und taumelte nach hinten. Viktor tastete sich in der Dunkelheit weiter vor. Mit seiner Faust verpasste er seinem Gegenüber erneut einen heftigen Schlag. Er spürte, wie Matthieu strauchelte, und vernahm, wie dieser laut schreiend die Treppe hinunterstürzte. Dann herrschte wieder eine gespenstische Stille.

»Chéri?«, flüsterte Celeste nach einer Weile voller Angst.

»Ich bin in Ordnung«, erwiderte Viktor außer Atem. »Ich glaube, ich habe André Matthieu die Treppe hinuntergestoßen.«

Mit angehaltenem Atem lauschten alle in die Finsternis.

Gilles wimmerte leise.

»Was ist mit dir?« Celeste tastete in der Dunkelheit nach dem Jungen. Der metallische Geruch von Blut drang in ihre Nase. »Gilles blutet!«

65. Kapitel

Paris, 13. Januar 1805

»So eine Nacht möchte ich nicht noch einmal erleben!« Vivant Denon wischte sich mit einem Spitzentaschentuch den Schmutz von der Stirn. Er trat an das große Fenster seines Büros. Paris erwachte. Langsam ging die Wintersonne auf und färbte den Himmel über der Hauptstadt blutrot. Der verheerende Brand war gelöscht, aber der Anblick der gegenüberliegenden verwüsteten Fassade brach ihm fast das Herz. Die Fenster waren im obersten Stockwerk allesamt zerborsten, schwarzer Ruß hatte sich auf dem Relief der Außenwand festgesetzt. Es würde Wochen dauern, die Schäden zu beheben. Immer noch stiegen kleine Rauchwölkchen auf. »Wenn Sie, Madame Nathalie, nicht so beherzt eingegriffen hätten, wer weiß, womöglich läge der ganze Louvre in Schutt und Asche. Sie hätten wahrlich einen Orden verdient!«

Langsam drehte sich der Museumsdirektor um und betrachtete der Reihe nach die übernächtigten und erschöpften Personen, die sein Arbeitszimmer bevölkerten. Wie nach einer verlorenen Schlacht lagen und saßen die Anwesenden auf Sesseln und Sofas herum. Verstimmt sah er, dass es sich sogar der alte verzottelte Wolfshund unter seiner Chaiselongue bequem gemacht hatte. Außer Viktor und dieser Nathalie kannte er niemanden von ihnen.

Seufzend nahm er wieder Platz auf seinem eigenen Sessel. »Wenigstens haben alle überlebt!«, murmelte er vor sich hin. »Jedenfalls fast alle«, korrigierte er sich.

Die ganze Situation war äußerst unangenehm. Denon überlegte insgeheim, was er als Nächstes sagen sollte. Wer war wer? Einer der Herren musste Nathalies Ehegatte sein, dieser Messerwerfer. Doch wer waren die anderen? Genau ihm gegenüber saß zusammengesunken ein schmutziges Häufchen Elend. Gott gebe, dass das nicht die zukünftige Braut seines Patensohnes war. Sein alter Freund von Löwenstein würde ihn zum Duell fordern, falls dem doch so wäre, dessen war er sich sicher. Als wenn Viktor seine Befürchtungen erraten hätte, erhob sich dieser plötzlich und nahm die junge, rußverschmierte Frau mit den versengten Haaren in seine Arme. Sprachlos sah Denon, wie die Tänzerin sich völlig vertraut in die Halsbeuge seines Patensohnes schmiegte und ihn glücklich lächelnd auf die Wange küsste. »Gütiger Gott«, entfuhr es ihm. Dann war es also wahr!

In dem Moment klopfte es an der Tür, und der Pförtner Dominique trat mit einem Tablett in der Hand ein. Darauf befanden sich ein Krug Wein, neun Gläser, ein Brotlaib und ein großes Stück Käse. »Wunderbar, Dominique. Stellen Sie das Tablett hier auf dem Schreibtisch ab. Bitte greifen Sie alle zu und stärken Sie sich.«

Unsicher und schüchtern standen seine ungebetenen Gäste der Reihe nach auf und bedienten sich.

Vivant Denon beobachtete fasziniert, wie schnell der ganze Imbiss vertilgt war. Er selbst hatte gar nichts abbekommen. Aber ihm war weiß Gott auch nicht nach Essen zumute. Hoffentlich war Graf von Fersen inzwischen außerhalb der Stadtmauern. Es war ein unverzeihlicher Fehler gewesen, dass er der

Bitte des Grafen nachgegeben hatte, inkognito im Louvre wohnen zu dürfen. Damit hatte er dem Feind Napoleon Bonapartes Unterschlupf gewährt! Das hätte ihn Kopf und Kragen kosten können. Und jetzt war auch noch das Eleonore-von-Kastilien-Zimmer unwiederbringlich zerstört. Aber dieser Verlust würde außer ihm niemanden schmerzen. Gott sei Dank war es ihm gelungen, im allgemeinen Tohuwabohu den angeschlagenen Schweden in eine Kutsche zu verfrachten. Denon hatte an sich halten müssen, als der Graf immer wieder unter Tränen den Verlust der Briefe beklagt hatte. Was für ein romantischer Tor! Als Diplomat ganz und gar ungeeignet.

Kein Wunder, dass ihm die Rettung von Marie Antoinette seinerzeit grandios misslungen war.

Denon hoffte inständig, dass er nie wieder etwas von Graf von Fersen hören würde. Das Einzige, was man ihm zugutehalten musste, war, dass er die Schatulle mit den Juwelen dem Louvre gespendet hatte, um für die Schäden aufzukommen. Einen wunderschönen Smaragd hatte er diesem Straßenjungen Gilles als Dank für die mutige Rettung seines Lebens zugedacht. Dafür würde sich der kleine Dieb eine prachtvolle Kutsche mit zwei edlen Schimmeln kaufen können.

»Onkel«, riss ihn Viktor aus seinen Gedanken, »ich möchte dir meine Verlobte vorstellen. Celeste de Lefèbre.«

»Gräfin Lefèbre!«, warf Nathalie stolz ein.

»Enchanté! Ich kenne Sie bereits, Mademoiselle, ich habe Sie schon bei der letzten Premiere im Ballett bewundert. Allerdings hätte ich Sie nicht wiedererkannt.« Denon reichte ihr pikiert die Hand. »Wie ich mit eigenen Augen sehen durfte, haben Sie auf mutige und mehr als waghalsige Art und Weise das Leben meines Patensohnes gerettet. Dafür werde ich Ihnen ewig dankbar sein!«

Celeste errötete. »Den Dank kann ich nur erwidern. Wenn Viktor nicht gewesen wäre, wer weiß, was uns der Polizeicolonel angetan hätte?«

»Gut, dass sich der Verbrecher das Genick gebrochen hat!« Raoul erhob sich und klopfte Viktor auf die Schulter. »Mit deinem rechten Haken hast du ihm für immer das Handwerk gelegt. Respekt!«

Denon nickte zustimmend. »Euch allen ist es zu verdanken, dass Paris von zwei korrupten Beamten befreit wurde. Keiner konnte ahnen, dass die beiden angesehenen Herrschaften in Wahrheit gemeine Verbrecher und Mörder waren. In ihrem Namen wurde eingebrochen, gestohlen, erpresst und gemordet. Ich werde Napoleon unverzüglich berichten, was für dunkle Geschäfte und Machenschaften direkt vor seiner Nase stattgefunden haben. Es wäre mehr als angebracht, wenn es dafür eine Belohnung gäbe oder zumindest einen Orden.«

Marcuse und François sahen sich stolz an.

»Ich werde nie vergessen, wie wir in dem brennenden Zimmer standen. Keine Spur von Celeste und den anderen! Ich habe wirklich geglaubt, alle wären mit Haut und Haar verbrannt. Wenn Nathalie nicht die Leibgarde mitgebracht hätte, wäre womöglich jede Hilfe zu spät gekommen. Die Männer haben beim Löschen ganze Arbeit geleistet.«

François boxte Marcuse freundschaftlich in die Seite. »So viel habe ich dich die letzten fünf Jahre nicht am Stück sprechen hören.«

Raoul grinste. »Und als unser Viktor plötzlich die Geheimtür eingetreten hat, mein Gott, was war ich da erleichtert.«

»Dass jetzt unsereins am Ende vielleicht eine Belohnung von Napoleon bekommt, ist kaum zu glauben.« François strahlte über das ganze Gesicht.

In dem Moment erhob sich Nathalie aus ihrem Sessel und räusperte sich. »Bei eurer ganzen Lobhudelei habt ihr einen vergessen. Und der liegt hier und schläft wie ein Murmeltier.«

»Ohne Gilles wären die beiden Verbrecher ungeschoren davongekommen«, pflichtete Celeste Nathalie bei. »Er hat das

Geheimnis von Bertand Lalique und André Matthieu gelüftet. Gott sei Dank hat er nur einen Streifschuss abbekommen!«

Denon nahm die Brosche des Gefängnisdirektors von seinem Schreibtisch und hielt sie in die Morgensonne. »So schließt sich der Kreis. Ich will lieber gar nicht darüber nachdenken, wie alles zusammenhängt. Viktor, geh ich recht in der Annahme, dass deine Bekanntschaft mit diesem Jungen nicht erst seit heute Nacht besteht?«

Viktor schmunzelte. »Gilles und ich teilen so manches Geheimnis. Und es ist nicht das erste Mal, dass er im Louvre angeschossen wurde.«

Der Museumsdirektor schüttelte den Kopf. »Manche Sachen will ich gar nicht wissen, geschweigen denn verstehen.«

Raoul räusperte sich. »Ich lasse nichts auf Gilles kommen. Er ist ein guter Junge. Nathalie und ich werden ein Auge auf ihn haben, jetzt, wo unsere Celeste heiratet.«

Vivant Denon sah hinüber zu dem Liebespaar. »Dann ist es dir mit deinen Heiratsplänen also wirklich ernst, Viktor?«

Viktor küsste Celeste vor den Augen aller auf den Mund. Dann rief er lachend: »Bisher haben wir zwar nur eine einzige Nacht miteinander verbracht, aber das war die schönste meines Lebens. Außerdem hat mir Celeste innerhalb der letzten vierundzwanzig Stunden gleich zweimal das Leben gerettet. Sie ist wunderschön, hinreißend, grazil und wider Erwarten auch noch adlig. Geld hat sie zwar keins, aber dafür einen alten Hund. Sie hat ein großes Herz und ich liebe ihren Verstand und ihren Humor. Ein Leben mit Celeste wird immer ein Abenteuer sein. Braucht Ihr noch mehr Gründe?« Viktor machte eine kurze Pause. »In Wahrheit heirate ich sie aber, weil ich gar nicht anders kann: Sie hat mich verzaubert!«

66. Kapitel

Ein Jahr später …

Celeste war ganz in Gedanken versunken, als sie hastig die schmale Treppe des Bühneneingangs hinaufstieg. Sie war mit sich nicht zufrieden. Zweimal hatte sie ihren Einsatz verpasst. Es war zum Verrücktwerden. Sie hatte deutlich gespürt, dass Pierre Gardel seine Wut darüber nur mit Mühe unterdrückt hatte. Es fiel ihr schwerer, sich ganz und gar zu konzentrieren, als sie zugeben wollte. Celeste vermisste Philomena. Die Freundin und Vertraute war wider Erwarten mit ihrem betagten Chevalier zu einer ausgiebigen Italienreise aufgebrochen. Deshalb hatte Gardel Celeste kurzfristig als neue Primaballerina auserkoren. Dieser Druck war riesig und sie wollte niemanden enttäuschen.

Celeste nahm gerade die letzte Treppenstufe, als sich ihr neuer Rock in dem schmiedeeisernen Treppengeländer verfing und mit einem lauten Ratsch zerriss. »Das auch noch«, murmelte sie wütend und raffte erschöpft den Damaststoff in die Höhe, um besser laufen zu können. Ein kalter Luftzug wehte um ihre schmalen, entblößten Fesseln.

Plötzlich erklang ein lauter, bewundernder Pfiff.

Paris war voll von aufdringlichen Männern; sie würde sich nie an die plumpen Annäherungsversuche gewöhnen. Sie vermied es, nachzuschauen, wer nach ihr gepfiffen hatte, als plötzlich eine tiefe Stimme rief: »Madame von Löwenstein, würden Sie mir die Ehre erweisen und sich zu mir in die Kutsche gesellen?«

Celeste traute ihren Augen nicht. Es war wie ein Déjà-vu-Erlebnis. Gegenüber dem Theater stand ein offener Zweispänner, in dem ihr über das ganze Gesicht lachender Ehemann saß. Neben ihm thronte der alte Filou, der an einem Knochen herumkaute. Viktor schaukelte ein dickes Schaffellbündel auf seinen Knien. Er erhob sich und drückte das verschnürte Päckchen zärtlich an seine Brust. »Weißt du, was heute für ein Tag ist?«

»Sonntag?«, rief Celeste und ging ihrem Mann freudig entgegen. Sie küsste Viktor auf den Mund und nahm ihm das Bündel aus den Armen. »Mein kleiner Liebling, was stellt dein Papa wieder mit dir an? Nimmt dich mit in diese Eiseskälte.«

»Nathalie hat ihn eingeschnürt und verpackt, wie es nur die fürsorglichste Großmutter tun kann. Genau heute vor einem Jahr habe ich um deine Hand angehalten. Weißt du noch? Du hast Ja gesagt!«

»Wie könnte ich das vergessen, Liebster! Dein Heiratsantrag zwischen Skeletten und aufgeschichteten Totenköpfen war wunderschön!«

Was ist seither nicht alles geschehen, dachte Celeste und herzte ihren Sohn.

Viktor war inzwischen zum Stellvertreter Vivant Denons ernannt worden. Sie logierten im Louvre in einer kleinen Wohnung unterm Dach. Es war ein Traum. Jeden Morgen freute sie sich an dem Blick, den sie von ihren Fenstern aus hatten.

Den Museumsdirektor hatte sie inzwischen ganz und gar in ihr Herz geschlossen. Es hatte eine Weile gedauert, bis er sie akzeptiert hatte, doch nun waren sie ein Herz und eine Seele. Sie liebte seinen skurrilen Humor und seinen quirligen Charme.

Viktor und Celeste hatten im kleinen Kreis geheiratet. Außer Raoul, Nathalie, François, Marcuse, Gilles, Denon, Viktors Eltern und einigen Mitgliedern des Ballettensembles hatten sie niemanden eingeladen. Die Gäste wirkten verloren in der großen Kathedrale von Notre-Dame. Raoul hatte sie zum Altar geführt. Celeste war jetzt noch gerührt, wie laut und glücklich Viktor das Ehegelübde abgelegt hatte.

Gilles durfte die Ringe überreichen. Er hatte es sich nicht nehmen lassen, den aufgeregten Viktor auf den Arm zu nehmen. Es war ihm gelungen, die Ringe von dem roten Samtkissen verschwinden zu lassen und zum allgemeinen Amüsement hinter Viktors rechtem Ohr wieder hervorzuzaubern.

Viktors Eltern hatten sich in dem Kreis der illustren Gäste sichtlich unwohl gefühlt. Wenn sie nicht von Denon über Celestes adlige Herkunft informiert worden wären, wer weiß, ob sie nicht versucht hätten, ihrem Sohn die Heirat auszureden. Auf jeden Fall waren sie, kaum war die Zeremonie vorüber, wieder abgereist. Die fadenscheinige Begründung, die sie Viktor genannt hatten, brachte diesen immer noch zum Lachen.

Am frühen Morgen des Hochzeitstages hatte seinen Vater eine Depesche erreicht. Er müsse unverzüglich nach München zurückkehren, weil sein Lieblingshund an der Tollwut erkrankt sei.

Ihr Hochzeitsfest war unvergesslich gewesen. Die ausgelassene, fröhliche Stimmung hatte alle begeistert. Das Ballettensemble hatte ihnen zu Ehren eine originelle Vorführung einstudiert, bei der alle Gäste zum Mitmachen aufgefordert wurden.

Vivant Denon tanzte ausgelassen Polka mit Nathalie und Raoul vergnügte sich mit der beschwingt jauchzenden Philomena im Arm. Marcuse und François ließen sich von zwei Tänzerinnen in die hohe Kunst des Walzers einführen.

Celeste hatte mit Viktor einen Augenblick innegehalten und das muntere Treiben um sie herum beobachtet. »Wie glücklich alle sind, Celeste. Aber ich bin der Allerglücklichste!«, hatte er ihr ins Ohr geflüstert und sie dann geküsst. Bis in die frühen Morgenstunden knallten die Champagnerkorken zu den Klängen des Theaterorchesters. Niemand konnte genug bekommen und keiner wollte, dass das Fest zu Ende ging.

Nie würde sie das Leuchten in Viktors Augen vergessen, als sie ihm ein paar Wochen später um den Hals fiel und voller Glück sagte, dass sie ein Kind erwarteten. Viktor war zwar nicht allzu begeistert davon gewesen, dass sie weiter am Ballett tanzen wollte. Zu groß war seine Sorge um Mutter und Nachwuchs. Erst als Gardel ihm versicherte, auf sie wie auf seinen Augapfel achtzugeben, willigte er ein. Natürlich tanzte sie in ihrem Zustand nicht mehr vor Publikum, aber sie arbeitete hart an ihrer Ausbildung zur Primaballerina.

Sie hatte vier Monate pausiert und war jetzt erst vor drei Wochen wieder zurückgekehrt. Celeste war erleichtert gewesen, wie unkompliziert ihr der Wiedereinstieg gelungen war. Gardel hatte Wort gehalten und sie mit offenen Armen erneut aufgenommen. In einer Woche würde die Premiere seines neuen Stücks stattfinden, in dem sie die Hauptrolle tanzte.

Celeste wiegte ihren Sohn auf dem Schoß hin und her und küsste ihn auf seine dicken roten Backen. Dann hob sie den Blick und beobachtete Viktor, der dabei war, eine Champagnerflasche zu entkorken. »Übrigens habe ich vorhin unseren Gilles gesehen. Frag mich nicht, wo! Es war jedenfalls nicht in der Schule.«

»Ich kann es mir schon denken. Er stand auf einer Brücke, und ich nehme stark an, dass gerade eine Postkutsche mit Reisenden ankam.«

»Vielleicht war es doch ein Fehler, ihn in der Obhut von Nathalie und Raoul zu lassen?«

»Nein, er ist bei ihnen glücklich.«

»Ich weiß. Er hat mir grinsend zugewinkt und demonstrativ seine Hosentaschen nach außen gestülpt. Er wollte nicht mitkommen, aber er lässt dich herzlich grüßen.« Viktor stellte zwei langstielige Gläser auf das wackelige Tischchen zwischen ihnen.

Celeste stiegen Tränen in die Augen. Wenn sie daran dachte, wie sie zusammen mit ihrer Gauklerfamilie damals in Paris angekommen war! Hungrig, abgerissen und ohne wirkliche Perspektive waren sie wegen der Kaiserkrönung angereist. Wie unglücklich sie damals gewesen war! Mit was für Dämonen ihrer Vergangenheit hatte sie ständig kämpfen müssen. Und dann war Viktor aus dem Nichts aufgetaucht, und alles hatte sich zum Guten gewendet.

Er reichte ihr ein Glas mit dem perlenden Getränk. »Chérie, lass uns anstoßen. Du bist die Liebe meines Lebens! Wenn ich dir nicht begegnet wäre, wäre mein Leben eine trostlose, fade Angelegenheit geworden.«

Filou bellte in dem Moment, als wenn er zustimmen wollte.

Celeste und Viktor lachten.

»Das Gleiche habe ich eben auch gedacht. Du und unser kleiner Sonnenschein habt die dunklen Schatten meiner Vergangenheit für immer vertrieben. Dafür kann ich euch nicht genug danken! Ich liebe euch. Ihr seid mein Glück zwischen Himmel und Erde!«

Historische Fakten und Schauplätze des Romans

Nach den Wirren und Gräueltaten der Französischen Revolution begann mit Napoleon Bonaparte eine neue Ära. Neben seinen innen- und außenpolitischen Reformen, seinen zahlreichen Eroberungsfeldzügen und strategischen Aktivitäten war Napoleon auch ein Förderer der schönen Künste.

Die französische Nationalversammlung legte in einem Dekret vom 16. Mai 1791 fest, dass aus dem ehemaligen Königspalast ein Museum entstehen sollte. Am 10. August 1793 wurde der »Louvre« eröffnet. In der Sammlung wurden Kunstwerke des Königshauses und des Adels zusammengetragen, sofern sie nicht während der Französischen Revolution geplündert oder verkauft worden waren. Außerdem machte man bedeutende Werke der Wissenschaft und der Kunst dem Volk zugänglich.

Mit der Ernennung von Dominique-Vivant Denon zum ersten Museumsdirektor des Louvre (1803) begann der beispiellose Ruhm des Hauses. Das Museum ist bis heute ein Magnet für Kunstliebhaber aus aller Welt und wird jährlich von über 20

Millionen Gästen besucht (davon ca. fünf Millionen deutsche Touristen).

Zeitgleich erneuerten und reformierten verschiedene Choreografen das Ballett in ganz Europa zu einer eigenständigen Kunstgattung.

Pierre Gardel führte an der Pariser Oper den Spitzentanz ein und sorgte mit einer neuartigen, aufsehenerregenden Bühnenmaschinerie für Begeisterungsstürme. Um fliegende Tänzerinnen vorzutäuschen, ließ er sie in Flugkorsette stecken und an über die Bühne gespannten Drahtseilen durch die Luft gleiten. Nicht nur der Kaiser, ganz Paris lag den Tänzerinnen zu Füßen. Bis heute gilt das Pariser Ballett als eines der renommiertesten der Welt.

Bis heute sind die Katakomben ein Highlight für die Besucher der französischen Hauptstadt. Die seit über 2000 Jahren existierenden Stollen wurden am Ende des 18. Jahrhunderts für mehr als sechs Millionen Pariser die letzte Ruhestätte. Ihre Knochen und Totenschädel sind inzwischen kunstvoll aufgeschichtet. Zu der Zeit, in der der Roman angesiedelt ist, herrschte dort noch das reinste Chaos und es war ein Ort des Grauens. Obwohl heute für Touristen nur noch ein kleiner Teil begehbar ist, zieht der makabre Ort jährlich Hunderttausende Interessierte an.

Historische Personen

Napoleon Bonaparte (1769–1821), der frischgekrönte Kaiser von Frankreich. Er residierte u. a. in einem Seitenflügel des Louvre. In seinem Schlafgemach hing die Mona Lisa von Leonardo da Vinci.

Dominique-Vivant Baron Denon (1747–1825), erster Direktor des Louvre, Schriftsteller und Zeichner. Das Museum war sein Leben. Er trug maßgeblich zum grandiosen Erfolg des Louvre bei. Bis zum heutigen Tag wird sein Name in Ehren gehalten (Denon-Flügel).

Pierre Gardel (1758–1840), Tänzer, Choreograf und Ballettmeister. Jahrzehntelang war er am Pariser Opernhaus engagiert und trug wesentlich zum grandiosen Erfolg des Pariser Ballettensembles bei.

Graf Hans-Axel von Fersen (1755–1810), schwedischer Staatsmann und ehemaliger Liebhaber von Marie Antoinette (1755–1793). Er ließ nichts unversucht, um das Leben der letzten Königin zu retten.

9,99

16608150R00247

Printed in Poland
by Amazon Fulfillment
Poland Sp. z o.o., Wrocław